값비싼 독

휴머니스트 세계문학 035

값비싼 독
PRECIOUS BANE

메리 웨브 | 정소영 옮김

차례

일러두기

1. 번역 대본으로는 Mary Webb, *Precious Bane*(Virago Press, 2021)을 사용했다.
2. 주석은 모두 옮긴이 주다.
3. 본문 중 굵은 글씨는 원서에서 이탤릭체로 강조한 부분이다.

머리말

    잠깐이나마 과거라는 동경의 대상을 마술처럼 불러내는 일은 히아신스 색깔의 아득함을 한 아름 거두는 일과 같다. 하지만 일단 이루고 나면 얼마나 근사한지! 언뜻 스치는, 수레박하와 월계수와 함께 말린 봄꽃의 은은한 향내처럼. "사랑하는 내 아이에게, 내 명판과 반지를"이라고 적힌 묵은 양피지나 "그러니까 잘 자, 내 소중한 이, 행복하길 바라"라고 적힌, 잉크는 바랬지만 그 안에 담긴 사랑은 여전히 생생하고 아름다운 누런 편지를 읽다보면 얼마나 눈물이 솟는지 모른다. 그 강렬했던 현재가 얼마나 희미해졌는지! 과거란 그저 눈에 보이지 않고 말을 잃은 현재다. 보이지 않고 말을 잃었기에, 기억된 짧은 눈길과 낮은 중얼거림이 한없이 소중하다. 우리는 미래의 과거다. 지금도 우리는 골동품 시계 위 움직이는 문자판에 그려진 그림(배, 오두막, 해와 달, 꽃다발)처럼 어느새 사라진다. 문자판이 돌 때마다 배가 솟았다가는 가라앉고, 노랗게 색칠된 태양이 지고, 새로운 존재였던 우리는 나아가면서 마법을 모은다. 응접실에서 들리던 물레 소리가 그쳤고, 이제 베틀 발판을 밟는 소리나 북을 재빨리 움직이는 부드러운 소리나 간간이 들리는 바디의 둔탁한 소리는 우리 귀에 들리지 않는다. 하지만 상상력에게는 들리고 그 소리는 낭만적인 가락이다.

오래전 일이 시골 생활의 일이기도 하다면 더 쉽게 적을 수 있다. 시골 생활에는 영원성과 연속성이 있어서 몇 세기가 경과한다 해도 별로 달라지지 않기 때문이다.

슈롭셔는 옛적의 위엄과 아름다움이 오래 머무는 고장이다. 난 그곳에서 태어나 그 마법적인 분위기에서 성장하며 농장과 오두막의 많은 친구와 나눈 유쾌한 대화와 회상으로 상상력을 피워 올린 행운에, 내 부친의 정신과 함께 소통했던 행운도 누렸다. 그 정신에는 책에서 얻을 수 없는 옛날이야기와 전설이 쌓여 있고 숲과 가을걷이 들판의 아름다움을 향한 한없는 사랑이 가득했는데, 그것을 표현할 기회를 거의 얻지 못했기에 더욱 강렬했을지도 모른다.

죄식(罪食) 의식이라는 오래된 주제에 관해서는, 윌리엄 샤프가 나보다 앞서 완벽한 예술성을 지닌 작품을 썼다는 사실을 나 역시 안다. 그런데 죄식은 스코틀랜드만이 아니라 웨일스 경계 지역에서도 잘 알려져 있어서 존 오브리가 "로스 큰 길의 오두막"에 살던 "개탄스러울 만큼 가난한 악한"이었던 인물에 대해 쓴 바 있다.

〈녹색 자갈〉과 〈보리 다리〉라는 민요도 그렇고, 내가 전해 듣기만 했던 여러 관습을 검증할 수 있었던 것은《슈롭셔 민속》덕분이다. 최근에 물레와 베틀을 실제 사용하는 모습을 보여준 서머싯의 길쌈꾼들에게도 감사한다.

1924년 5월

메리 웨브

제1권

제1장 사른 호수

 내가 케스터를 처음 본 것은 정(情) 실잣기 때였다. 신기한
발명품이 마구 쏟아져 나오는, 듣기로 어느 지역에서는 작물
가을걷이와 풀 깎기에도 기계가 사용된다는 이 최신 문물 시
대에 우연히 **이 글을** 읽게 된 독자가 혹시 정 실잣기가 무언
지 몰라도 곧 알게 될 것이다. 그것은 잰시스 비가일디의 정
실잣기로, 잰시스는 스물세 살, 난 그보다 두 살 어렸을 때의
일인데, 내 이야기가 거기서 시작하는 건 아니다.

 실제 이야기든 지어낸 이야기든, 모든 이야기는 어린 시
절 이전으로 거슬러 올라간다고 케스터는 말한다. 골풀 침대
에 누운 갓난아기 시절 이전까지 거슬러 올라간다고. 아마 여
러분은 골풀 침대에 누워본 적이 없을 것이다. 하지만 사른
에 살았던 우리는 다 골풀 침대에서 잤다. 사른에는 골풀이
워낙 많았고, 비가일디 아주머니는 구부린 술통 고리에 골풀
을 꼬아 묶는 데 선수였다. 그것을 흔들다리 위에 붙여서 멋

지고 깔끔한 요람을 만들었다. 푸릇푸릇하고 보드라워서 아기에게는 고치 속에서 잠이 든 작은 애벌레(케스터는 알록달록한 미래의 나비라고 불렀다)처럼 아늑했다. 케스터는 그런 일에 아주 엄격하다. 절대 애벌레라고 부르지 않으려 한다. "우리 양배추에 미래의 나비가 아주 많아." 이렇게 말한다. '겨울이야', 이렇게 말하지 않고, '여름이 잠을 자고 있어', 이렇게 말할 것이다. 그리고 아무리 미미하고 칙칙한 싹이라도 케스터는 거기서 곧 활짝 피어날 꽃을 보았다.

하지만 아직은 케스터가 등장할 때가 아니다. 이것은 사른에 살던 모든 사람, 엄마와 기디언과 나, 그리고 잰시스(무척 아름다웠던)와 마법사 비가일디, 그리고 그 지역에 살던 다른 마을 사람 두서너 명에 대한 이야기다. 마을 사람은 얼마 되지 않았고, 앞으로도 그럴 터인데, 그 장소에는 기를 꺾는 무언가가 있기 때문이다. 1년 내내 어디서든 보이고 어디서든 찰랑거리는 소리가 들리는 호수 물일 수도 있고, 좌우에서 기다리며 사색에 잠긴 높은 나무일 수도 있고, 불과 한 시간 전에 창조된 듯한, 하지만 우리를 위해 창조되지는 않았을, 숨소리도 들리지 않는 고요함일 수도 있다. 아니면 이곳의 토양이 워낙 축축하고 척박해서 풀조차 자연스럽고 보기 좋게 자라지 못해서일 수도 있다. 갈대와 골풀이 무성하게 자라고 노란 구륜초 꽃이 피는 곳은 늘 그렇다. 여러분은 소똥꽃이라고 부를지도 모르겠는데, 우리는 항상 구륜초나 천국의 열쇠라고 불렀다. 사른의 초원에 소똥꽃이 흐드러지면 그 모습은 정말 장관이다. 황금빛으로 물결쳐 천사의 발인들 그 위를 밟으면 안 될 것만 같다. 개똥지빠귀가 두 번째 노래를 끝내기도 전에 꽃 뭉치를 만들 수 있는데, 한자리에 주저앉아 두 손으로 따기만 하면 되기 때문이다. 숲이 시작되는 사른 방향과 햇빛을 받아 반짝이고 움찔하며 길게 뻗어가는 회색 물을 빼면 어디를 보나 황금색이었다. 새로 잎이 돋고 자작나무 끝에 옥수수색의 새순이 달리는 그 화창한 봄날에는 숲도 물도 어둑해 보이지 않았다. 다만 우리 떡갈나무 숲은 새로 돋는 잎도 칙칙한 갈색이라 늘 연말의 표정이 어른거렸다. 그래서 5월에도 늘 10월의 숨결이 있었다. 하지만 목초지에 앉아 저 멀리 언덕을 바라보는 일은 즐거웠다. 첨탑처럼 뾰족한 낙엽송은 어느새 푸르러졌고 소똥꽃의 황금색이 가슴속으로 파고드는 듯해서 사른 호수조차 노란 안개 같은 자작나무에 둘러싸인 푸른 안개에 불과했다. 게다가 얼마나 꿈속 같은지 땅벌은 말할 것도 없고 야생벌만 다가와도 고함을 들은 듯 깜짝 놀랐다. 만약 지금 벌 한 마리가 창문으로 들어와 내 카네이션 화병에 다가오기라도 하면, 숲 너머 삐죽삐죽 깨진 병 조각처럼 노을빛 아래 펼쳐진 플래시 호수까지 그 모두가 선명한 색감으로 내 눈앞에 나타난다. 플래시 호수는 사른 호수보다 더 컸는데, 나무라고는 없어서 언덕에 가로막히지 않는 쪽으로는 저 건너편에 내려앉은 구름까지 보였다. 난 그 구름이 여름의 반이 지나가도록 사른 호수 둘레에 피는 흰 수련을 닮았다는 생각을 하곤 했다. 플래시 호수는 어딜 보나 다른 호수나 저수지와 다르지 않았다. 사른 호수처럼 요동치는 일도 없었고 저 밑바닥에 교회 종을 울리는 마을이 있지도 않았다. 사람들 말처럼, 사른에서는 뭔가 느껴지는 것이 사실이었다.

비가일디네는 플래시에 살았고, 내가 글을 배운 것도, 반은 돌집이고 반은 동굴인 그들의 거처에서였다. 나처럼 미천한 신분의 여성이 글을 읽고 쓰는 데다가 쓴 것을 모아 책으로 엮다니 해괴하다고 여길 수도 있겠다. 사실 내가 젊었을 때는 신분이 높은 여자도 대부분 연애편지를 쓰는 것이 고작이라, 일부는 잼 병에 '이것은 모과와 사과'라는 글을 적는 정도, 또 일부는 결혼신고서에 자기 이름을 적을 수 있을 뿐이었다. 연애편지를 대신 써달라며 많이들 나를 찾아왔는데, 뜨겁게 타오르는 가슴으로 딴 여자의 연애편지를 쓰는 것은 참 비통한 일이다.

비가일디 씨가 아니었다면 난 이것을 다 쓰지 못했을 것이다. 그는 내게 읽고 쓰는 법, 계산하는 법을 가르쳤다. 비록 그는 교회에서 배격하는 인물이었고, 실제 가능하다고 믿기지 않는 많은 일을 할 수 있다고 주장하고 인간이 주제넘게 나서지 않는 게 나을 일들에 손을 댔지만, 그래도 난 그가 내게 해준 일에 항상 감사할 것이다. 지금 보면 비가일디가 나를 가르칠 마음을 먹은 것은 신이 유달리 애써주신 덕분인 것 같다. 마법사는 신의 종복이라 보긴 힘들고, 오히려 루시퍼를 따르는 사람이니까. 비가일디가 사악하다는 건 아니고, 불가사의를 알려 하고 주제넘게 상관하려 했던 타오르는 그의 정신이 그 화염으로 모든 의로움을 다 태워버린 양 그에게는 선함이 전혀 없을 따름이다. 사랑에 관해서라면, 그는 아예 그 말을 몰랐다. 그는 별점을 보고 미래를 예언했고, 영혼을 잠재울 수 있다고 주장했다. 내가 한번은 미래가 어디 있냐고, 미래를 그렇게 분명히 볼 수 있냐고 물었다. 그는 이렇게 대답했다. "미래는 과거와 함께 있는 거란다, 애야. 시간의 뒤쪽에 말이지." 비가일디 씨는 도대체 이길 수가 없었다. 하지만 내가 비가일디 씨에게서 들은 이야기를 케스터에게 전하자 케스터는 받아들일 수 없다고 했다. 케스터는 과거와 미래는 신이 들고 있는 두 개의 북이고 신은 그것을 움직여 영원을 짠다고 말했다. 옷감 짜는 사람이라 그렇게 생각했을 것이다. 내 생각에 과거와 미래가 무엇인지 우리는 알 수 없다. 이 땅의 인류는 초록 골풀 요람에 누운 아기처럼 너무 작고 무력한 존재라 별을 올려다보면서도 그것이 무엇인지 알지 못한다.

글을 쓸 수 있게 되자마자 난 옥양목 표지를 씌운 작은 공책을 만들어서 일요일마다 그 주에 있었던 즐거운 일이나 행운을 적어 넣었다. 괴롭고 심란한 일이 있으면 그것도 적었다. 그러면 괴로움이 덜했다. 그래서 교구 목사님이 나와 관련된 거짓말을 듣고는 내가 기억하는 것을 모두 적되 오직 진실만을 적으라고 하셨을 때, 난 일요일마다 적었던 내용을 되살릴 수 있었다.

그 소란과 다툼은 이제 다 지난 일이다. 지금은 눈이 하얗게 쌓이고 하늘은 초록색이고 어린 양이 우는 고요한 저녁처럼 평온하다. 성경 책을 손에 들고 난롯불 옆에 앉은 나는 아주 늙고 지친 여성인데, 이 세상에 작별을 고하기에 앞서 할 일이 하나 있다. 창문 너머 구름을 이고 선 산 너머 너른 하늘과 평원이 보이면 나는 얼룩덜룩하고 빽빽한 사른의 숲과 얼음이 떠다니는 호수의 울음소리, 눈이 녹는 시기에 불어난 물이 계단 아래 찬장까지 들어오던 일을 떠올린다. 호수에 비치는 하늘이 아니면 하늘이랄 것이 별로 없었다. 그리고 호수에 비친 하늘은 제대로 된 천상이 아니다. 보이는 것은 유리에 비친 어둑한 하늘이고, 가늘고 뾰족한 골풀 그림자가 미끄러지는 별 사이에 길게 자리를 잡고, 해와 달조차 빛을 잃을 수 있다. 때로 달이 수련 잎 속에서 길을 잃고, 때로 백로가 해를 가로막고 서기 때문이다.

제 2 장 벌에게 말하기

내 오빠 기디언은 프랑스와의 전쟁이 시작되던 해에 태어났다. 그래서 아빠가 기디언이라는 이름을 붙였을 것이다. 호전적인 이름이라서. 잰시스는 줄여 부를 수 없어서 오빠에게 아주 좋은 이름이라고 말하곤 했다. 대부분의 이름은 마치 아이들에게 입히려고 외투나 드레스의 길이를 줄이듯 짧은 애칭으로 만들 수 있다. 하지만 기디언이라는 이름으로는 할 수 있는 일이 없다. 그리고 인물과 닮은 이름이었다. 난 대부분의 사람보다 내 오빠에게 애착이 강했지만 그 점을 의식하지 않을 수 없었다. 아무도 내 이름을 불러주지 않으면, 곧 이름이 머릿속에서 사라지기 십상이다. 사람들은 대체로 오빠의 이름을 부르지 않았다. 그냥 사른이라고 불렀다. 아버지 생전에는 늙은 사른과 젊은 사른이었다. 하지만 아버지가 돌아가신 뒤에는 그가 그 자리를 독차지한 셈이다. 그해 여름밤 그가 밖으로 나갔던 일, 그 장소를 먹고 마시듯 눈으로 집어삼켰던 일을 기억한다. 사랑해서가 아니라 그곳에서 얻어낼 수 있는 것을 위해서. 당시 그는 생김새나 사고방식이 아버지와 꽤 닮았고, 해가 갈수록 더 닮아갔다. 성마름은 덜하지만 자기 방식의 고집은 더하다는 점을 빼면 아버지의 본성을 빼다 박았다. 아버지는 금방 성질을 냈고, 그럴 때면 사자처럼 길길이 날뛰었다. 그래서 엄마에게 결혼 생활이 끝장난 듯한 표정이 생겼는지도 몰랐다. 하지만 기디언이 성내는 것은 딱 세 번 보았다. 그것을 성내는 것이라고 부를 수 있다면 말이다. 대개 표정만으로도 충분했다. 죽여버릴 듯한 표정으로 노려보기만 해도 상대는 좋을 대로 하라며 물러났다. 그런 눈빛으로 개를 노려보자 그 개가 움츠리며 낑낑거리는 것도 본 적이 있다. 사른 사람들은 대개 눈이 회색(겨울날 호수처럼 차가운 회색)이었고 사른 남자들은 주로 피부가 검고 음침했다. 그런 면을 일컬어 사람들은 '사른처럼 음침하다'고 했다. 종교전쟁 당시 티머시 사른이 벼락에 맞았던 시절 이래로 그 집안에 기이한 것이 있다고들 한다. 당시 이곳에는 사른 사람들이 살았고, 누군가 살기 시작한 이래로 늘 그랬다. 티머시는 목사의 충고를 듣지 않고 자기 집안사람들의 입장과 반대되는 잘못된 편에 가담했다. 그게 어느 편이든 지금은 중요하지 않다. 그래서 그는 벼락을 맞아 죽은 듯 누워 있었다. 얼마 후 회복되었고, 목사는 안전한 편에 가담하고 벼락을 피하라고 충고했다. 하지만 사른 사람들은 늘 완고했다. 그는 편을 바꾸지 않았고, 떡갈나무 숲을 가로질러 집에 돌아오다가 다시 벼락을 맞았다. 보아하니 벼락이 그의 핏속에 들어간 모양이었다. 그는 태풍의 기운이 생겨나는 것을 아주 일찍부터 예견할 수 있었다. 그리고 태풍이 덮쳤을 때 그의 주변에서 들불이 뛰놀아 아무도 접근할 수 없었다고 한다. 이후로 사른 집안은 핏속에 벼락을 지녔다고 한다. 그것이 진짜 이야기일지, 아니면 진짜라기엔 너무 오래된 이야기일지 난 가끔 궁금하다. 때로는 사른 집안 자체가 너무 오래되어 진짜일 수 없는 것 같았다. 호수 건너편의 숲과 농장과 교회는 마치 누군가의 꿈속 존재처럼 다 무척 오래되고 낡았다. 게다가 뭔가 활기를 죽이는 면이 있었다. 어스름이 내린 뒤엔 무서워서 아무도 오려 하지 않는 것도 그렇고, 저 멀리 물에서 뛰어오르는 물고기의 나직한 첨벙 소리나, 누군가 문을 두드리듯 기디언의 보트가 발판에 가만가만 부딪히는 소리나, 우리 텃밭 바로 바깥쪽에서 시작해 물속으로 사라져버리는, 시선이 닿는 데까지 멀리 뻗어가는 방죽길도 그렇고, 참으로 고적한 장소였다. 일요일 저녁이면 호수 위로 희미한 종소리가 울려올 때가 많았다. 우리는 그것이 호수 밑 마을의 종이라고 생각했지만, 지금 생각해보면 우리 교회 종소리의 메아리였음이 분명하다. 어떤 곳에서는 나무에 부딪힌 소리가 벽에 튕긴 공처럼 되돌아온다고들 하니까 말이다.

우리가 두 번째로 교회를 빼먹은 것은 우리 동네 종 네 개와 더불어 그 희미한 종소리가 울리던 일요일 저녁이었다. 얼마나 아름다운 저녁인지, 우리는 양봉으로 분주한 부모님 몰래 집에서 빠져나와 묘지 출입문에서 잰시스를 기다렸다가 데려가기로 했다. 비가일디 씨는 목사와 친한 사이가 아니라서 딸이 교회에 가거나 말거나 신경 쓰지 않았기 때문이다. 그는 매달 넷째 주 일요일 5시 정각에 잰시스를 교회로 보내긴 했다. 목사님의 교회는 자기가 사는 곳인 브램턴에도 있고 또 다른 곳에도 있어서 우리 동네 예배는 한 달에 한 번뿐이었다. 그래서 교회를 빼먹으면 더 안 되었다. 그는 잰시스를 교회에 보내긴 했지만 일찍 갔는지 늦게 갔는지 아예 안 갔는지 물어보는 법이 없었다. 당연히 설교 내용을 꼬치꼬치 캐묻지도 않았고. 아버지는 저녁 늦게 우리가 잠옷을 입고 잠자리에 들기 전에 교리문답을 시켰다. 손에 자작나무 회초리를 들고 긴 나무 의자에 앉았는데, 다른 날에는 늘 대단한 가구로 보였던 그 의자는 그 순간을 위해 만들어진 양 갑자기 왜소해 보였다. 아버지가 앉기만 하면 다 왜소해 보였다. 우리는 표백하지 않은 잠옷을 입고 맨발로 아버지 앞의 차가운 돌바닥 위에 섰다. 길쌈꾼이 사과를 쌓아놓은 다락방의 베틀에 앉아 어머니가 자은 실로 옷감을 짜서 집에서 만든 잠옷이었다. 아버지는 질문을 하면서 우리 답이 틀릴 때마다 의자 위에 표시를 했다. 교리문답이 끝나면 표시된 수만큼 회초리로 맞았다. 아버지는 글을 읽지 못했지만 무엇이든 잊지 않았다. 일을 하면서 내내 머릿속으로 되새기는 것 같았다. 아버지는 아주 총명한 인물이지만 정신을 쓸 일이 많지 않았을 것이다. 내가 소문으로 들은 최신식 방직기계가 당시에 있었다면 아버지가 만족스러워했겠지만, 그런 건 없었다. 있는 기계라고는 **우리**뿐이었고, 네 번째 일요일과 크리스마스와 부활절만 되면 우리는 비가일디의 자식이기를 진심으로 바랐다. 목사님이 이름만으로도 안 좋게 생각하고 배격하는 인물이었어도 그랬다.

기디언이 일곱 살, 내가 다섯 살이던 어느 부활절 일요일이 기억난다. 아버지가 장황한 설교를 늘어놓은 뒤 가죽띠로 우리에게 심한 매질을 했을 때 기디언이 부엌 한가운데에 서서 이렇게 말했다. "내가 비가일디 씨의 아들이어서 악마가 내 영혼을 데려가기를 진심으로 바랍니다, 아멘."

아버지는 그날 밤 불같이 화를 냈는데, 당연했다! 딸자식은 얼굴에 악마의 자국이 있고, 이제 보니 아들 녀석도 똑같은 대장간에서 나온 것 같으니 당신이 아이들을 망쳤다고 어머니에게 고래고래 소리쳤다. 다 어머니에게 들어서 알게 된 것이다. 내가 기억하는 것은 어머니가 몸을 얼마나 옹송그렸는지, 원래 몸집도 작은 양반이라 난쟁이 요정처럼 보였다는 사실뿐이다. "내가 길을 가는데 토끼가 내 앞을 휙 지나가는 걸 난들 어쩔 수 있었겠어요? 어쩔 수 있었겠냐고요?" 어머니는 이렇게 말했다. 되풀이되는 엄마의 그 말을 듣고 있으면 너무 이상했다. 지금도 눈을 감으면 그 방이 보인다. 내 곁에 소똥꽃이 한 다발 있으면 특히 잘 보인다. 그해에 부활절이 늦었거나, 날이 유난히 따뜻했는지 구석진 곳마다 소똥꽃이 솟아나서 조금 꺾어 왔기 때문이다. 방은 동굴처럼 어두컴컴했고,

예의 주시하듯 가만히 타오르는 발간 불은 신의 눈 같았다. 찬장에 놓인 그릇도 불빛을 받아 전부 작고 빨간 눈을 달고 있었다. 이후에도 난 살면서 그런 빨간빛을 아주 자주 보았다. 유령 같은 종소리가 교회 종소리의 메아리였던 것처럼 그 빛도 벽난로 불의 반영이었는데, 난 그것이 이 세상이 내보이는 모양새와 닮았다고 생각했다. 이글거리는 벌건 불길이 줄줄이 있지만 전부 불꽃의 그림자일 뿐이니까. 명랑한 종소리가 수없이 울리지만 그저 종의 그림자일 뿐이고, 담벼락 같은 이파리나 유리 같은 물에 부딪혀 되돌아오는 한숨 소리일 뿐이니까. 아버지의 눈에, 그리고 기디언의 눈에도 그 빛이 비쳤는데, 어머니의 눈에는 비치지 않았다. 어머니는 불을 등지고 소똥꽃이 놓인 탁자 옆에 선 채로 다 먹은 접시와 머그잔을 치우고 있어서다. 어린 시절 일을 이렇게 또렷이 기억하다니 희한하다고 생각할 수 있겠는데, 시간은 소년이 칼로 글자를 새기듯 우리 기억에 장면을 새긴다는 사실을 명심해야 한다. 그리고 새길 글자가 적으면 더 깊게 새기기 마련이다. 사른에서는 벌어지는 일이 별로 없어서 그런 일이 절대 잊히지 않는다. 어머니의 목소리는 길가 갈퀴덩굴처럼 내 마음에 들러붙는다. 어머니 목소리는 아주 애절하면서 부드러웠다. 어떤 말이라도 단어 이상의 의미가 담기는 듯했다. 때로는 어둠 속을 더듬거리는 사람, 길게 이어진 시커먼 통로를 등불도 없이 손을 이리저리 뻗어가며 걸어 내려가는 사람 같았다. "내가 길을 가는데 토끼가 내 앞을 휙 지나가는 걸 난들

어쩔 수 있었겠어요? 어쩔 수 있었겠냐고요?" 이 말을 할 때도 그랬다.

어머니는 무슨 말이든, 딱히 즐겁지 않은 말이라도 말을 하면서 옅은 미소를 지었다. 상대의 화를 좀 누그러뜨리려 할때나 어쩌다 다쳤는데 다친 티를 내지 않으려 할 때 그러듯이. 비통한 미소였고, 늘 얼굴에 어른거렸다. 그래서 차라리비가일더의 아들이 되고 싶다는 기디언의 말에 아버지가 다시 매를 들려 하자 어머니는 탁자 옆에 선 채로 말했다. "오, 하지 마요, 사른! 그 손 멈춰요, 사른!" 부드러운 목소리로 아버지의 팔을 붙잡듯 내내 미소 띤 얼굴로. 불쌍한 어머니! 오, 불쌍한 내 어머니! 우리가 저세상에서 당신을 만나 우리의무심함을 보상할 수 있을까요?

난 그 부활절을 잊은 적이 없지만 기디언은 잊었다. 잊은척했을 수도 있지만, 내가 그날을 상기시키자 우리가 몰래 나갔을 리 없다며 이렇게 말했던 것이다. "누워서 떡 먹기였잖아. 교회지기 딸 티비에게 대신 설교를 들으라고 시켜서 무슨질문이든 다 대답했을 테니까. 게다가 난 매 맞는 거 상관없었어. 근사한 '밤톨'을 찾아서 잰시스의 코를 납작하게 해줄수만 있다면 말이야. 지난번엔 내가 졌단 말이지."

여러분이 알지 모르겠지만 '밤톨'은 달팽이 껍질이다. 아이들은 빈 껍질을 줄에 엮어서 밤톨을 가지고 놀듯 가지고 놀았다. 우리 숲은 달팽이가 아주 좋아할 장소라서, 기디언은 플래시 건너편으로 8킬로미터나 떨어진 마을의 아이들을 비롯해 많은 아이와 시합을 했다. 명성이 자자했는데, 그는 시합을 하면 얼마나 치열했던지 놀이 같지 않았기 때문이다.

그날, 6월의 일요일에 우리가 집을 나섰을 때 여기저기서 한꺼번에 종소리가 울렸다. 교회의 종 네 개와 어디선가 울리는 네 개의 유령 종. 어머니는 커다란 밤나무 한 그루가 서 있는 아래편에서 날아다니는 벌을 집어넣을 새집을 준비하며 아버지의 양봉 일을 돕고 있었다. 벌이 떼 지어 죽은 구스베리 관목 속으로 들어가서 어머니는 특유의 미소를 띠고 '죽음의 징조'라고 말했다.

하지만 기디언은 큰 소리로 이렇게 노래 불렀다.

> 5월의 벌 떼는 5월의 귀족만큼 값어치가 있지
> 6월이면 금세 벌 떼가 생겨날 테니

그러면서 이렇게 덧붙였다.

"우리에게 벌이 있는 한 누가 죽든 우리에겐 더 좋은 일이에요, 어머니."

아, 이런! 기디언은 그때부터 **소유욕**이 무척 강했던 것 같다. 하지만 오빠가 합리적이라고 여긴 아버지는 껄껄 웃으며 이렇게 말했다.

"이제 우리에게 벌이 이렇게 많으니 누군가 죽었을 때 내가 그걸 알려줄 사람이 되면 좋겠구먼."

"네 로즈메리 가지랑 기도 책이랑 깨끗한 손수건 어디 있니?" 어머니가 물었다.

그것들을 두고 갈 생각이었던 기디언은 다시 집으로 뛰어갔고, 어머니는 내 손수건을 어깨 위에 두르기 시작했다. 그러고는 조지 2세가 세상을 떴을 때부터 가지고 있던, 검은 돌이 박힌 큰 브로치를 꽂아주었다. 브로치를 꽂는 내내 이렇게 혼잣말을 했다. "이 불쌍한 것은 뭘 입어도 소용이 없지. 세상에, 세상에! 하지만 길을 가는데 토끼가 내 앞을 획 지나가는 걸 난들 어쩔 수 있었어? 어쩔 수 있었겠냐고?"

그 말을 할 때 어머니 목소리가 얼마나 구슬펐는지, 난 다시금 컴컴한 통로를 더듬거리는 사람이 떠올랐다.

"자, 여보! 내가 나뭇가지를 들고 있는 동안 벌집을 잘 붙잡아. 너무 아래쪽에 몰려 있군."

난 차라리 거기 있었으면 했다. 갈색 크리스마스 케이크처럼 한 무더기로 모여 있는 벌을 바라보고 윙윙거리는 묵직한 소리를 듣는 것을 무척 좋아했기 때문이다.

우리는 쪽문을 나가 예선로를 따라 걸었다. 그것이 교회로 가는 가장 빠른 길이었고, 티비가 교회로 들어가기 전에 만나야 했다. 호수 위에는 검둥오리들이 나와 있고 물은 창을 품은 빛살처럼 환한 색이었다.

"자, 죽을힘을 다해서 뛰자." 기디언이 말했다.

"뭐가 쫓아와?"

"물에서 나온 사람들이."

그래서 우리는 죽을힘을 다해 뛰었고, 마지막 두 번의 종이 '**띵**땡! **띵**땡!' 울리기 시작할 때 교회에 도착했다. 그 종소리를 들을 때마다 회초리가 생각났다.

우리는 '정복'이라는 놀이를 할 때 주로 앉는 평평한 무덤에 앉았다. 교회는 야트막한 언덕에 있었으므로 마을 사람 두셋이 들을 가로질러 오는 모습을 볼 수 있었다. 이스트코피에서 아버지와 함께 오는 티비가 보였고, 커다란 산사나무 울타리에 꽃이 만발한 평평한 강가 목초지에 있는 잰시스도 보였다. 키가 큰 나와 달리 잰시스는 자그마했지만, 주위로 빛이 모이듯 늘 누구보다 먼저 눈에 띄었다. 머리칼이 금발이었고, 얼굴의 그늘도 모두 옅은 금색으로 물드는 듯했다. 노란색 꽃가루나 꿀이 가득 찬 흰 수련 같다는 생각이 들곤 했다. 피부는 아주 희었다. 신이 나거나 부끄러움을 탈 때가 아니면 아무 색도 없는 크림빛 흰색. 보조개가 있는 부드러운 얼굴은 아주 적당히 통통했다. 빨간 입술엔 늘 미소가 어려 있었고, 활짝 웃을 때면 양 보조개가 깊이 팼다. 때로 난 그 미소만으로도 잰시스의 목을 조를 수 있을 것 같았다.

꽃무늬 보디스가 달린 파란 치마를 입고 손수건에 꽃을 가득 담은 잰시스가 아주 얌전하게 우리에게 다가왔다.

잰시스는 나보다 두 살 많아서 기디언과 동갑이었지만 훨씬 더 나이가 많아 보였다. 이미 젊은 남자만 보면 미소를 보내서 사람들이 "비가일디의 잰시스는 곧 연애를 할 모양이야"라고 말했기 때문이다. 하지만 내가 알기로 비가일디 씨는 딸을 결혼시킬 마음이 없었다. 젊은 남자들을 꾈 미끼로 둘 작정이었다. 그를 찾는 사람들은 대부분 돈 없는 젊은 처자거나 싼값으로 누군가에게 저주를 내리길 바라는 늙은 남자들이었다. 그래서 그즈음 잰시스가 하얗고 눈부신 꽃처럼 자라나자 그는 누구든 앞길을 지나갈 수 있으니 예쁘게 꾸미고 스톤하우스 창가에 앉아 있으라고 시켰다. 플래시도 사른만큼이나 고적한 곳이라 누구든 그 앞을 지나는 일은 손에 꼽을 정도였지만. 그는 빨간 장미색의 색유리로 랜턴도 만들었다. 그 안에 우리가 쓰는 골풀 양초가 아닌 외국에서 건너온 커다란 양초를 넣어 돌 창틀에 앉은 잰시스 위쪽에 걸었다. 그는 산 너머 사는 어떤 대단한 신사 양반이 장터나 닭싸움에 가려고 지나가다가 잰시스에게 반하리라고 보았다. 그러면 그를 집 안으로 불러들여 독한 맥주를 주고 마법과 주문에 대해 늘어놓다가 마침내 비너스를 깨우는 마법을 보여주겠다고 할 계획이었다. 그건 다 그의 책 한 권에 적혀 있었다. 어둑한 방에 들어가 현자에게 5파운드를 주면 그가 주문을 외우고, 얼마 지나지 않아 분홍색 빛이 비치고 장미 향이 풍기며 발가벗은 비너스가 방 한가운데에서 일어난다는 식이다. 다만 진짜 비너스가 아닌 잰시스일 뿐. 그러나 대단한 신사 양반은 아무리 기다려도 오지 않았고, 창문에 앉은 잰시스를 본 사람은 기디언뿐이었다. 그는 어느 겨울날 저녁, 시장에 나갔다가 다른 길이 물에 잠겨 그 길로 돌아오고 있었다. 잰시스를 본 기디언은 너무 우스워하며 내가 넌더리를 낼 때까지 그 이야기를 했다. 당시 그는 남자들이 실없어지는 열아홉 살이었다. 기디언은 그전에는 잰시스에게 관심을 보인 적이 없었다. 내게 하듯이 이래라저래라 했을 뿐이다. 그런데 그 이후 잰시스에게 정신이 팔렸다. 자기 앞길에 대한 결심이 그렇게 확고하고 그렇게 총명한 남자가 여자에게 그렇게 마음이 약해지리라고는 난 상상하지 못했다. 앞서 얘기한 저녁, 겨우 열일곱 살이었던 그때, 그는 이렇게 말했다. "몰래 나가자, 잰시스. 그리고 '밤톨' 시합한 뒤에 우리랑 같이 돌아오자."

"오, 난 '녹색 자갈, 녹색 자갈' 놀이 하고 싶었는데." 잰시스가 말했다.

그녀는 무슨 말이든 '오'부터 시작했고, 그래서 그 입이 장미처럼 보였다. 하지만 그래서 일부러 그러는 건지 아니면 우둔하고 소심해서 그러는 건지 나로서는 알 수가 없었다.

"'녹색 자갈'은 누가 이기는 놀이가 아니잖아." 기디언이 말했다. "'정복' 놀이 하자."

"오, '녹색 자갈' 하고 싶어! '정복' 놀이 하면 네가 이길 거잖아."

"아, 그러니까 하자는 거지."

그때 묘지 출입문으로 티비가 들어왔고, 우리는 티비에게 해야 할 일을 일러주었다. 티비는 가난하고 멍청한 아이로, 설교는 고사하고 너무 특이한 자기 이름도 제대로 몰랐다. 하지만 티비가 몇 마디만 주워들어 알려주면 나머지는 알아서 할 수 있다고 기디언은 말했다. 그러면서 기억해 온 게 너무 없으면 팔을 비틀어버리겠다고 했다. 그러자 티비는 울음을 터뜨렸다.

그때 교회지기가 흰색과 검은색 띠를 감은 긴 지팡이를 들고 매우 엄숙한 모습으로 갈아놓은 밭을 가로질러 오는 모습이 보였고, 목사님의 얼룩덜룩한 조랑말이 또각거리며 길을 올라오는 소리도 들려서 우리는 그 자리를 떴다. 설교를 한 대목도 기억하지 못할 것이라 울음이 터진 티비가 입이 흉하게 일그러지고 둥근 턱을 덜덜 떨고 있는 채로. 설교를 듣는 티비를 보면 난 늘 우리 집 개를 목욕시킬 때가 떠올랐다. 그때 개는 그냥 누운 채로 쏟아지는 물을 맞았는데, 설교를 듣는 티비가 딱 그랬다. 그래서 난 곧 무슨 사달이 날 것임을 알았다.

하늘 높이 제비가 날고 진한 산사나무 꽃향기가 가득한 아름다운 저녁이었다. 종소리, 우리 종과 또 다른 종이 울리는 소리가 그쳤을 때 우리는 호숫가로 내려가서 물속을 들여다보았다. 일요일이면 종종 그랬는데, 물속 마을이 보일까 해서였다. 하지만 거꾸로 선 우리 교회와 똑같은 모습의 돌 두세 개와 십자가, 그리고 머리로 서서 풀을 뜯는 목사님의 조랑말만 보일 뿐이었다.

여름날 저녁 해가 서쪽으로 기울면 이따금 교회 첨탑의 그림자가 호수를 건너 우리 집까지 닿았고, 난 그것이 우리를 가리키는 신의 손가락 같다고 생각하곤 했다. 우리는 습지로 내려가서 '밤톨'을 많이 찾았고, 기디언은 매번 잰시스를 이겼다. 그 편이 차라리 나았다. 마침내 기디언이 '녹색 자갈' 놀이를 하자고 해서 둘 다 만족했기 때문이다. 다만 너무 늦게까지 놀아서 티비를 거의 놓칠 뻔했다.

"자, 이제 말해봐." 기디언이 말했다. 그러자 티비는 울면서 하나도 기억이 안 난다고 했다. 기디언이 티비의 팔을 비틀었고 티비는 "불에 섶같이 살라지리니"●라고 빽 소리쳤다.

분명 교회지기가 지팡이로 박자를 맞춰가며 즐겨 말하는 대목이라 그 말이 튀어나왔을 것이다.

"또 다른 말은?"

"없어."

"더 생각해내지 못하면 팔이 빠질 때까지 비틀 줄 알아."

낙농장의 고양이처럼 참담한 모습의 티비가 이렇게 말했다. "목사님은 아담과 이브와 노아와 셰마만야벳●●과 구유 속 예수님과 은화 30냥에 대해 말씀하셨어."

기디언의 낯빛이 어두워졌다.

"말이 안 되잖아." 그가 말했다.

"어쨌든 얘기했잖아. 이젠 보내줘."

그래서 첨탑 그림자가 호수 저편까지 뻗어갈 때 우리는 집으로 돌아갔다.

아버지가 물었다.

● 〈이사야〉 9장 5절.

●● 노아의 세 아들인 셈, 함, 야벳을 말하는 듯하다.

"어떤 구절이었어?"

"불에 섶같이 살라지리니."

"설교 주제는 뭐였어?"

가련한 기디언은 티비의 말을 다 엮어 이야기를 만들었다. 아무도 들어본 적 없는 이야기를! 아버지는 조용히 앉아 있었고, 어머니는 아주 고통스러운 미소를 띤 채 불 옆에 서서 베이컨을 굽고 있었다.

아버지가 난데없이 소리를 빽 질렀다.

"거짓말! 이 거짓말쟁이! 방금 목사님이 전화해서 말씀하시길 병이 돌아서 교회에 아무도 안 왔다고 하셨다. 넌 농땡이를 치고 거짓말만 한 것이 아니라 **나를** 가지고 놀았어."

생고기처럼 붉으락푸르락해진 아버지 얼굴에 핏발이 섰다. 보기만 해도 끔찍했다. 아버지가 팔을 뻗어 채찍을 집으며 말했다.

"지금껏 받아본 적 없는 매질을 당할 줄 알아라."

그러면서 부엌을 가로질러 기디언에게 다가갔다.

그런데 난데없이 기디언이 몸을 던져 아버지를 들이받았고, 방심한 아버지는 완전히 나가떨어졌다.

아버지가 양봉 일로 종일 고되게 일한 뒤 저녁을 잔뜩 먹어서인지 아니면 화가 잔뜩 난 상태에서 갑자기 뒤로 넘어져서인지 우리로서는 그 까닭을 알 수 없다. 어찌 되었건 아버지는 온몸이 마비되었다. 미동도 없이 빨간 돌바닥에 등을 대고 누운 채 얼마나 요란하고 세차게 숨을 쉬는지 마치 누군가가 한밤중에 코를 고는 것 같았다. 어머니가 일요일마다 아버지가 매는 넥타이를 끄르고 아버지를 일으켜 앉힌 뒤 얼굴에 찬물을 끼얹었지만 아무 소용이 없었다.

끔찍한 숨소리는 계속되었고, 다른 모든 소리를 집어삼키는 듯했다. 다른 소리는 바람 속 골풀 양초처럼 꺼져버렸다. 시계의 째깍거림도, 고양이의 가르랑 소리도, 지글거리는 베이컨 소리도, 창문 밖에서 윙윙거리는 벌 소리도 없었다. 불빛마저 집어삼킨 듯했고, 바깥의 흰 장미꽃 향내와 내 몸속의 감각과 내가 예전에 가졌던 생각마저 집어삼킨 듯했다. 우리 모두 어두운 숨소리의 일부가 되었다.

"사른, 사른!" 어머니가 외쳤다. "오, 사른, 불쌍한 영혼, 정신 차려요!"

어머니는 아버지의 입술 사이로 네덜란드 진을 흘려 넣으려 했지만 입술은 꼭 닫혀 있었다. 그러더니 거친 숨소리가 듣기 끔찍한 갸릉갸릉 소리로 바뀌었고 곧 그마저 그쳤다. 그러자 지상 만물이 말을 잃은 듯 무시무시한 침묵이 내려앉았다. 그러는 내내 기디언은 돌처럼 굳은 채 서 있었다. 나중에 들은 바로는 아버지가 휘두르려 했던 채찍을 생각하고 있었다고 한다. 그때까지 사람 죽는 것을 한 번도 본 적이 없었는데도, 기디언은 아버지에게서 아무 소리도 나오지 않고 적막이 내려앉았을 때 약간 떨릴 뿐 평소와 같은 목소리로 이렇게 말했다.

"아버지 죽었어요, 어머니. 내가 가서 벌에게 말할게요. 안 그러면 다 잃을 테니."

어머니와 나는 오랫동안 울었다. 그리고 울음이 바닥나 더는 나오지 않자 작은 소리들이 슬그머니 되돌아왔다. 시계의 째깍거림, 벽난로에서 장작이 떨어져 내리는 소리, 잠든 고양이의 숨소리.

기디언이 다시 돌아왔을 때 우리는 함께 힘을 써서 아버지를 침대에 눕히고 깨끗한 침대보로 덮었다. 자줏빛이었던 얼굴색이 사라져 이제 잘생기고 멋진 인물로 보였다.

기디언이 문을 잠그고는 가축을 살피고 집 안을 둘러보았다.

"이제 주무세요, 어머니." 그가 말했다. "다 괜찮아요. 가축은 다 우리에 넣었어요. 벌집마다 돌아다니며 말했으니 이제 벌도 만족해서 기꺼이 나를 주인으로 받아들일 거예요."

제3장 프루가 청하는 편지를 들고 가다

　그 시절에는 고인의 가족과 친척은 장례식이 끝날 때까지 슬픔에 젖을 여유가 없었다. 할 일이 너무 많았다. 상복을 만들어야 했는데, 최근에 길쌈꾼이 와서 짜준 옷감이 없다면 옷감부터 짜고 염색도 해야 했다. 우리는 옷감을 짠 지 꽤 되어서 옷감 여분이 너무 부족했다.

　럴링퍼드의 산기슭에 살면서 하루나 한 주씩 길쌈을 해주는 늙은 길쌈꾼을 모셔 오라고 어머니가 기디언에게 말했다. 기디언은 아버지의 말인 벤디고에 안장을 얹고, 야릇한 미소를 띠며 채찍을 집어 들었다. 기디언이 떠나자마자 어머니와 나는 빵을 굽기 시작했다. 길쌈꾼만이 아니라 장례식 바느질을 도우러 오는 여자들도 먹여야 했다. 관례대로 품앗이로 오는 것이지만 밥은 먹여야 했다.

　기디언이 없는 그 밤은 적막했다. 그는 럴링퍼드에서 하룻밤 묵어야 했는데, 다음 날 아침 늦지 않게 도착했다. 내가 실을 잣고 있을 때 마당 자갈길에서 말발굽 소리가 들렸다. 우리는 늙은 길쌈꾼이 오기 전에 준비를 마치려고 열심히 일했다. 길쌈꾼은 빼빼 마른 백마를 타고 기디언 뒤를 따랐다. 성경에 나오는 백마 탄 기수가 생각났다. 그는 평소에 보기 힘든, 매우 연로한 인물이었다. 까치처럼 말에서 내려 베틀을 이리저리 살피고, 눈부신 무언가를 찾아내 신이 난 까치처럼 자신의 북을 쳐다보았다. 그가 허비할 시간이 없다고 해서 난 식사를 다락방으로 가져다주었다. 사과를 다 치워서 그가 거치적거리는 것 없이 움직일 수 있어 다행이었다. "이제 바느질하러 오라고 청하는 편지를 보내야지, 프루." 어머니가 내게 말했다.

"잰시스에게도 보낼까요, 어머니?"

"아니, 잰시스에게까지 돈 들여 편지를 보낼 수는 없지. 와주면 고맙겠지만."

"내가 직접 가서 말할게요. 잰시스는 바느질을 무척 잘해요."

"너만큼은 아니지, 얘야. 어디가 못났든 네 바느질만큼은 똑바르고 예쁘단다, 프루."

좀처럼 들어보지 못한 칭찬에 난 신이 나서 밖으로 뛰어나갔다. 도중에 기디언을 만났다.

"편지 보내러 가?" 그가 물었다.

"응."

"잰시스도 와?"

"응."

"그 집 가면 비가일디에게 장례식에 쓸 흰 황소를 빌려달라고 부탁해."

"아버지를 장례식장에 모셔 가게?"

"응, 그리고 아버지를 묻고 나면 너랑 나랑 할 이야기가 있어. 앞으로 어떻게 할지 생각할 일이 많아. 그 편지들, 네가 직접 썼으면 1크라운은 아꼈을 텐데."

내가 글을 쓰지 못하는 걸 뻔히 알면서 왜 그런 말을 하는지 의아했다. 하지만 그는 할 말을 바로 하지 않고 시간을 두고 천천히 한다는 걸 난 알았다. 원래 그런 식이었다. 아무도 그를 열일곱 살로 보지 않을 것이다. 빠르게 툭툭 던지면서도 나직한 말투를 보면 스물다섯 살은 되어 보였다.

내가 플래시에 도착했을 때 잰시스는 정원에 앉아 실을 잣고 있었다. 황소를 빌려주겠다고 말했다. 할머니가 자기에게 준 선물이라 사실 자기 것이라고 했다. 힘이 없어서 정작 자신은 황소를 마차에 묶어 몰지도 못하고, 내가 몇 년 뒤 하게 될 것처럼 쟁기를 묶어 땅을 갈 수도 없지만 말이다. 대신 장례식에 빌려주고, 비가일디가 돈을 가로채지 않을 때면 용돈을 챙겼다. 장례식을 위해 황소를 솔로 문질러 닦은 뒤 꽃과 리본으로 아름답게 장식했다.

난 비가일디를 찾아가 말했다.

"아버지가 돌아가셨어요, 비가일디 씨."

"그랬겠지! 그게 뭔 대수라고?"

비가일디는 아주 이상한 사람이었다. 언제나.

"애야, 내가 모르는 이야기를 해봐." 그가 말했다.

"그럼 알고 계셨어요?"

"그럼, 네 부친이 세상을 뜬 걸 알았지. 지난 일요일에 '너 내게 1크라운 빚졌어, 비가일디' 이렇게 새된 목소리로 모질 게 내게 소리쳤으니 그렇게 가버린 거 아니겠니? 뭔가 참신 한 얘기를 해봐. 새롭고 기묘한 얘기 말이다. 6월 여름날인 지금 나뭇잎이 다 떨어진다거나, 내 자두가 시장에 내놓을 만 큼 잘 익었다거나, 호수가 다 말라붙었다거나, 남자가 더는 자기가 사랑하는 여자에게 상처를 입히려 하지 않는다거나, 잰시스가 더는 플래시 호수에 제 얼굴을 비춰보지 않는다면, 그래, 그런 건 이야깃거리지! 하지만 네 부친은 아무것도 아 니야. 난 전혀 관심이 없으니까."

그러면서 작은 망치를 집어 들더니 방 안에 마력이 가득 찰 때까지 줄지어 놓은 부싯돌을 두들겼다. 부싯돌은 각자의 소 리를 지녔고, 그는 양치기가 양을 잘 알듯이 그에 능숙했다. 그래서 말하고 싶지 않을 때면 부싯돌을 쳐서 소리를 울리는 것이 그의 습성이었다.

"운구 마차에 쓸 황소를 빌릴 수 있을지 여쭤보러 왔어요. 잰시스는 된다고 했어요."

"돈을 내야지."

"얼마나요?"

"장례식 때 내는 돈 그대로지. 한 마리에 1페니. 편지 보내 러 가나? 그 편지 써달라고 누구한테 돈을 주었지?"

"목사님이 써주시고 어머니가 자선 헌금함에 1크라운을 넣어요."

"맙소사! 얼토당토않은 낭비야! 그 돈의 반이면 내가 아주 멋지고 알아듣기 쉽게 써줄 수 있는데. 대문자, 소문자, 둥근 글 모난 글, 열정적인 글 암울한 글, 난 뭐든지 쓸 수 있어. 목사는 설교 글밖에 더 쓰냐. 그것도 아주 형편없지."

"저도 글을 쓸 수 있으면 좋겠어요, 비가일디 씨."

"오, 네가!"

그가 자신만의 독특한 소리로 웃었다. 머리 위쪽에서 나오는 듯 가볍고 은은한 웃음.

"애들이 할 일이 아니다." 그가 말했다.

하지만 난 그 생각에 빠졌다. 화롯불 옆 긴 의자 한 귀퉁이에 앉아 청하는 편지나 연애편지나 가계부를 쓸 수 있다면 얼마나 근사할까. 혹은 묘비에 새길 짧은 시나. 둥근 글 모난 글, 대문자나 소문자, 열정적인 글이나 암울한 글. 그리고 마음이 동하면 설교문도 쓸 수 있겠지. 잰시스처럼 너무 예뻐서 내 화를 돋우는 여자가 내게 편지를 부탁하면 열정은 하나도 안 들어간 형편없는 편지를 써줄 텐데. 잰시스가 예쁜 건 본인도 어쩔 수 없는 일이니 그건 사악한 생각이라는 것은 나도 알았다.

곧 비가일디는 어떤 노인의 곡물 병충해를 고치러 나갔고 잰시스와 나는 연인 놀이를 했다. 하지만 잰시스는 내게 엉터리라고, 기디언이 훨씬 더 잘한다고 말했다.

제4장 횃불과 로즈메리

　우리는 이슬이 내린 고요한 여름밤에 아버지를 땅에 묻었다. 당시 사른의 주변 마을에서는 밤에 매장하는 관례를 여전히 따랐다. 우리 집안에서 수백 년 동안 이어진 관습이었다. 난 흰 꽃이 달린 월계수 가지와 주목으로 마차를 장식하느라 종일 바빴다. 월계수 꽃에서는 달콤한 향이 진하게 풍겼다. 난 흰 장미를 있는 대로 꺾고 분홍색 장미 두세 가지를 꺾고, 건초 사이에서 데이지를 뽑았다. 꽃을 꺾는답시고 짓밟고 다니는 나를 보면 아버지가 얼마나 화를 낼까 싶어서 아버지가 오지 않을까 이따금 주위를 둘러보지 않을 수 없었다.

　젖을 짠 뒤 기디언이 황소를 데려와서 내가 목에 검은 띠를 두르고 뿔에 주목 가지를 묶었다. 뿔이 긴 종자라 조심해야 했다. 성미를 건드리면 눈 깜짝할 새에 뿔에 받혀 죽을 수도 있었다. 사른과 플래시 사이의 모든 땅을 경작하는 캘러드네 골짜기의 캘러드 씨와 방앗간 주인, 두 사람이 상여를 들었다. 그리고 산 너머에서 온 두 삼촌도 상여꾼이었다.

상주인 기디언은 검은 띠를 두른 중절모를 쓰고, 검은 장갑을 끼고, 띠를 감은 뒤틀린 검은 지팡이를 들었다. 문은 좁은데 관은 크고 무거워서 빼내는 데 한참 걸렸다. 사른의 장례식 때마다 그랬는데도 아무도 문을 넓힐 생각은 하지 않는 것 같았다.

모자를 벗어 들고 손에 햇불을 든 교회지기가 선두에 섰다. 방앗간집 아들과 또 다른 청년이 모는 마차가 그 뒤를 따랐다. 마차에는 나뭇가지와 나뭇잎이 산처럼 쌓여 있었고, 다들 나를 봐서 해준 일이라고 했다. 하지만 나는 그런 몹쓸 잡초를 집에서 싹 치우라던 아버지의 말만 떠올랐다. 이제 아버지는 가장 노릇 하던 곳을 떠나 덜그럭거리며 돌길을 내려갔다. 난 정말이지 이해할 수 없었다. 불쌍한 영혼을 호수 건너편에 홀로 내버려두다니 너무 야박하고 불경스러운 일로 여겨졌다. 온화한 6월 날씨였고 컴컴하지 않아 그나마 다행이었다.

짧은 길은 사람만 다니는 데라 멀리 돌아가야 했다. 방목장을 나와 거름 더미를 지나 길로 들어선 뒤 우리는 각자 자리를 잡았다. 기디언이 관 바로 뒤에서 혼자 걸었고, 검은색 보닛을 쓰고 검은색 숄을 두르고 손에 기도서와 로즈메리 가지를 든 엄마와 내가 그 뒤를 따르고, 우리 뒤를 햇불과 로즈메리 가지를 든 삼촌들과 방앗간 주인과 캘러드 씨가 따랐다.

럴링퍼드로 가는 그 길은 다른 길보다 평탄하고 좋았다. 예수가 살던 시기에 살았던 민족이 닦은 길이라고 목사님이 말하곤 했다. 로마인이라 불리는. 이름이야 어쨌든 길은 참 잘 닦았다. 호수 위쪽으로 바투 낸 길이었다. 그래서 난 엄숙하게 행렬을 따라 걸으며 물을 내려다보았고, 물에 비친 우리 모습을 보았다. 빛이라고는 그믐에 가까운 데다 구름에 가리기까지 한 달빛과 횃불이 전부라 모습은 흐릿했다. 하지만 시커먼 물 위로 뭔가가 움직이고 빛이 순간 반짝이다가, 달이 구름에서 벗어나면 마치 물속을 유영하는 물고기처럼 형체가 나타났다. 커다랗고 시커먼 덩어리가 있었는데, 그건 마차였고, 황소들은 깊숙한 물속에서 움직이는 구름 같았다. 우리가 불을 꺼버리려는 것처럼 횃불은 물속으로 곤두박질쳤다.

우리가 이동하는 내내 시신을 집으로 불러들이는 종소리가 들렸다. 황량한 밤의 호수 위에서 울리는 종소리는 무척 기이하게 들렸고, 메아리는 더욱 기이했다. 한번은 흰올빼미가 지나갔는데, 어찌나 가볍고 부드러운지 날리는 깃털 같았다. 어머니는 그것이 육신을 찾는 아버지의 영혼이라고 말했다. 종소리와 삐걱거리는 바퀴 소리뿐 아무 소리도 들리지 않다가, 어느 순간 저 멀리 황소의 희미한 형체가 보이자 교회 경작지에서 풀을 뜯던 목사님의 조랑말이 끙끙거리기 시작했다. 아마 같은 조랑말로 착각하고는 외로운 밤에 가까이에서 동류를 만나 반가워서 그랬을 것이다.

마침내 묘지 출입문 앞에서 삐걱거리는 소리가 멈췄다. 사람들이 관을 꺼내 가대 위에 얹었고, 상여꾼의 거친 숨소리 사이로 미래를 약속하는 기도가 흘러나왔다.

"나는 부활이요 생명이니."●

그 말소리는 가뭄 뒤 단비 같았다. 다만 나는 우리가 어떤 식으로 부활해서 다시 나타날지 궁금해졌다. 또렷하게 나타날까, 아니면 물속에 잠긴 듯 흐릿할까? 아버지는 돌아가시던 순간처럼 화가 잔뜩 나서 나타날까, 아니면 연노란 꽃을 한 다발 들고 할머니에게 뛰어가는 어린아이로 나타날까? 어머니는 똑같은 미소를 지을까, 어두운 통로에서 빛을 찾기는 했을까? 난 여전히 내가 좋아하지 않는 몸에 갇혀 있을까, 아니면 우리 영혼으로 실을 자아서 각자 마음에 드는 몸을 지어내는 일이 허용될까?

관이 묘지 옆의 다른 가대로 옮겨지고 그 위에 흰 천이 덮였다. 우리가 가진 가장 좋은 식탁보였다. 그 위에 딱총나무 열매 술이 가득 담긴 큰 백랍 맥주잔을 놓았다. 어머니가 내놓을 수 있었던 건 그것뿐이었는데, 그 전해에 딱총나무 열매가 워낙 많이 열려서 장례식에 내놓고도 남을 만큼 충분했으니 천만다행이었다. 크리스마스 색깔을 되비치며 식탁에 올라앉은 것만 보아왔는데 그 맥주잔이 모호한 달빛을 받으며 관 위에 놓여 있으니 낯설게 보였다.

목사님이 다가와 맥주잔을 집어 들고 말했다.

"떠난 자의 평온을 위해 마십니다."

그러자 다들 순서대로 다가와 아버지 영혼의 무탈함을 바

● 〈요한복음〉 11장 25절.

라며 술을 마셨다.

관 발치에 술이 담긴 작은 백랍 통과 바삭한 빵 껍질이 있었지만 아무도 손을 대지 않았다.

교회지기가 앞으로 나와 말했다.

"죄식자가 있나요?"

그러자 어머니가 울부짖었다.

"아뇨, 없어요! 통탄스럽게도! 불쌍한 사른을 위한 죄식자가 없어요. 기디언이 반대했어요."

당시 우리가 살던 곳에서는 누군가 죽으면 가난한 사람에게 돈을 주고 죄식자를 맡기는 것이 여전한 관례였다. 죄식자는 관 너머로 건네주는 빵과 술을 받아먹으며 이렇게 말한다.

"들판 위로도 저 아래 샛길로도 걷지 못하는 그대에게 지금 내가 편안함과 휴식을 주리라. 그대의 평온을 위해 내가 내 영혼을 잡히니."

그런 뒤 차분하고 비통한 표정으로 자신의 자리로 돌아간다. 할머니 말씀으로 죄식자는 현자나 영혼을 달래는 사람들이 불운을 만난 것이라고 했다. 혹은 악한 일을 저질러 인간다운 삶에서 동떨어진, 아무도 상종하지 않는 불쌍한 사람들로, 관 너머로 건네받는 빵과 포도주만 먹고 사는 경우가 많았다. 우리가 살던 시절에는 그런 죄식자가 사른 주변에 남아 있지 않았다. 이제 거의 다 사라져 산 너머에서 불러와야 했다. 워낙 먼 거리라 돈을 받지 않던 예전과 달리 많은 돈을 요구했다. 그래서 기디언이 이렇게 말한 것이다.

"돈을 아껴야 해요. 그 사람이 뭘 해주겠어요?"

그러자 어머니는 밤새도록 넋두리를 하며 울었다. 그리고 교회지기가 죄식자가 있느냐고 묻자 다시 서글프게 울었다. 아버지는 화가 머리끝까지 난 상태로 돌아가서 모든 죄를 그대로 지고 세상을 떴을 뿐 아니라 장화를 신은 채였기에 아주 상스러워 좋지 않은 징조였다. 어머니는 죄식자가 꼭 필요하다고 생각했고, 무슨 말도 위로가 되지 않았다.

그때 심장이 쿵 내려앉을 만큼 해괴한 일이 벌어졌다.

기디언이 관 앞으로 나서며 이렇게 말했던 것이다.

"죄식자는 있습니다."

"누구지? 안 보이는데." 교회지기가 말했다.

"제가 죄식자를 하겠습니다."

그는 시커먼 액체가 찰랑거리는 작은 백랍 그릇을 들어 올리며 어머니를 바라보았다.

"제가 죄식자가 되면 농장을 비롯한 전 재산을 제게 넘기겠어요, 어머니?" 그가 물었다.

"안 돼, 안 돼! 죄식자는 저주를 받아!"

"어머니가 담근 포도주를 마시고 어머니가 구운 빵을 씹어 먹는 건데 무슨 나쁜 일이 생기겠어요? 하지만 어머니가 내키지 않는다면 관둘게요. 아버지가 죄를 그대로 지고 가면 되죠."

"아니, 그건 안 돼! 아버지의 죄를 덜어드려라, 기디언! 가련한 영혼에게 안식을 주렴! 넌 팔팔하고 젊지만 아버지는 사탄의 수중에서 차갑고 무력해. 장화를 신은 채 그 모든 죄를 지고 갔어! 도울 사람이 아무도 없다면 자식이라도 연민을 보여야지."

"그러면 농장을 제게 주는 거죠, 어머니?"

"그래, 그래, 얘야. 농장이 내게 뭐라고? 다 가져가거라."

그러자 기디언은 술을 한 번에 다 마시고 빵도 꿀꺽 삼켰다. 그가 우적우적 씹는 소리 외에 아무 소리도 들리지 않았다.

높고 검은 중절모를 써서 더 커 보이는 기디언이 창백한 얼굴을 환히 빛내며 일어선 뒤 관 위에 손을 얹고 말했다.

"그대에게 지금 내가 편안함과 휴식을 주리니, 길에도 우리 목초지에도 들어서지 말라. 그대의 평온을 위해 내가 내 영혼을 잡히니, 아멘."

그러자 풀이 우거진 마른 들에 바람이 불듯 모두에게서 한숨이 새어 나왔다. 내 느낌으로는 출입문 옆에서 되새김질하는 황소까지 한숨을 쉰 듯했다.

그런데 '길에도 우리 목초지에도 들어서지 말라'라는 말을 기디언은 마치 무단 침입자에게 경고를 보내는 투로 했다.

이제 로즈메리를 무덤 속으로 던져 넣을 차례였다. 그런 뒤 관을 구덩이 속으로 내리고 다들 가지고 있던 횃불을 던져 넣어 불을 껐다.

마침내 다 끝났고, 기디언은 마차를 몰고 큰길로 가고 우리는 가장 짧은 지름길로 집에 돌아왔다. 교회 예식에 참석했던 사람들은 다들 음식을 먹으러 교회로 돌아갔기 때문에 몇 명 되지 않았다. 앞에서 언급한 사람들 외에 대장장이와 플래시의 농장에서 온 황소 몰이꾼, 산마을의 양치기, 그리고 방앗간 일꾼과 여자 몇몇이 전부였다.

늦은 밤이면 호수 주변 공기가 차가워졌으므로, 어머니는 티비에게 화롯불을 잘 살피면서 향료 넣은 맥주와 우유 술을 끓이는 주전자를 잘 보라고 일렀더랬다.

집에 도착하자 비가일디 부인과 잰시스가 와 있었다. 불은 활활 타고 있었고 그 위에 얹힌 뿔잔의 맥주는 알맞게 데워져 있었다. 비가일디 부인은 상냥한 사람이었지만, 교회와 반목하는 마법사의 부인이라 사람들이 싫어했다. 결혼식이든 세례식이든 초대받은 적이 없었다. 하지만 장례식이야, 어차피 불운이 닥친 집안이니 더 입을 해가 뭐 있겠는가? 비가일디 부인은 나돌아 다니는 일을 무척 좋아했다. 럴링퍼드에서 살며 가게를 운영하고 일요일에 두 번 교회를 가고 성가대에서 노래 부르는 삶을 살았다면 좋았을 것이다. 친한 사람 몇 명과 나를 빼고는 누구에게도 대놓고 말한 적이 없지만 그녀는 남편의 마법을 전혀 믿지 않았다. 장례식이 있은 지 한참 뒤의 일이지만, 한번은 내가 그 집에 들어갔을 때 부부 사이에 말다툼이 벌어져 스톤하우스가 소란스러웠다(이에 대해서는 곧 알게 될 것이다). 그녀는 레이디 캠퍼다인의 병(비가일디 씨가 그 안에 그 노부인의 유령을 넣어두었다고 했다)을 들고 제대로 섞지 않은 소스인 양 코르크 마개가 빠져나올 정도로 마구 흔들며 이렇게 소리쳤다. "내가 가르쳐줄게! 가르쳐줄까? 레이디 캠퍼다인 좋아하시네! 플래시 호수 물! 이 병 안에 든

게 그거잖아. 플래시 호수 물, 겨우 그거지."

비가일디 부인은 누구의 눈에도 잘 띄지 않았다. 늘 밖에서 닭과 오리를 돌보거나, 정원 흙을 고르거나 물고기를 잡으러 갔다. 물고기를 참 잘 잡았다. 부인이 없었다면 그 가족은 고생이 이만저만이 아니었을 것이다. 비가일디 씨는 마법 외에는 하는 일이 없었으니까. 그녀는 혹시 장례식 케이크가 모자랄까봐 케이크를 구워 왔다. 아주 상냥하고 잘생긴 인물로, 잰시스처럼 흰 피부에 통통했다. 그녀가 만든 우유 술은 얼마나 맛이 좋은지 다들 그녀가 마법사의 아내라는 사실을 잊게 했다. 목사까지도.

"황소를 다시 데려가려고요." 그녀가 어머니에게 말했다. "건초 가을걷이할 때 쓸 일이 많거든요."

"시작하셨어요?"

"네, 당신도?"

"제가 내일 시작할 겁니다." 기디언이 말했다.

좌중의 시선이 일종의 권위를 지니고 문을 막고 선 그를 향했다. 그리고 불길한 존재를 마주친 듯 그에게서 떨어지려는 것 같았다.

목사님이 가려고 일어섰다.

"새날이 밝았구나, 젊은 사른." 그가 말했다. "새날도 그렇고 앞으로도 내내 잘해나가길 바란다."

"새날! 오, 새날! 가능성의 단어야." 잰시스가 말했다.

잰시스가 하품을 하자 단번에 입이 장미가 되었고, 난 봐줄 수가 없었다.

"찬송가!" 교회지기가 엄숙하게 말했다. "이곳을 떠나기 전에 찬송가 한 곡을 부릅시다."

그래서 우리는 열두 개의 촛불이 까라질 듯 흔들거리는 탁자 주위에 서서 노래를 불렀다.

머리에 떼를 이고,
다리에도 떼를 덮은 그대,
선행과 악행 모두
주님을 만나기 전에

여자보다 남자의 수가 더 많았기에 노랫소리는 라임나무의 꿀벌 소리처럼 낮게 울렸다. 잰시스와 티비는 아주 맑고 높은 목소리로 노래했는데, 저 밖에 불쌍한 시신이 뗏장만을 동료 삼아 누워 있다는 사실에는 전혀 관심이 없는 듯한 감정 없는 목소리이기도 했다.

그러고는 쿵쿵거리는 발소리와 함께 이리저리 움직이며 다들 사라졌다. 어머니는 장례식 케이크를 나눠주느라 문간에 잠시 서 있었다. 달걀을 많이 넣은 반죽을 관 모양으로 만들어서, 검은 테두리 종이로 싼 맛 좋은 스펀지케이크였다.

이즈음 새들이 맑고 요란스럽게 지저귀고 있었다. 사방에서 울리고 되울렸다. 우리 굴뚝 그림자가 호수 위에 드리워졌으니 해가 뜨고 있는 것이다. 떡갈나무 수풀에서 뻐꾸기가 울고 건초 풀 사이에서 흰눈썹뜸부기가 처음으로 당당한 목소리를 뽑아냈다.

기디언이 말했다.

"잠자리에 들기엔 너무 늦었네. 새날이 밝았으니. 함께 과수원으로 가자. 내 계획을 들려줄게."

그 뒤를 따라 아직 꽃도 열매도 없는 과수원으로 내려가던 그때 난 그 계획이 우리 모두에게 어떤 운명을 초래할지 상상하지 못했다.

제5장 첫 낫질

우리는 피핀 사과나무에 올라갔다. 우리가 가장 좋아하는 장소였다. 환한 이파리 사이로 그 얼굴을 바라보자니 기디언이 그 모든 죄를 받았다는 것이 참 이상야릇했다. 골풀 요람에서 발버둥을 치며 울부짖던 아기 때부터 몰래 교회를 빼먹던 젊은 시절을 거쳐 닭싸움을 시키고 연애를 하던 시절까지 아버지가 행한 모든 악행을 기디언이 떠안아야 했다. 아버지의 분노는 기디언의 분노였다.

"자, 프루, 지금부터 내가 하는 말 잘 들어." 기디언이 말했다. "너랑 나랑 함께 잘 꾸려나가야 해."

"그리고 어머니랑?"

"그래, 어머니도. 하지만 어머니는 연로하시잖아."

"어머니도 함께하시고 싶으실걸. 분명히."

"그건 별로 중요하지 않아. 우리가 잘해나가면 어머니도 잘해나가실 테니. 우리가 일을 해야 해, 프루."

"일은 두렵지 않아." 내가 말했다.

"일이 엄청 많을 거야. 이 농장에서 돈을 벌고 싶거든. 아주 많이. 그러다 때가 되면 농장을 파는 거야. 그다음 럴링퍼드로 가서 집을 사는 거지. 그러면 넌 부잣집 부인이 되어 잘난 사람들 사이에서 고개를 꼿꼿이 들고 사는 거야."

"부자가 되어 고개를 꼿꼿이 드는 거 좋아하지 않는데."

"좋아해야 해. 난 교구 위원이 되어 교구 목사에게 할 일을 알려주고, 누구에게 족쇄를 채우고 누구를 구빈원에 보낼지 결정하고 의회 의원에게 투표할 거야. 그리고 너는 결혼도 안 한 처자가 애를 낳으면 쫓아가서 혼내주는 거지."

"난 차라리 그 아기랑 놀고 싶은데."

"아기랑 노는 건 아무나 할 수 있잖아. 혼내주는 건 마나님만 할 수 있고. 그리고 아주 커다란 저택을 살 거야. 아직 봐 둔 집은 없지만 시간은 충분해. 정원에 정원사도 두고 하녀도 두고, 집 안에는 웅장한 가구와 은 접시와 도자기 그릇을 가득 채우는 거야."

"예쁜 도자기 그릇 엄청 좋아." 내가 말했다. "작은 사람이 그려진 찻잔과 받침 몇 개를 스태퍼드셔에서 살 수 있어?"

"원하는 건 무엇이든 가질 수 있어. 드레스가 가득 걸린 옷장과 금 골무까지도. 다만 우선 나를 도와야 해. 시간이 아주 오래 걸릴 거야."

"하지만 그냥 사른에 살면서 새 가구랑 도자기 그릇만 조금 사면 안 돼? 집 안에 하인을 그렇게 많이 두지 말고?"

"안 돼, 사른에는 사람이 너무 없어. 교구 축제일에나 사람이 많은데, 그건 1년에 한 번이잖아. 1년에 한 번으로 뭘 해? 사람이 없는데 거기서 무슨 대장을 해? '만 명의 대장.' 아주 듣기 좋잖아. 난 만 명의 대장이 될 거야."

"그런 생각을 하다니 몸 안에 벼락이라도 들어갔나?" 내가 물었다.

난 그가 뭔가 예사롭지 않은 일을 벌일 때면 벼락이 들어간 게 아닌가, 생각하곤 했다. 눈빛이 활활 타올랐는데, 그러면서도 차가웠다. 그럴 때면 그는 자기가 원할 뿐 상대는 원하지 않는 일을 상대도 원하는 듯한 기분이 들게 했다. 숲속에서 오소리 굴을 찾고 싶으면, 나도 그걸 원한다는 기분이 들게 하는 것이다. 사실 내내 내가 진정 원했던 것은 앵초 꽃을 따는 것이었는데도.

"그래, 내가 마음먹은 일을 하려면 핏속에 벼락이 많아야 할 거야." 그가 말했다. "어머니 말씀으론 이 농장으로 먹고살기 어려웠고 아버지가 남긴 유산도 없어. 길쌈꾼과 교회지기에게 값을 치르고 장례식에 쓸 양초와 장갑을 사고 나니 끝이야."

"지금까지 먹고살기 힘들었다면, 게다가 아버지가 일을 하셨는데도 그랬다면, 우리가 무슨 일을 하든 결코 돈을 모을 수 없는 거 아냐?" 의아해진 내가 물었다.

"난 아버지가 한 일만이 아니라 훨씬 더 많은 일을 할 거야."

"그럴 수는 없어."

"난 마음먹은 건 다 할 수 있어. 죽음이 아니면 그 무엇도 가둘 수 없는 힘이 내게 있으니까. 그리고 네가 도와준다면……."

그가 거기서 말을 끊고는 이파리 하나를 뜯어 찢었다. "상황이 상황인 만큼 넌 평생 결혼하지 못할 거야."

내 심장이 슬픔으로 가만히 뛰었다. 평생 결혼을 못 한다니 너무 끔찍한 일 같았다. 여자는 다 결혼하는데. 잰시스도 할 테고, 티비도 할 테고. 늘 발진이나 버짐 같은 것을 달고 사는 방앗간의 폴리도 결혼을 할 텐데. 여자들이 결혼을 하면, 작은 오두막이 생기고, 아마 남편이 돌아올 시간에 불을 밝힐 램프도 생길 텐데. 양초뿐이라도 상관없어. 양초를 창턱에 놓으면 남편이 '내 아내가 불을 밝혀놓았군!' 그렇게 생각할 테니. 그리고 비가일디 부인이 골풀 요람을 만들어줄 테고, 어느 날인가 요람 안에 근사하게 아기가 누워 있겠지. 세례식 초청장을 돌리면 이웃들이 여왕벌 주위의 꿀벌처럼 아기 엄마 주위에 몰려들겠지. 난 일이 잘못될 때마다 종종 이렇게 혼잣말을 했다. "신경 쓰지 마, 프루 사른! 너만의 벌집에서 네가 여왕벌이 될 날이 올 테니까." 그래서 난 이렇게 대꾸했다.

"결혼을 못 한다고, 기디언? 오, 아냐! 난 꼭 할 거야."

"네게 아무도 청혼하지 않을 거야, 프루."

"아무도? 왜?"

"왜냐하면…… 아, 곧 알게 될 거야. 하지만 네가 도와주기만 한다면 그와 상관없이 집과 가구를 가질 수 있다고."

"하지만 남편이나 골풀 요람의 아기는 못 가져?"

"응."

"도대체 왜?"

"어머니한테 여쭤보는 게 좋겠다. 어머니라면 왜 토끼가 그 앞을 지나갔는지 말해줄 수 있을 테니. 하지만 난 널 보면 마음이 아파서 널 돈 많은 귀부인으로 만들어줄 거야. 금화를 많이 벌면 치료할 길을 찾을 수 있을지도 모르지. 하지만 돈이 아주 많이 들 테니 일을 열심히 하면서 내가 하라는 건 다 해야 해. 넌 깔끔하고 강직한 사람이야, 프루. 그것만 아니라면 남자들이 잰시스에게 몰리듯 네 주변으로 몰릴 텐데."

과수원 아래쪽 둑에서 찰싹거리는 물소리를 들으며 난 잠깐 그 말을 따져보았다. 그런 뒤 기디언이 원하는 일은 다 하겠다고 말했다.

"맹세해야 해, 프루. 성경 책에 대고 엄숙하게. 그러지 않으면 나중에 너무 지쳐서 금방 포기할지도 모르니까. 나도 내 약속을 맹세할게."

기디언은 집 안으로 들어가서 성경 책을 들고나왔다. 난 가만히 앉아서 정원과 건초 마당 너머, 집 뒤편의 떼까마귀 둥지로 까마귀들이 날아가는 소리를 들었다. 플래시 방향의 면 들판에서 아침을 먹고 되돌아오는 중이었다. 나도 아침을 먹고 싶었다. 누가 세상을 뜨건 불쌍한 우리 인간들은 배가 고프니까. 까옥까옥 나른한 울음소리와 저공비행하며 날개를 파닥거리는 소리를 듣고 있자니, 간밤에 아버지를 땅에 묻고도 동이 트자마자 아침밥이나 집이나 금화 생각을 하다니 참 부조리한 세상이다 싶었다. 내가 태어나지도 않았을 때 실없는 토끼 한 마리가 어머니를 쳐다봤다는 이유로 평생 불행해야 하는 세상. 아들이 어머니가 구운 케이크를 먹고 어머니가 담근 술을 마시며 아버지의 모든 죄를 불쌍한 자신의 영혼으로 지고 살아야 하는 세상.

기디언이 은색 걸쇠로 잠긴 아주 묵직한 성경 책을 손에 들고 달려왔다.

"내려와서 맹세해, 프루. 성경 책을 잡아." 그가 말했다.

어머니가 그런 일을 허락하리라 확신하느냐고 내가 물었다.

"허락? 어머니가 허락하고 말고 할 일이 아니야. 날 방해할 수 없어. 농장은 내 것이니까. 내가 죄를 떠안을 때 어머니가 하신 말 못 들었어?"

"어머니에게 그 약속을 지키라고 할 거야?"

"얻는 것도 없이 영혼을 파는 사람이 있나? 남의 죄가 달콤해서 내가 그런 대가를 치러가며 기꺼이 먹었겠어? 농장은 영원히 내 소유야. 내가 팔아넘길 때까지. 이제 맹세해. 따라 해. 난 내 오빠 기디언 사른에게 복종할 것을, 그가 하고자 하는 일을 마칠 때까지 돈을 받지 않고 그의 몸종이 되어 일할 것을 약속하고 맹세합니다. 도제이자 부인이자 개처럼 시키는 일은 다 할 것입니다. 성경을 두고 맹세합니다, 아멘."

난 그의 말을 따라 했고, 뒤이어 기디언이 말했다.

"난 내 동생 프루 사른과의 신의를 지키고 우리가 함께 얻은 것은 모두 나눌 것을, 사른 농장을 팔면 프루를 치료할 돈으로 50파운드까지 줄 것을 맹세합니다, 아멘."

그 일을 끝내는 순간, 사른 호수 물이 우리를 덮치며 흘러가는 양 난 학질 걸린 사람처럼 몸을 부르르 떨었다.

"어디 안 좋아?" 기디언이 말했다. "추우면 안으로 들어가자. 불을 피우고 아침을 먹는 게 좋겠다. 먹으면서 얘기하면되지. 어머니는 주무시니까. 아직 할 말이 많아."

그래서 난 집 안으로 들어가 불을 피우고, 최대한 근사한식탁을 차렸다. 칙칙한 집 안에서 그것이 그나마 약간 위안이되었으니까. 장미꽃을 몇 송이 꺾어 식탁에 놓으면 너무 무감한 일일까 싶었다. 하지만 먹고 마신다고 무감한 것이 아닌데장미 한두 송이 꺾는다고 해가 되지는 않을 것 같았다.

기디언이 우유를 짜서 돌아와 우리는 식탁에 앉았고, 기디언은 자신의 계획을 다 들려주었다. 첫 번째로 난 버터와 치즈 만드는 법을 배워야 했다. 그러면 그는 벤디고에 매달 버들가지 바구니를 만들어 장날마다 그 안에 버터와 달걀, 치즈, 벌집, 과일과 야채와 꽃까지 담아 럴링퍼드로 간다.

"저 장미로 꽃다발을 만들면 그것도 돈이 좀 될 거야." 그가말했다.

가끔 닭과 오리, 토끼, 물고기, 버섯에 양념을 해서 팔 거라고 했다.

"그러니까 장사를 하는 거지." 그가 말했다.

"하지만 엄청 먼 길이잖아! 하루에 48킬로미터를 가야 하는데."

"땅 한편을 갈아 벤디고가 먹을 곡물을 심을 거야. 나로 말하자면 절대 지치지 않아."

돈이 좀 모이면 암소를 한 마리 더 사겠다고 했다. 봄이면 송아지가 태어날 테고 한 마리가 젖이 말라도 두 마리에서 젖을 짤 수 있다. 그러면 장에 내다 팔 버터가 더 많아지고. 그다음에는 땅을 갈고 도리깨를 돌리고 거름을 져 나를 황소 두 마리를 산다. 그러면 비가일디의 황소를 빌리지 않아도 된다. 암퇘지가 새끼를 낳으면 새끼를 팔지 않고 모두 떡갈나무 수풀에 풀어놓는다. 그러면 어머니가 뜨개질거리를 들고 나가 새끼 돼지를 살핀다. 베이컨이 우리가 먹고도 많이 남을 테니 장에 내다 팔 수 있을 것이다. 지금은 양이 다섯 마리뿐이지만, 이제부터 태어나는 새끼를 팔지 않고 키우면, 양털도 생기고 이듬해가 되면 양 떼가 많아질 것이다. 내가 어머니와 함께 겨울 내내 실을 자으면 포목상에 가져가 팔거나, 염장할 소금이나 이스트나 설탕처럼 식료품점에서 필요한 물품과 교환할 수 있다. 비누는 잿물로 직접 만들어 쓴다. 동물 기름과 마른 골풀로 골풀 양초도 직접 만든다. 우리에겐 호밀도 있고, 자그마한 밀밭도 있었다. 아버지는 한 번에 몇 가마씩 티비의 삼촌이 사는 방앗간에서 밀을 빻아 오시곤 했다.

"곡물을 더 심을 거야. 몇만 제곱미터 정도." 기디언이 말했다. "우마차에 싣고 방앗간으로 가는 거지. 프랑스에서 뭘 어쩌건 곡물이 잘못될 일은 없어. 지금은 값이 싸지만 관세가 붙으면 얘기가 달라질 텐데, 듣자 하니 그렇게 될 모양이야. 그때가 되면 다른 작물을 심은 8만 제곱미터 땅을 애지중지해봐야 4000제곱미터 밀밭보다 못할 거야. 홉도 길러서 좋은 맥주가 떨어지지 않게 할 거야. 네게 일은 시켜도 굶주리게 하진 않을 작정이거든. 소박한 좋은 음식은 양껏 먹을 수 있지만, 장신구는 없어. 시장에 내다 팔고 남은 질 나쁜 꿀은 먹을 수 있고, 가격이 쌀 때면 과일도 먹을 수 있어. 베이컨과 감자, 빵, 달걀, 버터는 길이 나빠서 시장에 못 나가게 되면 먹을 수 있지."

"길이 나쁘기를 기도해야겠네." 내가 말했다.

그 말에 기디언이 나를 쏘아보았는데, 농담이란 걸 알고는 웃었다.

"그래, 하지만 웬만한 날씨로는 어림없을걸."

기디언의 계획 중에는 내가 계산과 장부 정리와 글 쓰는 법을 배운다는 것도 있었다. 난 책을 읽을 수 있다면, 특히 성경을 읽을 수 있다면 정말 좋겠다는 마음이었으므로 아주 기뻤다. 교회에서 교회지기가 성경 구절을 읽을 때마다 마음이 조마조마했는데, 그 목소리가 마치 병 안에 든 벌 소리 같았기 때문이다. "그리고 그가 아내를 얻어 아미나답을 낳았다." 이런 문장이라면 아무래도 괜찮았다. 하지만 사시나무 사이로 부는 바람 소리처럼 읽어야 할 문장을, 글을 읽을 수 있어서 뻐기듯이 웅얼대면 너무 안타까웠다. "혹은 은줄이 풀리고" 이런 문장을 내가 직접 읽고 음미하기를 바랐다. 글을 쓸 수 있어서 내가 간직하고 싶은 것들을 적을 수 있다면 그것도 근사할 거였다. 그래서 기디언이 내게 그런 것을 배워야 한다고 말했을 때 난 기꺼이 하겠다고 했다.

"하지만 비가일디 씨에게 배운다면, 돈은 어떻게 내?" 내가 물었다.

"그 집에서 감자를 캐고 건초 일을 돕고 이따금 쟁기질을 도우면 돼. 비가일디는 구제 불능으로 게으르고 자기가 현자라고 뻐기기 때문에 집안일에 손가락 하나 까딱 안 하거든. 몽상, 몽상만 한다고! 자기한테 만병통치약이 있다는데, 게으름만은 못 고쳐. 넌 강하잖아. 넌 나와 나란히 삽질을 할 정도니까. 그렇게 값을 치러. 원한다면 당장 오늘 저녁에 상복을 입고 가서 부탁해도 되고."

기디언은 낫을 들고 목초지로 나갔고, 나도 열성적으로 내 일을 시작했다. 살짝 콧노래를 흥얼거리다가 곧 불쌍한 아버지가 떠올랐다. 조금이나마 교육을 받는다니 큰 창문이 활짝 열린 것처럼 날아갈 듯한 기분이었다. 그 창문 밖으로 무엇을 보게 될지 누가 알겠는가?

기디언의 점심을 들고 떼까마귀가 모인 곳을 지나가다가 난 떼까마귀에게 우리 집 죽음을 알리지 않았다는 것을 깨달았다. 그건 고릿적 관습이었다. 알리지 않으면 떼까마귀들이 불만에 차고 울적함에 젖어 집에 돌아오는 것을 잊는다고 했다. 그래서 얼마 안 가 허공에 걸린 검은 과일처럼 여전한 느릅나무 위 둥지가 버려지고 적막해진다는 것이다. 떼까마귀가 못된 짓을 많이 하기는 하지만, 그 새들이 사라지는 건 큰 불운이라 떼까마귀가 떠나버린 집은 이후 번성하지 못한다고 했다. 난 기디언에게 이 사실을 상기시켰고, 우리는 함께 떼까마귀 둥지로 갔다.

느릅나무와 양느릅나무 둘 다 내가 지금껏 본 가장 큰 느릅나무였다. 잎이 무성해서 그 아래는 어두침침했다. 막 꽃이 피기 시작한 애기똥풀과 아직 꽃이 피지 않은 쥐털이슬로 땅이 푸릇푸릇했다. 새똥이 이파리를 하얗게 덮었다. 산들바람에 나무 꼭대기만 살살 흔들릴 뿐 아주 고요하고 뜨거운 날이었다. 이따금 나른한 까마귀 울음소리가 쏟아져 내렸다. 내 몸을 씻은 뒤라면 이런 날 오후에 차를 마신 뒤 까마귀 둥지를 보러 오는 게 좋았다. 특히 승천일에 까마귀들이 일을 하나 안 하나 보러 오곤 했다. 승천일에는 까마귀도 일하지 않는다고들 했기 때문이다. 정말로 그날엔 나뭇가지를 물고 가는 까마귀를 한 마리도 보지 못했다. 설교단의 목사님처럼 각자 자리를 잡은 새들은 아주 신성하고 깊은 생각에 잠겨 있는 듯했다.

"어이, 떼까마귀!" 기디언이 외쳤다. "아버지가 돌아가셔서 이제부터 내가 여기 주인이야. 앞으로도 이곳에서 평화롭게 살 수 있다는 말을 하러 왔어. 나 말고 다른 사람들은 사냥하지 못하게 할 테니 여기 계속 머물러도 돼."

까마귀들이 둥지에 앉아 내려다보다가, 그가 말을 마치자 난데없이 날개를 퍼덕이면서 아주 야단스럽게 창공으로 날아올랐다. 마치 그가 한 말을 따져보려는 듯이. 곧 돌아와서는 아주 진지하고 조용하게 자리를 잡았다. 우리는 까마귀들이 이곳에 계속 머무르리라는 것을 알았다.

밭으로 돌아온 뒤, 기디언이 숫돌에 낫을 갈다가 살짝 웃으면서 말했다. "까마귀들이 머무르겠다니 다행이지 뭐야. 내가 까마귀 파이를 얼마나 좋아하는데."

그러면서 데이지가 잔뜩 자란, 듬성듬성한 풀밭 위로 낫을 휘둘렀다. 한숨처럼 메마른 소리가 났다. 풀이 워낙 듬성듬성해서 강철빛이 번쩍하듯 키 큰 풀을 가르는 낫이 그 사이로 보이더니 풀 무더기가 쓰러졌다. 지금 생각하니 그것은 우리를 베어낼 때를 기다리며 항상 뒤쪽에서 기다리는, 죽음을 불러오는 신의 의지처럼 보인다. 그렇다고 신이 매정한 것이 아니라 우리가 자라온 목초지를 떠나 안전한 신의 건초 마당으로 옮겨져 영원한 신의 사랑으로, 따뜻하게 이엉으로 엮이는 것이 우리에게 가장 좋은 일인 것이다.

제6장 "꿈을 꾸기 전에 안장을 얹어야지"

　기디언은 여전히 목초지에서 열심히 일을 했고, 난 소젖을 다 짠 뒤 위층으로 올라가 상복을 입고 면 모자를 썼다. 더러움 탈까봐 일할 때는 그 모자를 쓰지 않았기 때문에 마을 사람들은 내가 이교도이거나 거의 이교도라고 보았다. 면 모자도 쓰지 않고, 대개 신발도 스타킹도 신지 않은 채 맨발로 다니거나 나막신을 끌고 다녔으니까. 기디언은 나무를 깎아 나막신을 잘 만들었고, 그 신발은 나처럼 지저분한 일을 하는 사람에게 제격이었다. 난 축사 청소할 때 입으려고 마대 천으로 무릎까지 오는 짧은 치마를 만들었다. 다들 나를 사른의 외양간 미개인이라고 부른다는 것을 난 알았다. 하지만 앞으로 갖게 될 럴링퍼드의 아름다운 집과 꽃무늬 드레스와 무명 커튼과 도자기 그릇을 떠올리면 그런 건 상관없었다.

　난 손으로 짠 내 격자무늬 드레스와 얇은 실크로 만든 작은 소시지 모양 장식을 단 최신 유행인 새 면 모자를 무척 아꼈다. 그래서 머리칼을 양쪽에 하나씩, 뒤쪽으로 두 가닥 굵게 말아서 허리께까지 늘어뜨렸다.

나를 요정처럼 아름답게 만들어줄 약초를 조만간 구하리라 는 생각에 난 마음이 편안했다. 젖을 짜면서도 그 생각을 했고, 돼지우리를 치우면서도, 부엌 바닥을 솔로 문지르면서도 그 생각을 했다.

죽음의 그림자에 덮인 채 침울하고 까라져 있던 어머니는 내가 플래시에 간다는 말에 살짝 인상을 찌푸렸다. 어머니는 평생 성마른 남자의 비위를 맞추며 살아서 양말 뜨기를 막 마친 사람처럼 안절부절못했다. 어머니는 굴뚝 근처 구석에 조용히 앉아 있었고, 쏙독새 울음소리처럼 물레가 가만히 돌아가는 소리가 그쪽에서 들려왔다. 그러다가 어머니는 문득 물레질을 멈추고 손을 비볐다. 난 그 손을 볼 때마다 덫에 걸린 두더지가 신을 향해 뻗은 작은 손이 떠올랐다. "지난주 일요일에 그이에게 차와 함께 줄 베이컨이 없었어! 그 전주 일요일에는 만두가 맛이 없다고 했는데, 워낙 형편없었으니 그럴 만도 해, 프루. 지난주 한 주에만 두 번이나 계란을 완숙을 해버렸고, 그 새 덧옷은, 프루……."

그러면서 어머니는 한참을 울었다.

"내가 늦장을 부렸단다, 프루. 그래서 완성되기도 전에 아버지가 세상을 뜬 거야. 오, 생각해봐! 어깨와 소맷자락만 달면 끝나는데. 지금껏 내가 지은 가장 훌륭한 덧옷이 되었을 텐데. 근데 계속 늦장을 부려서 기다리지 못한 거야. 저 멀리

느릅나무 사이에서 들려오는 장대한 부름을 들었고, 그래서 작업복이 끝나기까지 기다리지 못한 거야. 지금까지 한 바느질이 다 헛수고가 되었어."

"어머니, 완성해서 기디언을 주면 되잖아요." 내가 말했다. "아버지처럼 가슴이 떡 벌어지지는 않았지만 기디언도 다 커서 건장하니까 잘 맞을 거예요. 게다가 더 건장해질 테고요. 열여덟 살이 되면 아주 딱 맞을 거라고 봐요. 그러니까 서둘러 완성하시는 게 좋을걸요."

"그래, 그거 괜찮은 생각이구나, 얘야. 죄를 떠안아 평생 지고 가야 할 테니 덧옷이라도 지어줘야겠다."

어머니는 기디언의 주일용 외투를 가져와 옷장 서랍에서 꺼낸 덧옷과 크기를 대보았다.

난 어머니 마음에 들 만큼 크기가 비슷하기를 바랐다. 과연 그러했고, 다시 차분해진 어머니는 작은 쪽독새처럼 윙윙 소리를 내며 일을 시작했다.

하지만 그 상태는 오래가지 않았다. 어머니는 장갑을 끼는 나를 슬쩍슬쩍 보더니 이렇게 말했다.

"머리를 그렇게 말아놓으니 보기 좋구나, 프루." 그다음엔 "넌 몸이 참 작구나, 얘야".

그러더니 곧바로 물레에 엎어져 예의 지루한 울음을 토해냈다.

"길을 가는데 토끼가 내 앞을 휙 지나가는 걸 난들 어쩔 수 있었겠어? 어쩔 수 있었겠냐고?"

"오, 어머니, 어머니!" 난 애원했다. "어차피 우리가 고칠 수도 없는 일인데 한탄은 그만하세요. 어머니가 우시는 건 못 견디겠어요. 어머니! 봐요! 전 아무렇지도 않아요. 자, 자, 어린 양!"(어머니는 참 작고 허망해 보여서 난 어머니를 그렇게 부르곤 했다). "자, 그런 건 마음에 두지 말아요. 내가 하는 말 잘 들어요! **난 차라리 언청이인 것이 더 좋아요!**" 그 말을 내뱉은 뒤 난 집에서 뛰어나가 엉엉 울면서 쪽문을 지나 숲길까지 달려갔다.

내가 얼마나 큰 소리로 울었는지 여기저기에서 윙윙거리는 날갯짓 소리가 들렸고, 숲속 위쪽 빈터에서 토끼 한 마리가 내 울음소리를 듣고 길 중간에 꼿꼿이 앉았다. 축복을 내리는 목사님처럼 앞발 하나를 올린 모습이 마치 기독교인 같았다. 그의 사촌인 산토끼가 내게 준 것은 저주였을 뿐인데.

왜 내게 그런 저주를 내렸는지 궁금했다. 산토끼가 원해서 자유의지로 그런 것일까, 아니면 악마가 그렇게 몰아댔을까? 내게 남편과 골풀 요람을 주기 싫어서 신이 그렇게 하라고 내버려둔 것일까? 실없는 산토끼가 망쳐놓은 것을 바로잡는 데 필요한 돈을 벌기 위해 앞으로 오랫동안 주중이든 주말이든 매일 일해야 한다는 것이 내게는 참 기이한 일로 여겨졌다. 언청이 수술이 돈이 많이 든다는 것은 알았다. 생각하면 쓴웃음이 나왔다. 매서운 습지에서 날아오른 들꿩이 시든 헤더와 얼어붙은 하늘 사이를 가르며 요란하게 웃는 거무죽죽한 가을 저녁이 떠올랐다. 냉혹한 늙은 남자들이 쓰러지는 적을 보면서 그렇게 웃겠지. 떳떳한 자식을 둔, 빳빳한 꽃무늬 실크를 잔뜩 두른 지체 높은 부인들이 어여쁜 창녀가 태형을 당하는 것을 구경하러 감옥에 가서 입을 부채로 가린 채 그렇게 웃겠지. 국왕을 위해 싸우던 사람이 부상을 입고 죽어가는데, 목사가 임종 기도를 하는 중에 누군가 급히 들어와 "국왕께서 그대에게 백작 작위를 내리면서 왕궁으로 들어오라는 전갈을 보내셨습니다"라고 외친다면, 만약 그때 그 사람이 웃는다면 그런 씁쓸한 웃음이겠지.

아, 들꿩이 바로 그렇게 웃었고, 당시 내 웃음도 그랬다. 하지만 구름이 산마루에 얹혀 있는 해 질 녘에 집으로 돌아올 사람을 위해 차를 끓이며 화롯불과 창문 사이에 앉아 있는 지금 내 웃음은 봄날의 딱따구리 같다. 딱따구리는 얼마나 잘 웃는지. 그리고 웃음소리가 얼마나 명랑한지. 느릅나무로 날아가면 녹음이 짙어서 웃는다. 물푸레나무로 날아가면 검은 새순만 보일 뿐 잎이라고는 없이 헐벗은 모습에 또 웃는다. 떡갈나무로 날아가 어린 갈색 이파리를 보고 웃음을 터뜨린다. 아, 딱따구리는 참 잘도 웃고, 웃음소리는 단단한 호두처럼 청량하다. 긴 세월을 산 끝에 그렇게 웃을 수 있다면 헛되게 살지는 않은 것이리라.

그러나 그날 저녁 내 웃음은 들꿩의 웃음이었고, 마음속에서는 반항심이 들끓었다.

그래도 글을 쓴다고 생각하니 기쁘지 않을 수 없었다. 기디언이 어머니나 나를 심하게 대한다면 글을 써야 할 때 까다롭게 구는 식으로 기디언에 맞설 무기를 가질 수 있을 것이라 또한 기뻤다. 난 마음이 가볍고 편안해져서 가장 좋은 샌들을 신은 채 호숫가를 따라 달렸다. 나를 요정처럼 아름다운 모습으로 만들어줄 것을 얻기 위해 일할 생각, 그러면 곧 연인이 생기고 교회에서 결혼식을 하고 얼마 지나면 난 내 집에서 당당하고 근엄하게 무릎 위에 아기를 놓고 흔들의자에 앉아 있겠지, 하는 생각을 하면서. 사람들이 말하는 프랑스 밀랍 인형, 직접 본 적은 없지만 몹시도 갖고 싶은 그 인형보다 더 나은 내 아기를.

꼭 끈으로 묶은 듯 새끼들을 뒤에 달고 헤엄치는 검둥오리들을 보자 마음이 편해졌다. 호수 건너편 저 멀리 사는 백로, 자기 짝이 있고 둥지가 있는 백로가 수련에 무릎까지 담그고 얼이 빠진 듯 서 있는 모습을 보고 웃었다. 훗날 그런 모습의 기디언을 여러 번 보았다. 잰시스에게 말을 걸고 싶은데 할 말이 하나도 생각나지 않던 때나, 발그레한 빛 속에 앉은 잰시스를 본 뒤 자기한테 있는 가장 좋은 스카프를 매고 두 번째 양모를 팔아 번 돈으로 산 거울 앞에 섰는데 거기 비친 모습이 마음에 들지 않던 때처럼.

스톤하우스에 닿기 전에 잰시스를 만났다. 장날에 소를 원하는 사람들이 있었는데, 다들 일찌감치 장에 나왔기에 다시 소를 몰고 돌아가는 중이었다. 양편에 있는 흰 소 두 마리에 손을 얹은, 금발이 반짝이고 얼굴은 흰 장미 같은 그녀는 마치 오래전에 세상을 떴지만 한여름마다 다시 나타나 닭이 우는 이른 아침에 사라지는 아름다운 부인의 유령 같았다.

"오! 머리를 말았네, 프루." 잰시스가 말했다. "사른 교구 축제에 갈 때 나도 머리를 말까?"

"마음대로 해." 난 퉁명스럽게 말했다. 잰시스는 머리를 말지 않아도 충분히 예쁘고 입술은 그 어느 때보다 더 장미꽃처럼 붉었기 때문이다. 노랗게 익어 나뭇가지에 주렁주렁 늘어진 화이트커런트 열매처럼 둥글둥글한 머리를 늘어뜨리면 얼마나 화려할까. 그런 모습으로 '오!'라고 말하면 남자들이 다들 입 맞추고 싶어 안달하겠지.

잰시스가 가로대에 소를 묶고 난 뒤 함께 집 안으로 들어갔다. "비가일디 씨!" 내가 큰 소리로 말했다. "읽고 쓰고 계산하는 법을 비롯해서 아시는 건 다 가르쳐주세요. 대신 여기서 일을 할게요. 기디언과 저는 앞으로 부자가 되어 럴링퍼드에 집을 살 거예요. 하인도 두고 제가 입을 꽃무늬 드레스도 사고 도자기랑······."

비가일디 씨가 벌꿀 술이 담긴 커다란 잔 너머로 나를 건너다봤다. "꿈을 몰기 전에 안장을 얹어야지, 얘야." 그가 말했다.

"무슨 뜻이에요?"

"그 답은 네 모자 아래 있다." 그가 말했다. "내가 가르치면, 따지면 안 되고 질문이나 대답 같은 것도 없다. 내가 무슨 말을 하면 그 뜻은 네가 찾아야 해. 일주일 뒤에 와서 내 말이 무슨 뜻인지 네가 말해봐. 그러면 작은 상으로 예전 영주였던 캠퍼다인이 들어 있는 병을 보여주지. 지금 영주의 증조부인데, 가을걷이가 끝날 때마다 찾아와 성단소 어딘가에서 외설적인 노래를 목청껏 부르지. 다만 아무도 보지 못하니 아무도 잡을 수 없을 뿐."

"아저씨만 빼고 말이죠."

비가일디가 미소를 지었다. 그의 미소는 물 표면에 잔물결이 일듯 은연중에 서서히 나타나서 오래 머물렀다.

"그래, 나만 빼고. 난 제대로 잡았지."

"어떻게요?"

"그걸 말해주면 너도 나만큼 아는 게 많아지는 거지, 프루사른."

"그래도 그 사람을 어떻게 병에 넣었는지 말해줘요!"

"이런! 우리 거래를 잊은 거냐. 질문 금지." 그가 망치를 집어 들더니 일렬로 놓인 부싯돌을 두드려 곡조를 지어냈다. 그러자 장날 북소리가 울리면 춤추는 여자가 등장하듯이 비가일디 부인이 들어왔다. 송어가 가득 든 바구니와 닭 두세 마리를 들고 있었다. 황소를 몰고 갈 축제 때 쓸 거라 미리 재어 놓으려는 것이었다. 가운데가 불룩한 비가일디의 낡은 진녹색 모자를 쓰고 있었다. 당시 부랑자들이 특히 즐겨 쓰던 모자로, 곱슬곱슬한 백발 위에 놓여 있으니 무척 이국적으로 보였다.

"얘기 들었어?" 그녀가 내게 물었다.

그녀의 목소리는 중후하고 엄숙했다. 워낙 바빠서 말을 많이 하지 않았기 때문에 엮어놓은 짚을 둘러쓴 포고 관원이 시장 계단에서 공표하듯 하는 말마다 무게가 실려 있었다.

"악마가 죽었다는 말을 들었지." 비가일디가 말했다. "하지만 그건 사실이 아니야. 내가 어제 만났거든. 아주 유쾌한 친구던데, 네 부친을 만나 기쁘다고 하더라, 프루."

"실없는 소리 하지 말아요." 닭 털을 한 줌씩 뽑으며 비가일디 부인이 말했다. 방 안에서 닭 털이 눈보라처럼 흩날렸다. "길쌈꾼 존이 달빛도 없는 간밤에 길을 잃고 산속을 헤매다가 블랙미어 호수에 빠져 죽었다는 말 들었니, 프루? 죽음은 쉽게 전염되는지, 불쌍한 영혼."

"아니, 그분이 집을 나선 뒤 한 시간 만에 날이 밝았을 텐데요." 내가 말했다.

"시각이야 그렇지. 하지만 저 아래 숲속은 이집트처럼 컴컴해."

"그럼 이제 길쌈은 누가 해요?"

"조카가 일을 배우고 있다더라. 하지만 한두 해는 더 도제를 해야 하나봐. 아마 사람을 고용할 모양이야."

"**당신이** 그런 일을 한다면 얼마나 좋겠어." 비가일디 부인이 불쑥 외쳤다.

그녀가 화롯불에서 부지깽이를 꺼내더니 닭이 비가일디 씨라도 되는 양 구석구석 그슬렸다.

"이봐, 난 죽어가는 육신을 덮을 천 짜는 일 같은 것에 신경 쓸 여유가 없어. 난 영혼들이 산 사람을 괴롭히지 못하게 토끼 잡듯 영혼을 덫으로 잡잖아? 축복받은 존재는 축복하고, 저주받은 존재는 저주를 내리잖아? 내가 무사마귀와 백일해와 불임과 류머티즘을 치료하고 미래를 예언하고, 땅 깊숙이 있는 물도 찾아내지 않던가? 내가 축복을 내린 닭은 닭싸움에서 백전불패 아니던가? 아, 게다가 내가 마음만 먹으면 모든 교구민의 밀랍 인형을 만들어서 인형과 사람을 다 없애버릴 수도 있어. 이 몸이 그런 일을 다 하잖아?"

"말이야 그렇지."

비가일디 부인이 닭 다리를 잘 매만진 뒤 꼬챙이를 꽂아 고정했다.

마법사가 부아가 나는 것 같아서 난 비가일디 부인에게 내가 그의 학생이 될 거라고, 그가 내게 읽고 쓰는 것을 가르칠 거라고 말했다.

"네 머리로 감당이 되겠니, 얘야?" 부인이 물었다. 다른 많은 사람처럼 그녀도 외양에 문제가 있으면 틀림없이 정신에도 좀 문제가 있으리라 여겼던 것이다. 그런 식의 척도라면 너무 철없어서 때로 맹하다고 생각되는 잰시스가 아주 총명한 인물이 된다.

"아, 프루 머리는 아주 멀쩡해." 비가일디가 말했다. "질문이 너무 많이 들어 있을 뿐이지. 하지만 훌륭한 학생이 될 거야, 프루가 말이야. 일주일 뒤에 시작하자, 프루. 잰시스, 넌 대 빗자루 가져다 내 방 좀 쓸어라. 책 정리도 하고 침대 정리도 하고, 내 병은 아주 조심해서 다뤄야 한다. 그 안에 누가 들어 있는지 넌 절대 모르니까. 집에 무시무시한 일이 생기면 안 되잖니. 아, 그리고 사물함 뒤에 있는 두꺼비도 꺼내라. 다 죽었으니까."

"프루, 네 머리 어떻게 말았는지 알려주면 아버지의 수수께끼 같은 말이 무슨 뜻인지 알려줄게." 내가 그 집에서 나오자 잰시스가 말했다. "툭하면 그 말을 하신 데다 답도 들은 적이 있어서 내가 알거든."

"부지깽이로 계속 둘둘 말았어." 내가 말했다. "우선 깨끗이 닦아야 하고, 너무 뜨거우면 안 돼. 수수께끼 답은 안 알려줘도 돼. 내가 알아내고 싶으니까."

나무 출입문의 들장미 덤불을 지나가는데 꽃 안쪽에 담겨 있던 이슬이 넘쳐 빗물처럼 내 옷으로 후드득 떨어졌다. 사위는 고적해서 호수 한편의 교회 경작지에서 양 떼가 풀을 뜯는 소리와 호수 한가운데에서 물고기가 뛰어오르는 소리, 길고 뻣뻣한 부들 이파리에 물이 찰싹찰싹 부딪히는 소리까지 들렸다.

주중에 내게 있는 가장 좋은 옷을 입고 바깥을 나다니니 귀부인이라도 된 것 같았다. 내게 한가한 시간이 주어지는 일은 흔하지 않았고, 앞으로는 더 그럴 것이었다. 기디언이 내게 글을 배우라고 시켜서 기뻤다. 적어도 매주 하루는 오후와 저녁 시간이 내 시간이 될 테니까.

산들바람이 불어왔고, 작은 동물이 혀로 물을 핥듯이 이파리가 고요한 공기를 할짝거렸다. 저 높은 창공에 어머니의 웨딩드레스에 달린 레이스를 닮은 구름이 떠가고 지는 해는 어린 너도밤나무 잎처럼 연두색으로 빛났다. 그 아래 매끈한 물 표면에도 그만큼 밝지는 않지만 또 하나의 달이 있었고, 그렇게 예쁜 레이스는 아니지만 구름도 있었고, 첨탑의 그림자가 유령처럼 아주 흐릿하게 물을 가로질러 우리 집을 향해 드리웠다.

내가 들어가자 어머니가 고개를 들어 날 보았다. 덧옷을 꿰매는 중이었다.

"들어오는 모습이 다 큰 애 같네, 프루." 어머니가 말했다. "아직 열여섯 살도 안 되었는데."

기디언은 어디 있냐고 내가 물었다.

"달빛에 풀을 베고 있단다. 저런 애는 생전 처음 봐! 뒤에서 뭐가 쫓아오는 것처럼 땀을 뻘뻘 흘리며 일만 하니."

"지금 교회 경작지 너머로 달이 지니까 어차피 더는 못 할 거예요, 어머니." 내가 말했다.

난 목초지로 나갔다. 기디언은 성인 남자가 했을 만큼의 풀을 베어놓았다. 내가 밭에 들어서니 그는 낫을 집어넣으려고 풀로 날을 문지르며 갈고 있었다. 잘려진 축축하고 흐릿한 풀 위로 걸어가는데 그 소리가 멋지면서도 서글프게 들렸다. 그가 짊어진 많은 것을 떠올리자 불쌍한 마음이 들었다.

"들어와서 저녁 먹어야지, 기디언." 내가 말했다.

"깜짝이야! 옷을 시커멓게 차려입고 희멀건 얼굴로 어둑한 울타리에서 그렇게 슬그머니 나오면 유령인 줄 알잖아."

그러고는 우리가 해야 할 일이 생각났는지 내게 꼬치꼬치 캐묻기 시작했다.

"닭은 다 집어넣었어?"

"아니."

"그럼 빨리 가서 해. 이 시간에는 다 끝냈어야지. 덫은 살펴 봤어?"

"아니, 오빠가 할 줄 알았지."

"풀을 베야 할 때는 난 다른 일은 할 수 없어. 네가 하기에 너무 힘든 일만 빼고."

"그런 일이 얼마나 된다고."

"닭을 집어넣고 덫을 살펴본 다음, 호수에 밤낚싯줄을 두세 개 넣어놔. 난 톱질을 해야 해."

"밤낚싯줄 넣으려면 엄청 오래 걸리잖아. 난 잘하지도 못하고." 이미 피곤한 데다 시간도 늦었는데, 새날의 일이 시작되는 게 아닌가 싶어 울상을 지으며 내가 말했다.

"나랑 약속했어, 안 했어?"

"아, 하긴 했지, 기디언."

"그럼 지켜야지."

어머니는 잠자리에 들고 기디언은 밭에 나가 있는 사이 농장을 돌아다니면서 난 외로웠다. 요정처럼 아름다워질 수 있는 지름길이 있었으면 했다. 그러다 어떤 생각이 반짝 떠올랐다. 그전에는 왜 그런 생각을 못 했는지 의아했는데, 사실 그때까지 난 내가 언청이라는 사실에 크게 개의치 않았다. 다른 사람이 나의 어떤 면에 신경 쓰는 것이 내 눈에 보이는 바로 그 순간 나 역시 그 어떤 면에 신경이 쓰이기 시작하는 것 같다. 만약 이브가 언청이라는 불운을 타고났더라도 아담이 다가와 미심쩍은 눈빛으로 이브를 바라보거나 신이 결점 있는 피조물을 보며 인상을 찌푸리기 전까지 이브 자신은 그 점이 아무렇지도 않았을 것이 확실하다.

내게 떠오른 생각은 이러했다. 치료받는 일이 급하니까, 옛날 사른에서 가난한 사람들이 했고 지금도 이따금 행해지는 그 일을 하면 되지 않을까? 그러니까 매년 8월에 호수가 요동칠 때, 축제에 모인 사람들 앞에서 흰 덧옷을 입고 호수 물에 몸을 담그는 것이다. 사람들이 말하길 요동치는 사른 호수 물은 베데스다●의 물과 같아서, 기적이 일상의 양식과도 같은 경이로운 성지의 물처럼 매년 효험이 있고 못 고치는 병이 없는 정도는 아니라도 7년에 한 번은 치명적인 병이 아닌 병을 고칠 수 있다고 했다. 물에 들어가기 전에 단식을 해야 하고, 신기한 고릿적 기도를 수없이 드려야 했다. 목사님이 제의실에 보관하는 옛날 책에 다 적혀 있으니 내가 글을 읽을 수 있게 되면 배울 수 있으리라. 목사님이 그 책을 보관하

● 병을 고치는 효험이 있었다는 예루살렘의 연못.

는 건 그것을 믿어서도 아니고 안 믿어서도 아니고, 단지 아주 드물고 신기한 책이라서였다.

가장 꺼림칙한 점이라면 그것이 워낙 공개적으로 이루어지는 일이라, 침대에 누운 창녀나 물고문 의자에 끌려온 마녀처럼 나 자신을 그렇게 드러내려면 대단한 용기가 필요하다는 것이었다. 어머니와 기디언에게 쭈뼛거리며 그 말을 꺼냈을 때 당연하게도 두 사람은 펄쩍 뛰었다.

"뭐라고?" 기디언이 말했다. "마을 사람들 삼백 명 앞에서 그런 구경거리가 되겠다고? 차라리 장날에 시장에 가서 뚱뚱한 여자 노릇을 하지 그래."

"난 뚱뚱하지 않잖아." 내가 말했다.

"그게 중요한 게 아니야. 사른부터 럴링퍼드까지, 플래시부터 브램턴까지 사람들 입에 오르내리게 될 거라고. 병에 걸린 데다 돈 한 푼 없는 가난한 여자처럼 물속에 들어가다니! 사른이 얼마나 **구두쇠인지** 의사는커녕 수련의도 불러주지 않아서 자기 여동생이 그 옛날 빈민처럼 물속에 들어갔다고 다들 쑥덕거리겠지. 그뿐인가. 내가 장에 가면 다들 얼굴을 돌리고 웃을 거라고. 그런 천박한 짓을 하기만 해봐! 어머니가 하셨듯이 때가 되면 장에 내다 팔 박하 케이크를 만들고 맥주에 향신료를 넣는 일을 하는 게 옳지. 그러면 돈도 좀 벌 수 있을 테고."

"그래, 얘야." 어머니가 말했다. "사른이 하라는 대로 하렴. 그렇게 하면 돈이 좀 들어올 테니 뭐라도 해볼 수 있겠지. 아버지가 돌아가신 지 아직 두 달도 채 안 되었으니 돈을 모으기가 지금은 아무래도 힘들지. 생각해보면, 불쌍한 과부인 내가 구름처럼 모인 사람들 앞에서 딸자식이 언청이라고 만천하에 광고한다면 그게 얼마나 잔인한 일이니."

어머니는 자그마한 손을 비틀기 시작했고, 난 당장이라도 엄마가 다시 울음을 터뜨리리라는 것을 알았기에 내 뜻을 접었다.

"절대 그런 짓 안 하겠다고 약속해야 해, 프루." 기디언이 명령조로 말했다.

"올해는 안 하겠다고 약속할게. 그 이후는 장담 못 해."

"넌 무슨 고집이 그렇게 세냐, 프루. 약속을 하건 말건, 그런 짓 벌이는 건 꿈도 꾸지 마. 평생 말이야!"

"죽으면 무슨 상관이야." 내가 말했다. "착하게 살아서 천국에 가면 육신도 완전히 새것이 되어 호숫가 백합처럼 아름다울 텐데. 못되게 살아서 지옥에 가면, 난 영혼을 수천 번 팔아서라도 아름다운 얼굴을 얻어낼 거고, 그렇게만 되면 지옥에 떨어지더라도 만족할 거야."

그렇게 소리친 뒤 난 다락방으로 뛰어 올라가 한참을 울었다.

하지만 한참 뒤 조용하고 고적한 집 안의 분위기에 마음이 진정된 나는 커다란 배나무가 늘어선 과수원이 내다보이는 덧문을 열고 천 주머니에서 뜨개질거리를 꺼냈다. 내가 물에 들어가는 이야기를 꺼낸 것은 토요일 오후 차를 마신 뒤여서 그 주의 일은 거의 끝난 터라 난 깨끗한 잠옷을 입고 그와 어울리는 천 주머니를 옆에 두고 있었다. 초록색 나무를 내다보며 앉아 있으니 방금 자른 풀 내음이 과수원 배수로에서 피어난 들장미와 터리풀 향기와 섞여 산들바람을 타고 들어왔고, 가까이에서, 또 멀리서 노래하는 검은지빠귀의 소리도 들려왔다. 멀리서 들려오면 다른 새와 거의 구분하기가 힘들었다. 개똥지빠귀와 되새, 솔새 따위 텃새가 많았기 때문이다. 옷감으로 치면 또렷한 금실이 한가운데를 차지하지만 여러 색실이 어우러진 양 듣기 편안했다.

어쩌면 사랑도 그렇지 않을까. 순금색의 실을 가운데 두고 온갖 색실이 어우러지는.

다락방은 초가지붕 바로 아래라서, 처마 아래에 지은 여러 둥지에서 제비들이 쉼 없이 재잘댔다. 다락방 창문은 커다란 박공에 달려 있었는데, 한쪽 지붕은 바로 땅바닥까지 이어지고 용마룻대 위로 높은 굴뚝이 서 있었다. 다락 들보 어딘가에 야생벌이 집을 지어서 나직하고 나른하게 웅웅대는 소리가 들렸고, 아침저녁으로 물을 찾아 줄지어 호수로 날아가는 모습을 볼 수 있었다. 그렇게 아주 고요한 순간이면, 근처 목초지와 마찬가지로 아무도 없는 과수원에 빽빽이 들어선 사과나무가 근사하게 그늘을 드리우고 기디언은 먼 들판에서 건초 더미를 쌓고 있을(나도 함께해야 했던 일인데) 때면, 지금껏 찾아온 적 없는 강렬한 달콤함이 어디에서인지 모르게 내게 찾아들었다. 설교 시간에 귀에 들어오는 좋은 성경 구절처럼 종교적인 것은 아니었다. 그걸 초월하는 것이었다. 오로지 빛으로 이루어진 어떤 생물이 아주 멀리에서 문득 나타나 내 가슴에 안기는 것만 같았다. 그러면 완전히 다른 공기가 내려 앉듯 만물이 아름답고 사랑스러운 외양을 띠었다. 비 내린 뒤 물기로 반짝거리는 아침, "무척 화창한 날이니 뻐꾸기가 천국 으로 가겠네"라고들 하는 아침에 간혹 만나볼 수 있는 그런 외양.

다만 이것은 그런 날의 것이 아니라 그것을 초월했다. 정확 히 무엇이냐고 묻고 싶지 않았다. 자기 나무로 날아드는, 동 고비는 그 나무를 누가 심었는지, 인간이 그 나무에 붙인 이 름이 무엇인지 묻지 않으니까. 동고비에게 그 나무가 전부이 듯 내게는 그 순간이 그러했다. 후에 성경을 다 읽을 수 있게 되었을 때,

내 위에 걸린 그의 깃발은 사랑이었다

이 대목을 읽으며 그날 저녁이 떠올랐다. '누구의 깃발이었 냐'고 물어도 난 대답하지 못했을 것이다. 지금도 '네 안에서 움직이는 것은 주님의 힘'이라고 목사님이 말한들 오롯이 확 신할 수는 없다. 그 안에는 교회나 마을 사람들, 기도나 찬양, 죄지음이나 참회 따위는 담겨 있지 않으니까. 오히려 새의 지 저귐이나 바람에 서로 머리를 비비는 수선화의 바스락 소리 같은 것들과 관련이 있으니까. 또한 곧게 선 곡물 위를 넘나

드는 산들바람처럼 스스로 원해서 오고 가는 것이어야 했다. 실을 잣고 축사를 청소하며, 한 푼이라도 아껴가며 고된 삶을 사는 여자에게 홀연 그런 경이로움이 찾아오다니 기이한 일이었다. 아주 잔잔하면서도 놀라운 기적이었고, 내 삶을 완전히 바꿔놓았다. 방향을 잃어 뭔가 의지할 것이 필요할 때면 난 다락방으로 뛰어 올라가곤 했고, 그것은 쓰디쓴 삶 속의 달콤한 고갱이였다.

그것이 실제 찾아드는 일은 드물었지만 그 맛은 다락방에 늘 감돌았다. 다락방으로 기어 올라가 웅웅거리는 벌 소리를 듣거나 보관 중인 사과가 풍기는 나무 향 감도는 농익은 냄새를 맡거나 창틀에 톡톡 부딪히는 이파리 소리를 듣거나 하늘을 배경으로 뻗은 뒤틀린 회색 나뭇가지를 바라보기만 해도 그것을 다시 떠올리고 다른 건 다 잊을 수 있었다. 다락방 문에는 단단한 나무 빗장이 있었고 난 빗장을 걸어 잠갔다. 순회 길쌈꾼이나 사과 수확철에 기디언이 찾을 뿐 나 말고는 찾는 사람이 없어서 굳이 그럴 필요가 없음에도 그랬다. 그곳으로 나를 찾으러 올 사람은 아무도 없었고, 그곳은 내게 응접실이자 교회였다.

사면에서 지붕이 바닥과 맞닿고 서까래와 들보는 모두 떡갈나무고, 마룻바닥은 폭풍우 치는 바다처럼 울퉁불퉁했다. 사과와 배가 종류별로 여기저기 놓여 있었다. 풋사과와 황금색 피핀 사과, 갈색 러싯, 진홍색 능금, 넌퍼레일과 퀴닝, 빅그린베이커, 페어메인과 레드스트리크 따위의 사과. 배도 많았다. 한 집안이 오랜 세월 이어지면, 세대마다 나무 몇 그루씩은 심기 때문이다. 우스터 배와 버터 배, 올배, 베르가모트, 굿 크리스천이 있었다. 마지막 가을걷이가 막 끝났을 때의 다락방은 붉은빛과 황금빛이 가득해서 교회 창문처럼 밝고 화려했다. 사과나 배가 없더라도 과일의 밝은색만 보면 늘 그 순간이 다시 찾아들었다. 색은 냄새와 단단히 연결되어 있고, 냄새는 아득한 옛날부터 그곳에 있었기 때문이다. 발그레한 둥근 뺨들이 길쌈틀과 창문 사이에 홀로 외로이 앉은 가련한 프루에게 빙그레 미소를 보이곤 했다. 그곳에서 쥐들이 맘껏 드나들던 낡은 사물함을 발견해서 솔로 문질러 닦은 뒤 자물쇠를 달았다. 그리고 그 안에 내 잉크와 펜촉과 공책, 그리고 어머니가 당신이나 기디언은 어차피 읽지 못한다며 내게 준 성경 책을 넣어두었다.

10월 어느 날 저녁, 난 그곳에 앉아 골풀 양초를 밝히고 글쓰기 연습을 하고 있었다. 마치 누군가 쟁반을 들고 있는 듯 작은 창에 달이 커다랗게 들어차 있었다. 장날 신기한 구경을 하려고 모인 사람들처럼 사방 벽마다 사과가 가득 쌓여 있었다. 사과들이 이런 말을 주고받는 것 같았다. '이제 조용히 해! 떠들지 말라고! 자꾸 밀치지 말고!'

난 내가 저주받은 인물이라 다락방의 축복이 내게 찾아왔다고 생각하곤 했다. 언청이라 지레 겁먹고 나만의 고독한 영혼 속으로 침잠하지 않았다면 그것은 절대 나를 찾아오지 않았을 테니까. 침묵의 이면에서 찾아오는 영광을 알지 못했을 테니 아무리 사과가 잔뜩 쌓여 있어도 경이로움은 나타나지 않았을 것이다.

이런 생각을 하는 지금 이 순간에도 그 아름다운 존재가 어디선가 홀연히 나타나 사랑의 고갱이 속 씨앗처럼 내 가슴에 안겼다.

제2권

제1장 말을 타고 시장으로

이 이야기를 하면서 난 시간을 거의 의식하지 않는다. 마음이 고통받을 때 시간이 대체 무엇이겠나? 아무것도 아니다. 오랫동안 사랑에 굶주린 신랑의 귀에 서둘러 돌아갈 시간을 알리는 야경꾼의 목소리가 들어올까? 새벽녘에 세상을 뜰 이는 어차피 보지도 못할 해가 몇 시에 뜨는지 관심이 있을까? 우리 가련한 존재들이 우리가 처한 상황의 강력한 힘에 맞서 버틸 때, 평온함 혹은 평온함으로 여기는 것을 얻으려 고군분투할 때, 투우장에 꼼짝없이 갇힌 짐승처럼 망연자실해 있을 때 우리는 시간을 잊는다. 그래서 4년이라는 세월이 흘렀다. 바깥세상에서는 무수한 일이 있었지만 우리에게는 아무 일도 일어나지 않았다.

외국에서 벌어지는 전쟁과 술렁거리는 국내 상황에 대한 소문이 흘러 들어왔다. 프랑스 군대가 러시아로 갔다가 겨우 한 줌만 되돌아왔다.

마침내 어느 금빛 여름 저녁에 누군가 말을 타고 와서 흥분한 상태로 워털루의 위대한 승리를 알려주었다. 하지만 기디언이 가장 반겼던 소식은 그해에 들려온 곡물 관세 소식이었다.

　"집에서 담근 술 한 잔 가져와, 프루." 장에 나갔다 돌아온 기디언이 외치고는 이렇게 설명해주었다. "지금까지 이렇게 좋은 소식은 없었어. 몇 년 만에 부자가 될 거야. 곡물 경작지를 더 늘려야 해. 곡물이 잘못될 리 없다고 **생각**은 늘 했지만, 이런 일이 생기리라고는 상상도 못 했어. 캘러드가 내 매대로 와서 그 소식을 전해줬는데 처음엔 어안이 벙벙했다고. '말도 안 돼!' 내가 그랬다니까. '뭐라고? 외국에서 곡물을 들여오려면 돈을 더 내야 한다고?' '그래, 대충 그런 얘기야. 그렇게 되면 곡물값이 올라가고 물량도 줄어들겠지.' 캘러드가 그러더라고. '아니, 늘 고대해온 일이긴 하지만 정말 그렇게 될 줄은 몰랐네.' 그러고는 내가 어쨌는지 알아? 그 녀석을 '사과주머그잔'으로 데려가서 술을 샀다니까! 그러니 내가 얼마나 얼이 빠졌는지 알겠지. 이제 우리는 쟁기질만 열심히 하면 돼. 너랑 나랑."

　지난 4년 동안 아침부터 밤까지, 심지어 밤에도 이리저리 휘날리는 랜턴 불빛 아래서 노예처럼 일했는데 이제 그보다 더 힘들게 일해야 하는 앞날이 눈앞에 펼쳐졌다. 오로지 돈을 위한 것이 아니었다면, 내가 우리 집을 약간만이라도 가꿀 수 있었다면, 그리고 기디언이 농장 관리에 자부심이 있었다면 그렇게까지 힘들진 않았을 것이다. 그런데 그런 건 전혀 없었다.

그저 그곳에서 돈을 긁어모은 뒤 떠나겠다는 목적뿐이었다.

난 바지랑대처럼 키가 껑충해졌고, 어머니는 내 키에 대해서도 손을 비틀어댈 기미를 보이기 시작했다. 어머니는 체구가 작았고, 비가일디 부인과 잰시스를 비롯해 동네 여자들은 대부분 작았기 때문에 어머니 생각에 여자는 작아야 마땅했다. 그래서 내 키가 점점 자라고 또 아주 호리호리해지자(사실 그렇게 일을 많이 하면서 먹는 건 부실하니 누구든 호리호리해질 수밖에 없을 것이다) 어머니는 내가 개체 수를 줄이지 않은 숲속 포플러 같다거나 호수의 웃자란 부들 같다고 했다. 그러다보니 나의 다른 약점과 마찬가지로 큰 키도 으레 부끄럽게 여기게 되었는데, 그러다…… 그런데 이건 한참 나중 일이다.

기디언은 덧옷을 입었고 꽤 잘 어울렸다. 이제 스물두 살로 다 큰 남자라 떡 벌어진 어깨에 풍채가 좋고, 단단하고 균형 잡힌 몸이었다. 몸이 단단해지면서 마음도 단단해져서 열흘 동안 꽁꽁 언 얼음보다 단단했다. 장날이면 그를 쳐다보는 여자가 많았지만 그는 그런 여자들에게 눈길도 주지 않았다. 한번은 기디언이 황동 단추가 달린 아버지의 푸른 외투를 입고 시장에 갔는데, 캠퍼다인 영주(병에 든 영주가 아니라 그의 증손자)의 딸이 말을 타고 그의 매대 앞을 지나가면서 그에게 미소를 보였다. 하지만 내가 캐물어도 그는 그저 소리 내 웃기만 했고, 손가락으로 턱을 쓰다듬으며 경계하듯 나를 바라보았다. 그가 꽤 잘생긴 남자인 것은 분명했고, 산토끼가 어머니 앞을 지나간 뒤에 기디언이 아니라 내가 태어났다는 사실이 내게는 부당하게 느껴지곤 했다. 기디언은 '콧수염'을 기르면 멋지게 보일 테고, 그러면 그가 언청이라는 사실을 아무도 알아채지 못할 테니까. 반면 나는 언청이를 가릴 방법이 없었다.

농장은 꽤 잘되어갔다. 양을 많이 사들여서 양털을 깎느라 일주일 넘게 걸렸다. 돼지도 한 떼가 있어서 도토리가 남아 있는 동안 어머니는 떡갈나무 숲에서 돼지를 돌보느라 바빴다. 과수원 옆 목초지에는 밀을 심었지만, 첫해는 신통치 않았다. 워낙 습한 계절이라 이삭에 싹이 텄기 때문이다.

쟁기도 끌고 다른 힘쓰는 일을 할 황소 두 마리를 살 돈을 모았다. 이미 한물가서 그리 비싸지 않았다. 황소를 사러 갈 때 기디언은 내게 같이 가서 몰고 오자고 했다. 자기가 황소 흥정을 하는 사이 나는 상점 진열장을 구경하고, 매물로 나오면 사려고 미리 점찍어둔 집을 함께 찾아가보자고 했다. 하지만 어머니가 알면 사람들에게 말할 테니 어머니에게는 말하면 안 된다고 했다. "내게 그럴 마음이 있다는 걸 알면 다들 내 건 가격을 깎아내리고 자기들 것은 두 배로 올릴 거 아냐. 그럼 우리가 어떻게 되겠어?"

읍내에 나가 놀 수 있다는 말에 내가 얼마나 반색을 했을지 짐작할 수 있을 것이다. 아버지가 돌아가신 뒤로 사른을 벗어난 적이 거의 없었고, 럴링퍼드는 내게 늘 신나는 장소였으니 말이다.

기디언이 그 말을 한 것은 내가 곡물 밭에서 이삭을 줍고 있을 때였다. 장에서 돌아오는 기디언이 마지막 남은 저녁 빛이 내려앉은 들을 가로질러 다가왔다. 벤디고를 타고 오는 그를 바라보니 두 그림자가 저 멀리 출입문에서 과수원까지 풀밭 위로 길게 뻗어 있었다.

"하지만 내가 어떻게 가지?" 내가 물었다. "짐 바구니를 실어야 하니 뒷자리에 탈 수도 없고."

"이삭줍기를 더 하면 내가 다음에 곡물 싣고 방앗간에 갈 때 방앗간 조랑말을 빌려 올게. 내일 공부하러 플래시에 가니?"

"응."

"그러면 황소를 몰고 와. 내가 토요일에 곡물을 싣고 갈 테니."

"하지만 이삭이란 이삭은 다 긁어모아서 여기도 그렇고 다른 밭에도 남은 게 없어." 내가 말했다.

"비가일디 씨에게 그 집 이삭을 줍겠다고 해. 그 집에서 곡물을 싣는 걸 봤어."

"하지만 거기엔 잰시스와 비가일디 부인이……."

"잰시스는 하도 게을러빠져서 이삭 줍는 일은 할 턱이 없다는 거 잘 알잖아. 내가 걔를 좋아하긴 하지만, 게다가 그 외모는……."

기디언이 말을 멈추고 그대로 서 있었다. 벤디고의 목에 손을 얹고 저 멀리서 플래시가 밝은 꿀처럼 빛나는 방향을 꿈꾸듯 바라봤다.

기디언은 가만히 있는 적이 별로 없었고, 돈 버는 일 아닌 다른 일을 생각하는 적은 더 드물었다. 하지만 잰시스라는 이름만 나오면 조용해졌고, 그렇게 침묵에 빠진 모습을 보면 예전에 비가일디 씨에게 깨워달라며 데려왔던 가수 상태의 남자가 떠올랐다. 바람 없는 날 생각에 빠진 호숫가의 여름 나무가 생각나기도 했다. 1년 내내 꿈을 꾸며, 가지 아래에 빨간 열매를 몰래 간직하듯 그 꿈을 비밀로 간직하는 묘지 출입문 옆 주목과도 같았다. 발그레한 빛 속에 앉은 잰시스를 처음 보았던 그때 이후 기디언은 이렇게 꿈꾸는 듯한 상태에 빠지곤 했다. 이따금 "안 돼, 안 돼!" 그렇게 중얼거리며 무거운 짐을 털어버리듯 어깨를 털고는 분주하게 움직이며 전보다 더 심하게 자신을 몰아댔다. 그렇게 몰아대는 사람이 존재한다면 기디언이 바로 그런 인물이었는데, 그가 몰아댄 것은 바로 자신의 피와 살이었다. 젊은 남자가 삶의 방향을 그렇게 확고하게 정해서 삶의 즐거움이라고는 누리지 못하니 참 측은했다. 난 기디언을 무척이나 좋아했기에 더 그랬다. 기디언이 일요일마다 덧옷을 벗고 진청색 외투를 입고 어디에 가는지 난 잘 알았다. 교회보다 훨씬 더 꾸준히 플래시를 찾았다. 발그레한 빛에서 시작된 일이었지만, 어차피 마찬가지였을 것이다. 비가일디 부인이 내게 말하기를, 그가 찾아와 문을 두드리면 가장 좋은 드레스를 입고 머리에는 꽃이나 리본을 단 잰시스가 문으로 달려 나가고, 그 앞에서 흰 얼굴이 자꾸 붉어진다고 했다. 나도 잰시스가 우리 집에 왔을 때 손수건으로 가린 채 숨을 헐떡이는 것을 본 적이 있었고, 어떻게 저럴 수 있을까 의아했다. 내게 기디언은 그냥 기디언이었지만, 잰시스에게 그는 불이자 폭풍이자 봄이었고 그의 목소리는 전능한 신의 목소리와도 같았다.

그가 아무 말 없이 들어와 자리에 앉으면, 잰시스를 결혼시킬 생각이 전혀 없는 비가일디 씨가 잔뜩 인상을 쓰고 노려본다고 비가일디 부인이 말했다. 그 집은 무척 습하고 냉한데다 집에만 박혀 사는 인물이라 추위를 몹시 타서 가장 안쪽의 굴뚝 근처에 앉아 인상을 쓴다고 했다.

실을 잣던 잰시스는 얼굴이 달아오르고 몸을 바들바들 떨면서 굴뚝새처럼 곁눈질을 했다. 비가일디 부인은 돌처럼 무표정한 얼굴로 남편이 부엌에서 나가게 만들 계획을 짰다. 생각할 거리도, 이야깃거리도 별로 없는 생활이라 약간의 연애질이라도 무척 보고 싶었던 것이다. 손주를 보고 싶기도 했다. 그래서 비가일디 씨가 부엌을 나가게 할 수만 있다면 뭐든 할 작정이었다. 어느 날 새 리본 따위로 예쁘게 꾸미고 앉은 잰시스의 모습에 키스하고 싶은 마음이 간절해진 기디언이 평소보다 더 강렬한 눈빛을 보내고 있었다. 비가일디 부인이 남편을 불렀다가 아예 들어와서 실랑이를 한 뒤 다시 나가서 불렀는데도 그가 여전히 불 속 마귀처럼 자리를 뜨지 않자, 심지어 헛간 지붕 이엉에 불을 붙이기까지 했다. 진짜 그랬다! 정말 강단 있는 여자였다. 그러는 바람에 자기 손을 써서 할 수 있는 일이 하나도 없는 그 남편은 저녁 내내 양동이에 물을 담아 뛰어다녀야 했다. 한쪽 불을 거의 다 끈 뒤 물을 푸러 호수로 간 사이 부인이 다른 쪽에 또 불을 놓았다.

"부싯돌과 부싯깃을 아주 적당히 달궈놓았거든." 부인은 내게 그렇게 말했다. 그러면서 깔깔 웃는 것이었다! 여자가 그렇게 호탕하게 웃는 건 처음 봤다. 더 기운을 차리려고 안을 살짝 들여다봤더니 병유리 창 사이 투명한 부분으로 긴 의자에 나란히 앉은 두 사람이 보였다고 했다.

"아주 적절하고 마땅한 일이야!" 일을 하러 다시 뛰어가며 그렇게 말했다.

또 다른 때는 암퇘지를 풀어놓아서 암퇘지들이 곧장 우리 떡갈나무 숲으로 왔다. 예전에 그곳으로 몰고 온 적이 있었기 때문이다. 비가일디는 베이컨을 좋아했고, 암퇘지는 장차 베이컨이 될 많은 새끼 돼지를 의미했기 때문에 그 암퇘지가 어떻게 될까봐 막대기를 집어 들고는 내내 욕을 하면서 뒤를 쫓았다. 꼭 일요일만 되면 그런 일이 생기자 얼마 후 그는 수상쩍은 기미를 눈치챘다. 기독교를 믿지 않는 사람이라도 휴일은 좋아했기 때문이다. 그래서 기디언에게 이렇게 말했다. "넌 운이 없는 놈이야. 네가 오기만 하면 안 좋은 일이 생기니 말이야. 내 집에 발 들여놓지 마."

그래서 기디언은 더는 집으로 찾아갈 수 없었다. 대신 잰시스를 숲으로 꾀어냈다. 두 사람이 비가 오든 서리가 내리든 개의치 않고 어둑한 곳을 찾아 들어가는 모습이 내 눈에 띄곤 했다. 흰 장미 같은 얼굴로 환히 빛나는 잰시스와 사랑스럽게, 그런 자신에게 화가 나도록 사랑스럽게 그녀를 내려다보는 기디언을. 두 사람이 숲에 있는 사이, 비가일디 부인은 유령이 들어 있다고 주장하는 남편의 병에 부쩍 관심을 보였고, 그러면 그는 끙끙대며 부인의 질문에 대답하곤 했다. 차를 한없이 따라줘서 차 시간이 저녁 식사 시간까지 이어졌다. 그러다가 곧 눈치를 챘다. 잰시스는 티비를 만나러 간다며 나갔는데, 왜 갑자기 티비와 그렇게 친해졌는지 의심스러워졌던 것이다. 서로 앙숙이라 교회지기에게 직접 물어볼 수는 없었으므로 어느 날 몰래 딸의 뒤를 밟았다. 그리고 잰시스가 집에 돌아왔을 때 얼마나 호되게 닦아세웠는지 잰시스는 몇 주 동안 눈이 벌게져 있었고, 눈물로 범벅이 되어 기디언에게 달려왔더랬다. 분개한 기디언은 결혼은 하고 싶지만 성공해서 부자가 된 다음에야 할 수 있다고 잰시스에게 말했다. 잰시스처럼 아무것도 못 하는 부인과 아마도 줄줄이 생겨날 자식들을 데리고 어떻게 성공을 하겠냐면서. 하지만 잰시스를 자주 볼 수 없게 되자 심란하고 침울해졌다. 비가일디 씨가 눈에 불을 켜고 지켰던 것이다. 내 생각에 기디언이 자기가 사려는 집을 내게 보여주려는 것은 스스로를 위로하고 의지를 더 굳게 다지기 위해서가 아닐까 싶었다. 포기하게 될까 두려웠으니까. 잰시스에게 완전히 마음을 뺏겨 포기하고 싶은 마음이 굴뚝같았지만, 그의 결심은 확고했고, 그래서 포기할 수 없었다.

알고 보니 방앗간 조랑말이 다리를 다쳐서 몇 주 동안은 빌릴 수 없었다. 그래서 가을걷이를 끝내고도 한참이 지나 겨울이 시작되고 크리스마스가 다가올 즈음에야 그쪽에서 전갈을 보내 크리스마스 장날에 조랑말을 써도 된다고 했다. 럴링 퍼드와 실버턴에서 삯마차를 끌던 늙은 말 한 마리를 산 참이라 자신들은 장에 갈 때 그 말을 쓰면 된다고 했다. 읍내 구경 나갈 생각에 난 신이 나서 근심스럽게 날씨를 살폈다. 눈 예보가 있었던 것이다.

장날 아침 4시에 일어나서 어머니를 위해 집 안을 정리하고 시장에 내갈 물건을 챙겼다. 달걀과 양념한 닭은 많았고, 푸성귀와 사과, 그리고 버터가 조금 있었다. 다락방에서 사과를 윤나게 닦으면 평온함이 찾아왔다. 앞에서 말한 그때 이래로 늘 그랬다. 찬 공기에 골풀 양초 불빛이 깜박거리고 쥐들이 총총히 지나다니는 사이 난 검은색 직사각형 종이 같은 열린 창문 앞에 섰다. 아무 소리도 들리지 않았다. 밖에서는 아무 움직임도 없었다. 호수도 가장자리가 얼어붙어서 아침마다 오리들은 물에 들어가기에 앞서 스케이트 타듯 미끄럼을 타야 했다. 세상 전체가 얼마나 저미듯 고요한지 거의 울부짖는 목소리 같았다. 예전부터 세상이 그렇게 고요할 때면 나를 아주 잘 아는 누군가와, 그래, 내 소중한 연인과 함께 있는 느낌이었다.

아래쪽 어두운 헛간에서 닭이 가늘고 맑은 소리로 울었는데, 지상의 새소리가 아닌 듯했다. 아마 다락방에서 들어서 그랬을 것이다. 그곳에서는 무엇이든 늘 새로웠으니까. 두 손을 써서 비천하고 고된 일을 하는 나 같은 여자가 그런 생각을 하다니 이상하게 여겨질 수도 있겠다. 그런 생각은 앉아서 수를 놓는 멋진 귀부인들에게나 어울린다고 볼 수도 있겠다. 하지만 난 너무 외로웠고 생각할 시간이 넘쳤다. 게다가 책을 읽고 배우다보니, 다른 것은 존재하지 않는 내 마음속에 습지에서 피어나는 골풀과 물망초처럼 온갖 생각이 자라났다. 다락방에서나 그러지 다른 곳에서 그러는 적은 별로 없어서 일하다가 몽상에 빠지지는 않았으므로 그것이 내게 해가 된다고 생각한 적은 없었다.

그래서 지금, 동이 트려면 아직 두 시간도 더 남은 새벽에 우리 싸움닭이 목청껏 내지르는 맑은 울음소리를 들으며 난 아침 준비를 하러 한달음에 아래층으로 내려갔다. 기디언이 들어왔을 때는 불이 활활 타오르고 아침은 다 차려져 있었다. 사른에서는 장작을 아낄 필요가 없었는데, 영국의 수많은 가난한 가족이 오두막 한 채에서 불 하나에 음식을 끓이려고 예닐곱 명씩 달라붙어 있어야 했던 시절이니 감사한 일이었다. 난 돈을 들이지 않아도 장작을 넉넉히 얻을 수 있어 항상 감사했다. 기디언이 해놓은 장작을 다 태우고도 모자라면 급한 대로 내가 해 올 수도 있었기에 기디언의 시간을 너무 많이 잡아먹지도 않았다.

발간 불빛이 돌바닥과 그릇과 구석에 놓인 물레를 비추는 기분 좋은 화롯불 앞에 앉으니 무척 아늑했다. 티비에게 우리 집에 와서 어머니 동무를 해드리라고 부탁했으니 어머니가 외롭지 않을 것이라 다행이었다. 내가 사랑하는 사람이 외롭거나 슬퍼하면 무엇을 해도 즐겁지 않을 테니까. 동이 튼 뒤 문밖에서 옷감을 흔들어 털다보니 어둑한 숲속에서 티비의 빨간 망토가 다가오는 것이 보였다. 티비는 하는 일도 없고 아무 생각도 없어서 남는 게 시간이었으므로 늦을 이유가 없었다.

기디언이 간밤에 벤디고와 방앗간 조랑말의 발에 징을 박아놓았으므로 채비를 마치고 해가 떠올랐을 때 우리는 집을 나섰다.

호수 전체가 붉은빛이라 물에 비친 우리 농장이 불에 타는 듯했다. 하얗게 서리를 뒤집어쓴 곰솔이 가지를 뻗은 채 물을 뚝뚝 떨어뜨리고 있었다. 하얀 가지 끝에서 물이 뚝뚝 떨어지는 모양이 비눗물에서 손을 꺼냈을 때 손가락에서 비눗물이 떨어지는 것 같았다. 언 경작지가 약간 녹으면 바로 아침거리가 마련된다는 것을 잘 아는 듯 떼까마귀는 흡족한 소리로 부드럽고 경쾌하게 까옥까옥 울고, 낟가리 마당에서는 찌르레기의 재잘거림이 요란했다.

"장에서 내 선물 사다줘!" 티비가 호수 건너편에서 소리쳤다.

기디언은 뚱한 표정을 했다. 그가 선물을 사다주고 싶은 사람은 잰시스뿐이라는 것을 난 알았다. 그래서 내가 소리쳤다. "알았어. 뭐 사다줄까?"

"머리 묶을 체리색 실크 옷감." 티비가 외쳤다. 티비는 대체로 멍청했지만, 자신의 숱 많은 연갈색 곱슬머리가 어여쁘다는 것은 잘 알았다. 기디언과 함께 있을 때마다 머리칼을 보란 듯이 넘기고 기회만 되면 비가일디의 이름을 틀리게 발음했다. 기디언이 버럭 성을 낼까 무서워 잰시스 흉보는 말은 감히 못 했지만 말이다. 멍청한 여자라도 사랑에 빠지면 종종 그러듯이 티비도 이 점에서는 영리하게 굴어서, 마법사 딸을 다정하게 대하는 것은 적절치 않고, 마법사가 주문을 외는 만큼 빠르게 성경 구절을 읊을 수 있는 교회지기의 딸과 사랑에 빠지는 것이 아주 근사한 일임을 은근히 내세웠다.

땅이 얼어 밟을 때마다 사각거리고, 붉은 뇌조들, 특히 홍머리오리가 주변에서 눈에 띄는 멋진 아침이었다. 우리는 말을 달려 언덕을 올랐다. 저 멀리 숲과 그 너머의 거친 황야와 드문드문 보이는 약간의 경작지, 그리고 말발굽 소리에 자고새가 도망치는 서리 내린 그루터기들 건너로 팬지 꽃처럼 파란 언덕이 보였다. 약속의 언덕. 내게는 그렇게 보였다. 작은 수풀에서 버스럭 소리가 나더니 햇빛으로 파랗게 번쩍이는 날개를 퍼덕이며 산비둘기 떼가 그 언덕 쪽으로 한꺼번에 날아올랐다. 병을 치료하는 샘물이나 어떤 기적, 혹은 옛날 옛적에 있었던 성인 같은, 경이로운 존재가 그곳에 있을 것 같았다.

내가 그런 말을 해도 기디언은 그저 플래시와 스톤하우스에서 탑처럼 높이 솟아오르는 푸른 연기를 어깨 너머로 건너다볼 뿐이었다. 그러더니 낮게 휘파람을 불기 시작했다. 그는 아무리 기분 좋을 때라도 대놓고 휘파람을 부는 적이 없어서 늘 혼자만의 나직한 소리였다. 그래서 난 더는 말을 걸지 않왔다. 곧 옛길이 끊어져 주도로로 접어들었는데, 길이 평탄하지 않았다. 로마인이 만든 길은 날씨와 상관없이 다니기가 좋았고, 심지어 고속도로보다 좋았다. 냉정하게 길을 가는 방앗간 사람들을 지나쳤고, 이후로도 두세 가족을 더 지나친 뒤 우리는 곧 읍내로 접어드는 언덕을 올랐다. 주위에서 물떼새들이 겨울철 목소리로 시끄럽게 울어댔다.

그렇게 우리는 꿈을 바라보러 럴링퍼드로 갔다. 우리가 곧 보게 될 집이 기디언의 평생의 꿈에 함께 짜여 들어가 있었으니까. 그러니까 집과 더불어 선거철에 '사과주 머그잔'에서 지방 유지들과 함께 즐기는 무도회와 만찬, 하인들처럼 집이 의미하는 것들이었다.

언덕 아래로 내려와 여울을 건너면서 기디언이 말했다.

"잰시스가 뒷자리에 타 있으면 얼마나 좋을까."

"다음번에는 그럴 수 있겠지." 내가 말했다. "언제든 같이 가면 좋은데 왜 안 되지?"

"비가일디가 있잖아."

"오, 비가일디! 내가 그의 주문으로 주문을 걸고 그의 마법으로 그를 홀릴게." 좁은 골목을 지나가면서 내가 그렇게 말하고 깔깔 웃었더니 무슨 일인가 궁금해 창문마다 고개가 쑥 나왔다.

"조용히 해!" 기디언이 말했다. "그렇게 크게 웃지 말라고. 무슨 마도요도 아니고."

"하지만 마도요는 아주 좋은 친구인 데다 그만큼 명랑한 목소리는 흔치 않은걸. 그런 칭찬을 해주다니 고마워."

정말이지 난 세상만사가 만족스러웠다. 부는 바람도 다른지, 태양도 더 환하고 햇빛도 더 안전한지, 릴링퍼드에는 특별한 무엇이 있었기 때문이다. 왜인지는 몰랐다. 지금처럼 조용하지는 않지만 조용한 장소였다. 요즘에는 다들 도시로 나가지만 내가 어렸을 때는 수 킬로미터 떨어진 마을의 사람들이 다들 장이 열리는 작은 읍내로 모였다. 그래도 조용했고 아주 평화로웠다. 하지만 때로 죽은 듯이 고요한 사른의 적요함은 아니었다. 넓은 거리 양편으로 위층에는 박공이 달린 흑백 주택이 튀어나와 있고 아래층에는 둥근 상가 창문이 이어졌다. 앞쪽에는 작은 정원이 있었다. 거리 끝에는 길고 낮은 교회 건물이 있었는데, 멋진 조각이 새겨진 어마어마하게 높은 첨탑이 보기 좋게 솟아 있었다. 교회 그늘 아래로 아늑하고 큰 여관이 있었다. 사과주를 담는 긴 푸른색 잔이 그려진 붉은 간판이 달려 있었다. 창문에 걸린 커튼도 붉고 겨울날이면 벽난로 불빛이 환했는데, 교회와 아주 가까워서 여관 주인의 양심은 깨끗하고 맥주는 정직하게 만들고 각자에게 적당한 정도만 제공한다고 주장하는 듯했다. 나로서는 마지막 사항은 좀 미심쩍다.

일요일이라 상점들은 창문마다 앞치마처럼 흰 캔버스 천을 걸었고, 그래서 무척 경건하고 점잖아 보였다. 상점은 많지 않았고, 종류별로 하나뿐이라 더 싼 곳을 찾아 이리저리 뛰어다닐 일이 없었다.

식료품과 실, 냄비와 프라이팬을 파는 그린캐니스터가 있고, 맥아 판매상, 정육점, 제과점이 있었다. 그 시절엔 대부분 가정에서 빵을 구웠기에 읍내마다 제과점이 있지는 않았으니 럴링퍼드는 꽤 앞서가는 곳이었다. 그리고 장화와 마구를 파는 가죽 제품 상점도 있고, 여름에는 전국을 돌며 삯일을 하느라 겨울에만 문을 여는 양복점도 있었다. 대장간도 있었는데, 겨울날 해가 질 무렵이면 글방에서 나온 남자아이들이 떼로 몰려와 손도 녹이고 밤과 감자를 구워 먹게 해달라고 사정하곤 했다. 불꽃이 튀며 활활 타오르는 불을 바라보는 것이 즐거웠고, 주변으로 다정한 온기가 퍼져 가슴속 깊은 곳까지 따뜻하게 데워지고, 사랑이 그렇듯 딱히 무엇을 하거나 값을 지불할 필요 없다는 느낌이 드는 것도 참 좋았다. 대장간 옆으로는 길쌈꾼이 사는 작은 오두막이 나란히 서 있었다. 재단사처럼 그 역시 여름에는 시골 마을을 돌아다니고, 날씨가 허락한다면 간혹 겨울에도 돌아다녔다. 하지만 날씨가 험할 때면 작고 아늑한 집 안에 들어앉아 바람이 북쪽 산에서 남쪽 산으로 울부짖으며 지나가는 소리를 들었다. 난 아주 어렸을 때부터 그 오두막에 마음이 끌렸는데, 이유는 알 수가 없다. 폭 좁은 정원과 붉은 벽돌이 깔린 진입로와 떡갈나무 울타리가 있고, 진입로 양쪽으로 라벤더 관목이 있었다. 거의 하얘진 계단 세 개를 오르면 문이 나오고, 병유리가 아니라 여러 유리판으로 된 유리창이 있었다. 위쪽으로 창문이 하나 더 있었다. 뒤쪽으로는 초원으로 이어지는 경사면에 작은 텃밭이 있었다. 거실의 두 번째 창문에서 이 텃밭과 초원, 그 너머 산까지 내다보였다. 내가 이렇게 잘 아는 까닭은 연로한 길쌈꾼이 살던 때 전할 말이 있어 그 안에 들어간 적이 한 번 있어서다. 아주 오래된 뒤틀린 포도 덩굴이 집 앞면을 타고 올랐다. 혹독한 겨울을 지내야 하는 곳이라 보기 드문 광경인 데, 읍내가 산자락에 안겨 있고 길쌈꾼의 집은 남향이라 포도 덩굴이 무성하게 자랐다. 혹한기에는 제대로 익지 않을 때도 있지만 아주 잘 익는 해도 있었다. 포도 덩굴과 라벤더와 좁고 푸른 잔디밭의 유쾌한 그림자와 문 옆에서 자라는 라일락도 그렇고, 벽난로 불빛을 받아 반짝이는 놋쇠와 구리 그릇이 놓인 아늑하고 잘 정돈된 응접실의 커다란 베틀도 그렇고, 난 그 앞을 지나갈 때마다 갈망의 눈길을 보내지 않을 수 없었다. 잔디밭을 폴짝폴짝 뛰어다니는 살진 개똥지빠귀마저 부러웠다. 수렁에서 헤매느라 진이 빠진 가련한 죄인이 천국에 끌리듯 난 그곳에 끌렸다.

그래서 그날 말을 타고 그 앞을 지나가다가 내가 물었다.

"기디언, 저 집은 왜 다른 집과 다를까?"

"다르지 않아."

"오, 하지만 다른 세상 돌로 지은 것처럼 너무 다른걸!" 내가 외쳤다. "'더 좋은 땅'의 숲에서 해 온 목재로 지은 것처럼 다르다고."

"세상에, 웬 헛소리야." 그가 말했다. "조용히 해. 교구 관리가 널 가두기 전에."

그래서 난 입을 닫았다. 우리는 곧 '사과주 머그잔'에 닿았고, 다른 말들이 있는 곳에 말을 넣은 뒤 시장에 물건을 내놓으러 갔다.

제2장 사과주 머그잔

장은 교회 옆의 포장된 광장에서 열렸다. 각자 매대를 차렸고, 치즈는 매대 사이사이에 산처럼 쌓여 있었다. 번듯한 숄을 걸치고 면 모자를 쓰고 앉아서 우리가 팔 물품과 같은 버터와 달걀과 가금을 파는 노파들이 보였다. 진저브레드를 파는 매대와 민스파이를 파는 매대도 있었다. 햇빛 가리는 모자 매대와 장난감 매대가 있고, 줄에 엮은 산호와 도자기 고양이, 구두 죔쇠, 부적, 구슬 지갑 같은 값싼 장신구를 파는 매대도 있었다. 눈부신 호랑가시나무와 겨우살이, 햇빛을 받아 노랗게 빛나는 치즈, 밤나무 새순처럼 끈적거리는 갈색의 진저브레드까지 모두 흥겨운 광경이었다.

장으로 들어가는 입구에 있는 정육점 앞에서 주인장이 번쩍이는 긴 칼을 쳐들고 무슨 무슨 고기가 있다고 소리치는데, 프랑스 군인이 몰려오는 줄 알았다. 뜨거운 감자와 돼지 내장 튀김을 파는 여인네도 있고, 자기 물건을 경매에 부치는 토기

장수도 있었다. 토기 장수는 시계가 시각을 알릴 때마다 '몇 초'를 세면서 뭔가를 깨뜨렸는데 사람들에게 재미를 주려는 것이었다. 그런 뒤 무언극 배우가 와서 공짜로 공연을 했고, 한구석에서는 수의사가 하나에 1페니씩 받고 이를 뽑아줬는데, 사람들이 주위를 둘러싸고 구경했다. 다들 목청껏 떠들고 배우들은 자기 대사를 하고, 토기 깨지는 소리와 근처 장터에서 들리는 음매, 꿀꿀, 가축 울음소리, 그리고 반 시간마다 울리는 시계 소리, 그 모든 소리로 장은 흥겹게 소란스러웠다.

가져온 물건을 다 판 뒤 우리는 요기를 하러 '사과주 머그잔'으로 들어갔다. 살을 에는 바람에 아무것도 못 먹을 텐데도 가게 바깥쪽에 노인 여남은 명이 앉아 있었다. 각자 커다란 백랍 맥주잔을 들고 목청껏 노래를 부르고 있었다.

주는 나의 목자시니 두려울 것이 없네

각자 음정으로 멋대로 부르는 노래라 비가일디 씨가 그런 불협화음을 들으면 꽤나 분개하지 않을까 싶었다. 부싯돌 악기를 다룰 때 어쩌나 까다롭게 구는지 소리가 제대로 나지 않으면 심란해했기 때문이다.

우리가 다가가자 노인들이 각자 잔을 손에 든 채로 움직임을 멈추고, 노래를 부르다가 입을 벌린 채로 나를 뚫어지게 쳐다봤다. 최신 인형극에서 쇼맨이 인형에서 손을 떼면 인형들이 한순간에 동작을 멈추듯이. 혈관이 드러난 불그레한 늙은 얼굴에, 차가운 햇빛을 받으며 여관을 등지고 앉은 그 얼굴에 겁먹은 표정이 어렸다. 우리가 그들이 앉은 의자 앞을 걸어가는 동안, 새끼 올빼미들이 고개를 돌리며 어깨 너머로 빤히 쳐다보듯 고개들이 하나같이 천천히 돌아가며 스무 개 정도의 시선이 술잔 위로 비스듬히 따라왔다.

감옥 문처럼 못이 박힌 문으로 들어가 어둑한 통로를 거쳐 실내로 들어서니 좀 더 지체 높은 사람들이 앉은 그곳에서도 시선들이 내 얼굴에 꽂혔다. 그래도 바깥에서처럼 대놓고 보지는 않았다. 농부들과 그 아내들, 이른 아침 사륜마차를 타고 가다가 잠시 쉬면서 요기를 하는 사람 두세 명, 그리고 실버턴의 목사로 크리스마스를 맞아 집으로 가는 길에 말발굽이 빠져서 잠시 쉬고 있는 영주의 아들, 그들이 말없이 조심스럽게, 하지만 호기심에 찬 시선으로 나를 올려다보았다. 그들 모두, 실내의 지체 높은 사람들이나 실외의 노인들이나 모두 내 언청이 입을 쳐다보고 있다는 사실을 난 불현듯 깨달았다. 각자의 지위와 학식에 따라 이런 생각을 하고 있을 터였다.

'희한하고 색다른 존재가 아닌가!'

'저 여인은 분명 기형으로 태어난 인물이군!'

'밤새 산토끼가 된 처자구면.'

'마녀일세. 언청이가 된 추한 마녀.'

그전에 럴링퍼드에 두세 번 간 적이 있었고 그때도 아마 다들 이렇게 빤히 바라봤겠지만, 그땐 어렸을 때라 의식하지 못

했다.

밖에 앉은 노인들이 떼까마귀 무리처럼 꽥꽥거리는 소리가 들렸는데, 그중 한 사람이 이렇게 말했다.

"저이가 근처에 있는 동안은 술을 마시지 마. 몸 안에 독이 들어갈 거라고."

또 다른 소리.

"쳐다보지도 마. 사악한 눈으로 맞받으면 시들시들 앓게 될 테니."

술집 안에 있던 사람들이 서로 눈빛을 교환했고, 난 그 자리에서 죽어버리고 싶었다. 무척 추운 날씨에 옷도 얇고 벽난로에서 멀찍이 떨어져 있었지만 진땀이 솟으며 숨이 막혔다. 정말이지 난 마을 사람들을 사랑했고 그들도 나를 사랑해주기를 바랐고, 가축 몰이꾼이든 영주든, 주인이든 그 부인이든 모두에게 애정이 있었으니까. 그들은 내 소풍의 일부이자 럴링퍼드와 세상의 일부고, 아이의 손안에 잡힌 작은 새가 한편으로 두려우면서도 그 안에서 편안함을 느끼듯 내 마음이 그들의 손안에 있었으니까. 난 먼 곳으로 가서 새로운 사람들과 새로운 길, 아이들이 뛰노는 새로운 마을을 만났으면 했다. 마치 요정인 양 처음 보는 아이들이 어디서 어떻게 나타났는지 모르게 나타나 낯선 마을의 풀밭에서 노래를 부르며 어스름 속으로 달려가는 새로운 마을. 주인이 누군지도 모르는 초원에서 연로한 마을 사람들이 오솔길을 따라 나무 사이에 파묻힌 교회로 걸어가고, 내가 전에 본 적 없는 사람들이 줄을 당겨 종이란 종이 다 크게 울리는. 아, 정말이지 그런 곳에 가고 싶었다. 다만 그런 바람의 핵심은 그들이 내가 지나가는 것을 보면 상냥한 표정을 보이고, 아이들은 미소 지으며 내게 꽃을 따서 던지고, 내가 여관이나 술집에 들어가면 '밤이 깊었으니 불 가까이로 와' 하고 말을 건네야 한다는 것이었다. 아, 그러면 얼마나 좋을까!

그래서 실제 세상이 나를 대하는 방식이 내게 훨씬 더한 충격을 주었다. 워낙 외딴곳에서 살아서 그전에는 나의 비통한 처지를 제대로 실감하지 못했다. 그런데 성경 구절처럼 쇠사슬에 매이듯 고통에 단단히 묶인 내 처지를 이제는 깨달았다. 아, 난 문 건너편에 갇혔고, 커다란 못이 박힌 여관 문은 그 문에 비하면 한갓 종잇장이었다!

흐르는 눈물을 모자챙으로 가리려고 접시 위로 고개를 푹 숙이고 있는데 한 귀부인이 들어왔다. 지금껏 본 적 없는 훤칠한 인물! 지팡이처럼 호리호리한 몸에 긴 진홍색 승마복을 입고, 숱 많은 밤색 머리칼을 나비 리본으로 묶고, 그와 어울리는 중절모를 쓰고 있었다. 눈은 검은색이었는데, 그 속에 인간의 영혼이라고는 보이지 않고 대신 서리 내린 밤의 고양이 눈처럼 번뜩였다. 자그마한 손에 장갑을 끼고 장화에는 박차를 단 그녀가 바깥의 긴 의자에 앉은 노인들과 웃고 떠든 뒤 여전히 웃음을 달고 들어왔다.

"주인장, 대 빗자루." 그녀가 말했다. "대 빗자루 하나 줘."

다들 빙긋 웃거나 낮게 키득거렸다. 그게 무슨 뜻인지 나는 잘 알았다. 사람들이 대 빗자루 어쩌고 하면, 그건 내가 마녀라는 뜻이니까 그 자리를 뜨라고 예전에 어머니가 말해준 적이 있기 때문이다.

하지만 기디언은 아무것도 눈치채지 못했다. 신체적 기형이 없으니 그런 상황은 생각해본 적이 없고, 내 모습에 워낙 익숙해서 남들에게는 그렇지 않을 수도 있다는 사실을 깨닫지 못했기 때문이다. 게다가 잰시스가 더 나을까, 하인이 딸린 커다란 집이 더 나을까 하는 생각에 정신이 팔려서 주변에서 벌어지는 일이 눈에 들어올 리 없었다.

귀부인이 영주의 아들에게 달려가 어깨를 찰싹 때리며 말했다. 체면을 구긴 그는 인상을 썼다.

"착한 젊은이답게 크리스마스를 맞아 집에 왔구나! 저 언청이 여자는 누구야?"

그는 상대에게 목소리를 낮추라는 신호를 하며 기디언 쪽으로 보일락 말락 고개를 까닥거렸다.

"아니, 저건 사른의 젊은 사른이잖아!" 그녀가 살짝 얼굴을 붉히며 기디언이 앉은 자리로 왔다. 황동 단추가 달린 푸른 외투를 입고 팔에는 상중을 나타내는 검은 띠를 두른 채 잰시스 생각에 눈빛이 음울하게 타오르는 그는 무척 미남이었다. 내가 팔꿈치로 쿡 찌르자 그가 일어섰다. 풍채가 좋았으므로 일어서니 더 멋있었다.

상대가 반짝이는 검은 눈으로 그를 바라보며 손을 내밀었다. 영주 집안은 항상 농부들에게 상냥했고, 선거철에는 특히 그랬다.

"곧 선거철이라 아버지가 당신에게 시킬 일이 있다고 하셔, 사른. 애인한테 잠깐 봐달라고 하고 언제 한번 우리 집에 와서 같이 식사하지."

그녀는 앙심이 담긴 눈으로 나를 쳐다봤다. 기디언이 외아들인 줄 알았고, 그래서 나를 그저 아는 사람으로 취급하려는 듯이. 아니면 그를 조롱하려는 듯. 우스운 꼴을 만들어 노예처럼 부릴 심산인 듯.

곡물 관세로 인해 이제 기디언은 정치적으로는 영주와 한편이었는데, 그 모든 것을 포기하고 잰시스와 결혼해 오밀조밀 자식들에 자족하며 죽음이 두 사람을 갈라놓을 때까지 살아갈지 어쩔지 아직 결단을 내리지 못했다. 그래서 그는 좀 미적거렸고, 평민이 자기 앞에서 그런 태도를 보이는 일이 별로 없는 상대는 벌컥 화를 냈다. "그래서, 그래서! 시간 없어, 사른, 시간 없다고. 다음 성 도마일에 다이어폴산에서 춤추게 생겼네. 오, 여기 이 아가씨도 있고 대 빗자루와 헛소리가 넘쳐날 테니 참 보기 좋겠어."

그러고는 거슬리는 요란한 종소리처럼 웃었고, 기디언은 그 말뜻을 곧 깨달았다. 느렸지만 확실히 알아들었다. 오, 말도 못 하게 확실히.

앞서 말했듯이 내가 분노한 기디언을 본 적은 몇 번 안 되는데, 그때가 그중 하나였다. 얼굴빛이 어두워지고 눈은 그 속에서 호수 물이 출렁이는 듯 차가워졌다. 시리도록 차가웠다. 그런 눈빛으로 내려다보자 상대는 움찔했다. 그가 아주 느릿느릿 말했다.

"이 애는 내 여동생입니다. 내가 마녀들과 함께 다이어폴산에서 춤출 마음이 있다면 그럴 겁니다. 그리고 위층 무도회에서 영주 양반들과 춤출 마음이 있다면 그렇게 할 거고요. 하지만 **당신에게** 춤을 추자고 청하지는 않을 겁니다. 영주님에게 표를 던지게 될지 그것도 잘 모르겠네요. 집안 여자들 관리도 제대로 못 해서 여식이 거장을 치고 돌아다니게 놔두는 분께서 과연 땅을 제대로 관리할 수 있을는지? 회초리가 좀 더 필요했을 것 같습니다만."

"도라벨라!" 여동생이 그런 분쟁에 휘말려 무척 언짢아진 그녀의 오빠가 소리쳤다.

두 사람은 밖으로 나갔고, 기디언은 자리에 앉아 마시던 술을 마셨다. 난 음식에 손도 대기 싫었지만 그는 그런 일이 있어도 아무 일 없다는 듯 맛있게 먹었다. 기디언이 황소를 사러 나가자마자 나도 그곳을 나왔다. 할 일이 많았다. 맥아와 설탕과 차도 사야 하고, 우리가 신을 장화와 티비의 선물도 사야 했다. 담배도 사야 했는데, 기디언은 다른 사람에게 만큼이나 자신에게도 인색해서 자기가 쓸 것을 사는 법이 없었기 때문이다. 살 것을 다 사고 크리스마스에 쓸 두세 가지를 더 사서 다 짐 바구니에 신자 마침 기디언도 일을 마쳐 집을 보러 갈 수 있었다. 마음에 드는 황소를 샀다고 했다. 롱혼종 얼룩소로 튼튼했다. 농사일에 황소를 사용하는 농부가 별로 없어서 값도 예전보다 무척 싸다며, 잔뜩 신이 났다. 그때도 그렇지만 그는 내가 슬퍼한다고 같이 풀이 죽는 법이 없었다. 미스 도라벨라와 바깥 의자에 앉아 있던 노인들로 인해 내 가슴에 피가 철철 흐르는 걸 어떻게 알겠는가? 그가 화가 났던 것은 가족 중에 언청이가 있는 데다가 마녀라는 말까지 나오니 자기 체면이 구겨졌다고 여겨서이지 내 생각을 한 것은 아니었다. 누군가 새로 사서 옆에서 몰고 가는 황소만큼도 내 생각은 하지 않았다. 점찍어뒀다는 집으로 향하는 샛길을 올라가며 그는 낮게 휘파람을 불었다. 읍내에서 우리 마을로 가는 길과는 다른 방향이라 난 처음 가보는 길이었다. 그 길로 들어선 뒤에는 이리저리 쏘다닐 시간이 별로 없었다. 곧 마차 다니는 길을 벗어나 키 큰 산울타리가 하얗게 서리를 뒤집어쓰고 길 위로 깊이 팬 바퀴자국이 얼어붙은 골목에 들어섰다.

곧 해가 질 터였지만 기디언은 조금도 걱정하지 않았다. 달이 뜨면 낮처럼 환할 테니 소를 몰고 가는 데 아무 문제가 없다고 했다. 집 생각에 기디언은 무척 들떠 있었고, 난 남의 즐거움에 초를 치는 일은 전혀 좋아하지 않았으므로 뭐든 그가 하자는 대로 했다. 세상에는 즐거움이 참 드물고 기디언은 정말 힘든 삶을 사는 사람이었으니까. 그래서 '사과주 머그잔'에 다시 가서 내게 차와 요깃거리를 사주고 앞으로 우리가 할 일을 논의(어머니가 함께 있을 때 할 수 없는 이야기였으니까) 하려는 그의 계획을 알았을 때도, 그곳에 다시 가느니 차라리 지옥으로 들어가는 게 낫겠다는 심정이었지만 반대하지 않았다. 기디언은 휴일의 기분을 누리는 동안, 사른의 묵묵한 분위기에 휘말리기 전에 그 이야기를 하고 싶었던 것이다. 참 희한하게도 사른에서는 속 깊은 이야기를 털어놓을 수 없었다. 침울하게 생각에 잠긴 커다란 나무 탓인지, 물과 가까워서 류머티즘에 걸린 듯 처지는 느낌 탓인지, 오래전 사람들의 기억이 가득한 아주 오래된 집 탓인지, 아니면 뭔가 불길한 것이 있어서인지 도대체 알 수 없었다. 그래서 기디언은 머릿속 생각을 눈덩이처럼 내내 굴리고 또 굴리기만 했고 결국 장정 여섯 명으로도 움직이지 못할 만큼 커진 눈덩이는 누구든 깔아뭉갤 수 있을 정도가 되었다.

우리는 출입문으로 들어가 마찻길 같은 진입로에 접어들었다. 진입로 끝에 또 출입문이 있었다. 기둥 위에 공 모양 장식을 얹은 아주 웅장한 문이었다. 안쪽으로는 깔끔하게 관리된 원형 마찻길과 꽃 무리가 있었다.

우리는 거기 서서, 기디언의 말에 따르면 우리가 소유하게 될 그 집 철제 대문을 통해 안을 들여다봤다. 앤 여왕의 서거 후 지어진 새집으로, 문 양옆으로 창문이 네 개씩 달리고 문에는 석조 현관을 세운, 아주 견고하고 어마어마하게 큰 저택이었다. 창문은 여덟 개 위에 여덟 개가 더 있었고, 그 위로는 지붕창들이 있었는데, 기디언이 말하길 하인들이 거주할 방의 창문이라고 했다. 현관까지 계단이 있고, 층층이 올라가는 돌담도 있고, 한쪽으로는 담으로 둘러싼 정원과 둥근 비둘기 집이 있었다.

집 안에 불빛은 없었고, 침울한 분위기였다. 고요하고 시커 먼 나무들에 둘러싸여 아주 고요하고 아주 시커멨다.

"불빛이 있으면 좋겠다." 내가 말했다.

"맙소사, 불빛이라니? 지금이 어두운 시각도 아니잖아. 불 은 뭐 하게? 물레질은 화롯불 옆에서 하면 될 테고, 밀랍은커 녕 수지도 허비할 필요 없는 연로한 주인은 굴뚝 옆 구석에 앉아 더 나은 세상으로 갈 일에 골몰하면 그만이지!"

벌써 그 집 관리를 떠맡은 모양새라 난 웃지 않을 수 없었다.

"불쌍한 집주인이 더 나은 세상에 골몰하지 않을까봐 걱정 인 모양이네." 내가 말했다.

"그럼, 당연하지. 하지만 너무 빨리 가도 안 돼. 우리가 돈을 다 모으지도 않았는데 그 늙은이 숨이 끊어져버리면 안 되니 까. 10년은 더 살아줘야지."

"그러니까 10년이 지나면 자기 관을 주문해야 하는구나. 불 쌍하기도 하지."

"너 오늘 되게 예민하다, 프루." 그가 말했다. "어차피 언젠 가 갈 사람이잖아. 우린 때를 기다리는 거고."

"미스 도라벨라의 작은할아버지라고 했지?"

"응."

"그러면 이 집을 젊은 캠퍼다인 씨에게 주려고 하지 않을 까?"

"전혀 아니지! 그는 주교의 왕궁을 탐내거든."

"그 사촌도 그렇고?"

"그럼! 그 녀석은 한곳에 오래 머물지를 못해. 구르는 돌이라니까. 관종이기도 하고. 노인네가 세상을 뜨면 집은 경매에 부쳐질 거야. 그러니까 우리가 꼭 돈을 마련해야 하는 거지."

"어, 저기 봐. 불빛이야." 내가 말했다.

"어디?"

"저기, 정원 쪽 아래층 창에."

크고 흐릿한 불빛이 아래층 창문을 연이어 지나더니 층계 바닥까지 닿는 듯한 긴 창문에서 미끄러지듯 올라가 위층에서 다시 창문을 지나가는 게 내 눈에 분명히 보였다. 창문 하나가 잠깐 환해졌다가는 깜깜해지고 다른 창문이 환해졌다. 불빛이 그렇게 돌아다니다니 참으로 기이하고 불안한 인상을 주었다. 꾸준한 불빛만큼 편안한 것도 없다. 반면 텅 빈 공간에서 이리저리 움직이는 깜박이는 불꽃은 보기만 해도 애처롭다. 그렇게 한참을 움직인 듯했고 추위는 더해갔다. 아무 소리도 들리지 않았다. 우리는 거지처럼 출입문 밖에 서 있었고, 불안한 빛은 어둠 속을 헤매 다녔다. 그러다 홀연 불이 꺼졌다.

"오, 꺼졌어!" 내가 말했다. "오, 세상에, 세상에."

"그게 뭐 어쨌다고?" 기디언이 말했다.

"창문 앞에 자리를 잡고는 내 마음이 따뜻해지도록 환하게 불을 밝혔으면 했는데." 내가 말했다. "그런데 꺼져버렸어."

불이 꺼지자 난 너무 우울해져서 차가운 두 손을 비벼댔다.

어째서 내 마음이 그렇게 상했는지 나도 알 수 없었다.

"가정부가 뜨개바늘을 찾았든지 늙은 캠퍼다인이 담뱃갑을 찾았나보지. 찾고 나서 불을 끈 거고. 아주 양식 있는 행동이지."

"아니야!" 내가 말했다. "아니야! 그건 변함없이 빛나고 싶었던 사랑이었어. 그런데 이 집은 너무 버거웠던 거야. 이제 집 안에 어둠이 내려앉았어. 불빛은 꺼져버렸고."

난 울음이 터졌다. 멍청한 짓이었지만, 기디언은 의외로 화를 내지 않았다. 황소를 사고 집을 보아 기분이 좋았기 때문이다.

"너 어디 안 좋구나." 그가 말했다. "넌 울보가 아니잖아, 프루. 자, 내 생각을 다 말해줄 테니 이제 차 마시러 가자. 할 얘기가 많아. 캠퍼다인의 그 암여우 탓에 생각이 바뀌었거든. 예전 계획에다가 새로운 계획까지 말해줄게."

우리는 돌처럼 묵묵한 닫힌 출입문 앞에서 몸을 돌려 불빛이라고는 없는 스물네 개 창문과 밤의 광활함 속에서 공기의 숨소리 하나 없이 서 있는 시커먼 나무를 떠났다.

노인들은 이미 가축을 몰고 떠났고 캠퍼다인 집안사람들은 저녁 식탁에 앉아 있을 시간이라 여관 분위기는 내가 두려워 했던 만큼 나쁘지 않았다. 살면서 종종 겪게 되지만, 무척 두려운 것이 있더라도 용감히 맞서면 곧 아무렇지도 않게 된다. 주인 부부는 우리를 얕잡아 보고 하녀를 내보내 시중을 들게 했다. 방앗간의 폴리처럼 겁에 질린 어수룩한 인물이라 두려워할 필요가 없었다. 지금도 마찬가지지만 겨울이면 길이 엉망이라 럴링퍼드 장을 찾은 마을 사람들은 일찍 돌아갔고, 그래서 술집엔 우리뿐이었다. 불빛이 꺼져버린 집을 보고 서글픔에 젖었던 터라 발갛게 타오르는 난롯불과 김이 오르는 차를 마주하니 마음이 풀어졌다.

잠시 후 기디언이 입을 열었다. 단어 하나하나에 돈이 드는 것처럼 아주 느릿느릿 말했다.

"자, 프루, 할 말은 많은데 밤늦게까지 있을 순 없으니 이제 시작하는 게 좋겠다. 내가 잰시스와 진지하게 사귀는 거 알지?"

"응."

"지금껏 내가 이렇게 마음이 갔던 여자는 없었던 것 같아, 프루. 남자를 꼼짝 못 하게 하는 여자라니까. 원래는 그냥 좀 즐기려는 마음이었지. 결혼할 생각은 없었지만, 그렇다고 결혼도 안 하고 즐기기만 하려는 건 아니었어. 내 마음은 진심이었고, 일요일 저녁마다 만날 수 있었을 때는 아무 문제 없었어. 아무도 반대하지 않을 때는 몸이 불타오르지도 않았지. 반대하니까 불타오르는 거야. 비가일디 씨한테 들키기 전에 우린 충분히 만족스러웠고, 같은 가지에 달린 패랭이꽃처럼 순결했어."

"지금도 여전히 그렇고." 내가 말했다.

"그래."

그가 잠시 묘하게 나를 바라보더니 말을 이었다.

"투시력이 있나봐. 우리 프루가."

"아냐, 감이 좀 있는 거지."

"어쨌든 이제 그 노인네가 나를 무시하니까 잰시스를 애타게 갈망하는 마음이 저 집과 돈과 그에 딸린 모든 것을 향한 마음만큼 강해졌단 말이야."

"더하진 않고?"

"무슨, 그건 아니지!"

"그럼 잰시스를 진심으로 사랑하는 게 아니네, 기디언. 몸만 탐하는 거지."

"세상에! 목사님 설교냐. 여자가 책을 읽으면 저렇게 된다니까."

그가 좀 민망하게 웃더니 파이프에 담뱃잎을 넣기 시작했다. 하지만 만약 내게 어떤 지혜가 생겼다면 그것은 결코 책이 아니라 다락방의 적요함에서 나온 것임을 난 알았다.

"고상한 말은 됐고, 어쨌든 난 개를 원해." 그가 말했다. "얼마나 간절했던지 내 계획을 다 포기하고 개를 사른으로 데려와 비가일디 부인에게 골풀 양초를 주문하겠다는 마음을 먹을 뻔했다니까. 그래서 그걸 잠재우려고 너와 함께 집을 보러 가고 이야기를 나누고 집 안에 둘 작은 물건도 사겠다고 작정한 거야."

"마음을 단단히 먹기 위해서 말이지."

"그래, 그리고 나중에 네가 날 좀 가르쳐주면 선거철에 내 세력을 불리고 사람들의 호감을 사서 영주의 딸과 어떻게 해봐야겠다는 계획을 세웠지."

"미스 도라벨라를!"

"바로 그렇지. 그래봐야 어차피 여자잖아? 다른 여자보다 남자에게 해줄 것이 더 많지도 않을 테고, 남자가 아무리 잘나서, 설사 대단한 영주라 한들 여자 임신시키는 것밖에 더 해?"

"쉿! 그렇게 함부로 말하면 주방에서 듣고 화를 낼 거야."

"사실이잖아."

"사실일지도 모르지. 하지만 그렇다고 누가 그런 말을 좋아하겠어."

"그 여자가 처음 나를 야살스럽게 처다봤을 때부터 마음에 담아두고 있었지. 성질이 나면서도 기분이 좋았거든. 그래서 혹시 상황이 그렇게 되면 잰시스를 포기할 수 있겠다 싶었지. 그러면 잰시스는 교회지기 아들 새미와 사귀면 되는 거고. 잰시스를 포기하든가 다른 계획을 다 포기하든가 양단간에 선택을 해야 하니까."

"그러면 잰시스는 죽을지도 몰라, 기디언. 새미는 여자가 좋아할 유형도 아닌 데다가 성경 공부밖에 모르잖아."

"오, 새미는 내가 하라고 하면 할 거야. 잰시스가 마법사 딸인 데다 태도도 요망해서 잰시스만 보면 화가 부글부글 끓거든. 그런 새미 표정을 여러 번 봤어. 잰시스와 결혼해서 길들이는 것, 새미는 그걸 하는 거지."

"하지만 그건 잔인한 일이야, 기디언."

"뭐, 장에 나오면서 내가 생각한 것이 그래. 개한테 빵 조각을 던져주듯 잰시스를 그놈에게 던져줘야겠다. 어차피 둘 중 하나니까. 아이가 생기면 잰시스도 만족할 거야. 아기 얼굴이 잔뜩 인상 쓴 새미의 얼굴을 닮았을 테고 입에서 나오는 건 성경 구절밖에 없겠지만. 그래도 잰시스는 상관없을 거야. 어쨌든 난 그렇게 마음을 먹었어."

"세상에, 전능하신 신이라도 되나!" 난 약간 조롱 조로 말했다. 작정한 일을 충분히 해낼 수 있는 사람이긴 했다. 그는 강한 남자였고, 강하다는 건 때로 친절할 여유가 별로 없다는 말과도 같았다. 친절을 보이려고 잠시 멈추면 대개 정해진 길에서 벗어나게 되니까. 그래서 이런저런 위대한 인물에 대해 들으면 난 이런 생각을 했다. 그의 영광을 위해 누가 기쁨을 빼앗겼을까? 얼마나 많은 노약자가 그 마차 바퀴에 깔렸을까? 그렇게 높은 자리까지 올라가는 동안 결혼식에서 그의 노래를 듣지 못한 신부와 장례식에서 그의 눈물을 보지 못한 상가는 얼마나 많았을까?

"어쨌든 이제 마음을 정했으니 다시는 바뀌지 않을 거야." 기디언이 말했다. "잰시스든 럴링퍼드의 집이든 포기하지 않고 둘 다 가질 거야. 세워놓을 수 있을 만큼 빳빳하고 가슴이 깊게 팬 귀부인 드레스를 잰시스에게 입히고 무도회에 나가서 미스 도라벨라 앞을 보란 듯이 데리고 다닐 거야. 그뿐이 아니지. 너와 잰시스가 그 저택에 살면 영주 양반들이 마차를 타고……."

"엄마도! 엄마를 빼먹었잖아."

"그리고 나는 영주보다 더 존경받는 지체 높은 인물이 되고, 게다가 나이가 아주 많지도 않고, 그러다가……."

그러다 생각에 잠겨 한참 말이 없었다.

"기디언, 그러다가 뭐?"

"그러다가 만약 그 검은 눈과 붉은 미소의 도라벨라 캠퍼다인이 내 앞에 나타난다면 조심해야 할 거야. 내가 가져버릴 거니까. 오늘 너와 내게 그런 막말을 한 걸 갚아주기 위해 혼외 관계를 갖는 거지. 가난한 마법사의 딸을 내 정식 부인으로 삼고 영주의 딸을 창녀로 만드는 거야."

그 말과 함께 기디언이 탁자를 주먹으로 내려치는 바람에 금속 맥주잔이 떨어져 바닥을 굴렀다.

"두 번 마음먹었다가는 맥주가 남아나지 않겠네."

"웬 할머니 말투야, 프루. 난 생겨먹은 대로 사는 거야. 누구도 그것을 거스를 수 없어."

지금 이 순간에도 내 귀에는 그 말을 하던 기디언의 걸걸하고 무뚝뚝한, 비탄에 잠긴 듯한 목소리가 들린다. 결코 될 수 없는 인물이 되기 위해 모든 것을 바치려는 것과도 같았다. 사른과 고릿적부터 내려오는 사른의 힘에서 떠나 있던 그 순간 그의 영혼이 자신에게서 벗어나려고 사력을 다하는 것과도 같았다. 허물을 벗고 나오는 잠자리를 본 적이 있나? 얼마나 열심히 버둥거리며 사력을 다하는지, 저러다 목숨이 끊어지지 않을까 싶다. 지독한 고통으로 돌팔이 약장수처럼 공중제비를 넘는 잠자리도 보았다. 잠자리는 허물을 벗고 나와야만 하고 그 고통은 산고의 고통과도 같아서 보기에도 참 안쓰럽다. 그런데 기디언의 모습은 그보다 더했다. 돌바닥에 엎질러진 맥주는 검붉은 피처럼 어슴푸레 빛나는데 아늑한 불가에 앉은 그는 한 시간이 넘도록 입을 열지 않았다. 그렇게 그가 몽상에 빠졌을 때, 여관 안주인이 한 시간 뒤 저녁을 내야 하니까 꼬챙이를 돌려가며 서둘러 고기를 준비하라고 하녀에게 말하는 걸 듣고 알았다. 그런 뒤 사위는 적막해졌고, 난 팔짱을 끼고 앉아서 불꽃이 화르륵 타오를 때마다 건너편에서 나타나는 기디언의 어두운 얼굴을 보았다. 난 겨울날 검은지빠귀처럼 조용히 앉아 있었다. 내가 보기에는, 힘센 손이 그를 그러쥐고 그의 타고난 존재를 거스르는 방향으로, 아버지와 할아버지와 핏속에 벼락을 지녔던 그 옛날 티머시까지 그 모두가 만들어놓은 그의 존재를 거스르는 방향으로 끌고 가려 애쓰는 듯했다. 럴링퍼드의 새집과 가만히 불을 밝히고 싶은 듯이 방황하던 불빛이 머릿속에 떠올랐다. 난 기디언에게 아무 일도 일어나지 않기를, 그가 잰시스와 결혼하기를 바랐다. 복수하고 싶어서가 아니라 사랑해서, 욕정 때문이 아니라 그녀가 자신에게 아주 소중한 존재이고 사랑스러운 사람이라서 결혼하기를. 그리고 어머니에게도 신경을 쓰고, 나도 좀 배려해서 나를 돈 주고 산 노예나 개처럼 여기지 않기를 바랐다.

잠시 후 바깥에서 목소리가 들려왔다.

"다 됐어?" 그러자 다른 목소리가 대답했다. "네, 다 됐어요." 저녁 준비와 관련된 대화라는 걸 알았는데도 엄숙한 말처럼 들렸다.

몽상에서 깨어난 기디언이 중얼거렸다.

"아니면 해보다 죽든가."

그렇게 해서 난 우리 모두 어두컴컴한 길에 들어섰음을 알았다. 기디언과 어머니와 나, 그리고 이제 잰시스도.

우리는 밖으로 나가 말에 안장을 얹고, 바위처럼 단단한 세상을 헤쳐나가려 황소들을 앞세우고 출발했다. 기디언은 다시 입을 닫았다. 소풍은 끝났다. 빠지직 소리를 내며 깨지던 물웅덩이는 이제 돌처럼 꽝꽝 얼어 있었다. 산울타리도 얼어붙어 럴링퍼드 새집의 철제 대문 같았다. 사른 호수를 지날 때는 이미 한밤중이라 호수는 저 멀리까지 얼고 그 아래 수련도 얼어붙었다.

"오늘 돈 많이 썼다." 기디언이 말했다. "네가 신나게 즐겼다면 좋겠는데."

돈을 쓸 때마다 기디언의 속이 얼마나 쓰린지 난 알았다. 장날에 나갈 때 대개 주머니에 빵 조각을 넣어 갔고 물만 마셨다. 난 술집 앞 노인들과 미스 도라벨라를 머릿속에서 치워 버리고 그저 이렇게 말했다.

"응, 정말 근사했어. 고마워, 오빠."

"그래서 내 말에 다 동의하는 거지?"

"응, 맹세도 했잖아."

"그건 잰시스 문제 이전이었고."

"잰시스 문제도 동의해. 하지만 내가 동의 안 해도 마찬가지잖아."

"네가 일을 안 하면 마찬가지가 아니지."

"오, 일은 하지. 일은 전혀 겁나지 않아."

달빛이 흐린 하늘에서 홀연히 감미로운 휘파람 소리가 산 발적으로 들려왔다.

"들어봐!" 그가 말했다. "휘파람 부는 일곱 유령●이야."

유령을 죽도록 무서워하는 나는 우리 탓에 잠에서 깬 호숫가의 까치일 거라고 말했다.

"아냐." 기디언이 말했다. "아냐, 휘파람 부는 일곱 유령이 분명해. 불길하네."

불길한 징조나 예감을 웃어넘기던 기디언이 그런 말을 하다니 희한했다. 그래서 나중에 다락방에 올라갔을 때 그 일이 다시 떠올랐다.

어머니와 티비는 자지 않고 우리를 기다리고 있었는데, 찻잎을 띄우고 점을 봤더니 우리가 사른 호수에 빠져 죽었다고 나온 모양이었다. 우리를 보고도 한참 믿지 못하더니 손을 비틀면서 울기 시작했다. "진짜일 리가 없어. 머릿속 **생각**일 뿐이야." 그래서 어머니를 위로하느라 크리스마스 선물 하나를 미리 줄 수밖에 없었다. 불쌍한 어머니는 심성이 아이 같았다. 얼마나 잘 믿고 얼마나 단순한지, 어머니에게 상처를 주는 것은 배내옷을 입은 아기나 어스름 속에서 퍼덕이는 나방에게 상처를 주는 것만큼 나쁜 일이라고 난 늘 생각했다. 아, 우리를 믿는 그 마음을, 부들부들 떨며 기도하는 작은 손을 배반하다니 사악한 짓이자 악마의 속임수가 아닌가!

"네 방에 가서 누울게, 프루." 티비가 말했다. "얼어붙은 컴컴한 밤에 혼자 누우면 추우니까 그러면 좋겠는데."

티비가 곁눈으로 기디언을 훔쳐봤고, 난 그녀가 잰시스를 향한 질투로 거의 미칠 지경임을 알았다. 사실 얼굴은 얼어서

● 영국과 아일랜드의 전설 속 존재. 마녀나 다른 악령과 연결된 것으로 여겨졌다.

벌겋고 장에서 볼일을 본 뒤 눈빛이 반짝이는 기디언은 어딜 보나 멋진 남자로 보였다. 그가 고개만 까닥하면 티비는 냉큼 따라오리라. 하지만 기디언은 이랬다저랬다 하는 인물이 아니고 이미 마음을 정했으므로, 오직 잰시스뿐이었다. 티비는 자면서 심하게 코를 골고 훌쩍거려서 난 같이 자고 싶지 않았다. 그래서 티비가 깊이 잠들 때까지 기다렸다가 아버지의 낡은 양털 외투로 머리부터 발끝까지 싸맨 뒤 랜턴을 들고 다락방으로 올라가 글을 썼다. 기쁜 일이나 슬픈 일이 생기면 그 일을 전부 기록하는 것이 내 습관이었다. 그리고 사른 너머 세상의 쓴맛을 지독히 맛봤기에 다락방의 평온함이 몹시 절실하기도 했다. 내게는 애인이 없으니 난 세상의 애인이 되고 싶었다. 그러니까 내가 닿을 수 있는 세상 말이다. 오월제 날 찾아올 백마 탄 기사를 기다리며 꽃다발을 들고 길이 끝나는 교차로에 서 있는 처녀처럼. 그런데 이런! 기사는 나를 치고 지나가버리고 나는 꽃다발을 든 채 진창에 쓰러져버렸다.

크리스마스가 지나갔고, 돼지 잡는 소리만 아니면 적막을 깨는 것은 아무것도 없었다. 다른 곳에서 올 사람도 없고, 이곳에 볼일도 없었으므로 크리스마스라고 우리를 찾는 사람은 없었다. 어머니는 기침이 심해서 자리에 누웠고 난 새해가 되도록 공부하러 가지 못했다. 새해 첫날에 갔는데, 값을 먼저 치러야겠다는 생각에 곧장 황소를 몰고 비가일디네 밭으로 가서 쟁기질을 했다. 비가일디 씨는 쟁기질이라면 질색이었으므로 수업 한 번 값으로 많은 고랑을 갈아야 했다. 내 쟁기질은 기디언만큼은 아니라도 웬만한 남자만큼은 되었다. 기디언의 고랑은 누구보다 반듯했다. 그는 어떤 일도 대충하는 법이 없었다. 무슨 일이든, 누가 보건 안 보건, 한 번으로 끝나는 일이건 매일 하는 일이건 그는 목숨이 달린 듯 매달렸다. 그에겐 임시변통이라는 것이 없었다. 얼마 뒤 잘라버릴 건초를 엮더라도 건초 엮기 메달을 따려고 작정한 사람 같았다. 산울타리를 세우든 건초를 묶든, 지켜보는 존재라고는 뭉게구름이나 여름날 박무에 잠긴 나무뿐인데도 인력시장에서 장기를 뽑내는 사람처럼 일했다. 쉴 줄 모르는 그를 보면 이따금 딱한 마음이 들었다. 구름처럼 모인 마을 사람들, 구경하는 농부들, 마차나 말을 타고 지나가며 판정을 하는 판관이 눈에 보일 정도였다. 나직하게 주고받는 말소리, 기디언이 실수하면 야유하고 잘해내면 환호하는 소리, 그리고 '산울타리 엮기와 건초 묶기와 밭 갈기의 최고상을 기디언 사른에게 수여한다'고 외치는 판관의 목소리가 들리기도 했다.

그러다 정신을 차리면 눈앞에 펼쳐진 것은 미동도 없는 뭉게구름과 구름 아래의 키 큰 터리풀 울타리, 그리고 수풀과 언덕과 향긋한 푸른 대기뿐이었다. 누군가 줄에 매어놓은 듯 허공에 매달린 종달새가 환희에 찬 노래를 부르느라 얼마나 신나게 흔들리는지 금방이라도 줄이 끊어질 것만 같았다. 새들은 누가 상을 타든 관심이 없었다. 다 함께 노래할 수 있다면, 모두에게 둥지와 먹을 것이 있고, 이슬을 마시고 노래 부를 장소만 있다면 누가 노래를 가장 잘하는지, 가장 큰 소리로 하는지 관심이 없었다.

플래시에서 흰 황소로 2만 제곱미터의 땅을 갈며 난 그런 생각들을 했다. 플래시의 땅은 아주 갈기 힘든 땅은 아니었지만 수의처럼 땅을 덮은 하얀 서리로 누리끼리해 보였다.

쟁기가 나아가면서 갈아엎어진 불그레한 땅이 기름지게 반짝이고 굶주린 떼까마귀들이 고랑을 따라 의젓하게 걸으며 그 뒤를 따랐다.

얼마 지나 잰시스가 비가일디 부인과 함께 뛰어왔다. 잰시스와 기디언이 약혼했고, 그에 비가일디 씨가 대노한 일을 들려주려고 잔뜩 들떠 있었다. 발그레한 얼굴에 금발 곱슬머리인 잰시스는 진정 요정처럼 아름다웠다. 비가일디 부인이 뒤늦게 헐떡거리며 앞치마를 휘날리며 왔는데, 사람들이 말하는 프랑스 구축함처럼 소식을 잔뜩 안고 왔다.

"그런데 까마귀처럼 여기서 배를 곯고 있으면 안 되지." 비가일디 부인이 말했다. "들어와서 차 한잔해. 사른이 차를 400그램이나 가져왔거든!"

100그램보다 더 가져왔다니 정말 사랑에 빠졌구나 싶었지만, 난 아무 말도 하지 않고 고랑 갈기를 끝낸 뒤 쟁기를 풀었다.

"아버지는 방에서 방앗간 폴리를 치료하느라 여념이 없으시니까 편하게 얘기할 수 있어." 잰시스가 말했다.

"폴리가 어디 아파?"

"아프지 **않은** 데를 찾아야 할 정도야." 비가일디 부인이 말했다.

"처음에는 백일해에 걸렸는데 지금은 또 백선이야. 늘 뭔가를 달고 산다니까. 구운 양파를 엮어서 목에 걸고 의자에 앉혀놓았어. 그걸 준비하느라 내가 얼마나 눈물을 흘렸는지 몰라. 절대 마법사와 결혼하지 말거라, 프루. 성경에 나온 그대로야. 교회에 나가서 그 이야기를 듣고 싶다니까. '난 매일 죽는다' 그러잖아. 아, 마법사 아내의 삶이 딱 그래. 양파가 아니면 다른 거지. 이 애의 홍역을 고친다고 방금 교회 종에서 녹을 긁어 오느라 목이 부러질 뻔했잖아. 손가락 하나 까딱하지 않는 남편이 직접 할 리가 없으니."

"걱정 말아요, 어머니. 결혼하면 내가 어머니를 돌볼 테니." 잰시스가 말했다.

다들 참 계획도 많은데 각각의 계획이 다른 계획을 망가뜨리는 것이라 난 저절로 한숨이 나왔다. 난 황소를 외양간에 넣고 집 안으로 들어갔다. 화롯불은 활활 타오르고 차 끓이는 향이 좋았다. 몰인정할 순 있지만 폴리가 아파서 다행이다 싶었다. 비가일디 씨가 폴리를 치료하려면 오래 걸릴 테니. 어머니는 물방아에 물을 대는 저수지의 물의 요정이 방앗간 아이들이 태어나기 전에 아이들 어미에게 눈길을 줘서 골골하는 거라고 늘 말했는데, 기디언은 그게 아니라 쥐가 드나드는 밀가루를 먹고 살아서 그렇다고 했고, 비가일디 부인은 병에 걸렸을 때 비가일디 씨에게 치료를 받아서 그렇다고 했다.

"유황과 당밀, 그거면 돼. 그리고 잘 먹고. 하지만 농부의 집에 좋은 버터가 없는 것처럼 방앗간엔 좋은 빵이 없지. 그게 다 돈이라 식구들은 팔고 남은 것만 먹고 사니까."

바로 그때 비가일디 씨가 고개를 쑥 들이밀고는 꿈꾸듯 아내를 바라보며 말했다.

"5월 버터●가 좀 필요한데."

"5월 버터라고! 차라리 금을 달라지 왜. 교유기에서 나오자마자 버터란 버터는 다 팔아서 우리가 먹는 건 돼지기름뿐인데 우리 집에 5월 버터는커녕 6월, 7월 버터라도 있을 리가 있어?"

"5월 버터가 있어야 해. 안 그러면 주문이 효력이 없다고." 탁한 목소리로 비가일디 씨가 말했다.

"뭣에 쓰려고?"

"딱총나무의 중간 껍질을 튀겨서 백일해를 치료하려고."

"5월 버터든 12월 버터든 우리 집 버터를 아무리 먹여봐야 백일해로 죽게 될걸!" 비가일디 부인이 빽 소리쳤다. 그러자 안쪽 방에서 요란한 울음소리가 터졌는데, 자기가 곧 죽으리라 생각한 폴리가 내는 소리였다.

"낡아빠진 당신 책이나 뒤져서 더 쉬운 걸로 찾아봐." 비가일디 부인이 말했다. "난 주문 말고 생각할 일이 많으니까."

"당신 너무 나가는군. 우리 잰시스가 결혼해서 어찌어찌 금방 손주를 안겨줄 것 같아 그러나. 내 한마디 하는데, 약혼했다고 다 결혼하는 게 아니고 반지를 꼈다고 결혼 서약이 되는 것도 아니고 신랑이라고 다 신부를 차지하는 것도 아니야. 난 이 결혼 마음에 안 들어! 그 아비 사른이 1크라운 때문에 아직도 날 못마땅해하잖아. 1크라운이 있어봐야 아무것도 살 수 없는 곳에 가 있는 주제에. 게다가 젊은 사른은 3페니 행성 아래에서 태어나 돈을 못 모은다고 몇 번을 말해. 물에 빠

● 5월에 약용으로 만드는 무염 버터.

져 죽은 사람처럼 잠잘 때도 코를 박고 자질 않나. 내 딸은 사른에게 줄 여자가 아니야. 당신이 내 바람과 의지를 그렇게 마구 짓밟을 수는 있겠지. 신이 나서 정 실잣기 초청장을 돌릴 수도 있겠지. 그래도 난 더 높은 가격을 부르는 사람을 고를 거야. 귀부인처럼 희고 잘 자란 감자처럼 실한 애니까! 그 옆자리에 누울 수만 있다면 영주든 귀족이든 반색을 할걸."

"하지만 결혼은 하려 하지 않겠지."

"그게 어때서? 돈은 줄 거잖아. 안 그래?"

이 말에 잰시스도 폴리처럼 와락 울음을 터뜨렸다. 비가일디는 다시 방 안으로 사라졌고 우리는 잰시스를 달래기 시작했다. 차를 들고 화롯불 근처에 모여 앉아서 정 실잣기 초대장을 어떻게 쓸지 계획을 짰다.

"게다가 케이킹도 있잖아." 비가일디 부인이 말했다.

"아주머니는 케이킹으로 돈을 버는 거죠. 길쌈꾼이 와서 이삼일 머물면서 우리가 자은 실로 옷감을 짤 테고요."

잰시스가 손뼉을 치며 말했다.

"오! 나 파티 정말 좋아해."

"나도 그래."

"하지만 케이킹이 최고지. 오, 내게 청혼해준 기디언을 정말 사랑해!"

우리가 이런 이야기를 나누는 내내 안쪽에서는 불쌍한 폴리가 기침을 하거나 비명을 지르고 비가일디 씨가 이렇게 외치는 소리가 들렸다.

"좀 조용히 해. 입 좀 다물어! 이런 망할! 네 병은 다 나았다고!"

비가일디 부인이 내게 초대장을 써서 보여달라고 했다. 그것을 읽고 둘 다 무척 기뻐했다. 산울타리에 앉은 나비 두 마리가 이정표를 못 읽듯이 둘 다 내가 쓴 편지를 읽지도 못하면서.

"이렇게 써." 비가일디 부인이 말했다. "펠릭스 비가일디 씨와 그 아내 헵지바의 외동딸 잰시스가 사른에 자기 농장을 소유한 농부 기디언 사른 씨와 혼인하기로 서약했다. 결혼식이 곧 있을 테고 잰시스가 모두를 정 실잣기에 초대한다고도 쓰고."

"이 말도 쓰지 그러나." 비가일디 씨가 다시 머리를 내밀고 말했다. "한 무리의 멍청이들아, 사른 호수가 원래 있던 땅 밑으로 꺼져버리지 않는 다음에야 이 결혼은 이루어지지 않을 겁니다, 그렇게. 주머니에 금을 가득 넣고 이쪽으로 말을 달리는 젊은 영주가 희미하게 거울에 나타나는 걸 내가 봤으니까."

폴리가 여전히 기침을 하며 떠난 뒤 난 수업을 하러 방으로 들어가기에 앞서 잰시스가 불쌍해서 어깨를 토닥였다. 잰시스는 전에 없이 찬비를 맞은 5월의 꽃잎처럼 보였다.

"어디 보자, 받은 틀림없이 제대로 갈아놓았겠지?" 비가일디 씨가 말했다.

"네."

"그럼, 뭘 가르쳐줄까?"

"'결혼은 하늘이 맺어준 연분'과 '하느님이 짝지어주신 것을 사람이 나누지 못할지니라'를 어떻게 쓰는지 가르쳐주세요."

그가 싱긋 웃었다.

"영리한 것! 영리해! 그래도 난 못 이기지. 그게 아니라 '거룩한 일에 주제넘게 나서지 말라'를 쓰게 될걸. 이 마을의 운명을 아는 마법사인 내가 내게 가장 좋은 일이 뭔지 모르겠니?"

"그냥 놔두세요! 타고난 운명에다 기디언처럼 황소고집인 남자까지, 잰시스는 그것만으로도 불쌍해요. 아저씨가 간섭하려 들면 해결은커녕 해만 될 거예요."

"됐다, 됐어! 난 이미 결정했다. 괜히 피곤하게 하지 마라."

그가 자기 악기를 가볍게 울렸는데, 인내심이 한계에 이르렀다는 표시였다. 쨍그랑쨍그랑 그 곡조가 울리자 난 더 따져봐야 소용없음을 알았다. 그 부싯돌 음악 속에 하프나 바이올린 연주에서 느껴지는 힘이나 달콤함이 없는 것과 마찬가지로, 그의 영혼에도 그런 건 없었다. 부싯돌로 만든 작은 악기라 나오는 가락은 작은 부싯돌 가락일 뿐. 그는 힘이 없었으므로 연민도 없었다. 연민을 가장 많이 지닌 자는 여자나 약골들이 아니라 삶을 주도하는 강한 남자이기 때문이다. 내 오빠 사른처럼 내면에서 연민을 다 없애버릴 수도 있겠지만, 언젠가는 다시 찾아들 날이 올 것이다. 연민을 부정한 시간이 길면 길수록 더 강렬하게 찾아올 것이다. 그래, 그것이 너무나 큰 괴로움이라 자기 삶을 증오하게 될 수도 있을 것이다.

케이킹까지 있었으므로 파티 준비에 시간이 꽤 걸렸다. 독실한 기독교인 가운데 케이킹이 본질상 도박이므로 사악하다고 주장하는 사람이 많았다. 하지만 별 볼 일 없는 삶을 사는 우리 여성들에게 그것은 작은 유흥이라 교회지기 아내도 티비를 데리고 참석하겠다고 했다. 그래서 불륜을 저지른 여자의 사건을 살피러 남편이 목사와 함께 타지방으로 가는 날로 날짜를 정해달라고 비가일디 부인에게 부탁했다. 교회지기는 그 일이 다 끝난 뒤에 출발해 새벽에나 돌아올 테니까. 설사 들킨다 해도 죄인을 처벌해서 아주 흡족한 마음이라 뭐라고 한마디 하는 정도로 그칠 것이었다.

케이킹은 케이크를 놓고 하는 카드놀이에 붙인 이름이다. 솔직히 말하자면 노름이 맞았다. 파티를 여는 여주인이 사프란 케이크나 스펀지케이크 따위 케이크를 잔뜩 구워서 하나에 1페니를 받고 손님들에게 판다. 우리는 케이크를 놓고 게임을 하고, 잃으면 케이크를 더 사야 하고 잘 풀린 사람은 케이크를 한 바구니 들고 돌아가거나 다 잃은 사람에게 하나에 2펜스씩 받고 판다.

어머니는 가타부타 할 것 없이 와야 했다. 기디언이 그날 농장 일은 혼자 맡아 하겠다고 약속해서 우리는 일찍 출발했다. 오전 내내 실을 잣고 한낮의 일까지 끝내고 난 뒤 카드놀이를 하는 거라 온종일이 걸렸다.

건초 가리 향을 가득 머금은 축축한 바람이 부는 화창하고 상쾌한 아침이었다. 겨울에 여름 기분이 나는 것으로는 건초 향만 한 것이 없다. 지금도 그 향이 코끝에 와 닿기만 하면 초록 비단처럼 길게 펼쳐져 반짝반짝 물결치는 풀과 고개를 끄덕이는 키 큰 클로버와 빽빽한 풀 속에서 몸을 낮춰 뛰어다니는, 이슬에 젖어 새카만 흰눈썹뜸부기가 눈앞에 나타난다.

하지만 당시에 내가 가장 먼저 한 생각은 그것이 얼마나 힘들게 얻은 것인가, 우리가 달빛 아래 땀 흘리며 일하고 단잠에 빠질 새도 없이 일어나 얼마나 땀 흘리며 일했던가, 그것이었다. 그래도 기분 좋은 향이었고, 기디언이 땔나무로 피운 모닥불과 숲속에 두껍게 깔린 나뭇잎과 새들이 쉴 새 없이 지저귀며 노니는 소나무 향내도 좋았다.

챙 넓은 보닛을 쓰고 프릴이 달린 숄을 걸친 어머니는 민첩한 갈색 눈과 붉은 뺨까지 더해 발랄한 새처럼 보였다. 아마와 대마만 쓰고 양털은 쓰지 않을 거라 작은 베틀만 들고 가서 별로 힘들지 않았다. 아직 2월이라 호수 북쪽은 여전히 군데군데 얼어 있었지만, 구애하는 물까마귀와 둥지를 짓는 떼까마귀의 울음소리로 봄이 다가오고 있음을 알 수 있었다. 버드나무 가지에 돋은 긴 이파리가 얼마나 환한지 하늘에서 쏟아지는 불꽃이 떠올랐다. 죽은 듯 숨죽인 시기에 일찍부터 생생하게 잎이 돋으니 내게는 여름날 인동나무 꽃보다 더 소중했다.

떡갈나무 수풀을 지나갈 때 어머니가 장갑을 매만지며 흐뭇하게 말했다.

"오늘은 돼지를 돌보지 않아도 돼. 귀부인이 되는 거야."

"정말 좋은 일이지 뭐예요." 내가 말했다. 난 어머니가 마음껏 즐기기를 진심으로 바랐다. 틀림없이 어머니가 카드놀이에서 케이크를 많이 따서 우리가 일주일 동안 먹을 수 있을 거라고 말했다.

"잰시스가 좋은 며느리가 되겠니, 애야?"

"그럼요, 어머니." 내가 말했다.

"내게 화롯불 옆에 앉아 있으라고만 하고 말도 상냥하게 할까?"

"그럴 거예요. 하지만 조바심 내지 마세요. 두 사람이 교회에서 정식으로 결혼하려면 아직 한참 더 있어야 해요."

"안 그랬으면 좋겠다. 난 손주가 보고 싶어, 프루. 아기가 기디언을 닮을까, 잰시스를 닮을까?"

미래를 내다보는 능력이 없어서 모르겠지만 아마 아빠를 꼭 빼닮을 거라고 내가 말했다.

"그래, 그럴 수 있지. 외탁을 하는 것보다야 친탁을 하는 게 훨씬 더 나을 거야. 교회에서 배격하는 할아버지를 두게 될 테니 안된 일이지."

"오, 비가일디 씨에게 나쁜 구석은 별로 없어요. 좋은 점도 없지만." 내가 말했다. "부활절 달걀처럼 그냥 겉만 알록달록한 거예요."

"오늘 집에 없다니 다행이야."

비가일디 부인은 기디언을 통해 럴링퍼드의 사촌에게 전갈을 보냈고, 그날 남편의 치통을 치료해달라며 비가일디 씨를 부르게 했다. 듣자 하니 그 남편은 수의사를 불러 치아 하나를 뺐는데, 성질이 나면 못된 짓을 일삼는 수의사가 그걸 빼느라 너무 힘들어서 다른 치아까지 다 흔들리게 해놨다고 했다. 그래서 그는 비명이 나올 정도로 치통에 시달렸고, 비가일디 씨가 그 사람을 치료한답시고 하는 짓은 재미난 구경거리였다.

베드로가 대리석 위에 앉아 울고 있었다

그는 이렇게 시작하는 주문을 얼마나 자랑스러워했는지, 상대가 제발 살려달라고 애원할 때까지 끝도 없이 반복했다. 그런 뒤 뜨겁게 달궈진 소금 한 자루를 냅다 뿌렸는데, 소금 덕분이든 주문 덕분이든 당사자는 늘 다 나았다고 말했다.

"우리 재미를 망치지 않게 오래 붙들고 있을 거야." 아이처럼 살짝 박수를 치며 어머니가 말했다.

우리는 너른 들로 들어섰는데, 이렇게 아름다운 날은 지금
껏 본 적이 없는 것 같았다. 어째서인지는 몰랐다. 럴링퍼드
로 이어지는 언덕은 여름 하늘처럼 밝은 앞날을 암시하는 짙
푸른 색이었고, 세상이 얼마나 풍요롭던지 목사님이 즐겨 쓰
던 단어처럼 호화찬란했다. 붉은 경작지와 오래되어 누르스
름한 양지의 나무둥치, 유리처럼 푸르게 빛나는 플래시 저
수지와 계곡의 빨간 방앗간 지붕. 초원은 전부 교회 유리창
의 녹색이거나 개자리 외에 다른 약초는 자라지 않는 저 멀
리 초록 언덕처럼 청명한 초록이었다. 쌓인 눈이 막 녹아 물
이 콸콸 흐르고 지상도 대기도 맑게 빛나는 이 시기와 견줄
날은 여름에도 만나보기 어렵다. 활활 타오르는 화롯불이 창
문에 비치는 스톤하우스가 평소와 다르다는 걸 알 수 있었다.
잰시스가 문간으로 뛰어나와 어여쁘게 허리 굽혀 어머니에
게 인사했다. 방앗간 안주인과 폴리가 있을 뿐 우리가 맨 처
음이었다. 집 밖의 한 시간은 천국의 한 시간이라고 말하는
그들은 어디를 가든 늘 일찌감치 왔다. 자세한 설명은 삼가
다가도, 왜 그러냐, 집 때문이냐 물 때문이냐 아니면 뭐냐, 이
렇게 몹시 다그치면 '방앗간 주인'이라고 답했다. 방앗간 주
인이 왜? 무슨 문제가 있나? 라고 물으면 그 양반이 큰 소리
로 웃는 건 고사하고 미소라도 짓는 걸 본 적이 있냐고 되물
었다. 정말 그랬다. 말도 제대로 못 하니, 그 두 가지만으로도
함께 살면 참 울적해지겠다 싶었다. 그가 물속 귀신을 끄집어

내서 애인으로 삼았는데 결혼한 뒤 귀신이 그에게 말 못 하는 저주를 걸었다는 실없는 소문이 있었다.

방앗간 안주인은 딱정벌레처럼 딱한 인물이었지만 평판은 좋았다. 교회지기 아내는 정반대였다. 난 그이를 볼 때마다 새로 칠한 크고 널찍한 마차가 요란하게 나팔을 불며 신이 나서 전속력으로 달려가는 광경이 떠올랐다. 일곱색깔홍방울새만큼 옷차림도 화려했는데, 거기에 숄이나 주름 장식이나 브로치를 더하는 것이 **가능하다면** 분명 그랬을 것이다. 속치마를 얼마나 여러 겹 입었는지 걸어 다니는 것이 신기할 지경이었는데, 언젠가 티비가 내게 말하기를, 어머니가 옷을 벗는 걸 보면 커다란 양파를 한 겹씩 벗겨내는 것과 똑같다고 했다. 티비는 농담을 하는 사람이 아니었으므로 얼마나 볼 만한 광경이었을지 알 수 있었다. 함께 있는 교회지기 부부를 보면서 나는 아내는 염색한 양모 실타래 같고 남편은 그 실을 감아두는 얇은 검은 실패 같다는 생각을 하곤 했다. 교회지기 부인과 티비까지 오니 우리는 도합 여덟이 되었고, 함께 대화를 나누는 동안 따뜻한 방 안에서 물레가 경쾌한 소리를 내며 돌아갔다. 그다음으로는 플래시 농장의 황소 몰이꾼 아내가 두 딸과 함께 도착했다. 두 딸은 키는 꽤 컸지만 조용하고 유순했다. 사람들 말로는 아버지가 딸들의 행실을 단속하기 위해 토요일 밤마다 외양간 가로대에 딸들을 묶고 매질을 한다고 했다. 그들은 어머니가 뭐라고 하면 항상 자리에서 일어나 유순한 백조처럼 긴 목을 숙였다. 열두 번째로 도착한 사람은 플래시 너머 황야에서 온 양치기의 아내였다. 별난 인물이었지만 워낙 눈에 띄는 외모라 남자들이 군침을 흘릴 만했다. 처진 어깨에 엉덩이가 길고 머리칼은 지빠귀 날개 같았다. 눈은 선명한 녹색이고 얼굴은 잘 익은 복숭아처럼 발그레하고, 요정처럼 혼자 빙그레 웃곤 했다. 사실 여부는 알 수 없지만, 양치기는 실버턴의 술집 소유인 황야의 사용 대금을 내는 대신 한여름마다 그 아내인 펠레나를 바위투성이 언덕 꼭대기로 올려 보내 술집 주인과 밤을 보내게 한다는 말이 있었다. 그보다 더 황당무계한 이야기들도 있었는데, 달빛이 환한 밤에 소와 양이 둘러싼 가운데에서 그녀가 실오라기 하나 걸치지 않고 춤을 추었는데, 사탄이라고밖에 볼 수 없는, 뿔 달리고 털이 덥수룩한 동물이 나타나 인상을 쓰며 함께 춤을 추었고, 둘러싼 짐승들은 나지막한 신음을 냈다는 그런 이야기. 하지만 내가 보기에 그녀는 명랑하고 악의 없는 사람이었고 무슨 일을 하건 손이 재빨랐다.

소몰이꾼 아내가 자기 딸들이 펠레나와 함께 실잣기를 하는 것을 꺼리는 기색이 내 눈에 보였다. 그녀는 어찌나 점잖고 고매한지 결혼식과 아기의 세례식 사이에 벌어지는 일에 대해서는 웬만하면 입 밖에 내지 않았고 그 기간의 젊은 부부는 모른 척했다. 그녀는 펠레나에게 아예 말을 걸지 않았지만, 어머니는 아주 상냥하게 이렇게 말했다.

"실을 요정처럼 잘도 잣네, 펠레나 부인."

"산에서는 달리 할 일이 없어서요." 그녀가 리드미컬한 목소리로 조용히 대답했다. "밤이고 낮이고 마냥 물레만 돌리고 또 돌리는 거죠."

"한여름 밤은 빼고 말이지." 교회지기 아내가 툭 내뱉었다. "그때는 할 일이 아주 많다고 들었는데."

펠레나가 얼굴이 새빨개지면서 고개를 숙였고, 몰과 수키가 오랫동안 궁금증을 참아왔다는 듯 불쑥 물었다.

"오, 펠레나 부인, 당신이 술집 주인과 잠자리를 함께하고 황야에서 발가벗고 춤춘다는 게 사실이에요?"

그에 두 사람의 모친이 노발대발했는데, 난 그렇게 화를 내는 여자는 본 적이 없었다.

"수키와 몰!"

"네, 어머님." 입을 맞춰 짹짹거리듯 두 사람이 대답했다.

"손바닥 내밀어!"

그러면서 몸을 숙여 파티에 온다고 신은 샌들을 벗더니 두 사람이 엉엉 울 때까지 손바닥을 찰싹찰싹 대차게 때렸다.

후에 듣자 하니 하나는 농부와, 다른 하나는 퇴임한 마부와 결혼해서 둘 다 잘 살았다고 한다. 잘 못 살았더라도 훈육이 모자라서는 아니었을 것이다.

두 딸은 찍소리도 못 하고 물레 앞에 앉아 훌쩍거리며 실잣기를 계속했다. 파티인데 분위기가 침울해져서 비가일디 부인은 무척 기분이 언짢았다. 그래서 난 분위기를 띄울 겸 잰시스에게 〈녹색 자갈〉을 불러달라고 했다. 우리도 곧 따라 불렀고, 폴리까지도 목청을 높여 불렀다. 펠레나는 차분한 목소리로 노래했고 교회지기 아내의 목소리는 아주 우렁찼다. 어머니는 살짝 떨리는 목소리로, 방앗간 안주인은 새장에서 막 나온 새처럼 노래했다.

노랫소리와 물레 돌아가는 소리로 부엌은 찌르레기가 가득 앉은 나무 같았다. 실잣기가 다 끝나갈 때까지 부르다가, 어머니는 〈주는 내 목자시니〉를 부르자고 했다.

그다음에 난 이 노래를 부르자고 했다.

> 그가 자신의 고귀한 집으로 나를 데려갔으니
> 그의 깃발은 사랑이었다

쏙독새 울음소리처럼 물레가 돌아가는 중에 함께 그 노래를 부르는데, 바깥에서 잰 발소리가 들리더니 문이 열리며 신선한 공기와 함께 햇살이 길게 뻗어 내게 닿았다. 그 빛 속에 그가 우리를 바라보며 서 있었다.

"저 사람." 딴 세상에서 온 그 사람을 누구나 알아볼 수 있다는 듯 내가 말했다.

그는 문간에 서 있었고, 난 마치 그가 내 초청을 받고 온 손님인 양 앉아 있던 방 안쪽 그늘진 자리에서 일어났다.

제6장 코스틀리 컬러 놀이

그 사람이 어떻게 생겼냐고? 어떤 사람이냐고? 다들 좋아했냐고? 확실히 말하기 어렵다. 사랑에는 얼굴 생김새나 외양이나 이목구비가 없으니까. 당신이 고작 그의 눈이라는 양초 속 나방에 불과할 때, 그의 키가 얼마인지, 피부가 검은지 흰지 말할 수 있을까? 펠레나와 비슷했던 막달라 마리아가 자신이 사랑했지만 또한 사랑한 적 없던 단 한 남자의 발아래 엎드렸을 때, 그 목수의 아들이 어머니를 닮았는지, 키가 큰지 작은지 알 수 있었을까? 우리를 만드신 신이 우리 앞에 나타났을 때 신의 생김새를 알 수 있을까? 아니, 우리 마음은 그저 그 빛 속에서 벌벌 떨 것이다. 그렇게 문간에 선 그의 모습이 어떠했는지는 말해줄 수 없지만, 그를 바라본 여자들의 반응은 말해줄 수 있다.

티비와 폴리는 깜짝 놀라서 입을 떡 벌리며 손가락을 입술로 가져갔다. 몰과 수키는 겨울날 불 가까이 몸을 숙이듯 허리를 앞으로 숙였고, 그러자 모친이 경계하듯 두 딸을 자기 앞으로 끌어왔다. 교회지기 아내는 치맛주름을 펼쳤고 잰시스는 얼굴을 붉히면서 '오!'라고 내뱉곤 꼬인 머리 하나를 잡아 반대로 풀면서 다시 '오!'라고 했다. 어머니는 미소를 지어 보였고 펠레나는, 그에게 꽂힌 펠레나의 시선은 마치 먹잇감을 노려보는 솔부엉이의 시선 같았다.

난 앉았던 구석에서 더 뒤로 물러나 앉았는데, 현기증이 밀려왔다. 여기 내 사랑이자 내 주인이 왔는데, 이런, 난 언청이가 아닌가.

순간 방 안이 얼마나 잠잠해졌는지 지붕에서 물 떨어지는 소리가 들릴 정도였다.

갑자기 그가 껄껄 웃었다. 쥐 앞에 고양이가 나타난 듯 방금 전까지 와자지껄 떠들던 여자들이 숨을 죽인 모습이 사실 무척 우스웠을 것이다.

그가 모자를 벗고 허리 숙여 인사하며 말했다.

"잘 부탁드립니다, 숙녀분들! 괜찮으시다면 제가 길쌈꾼입니다."

괜찮으시다면이라니! 그가 무슨 말을 하든 우리는 괜찮다마다. 길쌈꾼이었구나! 뭐, 내겐 아무런 차이가 없었다. 요정 나라의 왕이라거나 사냥개에게 쫓기는 살인자라고 한들 어차피 마찬가지일 테니까.

"부인께서 괜찮으시다면, 케스터 우즈이브스입니다." 그가 명랑하게 과장된 투로 교회지기 아내를 향해 말했다. 키도 크고 몸집도 가장 큰 사람이었기 때문이다.

그러자 비가일디 부인이 그를 불 앞으로 안내한 뒤 먹을 것을 주었다. 난 여전히 어둑한 구석에 있었다.

"멀리서 오셨어요?" 펠레나가 머뭇머뭇 물었다. 그녀의 입술은 상냥하진 않아도 빨갛고 쾌활했다.

"럴링퍼드에서 왔어요." 재는 듯한 표정으로 그가 대답했다. "아주 가깝지도, 아주 멀지도 않죠."

"까마귀처럼 날아간다면 가깝죠." 그녀가 변명하듯 말했다.

"다만 우리는 까마귀가 아니라는 거죠."

"난 저기 산에 살아요." 그녀가 말했다. "그래서 여기서보다는 럴링퍼드에 가깝죠."

"그래도 먼 편이죠."

"멀지 않아요! 어디를 가든, 가는 길이잖아요."

'내가 하고 싶은 말을 다 하네.' 난 이렇게 생각했다.

"저런! 지옥으로 가는 길은 아니겠죠." 그가 대답했다.

두 사람은 마치 씨름꾼 같았지만, 우리는 그 힘겨루기를 의식하지 못했다.

"오, 못생긴 그 삯꾼이 아니라 당신이 내 결혼 예복 옷감을 짜다니 다행이에요." 잰시스가 말했다.

"당신이 예비 신부인가요?"

"네, 기디언 사른의. 기디언을 알아요?"

"얘기는 들었습니다."

난 그가 들은 얘기가 무엇일지 궁금했다. 순간 기디언과 어머니와 내가 그의 마음에 들어야 한다는 것이 〈요한계시록〉을 끝내는 일보다 내게 더 중요해졌다. 낯선 단어에 서술 방식도 두루뭉술해서 난 여태 〈요한계시록〉을 끝내지 못했다. 한참 동안 붙들고 애를 썼고, 그러다보니 내 마음속 깊이 파고들었다. 무엇보다 요한의 마음을 알고 싶었다. 사른에 사는 우리처럼 바다 위의 섬에서 외로이 살며 많은 생각을 했는데, 환하고 심오한 생각들이었다. 티비 같은 인물은 생각이라고는 없어서 그렇게 빈 사발을 들여다보면 곧 싫증이 난다. 어머니에겐 두세 가지 생각이 있고 기디언에겐 두 가지가 있다. 그래서 요한의 마음이 그 무엇보다 내 마음을 끌었는데, 〈요한계시록〉은 그 인물의 변덕에 따라 흔들리는 건초 줄기가 아닌가 싶었다.

"오, 우즈이브스 씨, 프루가 초청장을 써 보내면 제 결혼식에 와주겠어요?" 잰시스가 물었다.

"그러죠." 그는 그렇게 대답하고는, 싫으면 싫다고 말해도 된다는 듯이 잰시스의 모친을 바라보았다. "그런데 초청장을 쓸 수 있는 프루는 누구죠?"

난 진땀이 솟았다. 그런데 잰시스가 달려와 숨어 있던 나를 끌어내려는 순간, 오래 입을 다물고 있지 못하는 수키와 몰이 불쑥 내뱉었다.

"저희 결혼식에도 와주세요, 네?"

그러고는 야단스럽게 킬킬거리며 기다란 목을 숙이고 서로 머리를 맞댄 채 곱슬머리를 흔들어댔다. 그러다가 손으로 입을 막고 부엌을 가로질러 그에게 달려가 각각 그의 양쪽 귀에 대고 무슨 말인지를 속삭인 뒤 허리를 접고 깔깔대며 자리로 돌아왔다. 가까이 있었던 잰시스는 그 말을 들었다. "당신이 신랑이면 좋겠어요!" 난 그들 모친이 그 사실을 알고 다시 매질을 하지 않기를 바랐다. 그들 덕에 내 모습을 보이지 않아도 되었으니까. 그가 냉랭한 표정을 보이거나 경멸할까 두려워 난 차마 내 모습을 보일 수 없었다. 난 아직도 겨울인가 싶어서 땅속에 머무는 수선화이고 싶었다. 너무 간절히 태양이 보고 싶어서 밖으로 나왔다가는 혹독한 서리에 덜덜 떨고 살을 에는 바람의 발톱에 할퀴어질 테니까. 그러면 온기를 잃어 여름까지 살아내지 못할 테니까.

"결혼하셨어요?" 펠레나가 그렇게 물었는데, 어여쁘면서도 풀뱀처럼 교활한 목소리였다.

"아, 아닙니다."

"약혼녀도 없고요?"

"아무래도 과거에 변호사셨던 모양입니다." 그가 말했다. "곤경에 빠진 사람들을 구해내기에 앞서 질문을 꼬치처럼 찔러대는 품이 말이죠."

상대는 그 말을 무시하고는 이렇게 말했다.

"이 근방 사람이 아니죠. 멀리서 왔나봐요."

"오, 이 근방 사람이 맞아요, 펠레나 부인." 작은 새가 지저귀듯 어머니가 말했다. "숙부께서 물에 빠져 돌아가신 뒤 도제 수업을 받고 돌아온 거예요. 내 남편이 발작을 일으켜 꿀

벌도 쉰다는 안식일에 장화를 신은 채 세상을 떴을 때 저이의 숙부께서 수의를 짜셨죠."

"그래서 이제 숙부도 숙모도 안 계시니 혼자 사시나봐요." 잰시스가 말했다.

"글쎄요, 그렇기도 하고 아니기도 합니다."

"세상에, 함께 사는 여자가 있어요?"

그 말을 한 것은 펠레나였다.

"생각하는 게 한결같군요." 케스터가 말했다.

그때 수키와 몰이 불쑥 물었다.

"밥은 누가 해줘요?"

"청소는 누가 해요?"

"단추 떨어지면 누가 달아줘요?"

"양말은 누가 떠줘요?"

"내가 직접 하지요. 내 생각을 동무 삼아."

그가 아주 흡족하게 주위를 둘러보았다. 여기 모인 어떤 여자도 제집 문간을 넘어올 권리가 없어서 감사한 마음이라는 것을 난 알 수 있었다.

"고맙습니다, 여러분." 그가 머그잔과 접시를 내려놓으며 말했다. "이제 일을 해야겠네요. 베틀은 다락방에 있겠죠?"

"네, 제가 안내할게요. 거기 침대도 있어요. 이삼일에 끝날 일이 아니거든요. 할 일이 아주 많아요. 우리가 매일 이렇게 모이는 건 아니니까 저녁때는 내려와서 함께 식사를 해요."

그녀가 돌아왔을 때 다들 그 이야기로 정신이 없었다. 수키와 몰은 만약 자기들 바람대로 그를 위해 집안일을 할 수 있다면 누가 저녁상에서 맥주를 따라주고 파이프에 담뱃잎을 넣을지를 두고 다투고 있었다. 부엉이도 웃을 일이었다.

"괜찮은 젊은이네." 교회지기 부인이 말했다. "그리고 여자들이 내버려두기만 하면 독실하게 살 인물이고."

그러면서 의미심장한 눈길로 펠레나를 바라보았다.

하지만 펠레나는 자기 생각에 골몰해 있었다.

"기디언보다 저 사람이 더 마음에 들어, 진짜로. 기디언이 네 오빠지만 말이야, 프루." 티비가 말했다.

방앗간 안주인이 처음으로 입을 열었다.

"남편과는 아주 딴판이야!"

그녀가 할 수 있는 가장 대단한 칭찬이었다.

그 말에 동의한다는 듯 폴리가 크게 환성을 질렀다.

"시간은 금방 흐르고, 이러다 치통도 낫겠어요." 비가일디 부인이 말했다. "그러니 바깥양반이 돌아오기 전에 케이킹을 하는 게 좋겠어요. 다들 실을 자아줘서 고마워요. 저 청년이 한동안 바쁘게 일할 만큼은 준비가 되었어요."

그녀가 커다란 버드나무가 그려진 접시에 사프란 케이크와 손가락 모양 스펀지케이크와 작은 생강빵을 가득 쌓아 들고 나왔다. 생강빵은 건포도로 눈을 만든 작은 남자 모양이었다.

그것을 보고 수키와 몰이 신이 나서 꺅 괴성을 질렀다.

"생강빵만 딸 수 있다면 다른 건 아무래도 좋아." 수키가 말했다.

"난 여섯 개를 딸 거야." 몰이 말했다. "건포도 박힌 아가들 여섯 개!"

"너희들 배짱으로는 힘에 겨울 텐데." 교회지기 부인이 말했다. "코스틀리 컬러만큼 어려운 놀이도 없거든. 처녀 시절부터 모임만 있으면 그 놀이를 했는데, 너희 어머니도 그렇고 사른 부인과 방앗간 부인도 분명 그랬을 거야. 그런데도 여전히 어려워. 이 놀이를 해본 적이 거의 없는 너희에겐 더 어려울 테니 케이크를 다 잃을걸."

"그 애들에게 놀이 방법을 알려줘요." 비가일디 부인이 말했다. "당신 머리는 대단하잖아."

진지하게 한 말이었지만, 그 말에 난 웃음이 나왔다. 교회지기 부인의 머리는 잔뜩 부풀리고 잡아 묶고 둘둘 말아 기름을 바르고, 그것도 모자라 그 위에 뾰족한 빗과 리본을 꽂고 커다란 덮개까지 덮어서 정말이지 대단했기 때문이다.

그녀는 육두마차처럼 부엌을 가로질러 화롯불 곁에 서더니 우리에게 코스틀리 컬러의 놀이법을 알려주었다. 계산하는 법과 으뜸 패에 대해, 그리고 같은 카드 세 장이면 '프라이얼', 네 장이면 '코스틀리'가 된다는 것, 그리고 어떻게 카드를 '모그', 즉 교환하는지와 숫자 2 카드와 잭 카드, 그리고 '잭의 발뒤꿈치에 2점'에 대해, 그리고 손에 든 카드가 무용지물이면 그것을 수탉의 둥지라고 하고, 그 사람은 케이크를 돌려야 한다는 규칙에 대해서.

"무슨 말인지 하나도 모르겠어!" 티비가 말했다.

"나도." 폴리가 말했다.

그래서 두 사람은 빠지고 열 명이 남았는데, 두 팀에는 여덟 명만 필요했다. 그래서 내가 빠지겠다고 했다.

"아니, 네가 제일 잘하잖아." 잰시스가 말했다. 그래서 수키와 몰의 어머니는 이렇게 문제를 해결했다.

"너희들이 빠져라. 폴리랑 티비랑 가서 함지박 뒤집기 놀이를 해. 대신 시끄럽게 하지 말고!"

케이크를 따고 싶었던 둘은 울음을 터뜨렸다. 하지만 매를 더 맞고 싶은 거냐는 모친의 말에 입을 다물었다. 그녀는 두 딸에게 생강빵을 하나씩 사주고는 끝날 때 더 주겠다고 약속했다.

펠레나는 내가 앉은 탁자로 왔다. 그 탁자는 돼지 잡는 작업대에 나무판자를 얹고 흰 식탁보로 덮은 것이었다. 그 집에는 탁자가 하나뿐이었다.

"여기서 생강빵을 원할 사람은 없잖아. 그렇지, 프루 사른?" 그녀가 말했다. "케이크 먹을 나이는 지났으니, 우리 길쌈꾼의 영혼을 놓고 게임을 할까?"

"마음대로 하세요." 내가 말했다. "우리가 상관할 일은 아닌 것 같지만."

"아니, 프루 사른! 얼굴이 백지장처럼 하얘졌다가 금방 모란처럼 벌게지고 눈은 이글거리잖아! 왜 그러는 거야?"

난 화가 나 있었지만, 그녀가 나를 자신과 같은 부류로 취급하면서도 사랑놀이에서 나를 빼놓지는 않았다는 그 사실에 따뜻함을 느꼈다. 악마와 춤을 춘다는 의심을 받는 인물이라서 마녀 취급을 받는 나와 동류의식을 가지는 것이 아닌가 싶었다. 사람들은 내가 캄캄한 그믐밤에 토끼로 변해 언덕 위를 깡충거려서 교회 묘지 아래로 쥐들이 뛰어다니게 한다는 이야기까지 지어내기 시작했다. 처음에는 별 뜻 없이, 혹은 장난삼아, 혹은 어린아이들에게 겁을 주려고 한 이야기였겠지만, 바람이 거센 밤이면 위잉, 끼익끼익, 온갖 소리가 들리는 외딴 낡은 농장에서 그 이야기는 점점 살을 붙여갔다. 그러다가 결국 어떤 모습으로 자라날지, 어떤 해를 끼치게 될지 아무도 모르는 것이다. 펠레나가 그의 이름을 입에 올렸을 때 난 좀 불쾌했다. 어느새 그 이름이 내게 소중해졌던 것이다. 그 이후로도 항상 같은 마음이었지만, 그가 함부로 입에 올릴 사람이 아니라는 느낌이 그 순간 들었다. 긴 의자 뒤편의 그늘 속에서 그를 바라보며, 난 그의 미소는 따스한 카네이션이 만발한 봄날 같지만 그가 화를 내면 갑작스러운 폭우 같으리라 생각했다.

펠레나가 나를 끌고 멀찍이 떨어진 곳으로 갔다.

"길에서든 시장에서든 본 적 없는 그런 남자야. 그에 비하면 다른 남자들은 다 멍청이들이지 뭐야. 눈 색깔 봤어?"

"아니요."

"나도 못 봤어. 눈꺼풀에 반쯤 가린 데다가 동공이 워낙 크고 검어서 무슨 색인지 모르겠더라. 가까이에서 보고 싶어."

그녀의 연녹색 눈이 흐릿해지며 황홀감에 빠진 농염한 표정이 나타났다.

"도박을 걸 만한 남자야."

"자리 잡아요! 다들 자리 잡아! 한 장씩 뒤집어서 누가 선을 잡을지 정해요!" 교회지기 부인이 소리쳤다.

자리에 앉은 난 속으로 펠레나의 말을 달리해서 마음 깊은 곳에서 이렇게 속삭였다.

'도박을 걸 남자가 아니야. 목숨을 걸 남자지.'

우리는 게임에 열중했고, 어린 여자 넷을 마당으로 내보낸 뒤라 방 안은 꿈속처럼 고요했다.

바깥에서 〈보리 다리〉 노랫소리가 들려왔다.

날듯이 재게 발을 놀리면

어스름이 내릴 즈음 집에 도착하리라

하늘처럼 활짝 대문을 열어

왕께서 말을 타고 들어오도록 하라

얼마 후 노랫소리가 잦아들었고, 난 무슨 작당을 하고 있나 궁금했다. 하지만 펠레나를 이기겠다고 마음먹은 터라 정신을 팔 수가 없었다. 교회지기 부인이 펠레나의 편이고 방앗간 부인이 내 편이라 나로선 딱 좋았다.

화로에서 타오르는 소나무 장작이 달콤하고 향기로운 향내와 함께 게임하기 좋은 따스한 불빛을 발산했다. 그 빛이 벽을 비추고 푸른 접시에 놓인 끈적거리는 생강빵을 비추고 잰 시스를 비췄는데, 그 빛을 받은 잰시스는 그 옛날 제단에 올리는 순금으로 만들어진 양 아름다웠다. 방 안은 고요하고 내 머릿속에서 〈보리 다리〉가 떠도는가 싶더니 일종의 백일몽이 내게 찾아들었다.

요동치는 사른 호숫가에 사람들이 구름처럼 모여 있다. 나들이옷처럼 화려한 복장들이었지만 표정들은 사악했다. 그 사이로 누군가 말을 타고 나타났는데, 길쌈꾼의 얼굴을 하고 있었다. 무리 속에 있던 한 여인이 앞으로 나섰다. 연녹색 구슬로 만든 목걸이를 건 여인의 녹색 눈이 이글거렸다. 그녀가 외쳤다.

"내 몸을, 내 몸을 그 안장에 태우고 가시오."

하지만 그는 몸을 돌려서, 칙칙한 색의 해진 옷을 입고 숨어 있던 언청이에게 다가갔다.

그녀에게 몸을 숙이고는 말했다.

"아, 내 소중한 사람!"

그녀는 그에게 로즈메리 가지를 건넸다. 아무 말 없이 자신을 지나쳐 가리라 여겼다. 하지만 그는 그녀를 두 팔로 안아 올려 자기 앞에 태우고 오른팔로 꽉 안았다. 그렇게 두 사람은 말을 달렸고, 곧 사람들의 아우성이 각다귀 소리보다 작아지면서 로즈메리 향과 따뜻한 태양, 아침의 기운을 피워 올리는 산을 향해 성큼성큼 달리는 말 외에는 아무것도 없었다.

"잭의 머리에 2점!" 교회지기 부인이 외쳤다. "네가 돌릴 차례야, 프루."

난 그녀의 펑퍼짐한 옷자락 주름에 닿지 않게 의자 아래로 다리를 접어 넣고는 마음을 다잡고 게임에 임했다. 그래서 방앗간 부인과 내가 거듭 이겼고 방앗간 부인은 놀라서 어쩔 줄을 몰랐다. 그녀는 교회지기 부인을 이기는 것을 외람된 일로 여겼기 때문이다.

"악마처럼 게임을 하네, 프루 사른." 펠리나가 말했다.

시간이 꽤 흐른 뒤 잰시스가 문을 열고 식사하시라고 외쳤다. 그와 동시에 네 명의 말괄량이가 뛰어 들어왔다. 다들 나와 동년배였지만 내게는 어리게만 보였다. 자기들이 무슨 일을 했는지 떠들기 시작했는데, 차라리 잠자코 있는 편이 나았을 것이다.

"다락방에 갔었어요."

"침대에 앉았어요."

"그 사람은 개똥지빠귀처럼 휘파람을 잘 불어요."

"일하는 손이 얼마나 빠른지 몰라요."

"일요일에 입을 녹색 외투와 삽화가 들어간 성경 책이 있대요. 성경을 읽을 수도 있대요."

"시계랑 은 띠를 두른 파이프가 있고, 실버턴 레슬링 대회에서 메달을 딴 적도 있어요."

"황소 괴롭히기랑 투계랑 창피를 모르는 여자는 참을 수가 없대요."

"좋아하는 건 좋은 노래와 제대로 담근 술, 초원에서 추는 춤과 종소리래요."

"꽝꽝 언 눈 뭉치처럼 팔근육이 툭 튀어나와 있어요."

"다락방 문에 서서 키를 쟀는데, 겨우 몇 센티미터 작아요."

"허리는 38인치고 키는 175센티미터예요!"

"웰링턴 부츠가 있지만, 신분에 맞지 않고 닦기가 우라지게 힘들어서 자주 안 신는대요."

"'우라지게'는 **우리가** 한 말이 아니라 **그 사람**이 한 말이에요."

"아이들과 개와 조용한 삶이 좋대요."

"고분고분한 여자라면 결혼할 생각도 있는데, 지금까지 결혼하고 싶은 여자를 만나지 못했대요."

"눈동자 색은 연한 청회색이에요. 동공과 눈꺼풀과 속눈썹에 가리지 않은 부분 말예요."

"그리고 만약 여동생이 생긴다면 수키나 저 같은 여동생이면 좋겠대요!"

"세상에, 맙소사!" 수키와 폴의 어머니가 말했고, 난 당장이라도 슬리퍼가 등장하리라는 것을 알았다. "세상에, 갈대숲에서 천 마리 찌르레기가 울어대도 이 정도는 아니겠다."

두 사람의 어머니가 게임에 이겼으니 그나마 다행이었다.

"어깨걸이 둘러, 지금 당장!" 그녀가 말했다.

"그 사람 불러줘, 잰시스." 두 사람이 간청했다.

그래서 잰시스는 저녁을 먹자고 길쌈꾼을 불렀다. 발판을 밟는 소리와 쿵쿵거리는 널 소리가 그치더니 그가 아래층으로 내려왔다.

수키가 그에게 달려가 뭔가를 손에 쥐여주었다. 그다음 허리 굽혀 절을 하고는 '고맙습니다'라고 말한 뒤 어머니를 따라 나갔다.

수키가 다시 문 안쪽으로 머리를 들이밀더니 키득대며 소곤거렸다.

"내 생강빵을 그에게 줬어!"

"얘들아, 나가!" 어머니의 명령에 두 사람은 길을 밝힐 랜턴과 혹시 모를 노상강도에 대비한 소몰이 막대를 들고 떠났다.

난 케스터 우즈이브스가 내 모습을 보지 못하도록 헛간으로 갔다. 다시 들어갔을 때 그는 다시 다락방으로 올라가고 없었다. 펠레나는 유혹하는 미소를 보이며 그에게 이렇게 한마디 던진 뒤 일찌감치 떠났다.

"우리 집 쪽으로 오게 되면 내가 아담과 이브 이야기를 들려줄게요."

방앗간 모녀는 무척 가기 싫은 눈치였지만 결국 떠났고, 우리도 갈 채비를 했다.

"성공적인 케이킹이었어!" 비가일디 부인이 말했다. "케이크로 돈을 충분히 벌었으니 길쌈꾼에게 줄 돈도 있고, 실도 많이 자아놓았잖아. 정 실잣기는 대단한 저축이라니까. 이제 신부와 신혼 침구가 준비될 테니 신혼 방을 언제 꾸밀지 당신 아들에게 말해도 되겠어요, 사른 부인."

우리가 집을 나서는데 비가일디 씨가 돌아왔다. 그는 다소 활기가 넘쳤지만 술에 취하지는 않았다. 미스 도라벨라의 사촌을 만났는데 자기가 비너스를 불러낼 수 있다는 말을 믿지 않기에 직접 와서 보라고 했다고 말했다.

"비너스? 그 여자가 대체 어디 있는데?" 그의 부인이 말했다. "여기 있지도 않은 인물을 어떻게 불러?"

하지만 그는 그저 "베드로가 대리석 위에 앉아 울고 있었다"라고 노래했다. 작은 부싯돌 악기를 엉망으로 연주하며.

제7장 "주인님이 오시어"

"사른, 오늘 실도 많이 잣고 신나게 놀기도 했단다." 집에 도착해서 어머니가 말했다. "이제 길쌈꾼이 혼수로 쓸 천을 짜고 있지."

기디언은 겸연쩍은 표정을 보이더니 돈을 충분히 모으려면 한참 걸릴 거라고 말했다.

"프루가 게임을 이겼어!"

"아, 그래? 잘했네!"

그 뜻을 이해한 그가 칭찬했다. 이기는 일이야말로 그가 원하는 일이었으니까.

"일주일은 먹을 케이크가 생겼어. 분명 케이크 딸 생각으로 열심히 했을 거야." 어머니가 말했다.

"아니에요, 어머니." 내가 말했다.

"그럼 뭔데?"

"모르겠어요. 그냥 코스틀리 컬러를 따고 싶었어요, 어머니." 멍청하게도 내가 그렇게 말했다.

"케이크가 없으면 그게 무슨 소용이야?"

난 아마 소용은 없겠지만, 그래도 그것을, 코스틀리 컬러를 원했다고 말했다.

"졸린가봐요." 기디언이 말했다. "그래서 헛소리를 하는 거예요. 둘 다 가서 자는 게 좋겠어요."

"새끼를 낳는지 봐야 하지 않아?"

양이 새끼를 낳는 시기에는 기디언에게 잠깐 눈을 붙이라고 하고 내가 밤늦게까지 양을 지켜보곤 했다. 하지만 그는 됐다고, 내가 종일 수고가 많았으니 오늘은 푹 자는 게 좋겠다고 말했다.

"난 오늘은 종일 빈둥거렸어." 그가 말했다. "집을 지켜야 하니까 자질구레한 일만 했지."

이러저러해도 그는 인정 있는 사람이었다. 친절을 베풀지 않는 것은 그럴 생각이 안 들었거나 한 가지 다른 일에 정신이 팔려 있는 탓이었다. 간혹 그가 냉담하게 굴 때 그 점을 지적하면, 비록 한참 지나서이긴 해도 몹시 괴로워하기도 했다.

"자, 이제 가서 자, 프루!"

어머니는 류머티즘 때문에 지팡이를 짚고 울새처럼 한 발로 깡충거리며 다녔다.

"근사한 날이었어. 두고두고 생각하며 이야기를 나눌 수 있겠지. 잘못된 일도 아니야. 우리가 아직 상중이기는 해도 그런 친절은 베풀 수 있는 거니까. 친절을 비난할 사람은 없잖

아. 내 행동거지가 괜찮았니, 프루?"

"그럼요, 어머니."

"실잣기도 잘했고?"

"아주 훌륭했어요."

어머니는 아이처럼 이렇게 묻기를 잘했고, 그러면 애틋한 마음이 솟았다.

"그리고 그 길쌈꾼 참 괜찮은 남자더라, 사른! 여자라면 다 아들 삼고 싶은."

"우즈이브스 말이에요?"

"그래."

"씨름도 잘한다고 하더라고요. 우리 계층 사람치고는 배운 것도 많고. 영주가 의회의 서기 자리를 제안했는데 거절했대요. 두 손을 써서 일하는 게 더 낫고, 다 거짓말뿐이라 정치는 질색이라고, 자기는 정치는 멀리하겠다고 했대요. '시커먼 거짓말보다는 하얀 아마 천을 짜겠다'고 해서 영주가 노발대발했다더라고요. 그 집에서 나가라고 하고 싶었을 텐데, 숙부에게 유산으로 받은 그의 집이라 그러지 못했죠."

어머니는 내가 길쌈꾼을 어떻게 생각하는지 궁금해했다.

"넌 마음에 안 드는 모양이더라. 긴 의자에 가만히 앉아서 말 한마디 안 걸었잖아."

"마음에 안 드냐고요?" 내가 되물었다. "오…… 마음에 안 드냐고요?"

"이봐, 프루. 너 서서 졸고 있잖아." 기디언이 말했다. "당장 가서 누워. 안 그러면 내일 아무 일도 못 하겠다."

하지만 난 졸았던 것이 아니라 당황했을 뿐이다. 주인님이 찾아오면 집 안으로 모시고, 신선한 최상의 버터와 치즈를 커다란 접시에 올리고 큰 그릇에 새로 짠 우유까지 담아 내가고, 일요일 나들이옷을 입고 꽃다발을 들고 미소를 머금은 채 묻는 말마다 '네'라고 대답하고 싶은 마음이 굴뚝같은데, 아, 주술에 걸려 언청이가 된 인물이라면 그 모두가 허사이지 않은가.

"주인님이 오시어 그대를 부르네. 주인님이 오시어……."

다락방에 누운 내 귀에 밤새도록 그 노래가 들렸다. 환희에 차 있지만 서글프기도 했다. 그리고 어둠이 옅어지면서 형체들이 서서히 제 모습을 드러내고 새벽 내음이 흘러들 때도, 봄이 시작되는 때라 우리 집 투계가 요란하면서도 사랑스럽게 꼬끼오 외칠 때도 여전히 그 말이 들렸다. 그 말의 다정함을 느끼면서도 두려움으로 떨며.

"주인님이 오시어."

낮은 중얼거림이었지만 저리도록 다정한 그 말을 내 공책에 적어 넣었다. 원래 정 실잣기와 코스틀리 컬러와 그가 찾아온 일을 적으려 했지만 그건 거의 적지 않았다. 하지만 언제든 공책을 펼치면 할 수 있는 한 가장 커다랗게 적힌 그 단어들이 눈에 들어왔고 마치 오늘 일처럼 그날의 모든 상황이 다시 생생해졌다.

베틀을 바라보자 베틀에 앉아 길쌈을 하는 그가 보였다. 내 공책을 들여다보자니 그도 대문자나 소문자, 열정적인 글이나 암울한 글, 평이한 글씨체나 화려한 글씨체를 쓸 수 있는지 궁금했다. 그것은 물론 다른 많은 일을 할 수 있으리라 확신했다.

다음 날 아침, 길을 달려오는 잰시스를 보고 난 '그 사람 별일 없어?'라고 묻고 싶었다. 컴컴한 밤에 그에게 무슨 일이 벌어질 듯한 기분이 들었기 때문이다. 하지만 정작 내 입에서 나온 말은 길쌈꾼이 언제 떠나느냐는 질문이었다.

"오, 내일." 잰시스가 별일 아니라는 듯 말했다.

그러더니 울면서 내게 도와달라고 애원했다. 비가일디 씨가 젊은 영주의 코를 납작하게 만들겠다며 무슨 일이 있어도 비너스를 불러내기로 작정했다는 것이다.

"비너스는 바로 내가 해야 하잖아! 오, 세상에, 세상에! 게다가 내일모레라고. 너무 걱정이 돼, 프루. 내가 벌거벗은 몸으로 분홍색 불빛을 받으며, 그것도 낯선 남자 앞에 서게 되리라는 걸 사른이 알면 나와 상종도 하지 않을 거야."

"그렇겠지." 난 기디언을 잘 알았기에 그렇게 말했다.

"당연히 알게 될 테고."

"응, 그럴 거야."

"아버지는 화가 잔뜩 났어. 비너스를 불러낼 거야. 젊은 캠퍼다인 씨가 껄껄 웃으며 아버지 어깨를 툭 치고는 **뭐라도** 불러내면 5파운드를 주겠다고 했다는 거야. 5파운드를, 프루! 내가 싫다고 했더니 아버지가 날 때렸어. 그 일을 안 하면 내게 밭일을 시키고 토요일마다 때리겠대. 1년 내내 그러겠대.

오, 프루, 나 어떻게 해?"

"비너스를 어떻게 불러내는 거야?"

"오, 내가 아버지 방 아래 지하실에서 기다리면 바닥 문이 열려. 지붕의 도르래에 노끈이 연결되어 있고, 어머니는 지하실에서 연기를 피워 올리고 내 겨드랑이에 노끈을 잘 묶어. 아버지가 부엌에서 문 아래로 노끈을 잡아당기면 내가 붉은 빛을 받으며 천천히 올라가는 거야. 워낙 어두침침해서 내 얼굴이 잘 안 보일 거라고 아버지는 말하지만, 그게 무슨 위안이 되나. 사른에게는 핑곗거리도 못 될 텐데."

"못 되지. 기디언을 정말 좋아해, 잰시스?"

"응, 그럼."

"'주인님이 오시어'라는 문구 알아?"

"성경 문구? 그럼 알지."

"기디언을 향한 마음이 그래?"

잰시스의 얼굴이 어여쁘게 달아올랐다.

"오, 그럼. 사른은 내 주인님이지."

"그리고 그 사람은…… 내일 간다고 했지?"

"어떤 사람?"

"우즈이브스 씨 말이야."

"오, 내일 떠나지."

"그럼, 잰시스, 내가 대신 해줄게."

"네가?"

놀란 그 입술이 얼마나 빨갛고 얼마나 동그랗던지 난 하마

터면 그 입을 후려칠 뻔했다.

"그래, 내가! 내가 비너스 흉내를 낸다니 우습기는 하지." 내가 쓰디쓰게 말했다.

"하지만 아버지가 아실 텐데."

"부엌에 계실 거라며."

"그 남자도 그렇고!"

"얼굴이 안 보일 거라며. 방은 어두컴컴할 테고 내가 비스듬히 서 있으면 되지. 내 검은 머리가 보이지 않도록 무명천을 뒤집어쓸게. 그 사람은 보기로 한 것만 보일 거야. 나체로선, 대담한 젊은 처자. 그러면 약속한 돈을 줄 테고 넌 아무 문제 없는 거지."

"오, 프루, 넌 천사야! 사랑해, 프루! 어떻게든 보답할게. 넌 애인이 없을 거라 큰 문제가 되지 않을 테니 정말 다행이지 뭐야."

사람들이 별 뜻 없이 던지는 말이 얼마나 잔인할 수 있는지. 내 친절한 행동에 대한 보답이 바로 그것이었다. 선행이 보답받는다는 말은 틀렸다.

그런 말을 아무렇지도 않게 하는 잰시스의 목을 졸라버리고 싶었다. 분노로 피가 끓어오르는 소리가 내 귀를 울렸다.

"이제 돌아가." 내가 말했다. "그 얘기는 내일 다시 하고, 당장 내 눈앞에서 사라져!"

잰시스는 당황해서 겁먹은 표정으로 돌아갔다.

제8장 비너스 불러내기

  진지한 독자는 비너스 불러내기라는 이 장을 건너뛰어야
할지도 모르겠다. 어쨌든 가능한 한 짧게 끝내겠다. 날이 저
물어 집을 나서니 실 한 오라기 걸치지 않은 몸을 내보여야
한다는 사실이 끔찍하게 다가왔다. 미스 도라벨라나 다른 귀
부인들은 저녁마다 상반신이 반은 드러나는 옷을 입고 다녀
도 전혀 부끄럽게 여기지 않는다는 걸 나도 알지만, 우리 계
층 여자들은 그보다는 조신하게 굴어야 했다.

  정원 쪽 낮은 출입문을 지나 집 안으로 들어가는데 온몸이
사시나무 떨듯 떨렸다. 그 일을 끝까지 해낼 수 있었던 것은
오로지 잰시스가 불쌍했기 때문이다. 비가일디 씨가 위쪽에
서 이리저리 움직이며 바닥 문을 열어보고 만반의 준비를 하
는 소리가 들렸다. 오월제 놀이 같은 자신의 마법을 믿는 사
람이 있으리라 생각하다니 참으로 어리석은 노인이라는 생
각이 들었다. 곧 젊은 캠퍼다인 씨가 말을 타고 오는 소리가

들리고 위쪽에서 여기저기 움직이는 발소리가 나더니, 비가일디 씨가 준비를 마쳤다는 신호로 노끈을 잡아당겼다.

왕왕 사랑을 위해 바보가 되는 것보다 사랑을 위해 죽는 것이 더 쉽다. 젖힌 바닥 문에 부딪히지 않으려고 손을 내민 채 숨이 막히는 연기를 뚫고 컴컴한 방으로 끌려 올라가면서 내가 한 생각이 그랬다. 이 모든 어리석음에 웃어야 할지, 나를 조롱하는 이 연기의 서글픔에 울어야 할지 알 수 없었다. 여러분이 알다시피 언청이라는 저주를 받은 내가 이 세상에서 가장 아름다운 여성, 게다가 여신이기도 한 인물을 가장하고 있으니 말이다.

방 안은 온통 흐릿했다. 저 멀리 한 인물만 알아볼 수 있었다. 비가일디는 부엌에서 요상한 주문을 읊고 있었고 청년이 타고 온 말이 바깥에서 안장을 흔들며 발을 구르고 있었다.

내가 장치에서 나와 불그레한 불빛 속에 서자, 젊은 영주는 빵집에 들어간 아이처럼 의자에 앉은 채 몸을 앞으로 내밀며 손을 뻗었다. 하지만 내가 알기로 그는 절대 의자를 벗어나지 않겠다는 준엄한 서약을 했다. 늘 굶주린 시선이 들러붙은 진열창 케이크가 되어 양손을 이쪽저쪽으로 내미는 남자들 속에서 살아가는 일이란 참으로 기이하겠다 싶었다. 그런데 문득 반대편에서 뭔가 움직이는 소리가 들렸고 난 그쪽으로 몸을 돌렸다가 소리를 내지를 뻔했다. 케스터 우즈이브스가 서 있었던 것이다.

운명이 그런 장난을 친 적이 과연 있었을까? 난 이미 그를 무척 사랑했으므로, 내 슬픔으로 상처를 줄 수 없었기에 누구보다 그에게 내 모습을 숨겨야 했는데, 다른 사람도 아닌 바로 그가 그 자리에 있었으니. 게다가 좁은 방 안에서 얼마나 가까웠던지, 두 발짝이면 그가 내 앞에 닿을 정도였다. 그 방의 다른 청년과 마찬가지로 그 역시 몸을 앞으로 내민 채 팔을 뻗었다가 당기며 한숨을 쉬는 모습에서 여성을 향한 욕망이 그 안에서 꿈틀댄다는 것을 알 수 있었다. 그때 그가 팔을 뻗었던 것이 그 무엇도 아닌 나 자신을 향해서였기에 내게 큰 기쁨이 밀려왔다. 그때 그에게는 내가 타고난 저주는 보이지 않고 다만 뭇 여자처럼 파리하게 빛나는 모습만 보였을 테니 말이다. 이후 나는 그때 꼼짝 않고 나체로 서 있던 인물이 내가 아닌 잰시스였더라도 그가 과연 그렇게 동요했을까 종종 궁금증이 들었다. 그런 상황에서도 그를 유인해서 끌어 당기고 그의 마음을 편하게 해주고 그의 사랑을 불러냈던 것이 젊은 영주에게 그랬듯 오로지 내 육체뿐이었을까, 아니면 그와 쌍둥이처럼 닮은 내 영혼이었을까? 영혼이 육체 안에서 바삐 움직이고 육체를 통해 숨을 쉬며 그 위에 베일을 덮어 본래보다 더 아름답게 보이게 한다고 난 생각한다. 그저 육체일 뿐이라면 그것이 무엇인가? 육체만 보고 혐오감만 들 수도 있다. 육체는 정육점에 놓인 토막, 술에 취해 도랑에 빠져 있거나 죽어서 관 속에 누운 모습으로 보일 수도 있다. 겨울 초입에 잡화점 선반에 가득 쌓인 랜턴처럼 세상에는 육체가 가득하니까. 하지만 랜턴을 집으로 가져와 불을 밝히고 나서야 그것이 우리에게 위안을 준다. 뺨이 통통하고 어여쁘며 펠레나가 춤을 추던 그 작은 둔덕처럼 가슴이 봉긋한 여성이라도 웃거나 울 수 있는 영혼이 없어서 남자의 마음을 끌지 못하는 경우가 많다. 부활절 식사가 준비된 불 밝힌 교회가 사람들을 이끌듯 두세 명, 수십 명, 수백 명의 남자의 마음을 끄는 여자들은 자기 육체에 큰 관심이 없는 경우가 많다.

그것은 진실이 왕왕 그렇듯이 기이한 일이지만, 저주를 받아 태생적 결점을 지녀 애인이 생기지 않을 거라고 누구나 말했던 여성에게 어떤 남자가 마음이 끌리고 사랑이 솟아나는 일만큼 기이하지는 않을 것이다. 내가 마음만 먹었다면 그날 밤 두 남자를 내 애인으로 만들었을 것이다. 젊은 영주의 어깨가 욕망의 무게에 눌려 앞으로 숙여지는 것을 보고 난 내 얼굴이야 어떻든 내 몸은 상당히 아름답다는 사실을 처음으로 깨달았다. 얼굴 아래로는 여느 여자처럼 볼만했다. 불그레한 불빛 아래 내 살결은 장미 꽃잎 같았고, 내 몸매는 물의 요정처럼 나긋나긋하고 요염했다.

낯선 남자 앞에서 하는 이런 멍청한 놀이가 난 아무렇지도 않았고, 별로 당혹스럽지도 않았다. 그런데 이제 머리부터 발끝까지 내 온몸이 벌게지면서 얼음처럼 차갑게 식었다. 일 초가 한 시간처럼 길고, 마치 창녀가 된 듯 수치스러웠다. 그러면서도 한편으로 나라는 집의 영원한 주인이 될 사람의 눈앞에서 내 몸을 드러내게 되어 무척 기쁜 마음도 있었다.

난 모슬린 천을 당겨 얼굴을 가리고 그 너머로 경이로운 모습을 비스듬히 바라보았다. 그때나 그 이후에나 그는 영원히 내게 경이로움이었다. 그의 외모나 그가 했던 일 때문이 아니라 나로서는 가늠할 수도, 이름 붙일 수도 없이 그저 느낄 수만 있는 그라는 존재의 고요한 힘, 하늘을 배경으로 우뚝 솟은 거대한 산처럼 어마어마하게 쌓인 내면의 힘 때문에 그랬다.

연기가 옅어지면서 육체적 사랑의 충격을 드러내는 그 얼굴이 보였다. 이후 그가 나를 사랑했건 아니건 당시에는 분명 날 사랑했으니까. 그리고 시각으로 욕정이 생겨난 뒤 그것이 만족되기까지, 그 사이에 남자들의 얼굴에 떠오르는 상처받은 표정도.

적다보니 길어졌지만, 내가 그렇게 서 있던 시간은 비가일디 씨가 예순을 셀 때까지였다. 시간이 길어지면 그들이 알아차릴까봐 우려했던 것이다. 딱한 그 바보는 둘 다 그의 말을 전혀 믿지 않았다고는 상상도 하지 못했다. 케스터 우즈이브스를 본 충격으로 내가 여전히 어질어질할 때 비가일디가 부엌에서 외쳤다.

"자, 자, 신사분들, 5파운드 낼 준비 되었죠?" 캠퍼다인 씨가 내게서 눈을 떼지 못한 채 말했다. "그럼, 그럼! 더 줄 수도 있지!"

비가일디는 멍청한 노래를 한 곡 더 부르기 시작했다. 내게 내려갈 준비를 하라는 신호였다. 그때 나만큼 지하실이 반가운 여자는 없었을 것이다. 난 재빨리 옷을 입었다. 부엌에서 비가일디 씨가 젊은 영주와 언쟁을 하는 소리가 들렸다.

"이제 어쩌겠다고? 뭘 하겠다고? 대화를 나누겠다고?" 비가일디가 말했다. "죽은 지 천년이나 된 비너스와 어떻게 대화를 하겠다는 겁니까? 내가 5파운드 현금을 걸고 무덤과 죽음의 문을 통과해 비너스를 당신 앞에 데려왔지만, 계속 머물게 할 수는 없어요. 예순을 셀 시간만큼만 허공에서 구름 속을 거닐다가 사라지는 거지요. 아무리 아름다워도 어쨌든 귀신이라 날이 밝기 전에 양초를 켜고 돌아가야 하거든요."

그 말에 껄껄 웃는 소리가 들렸고, 캠퍼다인 씨가 말을 타러 밖으로 나가며 소리쳤다.

"나중에 비너스 한 번 더 봅시다, 비가일디. **어디에서** 왔건 몸매 하나는 근사하네."

촘촘히 엮인 겨울 나뭇가지 아래로 기다시피 집에 돌아오며 난 너무 얼떨떨했다. 연인에게 처음으로 자신의 아름다움을 내보인 신부의 마음 같았다. 단지 난 신부가 아니었고, 딱 한 번 보았을 뿐이지만 내게는 세상 전부가 된 남자와 또 다른 낯선 남자가 갈망의 시선으로 나를 뚫어지게 보았기에 수치스러움과 지독한 고통이 일었다.

그다음 날 집 안팎에서 일을 하는 중에도, 남자처럼 매인 몸으로 남자의 일까지 하는 중에도 내 영혼 속에서 난 그 길쌈꾼의 신부였으니, 생각하면 참 기이하다. 기디언과 함께 얼어붙은 땅을 뒤집어엎으며 밭을 갈면서도, 지저분한 우리 안에서 오리와 닭에게 먹이를 주면서도, 여자라기보다 남자 같은, 남자라기보다 허수아비 같은 모습으로도 난 내내 그에게 여자여서, 그 눈빛 아래 거주하며 그의 미소로 몸을 덥혔고 내 위쪽에 걸린 그의 깃발은 사랑이었다. 기디언에게서 반 고랑 떨어져 걸어가면서도 비가일디의 집에 있을 때처럼 어지럼증이 일어 연인의 품에 안겨 떨고 있는 것 같았다. 살갗이 다 트고 뻣뻣한 손에, 얼굴은 햇빛과 바람으로 벌겋고 거칠어졌지만, 사랑하는 사람을 생각하는 그 시간만큼은 난 꽃이고 꽃잎이었다. 사랑이란 검게 탄 여자도 잰시스처럼 바꿔놓을 수 있는 5월의 아침 이슬이니까. 비록 내게 주어진 것이 한갓 사랑의 그림자였지만, 아니 잔잔하지 않은, 출렁이는 물 위에 비친 수련처럼 그 모습이 온통 흔들려서 오롯이 나 자신일 수 없는 때처럼 그림자의 그림자일 뿐이더라도 그것만으로도 이제 세상은 완전히 새로워졌다.

수련이 파리한 백랍처럼 둥둥 떠오르며 호수 가장자리를 따라 다시 나타났을 때 난 내 외적인 삶에 어떤 일이 일어났는지 궁금했다. 수련이라 할 만한 것은 없고, 얼어붙은 나뭇잎 사이로 얼음이 된 수련이 전부였다. 그래도 난 케스터 우즈이브스와 그가 내게 의미하게 된 것을 생각할 때면 어두운 수풀 속 이쪽저쪽에서 봄이 다가오는 소리가 들리고 봄빛이 보였다. 떡갈나무 수풀에서 새가 지저귀고 나무 꼭대기에 보라색 꽃잎이 터지고 떼까마귀 숲속에 연한 노란색의 애기똥풀이 깔렸다. 다락방에 올라갔을 때도, 비록 추위로 손이 곱아 글쓰기가 힘들어도 그곳에도 나보다 먼저 봄이 와 있었다. 그래서 여하튼 난 내 공책에 '봄의 첫날'이라고 적었다. 그것도 한껏 멋을 부린 장식체로. 내가 사랑했던 그를 두 번째로 본 순간이자 그가 나를 처음으로 본 순간을 언제든 기억할 수 있도록. 그 사람은 날 보았을 뿐 아니라 열정과 열망의 눈길을 보냈다. 물론 나의 진실이 가려진 상태여서 그랬겠지만, 겨울철에 얼마 안 되는 빵 부스러기나마 받아먹으러 오는 새처럼 난 기뻤다. 풍요로운 계절이 오면 저 높은 나뭇가지에 앉아 조롱할지라도.

난 빵 부스러기를 받았고, 아, 그것은 성찬이었다.

제9장 정복 놀이

어느 날 아침 먼 목초지에서 기디언과 함께 밭을 갈다가 참나무 산울타리에 피어난 노란 꽃차례가 눈에 띄었다. 집으로 꺾어 와 물병에 담은 뒤 다락방 내 사물함 위에 놓았다. 꽃을 일찌감치 꺾어 황소의 양 뿔에 묶어놓았고, 그래서 칙칙한 날씨였던 그날 흰 황소가 군데군데 흰색인 붉은 들판을 하루 종일 오르락내리락하는 동안 뿔이 노랗게 보이는 것이, 장날처럼 머리에 황금색 깃털을 꽂고 흔드는 것 같았다. 소에서 쟁기를 풀며 기디언이 물었다.

"뭣 한다고 소에 장식을 한 거야?"

"오월제잖아." 내가 말했다.

기디언은 황당하다는 표정을 지었지만, 그 농담이 맘에 든다고, 내가 일을 잘하니까 별말 안 하겠다고 했다.

"이 지루한 쟁기질은 언제 끝나, 기디언?" 내가 물었다. 난 쟁기질이 너무 싫었다. 쟁기질 자체가 싫다기보다 한도 끝도 없이 이어져 다른 일을 할 여유가 전혀 없어서 싫었다. 기디언은 미친 듯이 밭을 갈았다. 해도 뜨기 전 새벽부터 해가 진 뒤 어둑해질 때까지 서리가 내리든 비가 내리든 늘 기를 쓰고 밭을 갈았고, 그러다가 땅이 좋아지기보다 나빠지는 경우도 종종 있었다. 농장에는 전부 곡물을 심기로 했다. 건초 마당에까지 곡물을 잔뜩 심을 예정이었다. 곡물만 키울 거라고, 그러면 어느새 우리는 부자가 되어 있을 거라고 그가 말했다. 난 그렇게 큰돈을 벌게 해준다는 새 법이 얼른 생겼으면 싶었다.

"돈을 많이 벌면 당장 여기를 떠나서 다시는 눈길도 주지 않는 거야, 프루."

"난 이해를 못 하겠어, 기디언." 내가 말했다. "오빠가 땅에 자부심이 있다면 차라리 이해가 되겠어. 그런데 자식 키우는 엄마처럼 있는 시간과 노력을 남김없이 땅에 쏟아부으면서도 땅을 사랑하지 않는다니, 그건 마치 엄마가 자식을 사랑하는 게 아니라 그저 팔아버릴 생각만 하는 것 같잖아."

"아, 틀린 말은 아니야, 프루. 난 땅을 전혀 사랑하지 않아. 그렇다고 돈을 사랑하는 것도 아니야. 돈 **자체는** 말이지."

"그럼 도대체 사랑하는 게 뭐야?"

"뭐든 내 이빨로 물어서 자근자근 씹는 일이지. 옥수수 심지든 밤톨이든 내 것만 남을 때까지 정복 놀이를 하는 거야. 왕이 되고 사과나무의 유일한 사과가 되는 거지."

"하지만 대체 무엇을 위해서, 기디언?"

"넌 늘 무엇을 위해서냐고 묻더라. 그냥 내가 그렇게 생겨 먹었고, 그 천성을 거스를 수 없어서 그래."

우리의 대화는 항상 그렇게 끝났다.

"적임자를 자리에 앉히는 게 중요해. 아직 돈도 안 벌었는데 법을 바꾸면 안 되니까." 그가 말했다.

마치 나라가 자기 뜻대로 움직이며 주머니에 금화를 넣어 주는 자신의 꼭두각시 인형이라도 된다는 듯한 말투였다.

"적임자가 누구인데?"

"높은 곡물 가격을 유지하는 사람이지."

"하지만 가난한 사람들, 굶주린 그 사람들은 가격이 떨어졌으면 할 텐데."

"그 사람들은 할 수 없는 거고. 일을 해야지. 나 일하잖아. 안 그래?"

정말이지 일은 엄청 했다! 그래서 몸에 뼈와 근육밖에 없었다. 그가 무자비한 사람이라면 무엇보다 스스로에게 가장 무자비했다. 난 미스 도라벨라에게 그런 말을 듣고도 선거에서 영주 편을 들 거냐고 물었다.

"아, 그래야겠지. 그는 곡물 밭이 아주 많으니까 가격이 떨어지게 하지는 않을 거야."

"그래서 언제까지 밭을 갈아야 해?"

"그 집을 사고도 은행에 충분한 돈을 넣어둘 수 있을 때까지는 해야지."

"하지만 가축 먹일 풀밭만 빼고 땅이란 땅은 다 갈아버리고 나면 그땐 끝나는 거 아냐?"

"아니지, 그래도 돈이 충분치 않으면 숲을 갈아엎어야지."

"오, 세상에. 세상에, 맙소사!" 그 말에 난 울고 싶어졌다. 숲까지 갈아엎을 생각을 하다니 너무 매정했다. 농장 주위의 숲이 다 우리 땅이니 일은 끝이 없고 당분간 우리 둘에게 휴식이라곤 없을 것이었다. 눈물이 뺨을 타고 흘렀다. 냉랭한 저녁 빛처럼 차가운 눈물이 천천히 흐르는 것이 느껴졌다.

"아니, 왜 그래?" 기디언이 물었다. "울어? 이런 계집애를 봤나! 자, 봐봐, 우리는 미래를 위해 일을 하는 거야."

"그런 미래 싫어." 내가 말했다. "그건 크리스마스 때 럴링퍼드 아이들에게 주는 보물찾기 통이나 마찬가지야. 뭐라도 찾겠지만 십중팔구 교훈이 적힌 종이일 테고, 정말 뭔가 있어도 내가 원하는 건 아닌 거지. 내가 원하는 건 그 통 속에 없으니까."

"맙소사, 한가한 소리 늘어놓고 있네! 미래는 네가 하기 나름이야."

"그렇지 않아." 내가 말했다. "그건 여행 중인 사람이 새벽에 마주한 푸르른 시골 풍경과도 같아. 해 질 무렵 집집마다 밥 짓는 연기가 피어나고 먹을 것을 청하면 기꺼이 내주는 다정한 마을일지, 아니면 아무것도 없는 거친 황야일 뿐이라 날이 밝기도 전에 추위와 배고픔으로 죽게 될지 알 수가 없는 거지."

"이제 보니 네가 춥고 배고파 죽겠는 거구나. 그래서 그런 거였어." 기디언이 말했다. "진한 차 한 잔과 감자와 베이컨이 가득한 접시가 필요한 거야. 자, 들어봐! 저 소리가 어머니가 쟁반을 쾅 내려놓는 소리가 아니면 내 손에 장을 지지마."

어머니는 혼자 있는 걸 좋아하지 않아서 저녁 시간을 소중히 여겼다. 적막한 곳에서 시간이 얼마나 안 가는지 모른다고 했고, 소심한 분이라 나뭇잎이 떨어지거나 문이 삐걱대는 소리에도 깜짝 놀랐다. 그래서 밭 좀 그만 갈고 잠시만 함께 있어달라고 내게 거듭 간청했다. 하지만 난 기디언이 원하는 대로 따라야 했으므로, 나중에 부자가 되어 집에 하인도 두고 요리사도 두고 돼지도 키울 필요 없는 편안한 미래의 이야기를 들려주었다. 그러면 어머니는 잠깐 생기가 돌다가도 곧 한숨을 쉬며 고개를 가로저었다.

"멀어도 한참 먼 이야기잖아, 프루. 내가 그때까지 살 수 있을지도 모르겠다. 차라리 지금 조금 편하게 살았으면 좋겠어. 숲에서 돼지 치는 일이 너무 힘들어. 다리도 아프고, 잠깐 앉기라도 하면 관절이 뻣뻣해져. 게다가 돼지들이 자꾸 물가에서 첨벙대며 돌아다녀서 내 발도 다 젖는다고. 언제인지 모를 미래에 하인을 덜 두더라도 지금 돼지 치는 일을 덜 했으면 좋겠어. 그때 너와 어울릴 시간이 적어지더라도 지금 함께 있는 시간이 더 많았으면 좋겠어. 워낙 까마득한 일이라 천국의 수많은 저택이 그렇듯 현재 삶에 만족을 주지 않잖아. 네가 말해봐, 프루. 내가 먼 앞날에 별별 것을 갖느니 차라리 지금 조금이나마 갖고 싶어 한다고 내 아들 사른에게 말해봐."

"네, 그렇게 말할게요, 어머니. 쟁기질이 끝날 때를 생각하셔야 해요."

"사른은 절대 끝내지 않을 거야. 끝내더라도 분명 다른 일을 하겠지. 개가 그런 식이야. 쉴 줄을 모르지. 언젠가 들었던 이야기 속 사람을 닮았어. 무시무시한 소식을 전하러 멀리까지 서둘러 말을 달렸는데, 그곳에 빨리 닿아야 한다는 생각만으로 말이 쓰러질 때까지 달리고 새 말을 사서 또 달렸는데, 마침내 목적지에 닿아 소식을 전하고 난 뒤에도 그 생각을 떨치지 못해서 멈추지 않고 또다시 달렸대. 이제 어디에든 전해줄 소식도 없는데, 말 위에 쭈그리고 앉아 쉼 없이 밤낮으로 말을 채찍질하며 달렸다지. 여전히 달리고 있대. 내 생각에는, 프루, 차라리 내 아들 사른이 우둔한 애로 태어났다면 우리 셋이서 색색의 돌로 놀이를 하고 데이지 꽃을 길게 이으며 지냈을 테니 그 편이 훨씬 나았을 것 같아."

주위에서 마른 돼지들이 꿀꿀거리며 코로 땅을 헤집고 다니는 동안, 입술이 살짝 떨리고 눈빛이 예언자처럼 반짝이는 어머니가 긴 지팡이를 짚고 빨간 체크무늬 숄을 두른 채 교회 창문 속 인물의 배경을 이루는 푸른 유리처럼, 뒤쪽에 펼쳐진 사른 호수를 배경으로 우리 안에 서 있는 모습은 무척이나 기이해 보였다. 교회 유리창에, 돌아온 탕아의 그림 속에 돼지가 등장한 적이 있었을까 궁금해졌다. 여기 있는 사람은 탕아 어머니이고 기디언이 조금은 탕아 같은 면이 있다면 우리가 얼마나 기쁠까, 그런 생각에 난 서글픈 웃음을 웃었다.

"어째서 웃는 거니?" 어머니가 물었다.

"그냥, 어머니가 탕아 어머니 같아서요."

"알 수가 없구나. 내 속으로 낳은 자식인데 둘 다 알 수가 없어. 오, 세상에! 하지만 참 매정하구나, 프루. 난 울고 있는데 넌 웃다니."

불쌍한 어머니! 어머니는 때로 맞는 말을 한다. 나는 우는데 세상은 웃는다는, 세상에 대한 내 불만을 그렇게 표현한 셈이니까.

"자, 자, 제가 기디언에게 말할게요." 내가 말했다.

내가 모자 사이에서 말을 전하는 역할을 한다는 것도 우리 생활의 기이한 점이었다. 어머니에겐 직접 말을 꺼내거나 강철처럼 차가운 그의 얼굴을 똑바로 바라볼 용기가 없었다.

다음 날 아침, 난 기디언에게 어머니의 말을 전했다. 언제나처럼 기디언은 나보다 먼저 들에 나가 있었다. 서리가 내리고 안개 자욱한 아침이라 갈아엎은 땅이 고형물이 아닌 듯 반짝거려서 우중충한 날의 호수나 탁한 거울처럼 보였다. 아직 서리가 깔린 땅에 해가 비치면 햇살을 받은 들에는 반짝이는 호수 물처럼 광채가 어렸다.

천천히 다가오는 기디언과 황소는 적막한 들판 위에서 검고 단단한 작은 그림을 이루었다. 럴링퍼드의 몇몇 저택의 박공 꼭대기에 조각된 떡갈나무 형상, 하늘을 배경으로 늘 시커 멓게 보이던 그 형상들이 떠올랐다. 황소의 입김과 둘의 몸에서 피어나는 김이 가까이 머물며 둘을 감싸서, 오르락내리락 움직이는 두 형상은 마치 누군가가 황량한 벌판에서 들고 다니는 둥근 그림처럼 따로 놀았다.

"기디언, 어머니가 기력이 없으셔. 좀 쉬었으면 하시니까 돼지를 돌볼 아이를 구하자."

"아이라니! 맙소사, 무슨 아이?"

"방앗간에 팀 있잖아. 일곱 살밖에 안 되었지만 돼지는 돌볼 수 있을 거야. 내가 간식을 주면 되고."

"뭐라고! 일주일에 엿새 동안 일곱 살짜리 애를 먹인다고? 정신 나갔나, 프루?"

"어머니가 너무 우울하고 기력이 없으시다고. 좀 쉬고 싶다고, 한 해가 저무는 시절에는 다른 사람과 어울리며 좀 편안하게 지내고 싶다고 하셔."

"그래서 내가 이렇게 일하는 거 아냐? 어머니가 하녀를 두고 최고의 것들만 즐기며, 교회의 번듯한 신도석도 얻고 비싼 도자기 그릇으로 식사하실 앞날을 위해서 말이야."

"그래, 아주 먼 미래에. 어머니가 그때까지 살아 계신다면. 하지만 아닐 수도 있잖아. 중요한 건 지금이라고."

"딱히 아프신 데도 없잖아. 아무 문제 없으셔. 돼지를 치면서 바깥 공기도 쐬고 해가 진 뒤에는 화롯불 앞에 편히 앉아 무리한 관절을 쉬면 되지."

"울적하시대. 그래서 내가 집에 좀 더 있었으면 하셔."

"쟁기질만 끝나면 그래도 돼."

"아직 멀었잖아. 어쨌든 돼지 칠 아이를 구해야 해."

"해야 해? 해야 한다고? 네가 뭔데 내게 그런 말을 해? 내가 사른의 가장이야."

"그렇다고 늙고 병약한 어머니를 죽도록 몰아댈 권리는 없어."

상대의 기를 죽이는 매서운 눈초리로 기디언이 나를 쏘아봤다.

"어쩌면." 기디언이 냉혹한 말투로 아주 천천히 말했다. "어쩌면 네가 결혼을 해서 돼지 칠 아이를 데려오는 게 나을 수도 있겠네. 그러니까 너랑 결혼하겠다는 사람이 있다면 말이지."

그러고는 쟁기 손잡이를 집어 들고 고랑을 따라 내려갔다. 그 말을 내 속에서 씻어내기 위해 난 다락방에서 오랜 시간을 보내야 했다. 다락방의 기운으로도 다 씻어내기까지 한참 걸렸다. 아직 양이 새끼를 낳는 시기라 기디언이 최근에 잠을 제대로 못 자고 있었으므로 그 점을 감안하기로 했다. 양이 새끼를 낳는 시기는 양치기에게는 고난의 시절이었기 때문이다. 엄동설한의 한밤중, 도깨비가 나올 시간에 혼자 일어나 둘러봐야 했다. 안개를 수의처럼 뒤집어쓰고 죽음의 냉기처럼 살을 에는 바람을 맞으며, 눈이 가만가만 내리는 밤이든, 숲의 이쪽에서는 날카로운 울음소리가, 저쪽에서는 늑대 울음소리가 들리는 밤이든 양치기는 깨어 있어야 했다. 유쾌한 일과는 접어서 한편에 밀어둔 시간, 집 안과 축사의 왁자지껄함과 부산스러움도 조용해지고, 아무 방해도 받지 않는 귀신들만 신이 나서 동풍을 타고 북풍을 타고 모여드는 시간인데도 말이다. 그래서 기디언이 내게 무뚝뚝하게 대하면 난 그냥 다락방에서 더 많은 시간을 보냈다. 봄이 가까워지면 탁자에 앵초 꽃 담긴 접시가 놓이고 따스한 바람이 불어 들어와 다락방이 상쾌했다. 4월이 왔지만 우리는 여전히 밭을 갈았다. 그즈음엔 워낙 인이 박여 피로하다는 생각도 접고 그 일을 즐기며 혼자 노래를 흥얼거리기도 했다. 붉은 고랑을 따라 은빛으로 빛나는 쟁기 날을 밀면서 단단한 흙을 갈아엎는 일은 근사했다. 저 멀리 럴링퍼드 옆 푸르른 언덕을 내다보는 일도, 그쪽에서 불어온 따뜻한 바람이 불러낸 듯 떡갈나무와 낙엽송과 버드나무에 온통 새순이 돋아난 것을 바라보는 일도 즐거웠다. 솔빗으로 빗어 내린 듯 반짝반짝 윤이 나는 까마귀들이 내 뒤를 줄지어 따라오는 모습을 보는 것도 좋았다. 모습을 감췄던 새들이 다시 보이고, 거침없고 사랑스러운 물까마귀의 울음소리나 겨울날의 소리보다 약간 따뜻해진 물떼새의 울음소리를 듣는 일도 좋았다. 시장에 내다 팔 제비꽃도 있고, 담쟁이 울타리 아래 한구석에 수선화도 피고 사과나무에도 아기의 작은 주먹처럼 단단히 오므린 분홍색 꽃봉오리가 나왔다.

어머니는 약간 기분이 나아졌다. 어느 날 카네이션 한 다발이 탁자 위에 놓여 있는 부엌의 창가에 함께 앉아 차를 마시다가 이렇게 말했다.

"길쌈꾼이 올 거야."

난 사레가 들려 캑캑거렸고, 어머니는 왜 그러냐고 물었다.

"아무것도 아니에요. 길쌈꾼 도제를 부르지 그래요? 그 편이 더 싸잖아요."

"난 최고를 원해."

난 백일몽에 빠졌다. 케스터가 옷감을 짜러 온다면 내 공간인 다락방을 자신의 장소로 삼아 베틀 주변을 서성이다가 내 작은 창문을 내다보기도 할 테고, 그러면 그곳에 영원히 그를 간직할 수 있겠지. 하지만 난 여전히 그에게 내 모습을 보이는 건 용납할 수 없었다. 그래서 길쌈꾼의 도제를 부르자고 주장했고, 얼마나 고집했는지 기디언은 내가 그 사람과 사랑에 빠졌다고 여겼다. 미친한 데다 아이가 열넷이나 있다는 인물인데도. 어머니는 안경을 쓴 채로 나를 바라보더니, 안경을 머리 위로 올리고 한 번 더 보고, 다시 안경을 제자리에 내리고 세 번째로 보았다.

"길쌈꾼을 부를 거야." 어머니는 그렇게 말했고 그걸로 끝이었다.

그다음 날 잰시스가 혼이 나간 상태로 뛰어 들어왔다. 기디언이 막지 않으면 비가일디 씨가 오월제 때 자신을 인력시장에 데려갈 작정이라 말했다. 난 버터를 만드는 중이었다.

"오, 프루, 그 젊은 영주가 또 왔었어. 나를 가져야겠대. 아니면 적어도 너라도!"

잰시스는 울다가도 키득거렸다.

"아버지 말씀이 그 사람 아니면 인력시장이래. 3년이야, 프루. 낙농장에서 일하든 부엌데기를 하든 3년은 묶여 있어야 한다고. 기디언이 당장 나와 혼인하겠다고 하지 않으면 말이야."

"기디언은 지금 밭 가는 일이 전부라 그럴 생각이 없을 텐데. 무슨 일이 있어도 그 일을 그만두지 않을 거야."

"하지만 내 힘으로는 막을 수가 없어."

"네가 있으면 입이 하나 더 느는 거잖아. 게다가 네가 아프기라도 하면……."

"그런 일 없어. 나 보기보다 강해."

"그건 알 수 없어, 잰시스. 결혼이란 맹인 잡기 놀이 같아서 끝날 때 어디 있게 될지 몰라. 게다가 아기라도 생기면 기디언이 모으려고 작정한 돈이 다 어떻게 되겠어?"

"오, 어떡해! 오, 견딜 수가 없어, 프루. 내가 기디언을 얼마나 사랑하는데. 한번 헤어지면 다시는 못 만날 것 같단 말이야."

"기디언에게 말해봐."

"그러면 너도 거들어줄 거야?"

"그래, 나도 거들게. 하지만 기디언에게 소중한 네가 말해도 안 되는 걸 내가 말한다고 되겠어? 나야 죽어라 부려먹는 동생일 뿐이니까."

바로 그때 기디언이 돼지에게 먹일 버터밀크를 가지러 축사에서 건너왔다.

문간에 선 그를 보니 잰시스가 그를 사랑하는 것도 놀랄 일이 아니다 싶었다. 맨머리에 가죽 반바지와 덧옷을 입고 잰시스에게 이글거리는 눈길을 보내는 그는 근방의 열 교구를 통틀어 가장 근사한 남자라고 해도 과언이 아니었다. 버터 작업장을 둘러보니 내게는 그곳이 누구든 청혼하기에 괜찮은 장소로 보였다. 하루 대부분 해가 들지 않았지만 그때는 햇살이 비스듬히 들어오고 있었다. 축축한 붉은 바닥 돌과 커다란 갈색 토기로 색감이 풍부했고, 노란 크림과 버터, 그리고 무더기로 쌓인 치즈는 미나리아재비나 앵초처럼 환했다. 기디언을 보고 얼굴이 발그레해진 금발이 어여쁜 잰시스는 그 모두와 잘 어울렸다. 분홍 드레스를 입은 모습이 장미 같았다. 창밖으로는 분홍색 꽃봉오리가 올라온 산사나무에서 개똥지빠귀가 지저귀고 있었다. 내 공책에 적어놓지도 않았지만 그 장면은 내 기억에 정말 생생한데, 그럴 만도 했다.

"일찍 왔네." 기디언이 말했다.

"그래서 반가워?"

"오, 그럼! 당연히 반갑지."

잰시스는 내게 '괜찮지?'라고 묻듯 짓궂은 표정으로 나를 바라본 뒤 입맞춤을 하러 까치발로 기디언에게 다가갔다.

"전해줄 소식이 있어." 그녀가 말했다. "네가 생각하기에 따라 좋은 소식일 수도 있고 나쁜 소식일 수도 있고."

"내가?"

"응, 무슨 얘기냐면, 사른. 아버지 말씀이……"

잰시스가 난감하게 내 쪽을 보았다.

"비가일디가 자기 딸을 팔아버리겠대, 기디언. 뭣 하러 그렇게 빙빙 돌려? 잰시스를 젊은 캠퍼다인에게 노리개로 팔아버리려고 한다고."

젠시스가 양손에 얼굴을 묻었다.

"싫다고 하면 오월제 때 시장에 부엌데기로 내놔서 3년 동안 일하게 만들 거래."

"뭐라고! 내 여자를 판다고? 비가일디가 내 여자를 팔아? 빌어먹을, 물에 빠뜨려 죽여버릴까보다!"

"아직 팔지 않았어, 기디언."

"그로선 다행이지."

"하지만 럴링퍼드보다 더 먼 곳에서 3년 동안 일을 해야 해."

기디언이 몸을 숙여 젠시스의 얼굴에서 손을 떼어낸 뒤 사납게 쏘아보았다.

"여전히 나만의 여자인 것 맞아?" 그가 물었다. "빌어먹을, 혹시라도 젊은 캠퍼다인에게 순결을 바친 거라면 도끼로 그 자를 결딴낼 거야. 그럼! 그리고 넌 목을 졸라 죽이고."

"아냐, 아냐, 사른. 그런 일 없어." 그녀가 외쳤다. "난 너만의 여자야, 사른. 정말이야."

"그런데 어떻게 해야 되겠어, 기디언? 그 청년의 노리개가 되든지 아니면 멀리 떠나야 한다는데."

"떠나는 건 내가 못 참지."

젠시스가 다시 울음을 터뜨렸다. 난 기디언의 뒷말을 기다렸지만 그는 더는 말이 없었다.

"방법이 하나 있잖아, 기디언."

두 사람을 위해 그가 결단을 내릴 순간임을 알았기에 난 구슬리듯 말했다. 지금 두 사람은 마음만 먹으면 자신들을 위한 좋은 길을 택할 수 있었다. 평생 몇 번 오지 않을, 축복받은 삶을 스스로 선택할 수 있는 순간이었다. 천국의 열쇠인 예쁜 구륜앵초가 자라는 사랑과 즐거움이 넘치는 길과, 생명과 피를 먹고 사는 독, 두려운 대상인 값비싼 독이 놓인 낯설고 구불구불한 길 사이에서 선택할.

잰시스도 어떤 면에서는 두 사람의 인생이 그 순간에 달려 있다는 느낌이 든 모양이었다. 고개를 숙여 그의 손에 입을 맞추고는 쉰 듯한 목소리로 부드럽게 말했다.

"오, 내 연인이 되어줘, 사른!"

기디언이 신음 같은 소리를 내뱉었다.

"그렇게 쏘아보면서 나를 어디로 끌고 가는지 잘 알아, 프루." 그가 말했다. "내가 꿈꾸는 것들을 다 잃어버리는 가난의 삶으로 끌고 가는 거지."

"내가 두 배로 일할게." 내가 말했다.

"그게 무슨 소용이야? 사정이 어떻게 될지 뻔히 알잖아. 이렇게 예쁜 여자를 부인으로 두면 남자가 어쩔 도리가 있나? 먹일 입만 계속 늘어나는 거지. 저택이고 하인이고 교회의 번듯한 신도석이고 다 물 건너가는 거야. 너한테 줄 돈과 잰시스의 무도회도 다. 내가 영주 양반들과 허물없이 인사하는 일도 없겠지. 돈을 모으더라도 몇십 년이 걸릴지 몰라. 집도 잃고 되는대로 일하면서 하루 벌어 하루 먹겠지. 아내와 자식을 둔 남자는 절대 성공하지 못해. 돈을 먼저 벌어야지."

"하지만 잰시스가 행복하고 오빠도 행복하면 오빠가 일을 더 열심히 하지 않을까?"

"아니지, 행복과 게으름은 한 쌍이야. 일하고 싶다면 행복이고 불행이고 따지지 말아야 해. 그저 일만 생각해야지. 또 하나, 젊은 캠퍼다인이 잰시스에게 눈독을 들이는 지금 내가 잰시스와 결혼하면 그는 내게 앙심을 품고 영주층을 다 내 적으로 만들 거야. 어째서 그자가 그렇게 잰시스에게 빠졌는지 모르겠지만, 어쨌든 이미 벌어진 일이니 앞으로 조심해야 해."

그가 미심쩍게 잰시스를 바라보았고, 잰시스는 내가 해명해주기를 바라는 듯 나를 보았다. 하지만 난 그것만은 할 수 없었다. 잰시스를 위해 온갖 일을 해주었지만 그것만은 할 수 없었다. 내가 입을 열면 결국 케스터 우즈이브스까지 연루될까봐 걱정스러웠기 때문이다. 잰시스는 누구에게도 알리지 않겠다고, 꼭 그래야 할 필요가 있을 때 기디언에게만 알리겠다고 약속했다. 그래서 난 가만히 있었다. 어차피 달라질 것도 없을 듯했다. 비가일디가 이미 잰시스의 앞길을 결정한 지금, 그 일을 말해봐야 결국 벌어질 일을 조금 미룰 수 있을 뿐, 그 젊은 영주가 아니라도 어차피 누군가 나타날 것이기 때문이다. 기디언이 단호한 결정을 내리는 것이 최선이었다. 옳은 결정을 한다면 잰시스는 그와 결혼하게 되고, 그러면 딸을 두고 계획을 세울 비가일디의 권한은 없어지니까.

"돈 버는 일을 조금만 미루는 거야, 기디언." 내가 말했다.

"아니, 영원히 미루게 될 거야. 결혼이야말로 미뤄야 할 일이야. 3년만 기다리자. 그 시간이면 상황이 나아질 거야. 내가 미루고 싶어서 그러는 게 아니야."

그렇게 말을 맺은 그가 가만히 샌시스를 바라보았다. 난 그의 눈에서 욕망이 들끓는 것을 보았다. 온몸을 떨고 있었다. 그렇게 강인한 남자가 무서운 광경을 목격한 여자처럼 떠는 모습을 보자니 참 기분이 묘했다.

그가 잰시스에게 한 걸음 다가갔고 난 그 자리를 뜨려고 일어섰다. 잰시스를 품에 안을 테고, 그러면 만사가 해결되리라 보았던 것이다. 그런데 난데없이 그가 "안 돼, 안 돼!"라고 낮게 내뱉으며 뒤로 물러났다. 그러고는 이렇게 말했다.

"그러면 로저 경 춤을 추러 무도회에 갈 때 입을 새틴 드레스도 없을 거야, 잰시스. 그러면 아쉽겠지."

"응."

"네가 낙농장이든 어디든 일하러 가면 나만큼 그것을 원하는 마음도 간절해질 거야. 3년은 길지 않아. 3년이 지나면 열심히 경작한 땅에서 많은 것이 열릴 테고, 우리는 뿌린 대로 거두기만 하면 돼."

"제발 그런 일은 없기를." 내가 말했다.

이유는 도대체 알 수 없지만, 기디언이 갑자기 역정을 내며 부르짖었다.

"지금 그게 무슨 말이야? 왜 그런 말을 해? 난 내가 뿌린 대로 거두는 것에 만족해."

"하지만 뿌린 게 독이라면 그렇지 않잖아, 기디언? 목사님에게 빌린 책에서 읽었던 값비싼 독이라면 말이야. 곡물과 더불어 지옥에서 자라는 **그것**까지 원하는 건 아니지?"

"그게 **무엇이든** 내가 뿌린 것이고 내가 원하는 것을 가져다 준다면 난 환영이야." 그가 말했다.

잰시스가 낮게 흐느끼는 소리가 들려왔고, 그쪽으로 고개를 돌리자 그녀의 금발 뒤편으로 화창했던 봄 하늘에 온통 먹구름이 끼고 돌연한 바람에 산사나무 가지가 마구 휘청대는 것이 보였다.

"이만 집에 가는 게 좋겠어. 태풍이 오려나봐." 내가 말했다.

"내가 일요일에 네 아버지를 만나 내 생각을 말할게." 기디언이 말했다.

"안 돼, 아빠 화나게 하지 마!"

"화를 내건 말건 내가 무슨 상관이야?"

"오, 내 마음에 드는 게 아무것도 없어." 그녀가 부르짖었다. "왜 다들 조용하고 평화롭게 살지 못하는 거야? 사른, 너는 왜 그렇게 네 생각에만 붙잡혀 살아? 거세지는 바람 소리를 들어봐. 불길한 예감이 들잖아."

잰시스는 앞치마로 얼굴을 덮고 다시 울기 시작했다.

"오, 나도 초청장을 보내고 교회에서 환호를 받고 싶었는데." 늘 하던 말이었다. "'녹색 자갈' 놀이를 하고 싶었다고."

기디언은 잰시스를 확 끌어당겨 입을 맞췄지만, 마음이 바뀌지는 않았다. 일단 마음을 먹으면 그 무엇도 그의 마음을 돌리지 못했다.

"가야겠어." 그녀가 말했다. "나 배웅해줘, 사른."

그와 함께 나가던 그녀가 손을 비틀며 말하는 소리가 들렸다.

"오, 호수 아래로 내려가는 컴컴한 길이 보여. 해도 모습을 감췄고. 오, 사른, 내가 저 길을 걸어가게 하지 마!"

바로 다음 순간 그녀는 폭풍우가 몰아치는 거칠고 어두운 숲속으로 귀신처럼 모습을 감췄다.

제3권

제1장 인력시장

오월제 때 시장에 내다 팔 것이 많았으므로 난 방앗간의 조랑말을 다시 빌려서 기디언과 함께 일찌감치 집을 나섰다. 라일락의 보라색 꽃과 푸른 이파리가 아직 회색빛으로 희미하게 보이는 시각이었다. 시장에서 팔 라일락을 간밤에 좀 꺾어 두어 말을 타고 가는 내내 라일락 가지가 흔들리는 낮은 소리와 좋은 향내가 우리 주위를 감돌았다. 아주 고요한 아침이었다. 바람이라고는 없어 어린 붉은 떡갈나무 잎도 잠잠하고, 호숫가의 수초와 마찬가지로 여린 산들바람에도 뒤척이며 흔들릴 백자작나무 이파리조차 물결이 닿지 않는 호수 깊숙한 곳의 수초처럼 미동도 없었다. 말발굽 소리만 부싯돌이 깔린 젖은 길에서 울릴 뿐 양편의 회색 들판에서도, 호수나 수풀이나 하늘에서도 들리는 소리가 없었다. 얼마나 고요한지! 그런 날이면 어떤 기적이 일어날 것만 같았다. 죽은 자들이 일어날 심판의 날이 도래했을 때의 그 새벽도 이보다 더 숨죽인 듯 고요하진 않을 것이다. 산울타리가 제 색을 드러내자 우리를 향한 수많은 새의 눈이 나타났다. 마치 파란 눈의 아이 수천 명이 우리가 지나가는 것을 지켜보듯 순수하고 담백한 시선이었다. 길가에 길게 늘어선 버드나무에 노란 꽃이 주렁주렁 매달려 있었다. 그 너머로는 새 예루살렘처럼 사파이어를 깎아 둥글린 듯한 언덕이 구름 한 점 없는 하늘 아래 미동도 없이 서 있었다. 평원 어디서도 새 한 마리, 연기 한 줄기 찾아볼 수 없었다. 비가일디 생각으로 어두워진 얼굴에 인상을 쓴 기디언 옆에서 말없이 말을 타고 가는 중에 내 눈에 들어온 풍경은 그 내용을 모두 읽을 수 있도록 근사한 책장을 펼쳐놓은 책과도 같았다. 다만 안전하다고 여겨 잠가두는 법이 없는 비가일디의 책처럼 비밀 글자로 적혀 있을 뿐. 사실 모든 나무와 관목과 작은 꽃과 이끼가, 단맛이건 쓴맛이건 모든 약초가, 하늘을 가르며 지나가는 새와 땅속을 가르며 지나가는 벌레가, 삶을 열심히 살아가는 모든 짐승이 우리에게는 답을 알 수 없는 수수께끼이기 때문이다. 그들이 하는 일을 우리는 알지 못한다. 그리고 소리도 없고 움직임도 없는 듯한 이 거대한 우주는 그저 팽이의 윗면처럼 너무 빨리 돌기에 정지한 듯 보인다. 하지만 우주가 왜 도는지, 그렇게 지속적인 어지럼증 속에서 우리와 모든 생명체는 모두 무엇을 하고 있는 건지 우리는 알지 못한다.

책 같다고 내가 기디언에게 말했다.

"책? 내 눈에는 책은 안 보여. 곡물을 기를 수 있는 좋은 땅을 다 놀리고 있는 것만 보이네."

그렇게 우리는 신이 적은 글에서 각자 보고 싶은 것만 보는 것이다.

이른 꽃이 피어나는 야생 배나무 아래 다다랐을 때 난 잰시스 생각이 났다.

"그런데 잰시스는 오늘 밤 어디서 잠을 자게 될까?"

"그림블네서."

"어떻게 알아?"

"내가 시켰으니까 알지. 그림블 부인은 낙농일 도울 사람을 툭하면 바꾸는데, 올해도 새 사람을 구한다고 들었거든."

"거긴 너무 멀잖아, 기디언."

"그 편이 나아. 젊은 캠퍼다인에게서 벗어날 수 있으니."

"몹시 외로울 텐데."

"가끔 내 편지를 대신 써줘."

"물론 해주지. 그런데 잰시스는 답장을 어떻게 쓰지?"

"그것도 생각해놨어."

기디언이 의기양양하게 말했다.

"거기는 워낙 큰 곳이라 길쌈꾼이 한두 달에 한 번씩 방문한대. 길쌈꾼에게 대신 써달라고 하면 되지."

"뭐라고?" 그 이름을 내 입으로 말하게 되어 숨이 가빠졌다. "그러니까 우즈이브스 씨 말이야?"

"아님 누구겠어."

세상에, 이렇게 얄궂은 운명의 장난이 있나! 그의 연애편지를 받고 싶은 내가 몇 주에 한 번씩 그가 읽을 편지를 쓰고 그가 편지를 쓰면 내가 읽게 되는 것이다. 내가 조랑말을 채근하는 걸 잊고 내버려둬서 기디언보다 뒤처졌다. 방앗간 조랑말은 방앗간 사람들과 닮았는지, 늘 기가 죽어 만사를 묵묵히 서글프게 받아들였기 때문이다.

여름날이면 그가 단어와 표현을 직접 골라 자기 손으로 쓴 편지가 도착할 것이다. 상대의 심장 한가운데를 관통하는 길쭉한 푸른 눈으로 자신이 쓰는 글자를 내려다보며 각 장마다 그 위에서 손을 천천히 움직이겠지. 물론 그 편지들은 다른 누군가가 다른 누군가에게 보내는 것이라, 그의 편지는 잰시스의 이름으로 기디언에게 가고, 나의 편지는 기디언의 이름으로 잰시스에게 가는 식으로 완전히 뒤바뀐 것이지만. 명확하고 실제적이고 싶지만, 어쩔 수 없이 호수 위 수련 그림자처럼 온통 혼란스럽고 뒤틀리고 뒤죽박죽이겠지. 그래도 내 마음을 털어놓을 수 있을 거야. 결코 말할 생각이 없던 말을 할 수 있겠지. 내 편지를 읽는 것은 그의 눈뿐이니 내가 예전에 그랬듯 그 앞에서 내 영혼을 발가벗겨 내보일 수 있겠지. 내 영혼에 딱히 내보일 게 있는 건 아니지만, 그래도 내보이고 싶은 마음이 간절했다. 참 이상한 일이지만, 연인들 사이에서는 늘 그렇다. 기디언이 내 영혼의 옷을 입고 화려하게 나타날 생각을 하니 너무 우스워 나도 모르게 웃음이 나왔다. 천사나 악마가 꼬드긴다 한들 절대 그 입에서 나올 리 없는 말이 적힌 기디언의 편지를 읽으며 잰시스는 얼마나 얼떨떨

할까. 길쌈꾼이 장난을 치는 게 아닐까 의심스러워 인상을 찌
푸리면서도 '오, 사람들은 글 쓸 때는 영 다른 사람이 되나보
지' 그렇게 생각하겠지. 그런 생각을 하며 혼자 웃고 있는데
기디언이 외치는 소리가 들렸다.

"야! 야! 어디로 가는 거야? 조랑말이 도랑에 빠지겠잖아.
그랬다간 조랑말 다리가 부러지고 네 바구니에 든 계란도 다
깨진다고. 왜 그렇게 백일몽에 빠져 있어?"

정말 간발의 차이였다. 난 조랑말과 함께 겨우 도랑에서 벗
어났고, 약간 의기소침해져서 얌전히 조심조심 길을 갔다. 그
러다가 내가 받은 편지에서 케스터 우즈이브스의 마음을 탁
트인 하늘처럼 다 읽을 수 있으리라는 생각이 문득 떠올랐다.
함께 사는 사람처럼 그를 알 수 있으리라. 말해진 내용이 아
니라 말해진 것, 그 속에 들어 있는 것으로 사람을 알 수 있
으니까. 옷의 기장을 더 늘이고 폭을 넓힌다고 내 몸이 따뜻
해지는 게 아니라 옷감의 질이 중요하듯이. 그가 쓴 모든 것
에서 그를 찾아내리라. 단어 하나에서도 자신이 드러나지 않
을 수 없으니까. 어떤 단어를 선택했는지, 글자를 어떻게 썼
는지, 대문자로 썼는지 소문자로 썼는지, 단순하게 썼는지 장
식체로 썼는지. 숨바꼭질 놀이와도 같지만 다만 숨을 곳이 없
는 거지. 친절을 베풀어 흐뭇한 마음으로 저벅저벅 자기 집에
걸어가 문을 열고 자기 화로에 불을 붙이고 혼자만의 시간을
보낼 우즈이브스 씨를 떠올려보았다. 그러는 내내 자신을 내
게 내보이는 거지. 나를 자기 마음의 집에 들이고 자신의 상

냉함이라는 불가에 나를 앉히는 거지.

　　그가 자신의 고귀한 집으로 나를 데려갔으니
　　그의 깃발은 사랑이었다

"프루!" 기디언이 소리를 빽 질렀다. "이런 망할! 이런 망할! 발이 고삐에 걸려 조랑말이 주둥이를 풀에 박고 있어서 내가 800미터를 되돌아왔잖아. 장날인데 말이지! 도대체 왜 그러는 거야? 어디 아파? 세상에! 누가 보면 사랑에 빠진 줄 알겠다!"

이후 조랑말과 나는 절대 한눈을 팔지 않고 길과 시장에만 생각을 집중했다. 생각을 집중하는 곳에 결국 이르게 마련이라 우리는 인력시장이 막 열릴 즈음 럴링퍼드에 도착했다.

일자리를 얻으러 온 젊은이들이 우리 매대 근처부터 길게 줄을 늘어섰다. 젊다고 할 수 없는 사람도 몇 있었다. 각자 자기 분야를 알리는 물건을 들고 있었다. 커다란 나무 숟가락을 든 한 요리사는 젊은이들이 시끄럽게 떠들면 그걸로 머리를 후려치곤 했다. 마차를 몰고 온 사람은 채찍을, 울타리 관리사는 절단기를, 정원사는 삽을 들었다. 대장장이는 모자에 말굽을 달고 있었다. 대장장이는 여러 대농장이 연합해서 1년 단위로 한 사람씩 고용했기 때문에 두세 명뿐이었다. 양치기는 끝이 구부러진 지팡이를, 집달관은 밤늦게까지 도둑놈을 잡으러 돌아다닌다는 것을 보여주려고 랜턴을 들고 있었다.

기디언이 말했듯 사실 랜턴을 들고 있다고 해서 그 사람이 해 진 뒤 이불 속에 안 들어간다는 보장은 없었다. 일요일에 '이웃의 집을 탐내지 말라'라는 말에 고개를 끄덕였다고 해서 주중에 내내 그런 일에 열을 올리지 말라는 법은 없는 것처럼. 기디언이 바로 그랬으니까.

재단사와 길쌈꾼, 양털 빗는 사람과 구두 수선공도 있었다. 그들도 농부들 여럿이 함께 한 사람을 고용했다. 양털 빗는 사람은 색을 입힌 양모 손수건을 지니고 있었고, 재단사들은 속치마를 짧게 잘라주겠다면서 젊은 여성들이 늘어선 줄을 따라 뛰어다녔다.

잰시스는 다른 여자들과 서서 깔깔거렸지만 속으로 울고 있다는 걸 난 알았다. 날염 원피스 차림에 보닛을 쓰고 소젖 짜는 기구를 들고 선 잰시스는 그림처럼 아름다웠다. 빗자루를 어깨에 멘 가정부와 바퀴 달린 수레를 잡고 선 세탁부 등 말쑥한 처자들이 있었다. 요리사나 소젖 짜는 여자가 필요하지도 않은 젊은 농부들이 괜히 주변을 서성이다가 문득 아내가 필요하다는 생각을 한다 해도 놀랍지 않았다.

"저기 그림블이다." 기디언이 말했다. "황소 괴롭히기를 하러 당연히 오려니 했지. 듣자 하니 성질 사나운 개를 새로 구했다던데."

오월제 장이 끝난 뒤에는 거의 어김없이 황소 괴롭히기가 벌어졌는데, 나로선 아주 질색이었다. 기디언이 가리키는 쪽을 보니 그림블 씨가 어떤 남자와 함께 서 있었다. 그 남자 코가 얼마나 길쭉한지 온갖 사람 일에 긴 코를 들이밀고 분란을 일으킬 것처럼 보였다.

"저 사람이 부인이야?" 내가 물었다.

눈이 건포도 같고 연한 색으로 구운 납작한 생강빵 인형처럼 보이는 여자를 쳐다보고는 기디언이 그렇다고 했다.

"몹시 야박해서 사람을 들볶을 것처럼 보이네." 내가 말했다.

"뭐, 잰시스는 좀 들볶여야 해. 예쁜 여자는 하나같이 게으르니까. 그리고 집에서 고생을 했다지만 그 정도는 고생도 아니라는 걸 알게 될 거야."

그는 천하태평이었다.

"착한 사람들이 상냥하게 대해주는 작은 농가에서 일하면 더 좋을 텐데." 내가 말했다. "왜 그림블네로 가라고 했어?"

"돈을 더 주니까. 작은 농가보다 임금을 많이 준다고. 그걸 가장 먼저 고려해야지."

"독!" 내가 나직이 내뱉었다. "값비싼 독!"

허구한 날 돈만 따져서 정말이지 난 같은 노래를 한없이 반복해서 듣는 것처럼 지겨워졌다. 애초에 마음에 들지도 않은 노래라 더욱 그랬다. 기디언은 그림블 씨에게 잰시스 얘기를 했고, 언감생심 그의 뜻을 어길 마음을 먹지 못하는 잰시스는 비가일디에게 이렇게 말했다.

"그림블 부인이 절 고용하겠대요, 아버지. 아버지가 괜찮으시다면요."

"오, 그래? 그러겠대? 그럼 저 애를 데려가면 내게 3년에 얼마를 줄 테요?"

"18파운드요."

"20파운드 주면 내 딸을 주겠소."

"아니, 아니, 그건 너무 많아요."

"마음만 먹으면 일을 잘해요. 튼튼하거든요. 20파운드 주겠다면 내 딸이 말을 안 들을 때 닦달을 해도 된다고 허락하겠소."

"내 여자에게 손가락 하나라도 대면 그날이 장삿날 될 줄 알아." 기디언이 말했다. "그리고 돈은 당신이 아니라 **잰시스가** 받을 거야, 비가일디."

"말하는 본새 좀 보라지! 이런 얘기는 생전 처음 듣는걸! 3페니 행성 아래서 태어나고 얼굴을 처박고 자는 데다가 곧 물에 빠져 죽게 될 녀석이!"

기디언은 격분해서 손바닥으로 그를 후려쳤고, 그러자 비가일디가 악다구니를 썼다.

"내가 갚아줄 테다! 꼭 갚아줄 거야! 나한테 1크라운 빚진 거 있다, 그러던 네 아비를 빼다 박았구나." 그가 바람을 일으키며 내 옆을 지나면서 소리쳤다. "나와 내가 소유한 것을 내버려두지 못하는구나. 너에게 저주가 내리길! 씨 뿌리고 가을걷이하는 일에서, 초원과 집에서, 불과 물의 저주. 밀랍 인형! 내가 오늘 밤 당장 밀랍 인형을 만들어서 사른이라는 이름을 붙일 테다. 천천히, 아주 천천히 녹여버릴 거야. 사른, 죄식자!"

기디언은 아무 반응 없이 그를 바라보았다. 다들 괜히 겁을 내면서 주춤주춤 뒤로 물러났다. 바로 그때 군중 사이를 뚫고 캠퍼다인 씨의 조카인 젊은 영주가 나타났다.

"비너스가 인력시장에 나온다는 이야기를 들었소." 그가 비가일디에게 말했다. "내 숙모께서 증류실에서 일할 사람이 필요하다는데, 혹시 비너스가……."

"잰시스 비가일디를 말하는 거라면, 그 사람은 이미 고용이 되었습니다." 기디언이 빠르게 말했다.

"뭐라고, 벌써?"

"네, 멀리 떨어진 농장으로요."

그 말과 함께 기디언이 캠퍼다인 씨를 노려보았고, 상대도 그를 노려보았다.

"숙모가 정말 실망하시겠군." 캠퍼다인 씨가 말했다.

"숙모님께서는 금방 다른 사람을 구하실 겁니다." 기디언이 아주 무미건조하게 말했다. "이런 말씀 드려도 될지 모르겠지만, 그분께서는 한 사람을 오래 두는 법이 없잖습니까!"

젊은 영주는 인상을 썼다. 하지만 주위를 둘러봐야 자그맣고 통통한 잰시스밖에 없었으므로 자신이 찾던 사람은 이미 떠났다고 짐작했고, 더 말싸움을 해봐야 시간 낭비라고 보았다. 그가 한숨을 내쉬며 혼잣말을 했다.

"그래서 비너스가 사라져버렸군!" 그러고는 자리를 떴고, 난 더는 그를 보지 않아도 된다는 생각에 아주 기뻤다.

잰시스를 3년 동안 묶어두는 도제 계약서에 서명을 하기 위해 비가일디와 잰시스는 그림블 부부와 함께 여관으로 들어갔다. 그날 밤 그들의 농장으로 갈 것이다. 그때까지는 자유의 몸이었고, 기디언은 잰시스가 럴링퍼드의 새집을 위해 일을 하는 것이니 그 집을 직접 봐야 한다고 말했다. 그래서 두 사람은 떠나고 난 매대를 지켰다.

시장은 평소보다 붐벼서 물건이 빨리 팔린 덕에 일이 거의 끝나가고 있었다. 젊은이의 줄은 점점 줄어들어 이제 아무도 원치 않는 몇 명만 남아 있었다. 술을 너무 좋아한다고 알려졌거나 천한 태생, 치료할 수 없는 병을 지닌 불구나 자기 물건과 남의 물건을 제대로 구별하지 못한다고 알려진 사람들이었다. 그들이 저녁에 다시 각자의 거처로 터덜터덜 돌아갈 때 어떤 심정일지 궁금해지곤 했다. 난 집에서 일을 하니 나를 고용해줄 사람을 찾아다니지 않아도 되어 다행이었다. 아무도 나를 쓰려 하지 않을 테니 말이다. 어쨌든 생각만 해도 마음이 쓰라렸다.

황소 괴롭히기가 시작되기 전에 다들 요기를 하러 자리를 뜬 탓에 시장터는 금세 한산해졌다. 하지만 내게는 아직 수선화가 좀 남았고, 기디언은 무엇이든 못 팔아 되가져 가는 것은 아주 싫어했다. 그래서 난 고요한 오후에 라일락 꽃과 나무의 짙은 그림자가 경쾌하게 내려앉은 텅 빈 거리를 내다보며 가만히 앉아 있었다. 그림블 부인도 눈에 띄었다. 짐을 싸고 있었는데, 버터 덩어리를 하나씩 바구니에 넣을 때마다 안 팔렸으니 나중에 좀 더 신경을 써주겠다고 말하듯 잠시 눈길을 주었다. 얼마 안 가 부인이 내게로 건너왔다.

"우리 농장에 새로 들어온 아이와 사귀는 젊은이의 여동생
이지?"

"네."

"두 사람 진지한 관계인가?"

"오, 그럼요!"

"그렇군. 나로서는 일하는 여자애들이 내 집에 오기 전에
관계를 정리하는 편이 좋은데. 애인은 멀리 두고 말이야. 나
한테 아들들이 있으니 그 편이 더 안전하지. 남자와 멀리 떨
어져 만날 수 없다면 일에 방해가 되지는 않겠지. 난 이만 가
봐야겠다. 한 시간이면 첫 번째 개를 풀어놓을 테니 우선 차
를 한잔 마셔야겠어. 목이 마르고 허기가 지면 뭐든 제대로
즐길 수가 없고 집중도 안 되거든. 결혼식이든 분만이든 괴롭
히기든 최후의 만찬이든, 일단 진한 차 한두 잔을 넘기지 않
으면 마땅한 만큼 즐기지를 못한단 말이지. 그럼, 잘 가라. 네
게는 심한 고통이겠다."

그녀는 자기 매대로 돌아가 바구니를 챙겼다.

자, 보라고! 도대체 날 편히 놔두질 않지. 내 불행을 잠시라
도 잊게 두질 않지. 그녀가 다가와 '심한 고통'이라고 말하기
전까지 난 더 바랄 나위 없이 평온하게 앉아 있었다. 그 말을
듣기 전까지는 그 사실조차 잊고 있어서 처음엔 무슨 뜻인지
이해하지 못했다. 새장의 창살 바깥에 있던 날 그녀가 다시 안
으로 집어넣었다. 난 확 울화가 치밀며 눈에 눈물이 고였다.

돌연 조용한 길 위의 그림자를 뚫고, 그리고 내 시야를 부

옅게 흐리는 물기를 뚫고 누군가 다가오는 것이 보였다. 남자였다. 그 단어 안에 내가 생각하지 못했던 의미가 있다면, 독자 여러분이 알아서 다 집어넣어주기를. 훌륭한 남자들의 강인함과 힘, 상냥함과 인내, 엄격함과 당당한 의로움 따위를 다 넣어 그가 그 단어를 다 지니게 하기를. 그 사람은 바로 내 주인 케스터 우즈이브스였으니까.

그는 뭔가 중요한 볼일이 있는 듯 보였지만 서두르는 기색 없이 걸어왔다. 가장 좋은 옷으로 차려입었음을 알 수 있었다. 검은색 비버 모피 모자와 녹색 외투, 꽃무늬 조끼에 긴 가죽 장화까지.

"길쌈꾼, 길쌈꾼!" 그림블 부인이 소리쳤다. "우리 일 하러 언제 올 거야?"

그가 고개를 들어 보더니 우리 쪽으로 왔다.

그의 미소가 내게는 여름과 같은데, 그런데도 내가 어떻게 했는지 아는가? 벌떡 일어나다가 수선화를 엎고 말았다. 바구니와 버터를 싼 천과 꽃을 담았던 잼 병을 다 버려두고, 무엇에 쫓기듯 달아났다. 하지만 시장은 길 끝에 있어 반대쪽만 트여 있었기 때문에 시장 관리소 외에는 갈 만한 곳이 없었다. 시장 관리소는 시장 뒤편의 어두컴컴한 방으로, 매대가 차려진 쪽으로 유리창 없는 창문이 나 있었다. 그래서 어쩔 수 없이 그들의 대화가 내 귀에 들렸다.

"아니, 저것 좀 봐!" 그림블 부인이 꼬꼬댁거리는 닭처럼 시끄럽게 떠들었다. "신이나 소 전염병이나 집달리라도 본 것처럼 자네한테서 도망을 치네. 쟤 왜 저래? 젊은 남자가 오면 대체로 여자들이 **그쪽으로** 달려가지 **거기서 멀어지려** 하지는 않잖아."

"누구인데요?" 케스터가 물었다.

그의 목소리는 무척 특이했다. 그가 입을 열면 그 말소리에 세상이 저절로 새로워져 기존 세상에는 관심도 보이지 않는 것만 같았다. 7월 초순 숨 막히게 무더운 날, 가지를 넓게 뻗은 꽃 핀 산사나무 같았다. 그 아래 앉아서 쉴 수 있도록. 숲속에 에드릭•이 있어서 커튼을 닫고 촛불을 끈 채 다들 깊이 잠든 사이 가장이 집으로 돌아오는 겨울밤의 고요한 화롯불 같았다.

"누구인데요?" 그가 그렇게 물었고, 지나가듯 던진 짧은 말이었지만 그 말로 난 태양을 아는 꽃이 되었다.

"저기 호숫가에 사는 사른의 여동생이야. 프루 사른이라고. 언청이지. 아주 희한한 애야. 하지만 그런 모습으로 태어났으니 희한해질 만도 하지. 마녀의 기미가 있다는 사람도 있고."

그는 아무 말 없이 건너편으로 가서 내 꽃을 집어 들더니 남자들이 꽂는 식으로 잼 병에 다시 꽂았다. 얼마나 서투르고 어색한지 사랑이 북받쳐 울음이 터질 정도였다. 사무실 뒤편의 어둠 속에 숨은 내 눈에 다 보였다.

"몸매가 참 어여쁘던데요." 그가 말했다. 그 순간 나는 그것

• 노르만 정복 당시 그에 맞서는 영국의 항전을 이끈 거물.

이 내가 듣고 있다는 것을 알고서 내 상처를 달래주려는 말임을 알았다. 오, 정말로 상냥한 주인, 세상을 그렇게 사랑했던 그분을 빼다 박은!

"황소 괴롭히기 보러 가나, 우즈이브스 씨?" 그림블 부인이 물었다.

"그렇기도 하고 아니기도 해요."

"응?"

"곧 알게 될 겁니다, 그림블 부인."

그 말을 끝으로 그는 가던 길을 갔다. 그때 내가 무슨 일을 했는지 아는가? 어떤 남자에게도 할 생각을 못 한, 너무나 대담한 일을 했다. 어둑한 방을 나와 곧장 햇빛 속으로 나아가 한 걸음씩 그의 뒤를 쫓은 것이다. 젊은 여자라면 당연히 지녀야 할 수줍음이라곤 전혀 없는 듯. 그가 뒤를 돌아볼까봐 멀찍이 따라가면서도 그 모습이 내 시야에서 벗어나지 않도록 했다. 내 의지가 아닌 양 계속 끌려갔다. 그의 녹색 외투가 모퉁이를 돌아 사라지면, 그것이 다시 눈에 띌 때까지 안절부절못했다.

투우장은 읍내를 훨씬 벗어난, 시내가 흐르는 초원이었다. 다른 날에 그 초원을 걸어 다니며 나리꽃이나 물망초를 꺾거나 그저 시내를 따라 산책을 한다면 다들 실없다고 하겠지만, 오늘은 적절하고 옳은 일이었다. 그곳에서 생명 하나를 죽일 것이었으니까.

길을 가는 사람들은 검은색 옷을 입고 보닛으로 얼굴을 가린 나를 전혀 알아보지 못했다. 저 멀리 투우장이 보였다. 밝은색 드레스와 외투가 뒤섞여 보이고, 좋은 외투라고는 가족의 장례식 때 입는 외투밖에 없는 노동자들의 칙칙한 색 외투도 많았다. 거친 회색 돌로 지은 반원형 투우장 벽에 박힌 못에 자그마한 흰색 황소가 매여 있었다. 벌집 속 벌처럼 환한 노란색 햇빛이 그 모두를 잡아두고 있었다. 푸른 대기와 흙색 냇물과 초록 초원은 모두 무척이나 아름다워서 그런 날에 피를 보리라는 사실이 믿어지지 않았다. 난 때때로 골고다 언덕에서 성모 마리아가 십자가를 올려다보던 그날 날씨가 맑고 화창했을지, 지저귀는 작은 새들과 클로버 사이에서 분주히 움직이는 벌도 있었을지 혼자 궁금해하곤 한다. 그래! 그날은 투명하도록 맑고 환한 날이었을 것이다. 그 잔 속에 쓴맛은 모자람 없이 가득하고, 축복받은 화창한 오전에 인간의 잔인함을 보는 것은 틀림없이 무척이나 쓰디쓴 맛일 테니까.

제2장 괴롭히기

가까이 다가가니 관습대로 럴링퍼드의 여자와 아이들까지 모두 모여 있는 것이 보였다. 얼마 안 가 세상의 악을 충분히 알게 될 불쌍한 어린것들을 데려와 사냥개들이 갈기갈기 찢기고 불쌍한 황소가 죽어가는 것을 구경시키다니 참 딱했다. 난 나중에 기디언에게 그렇게 말하기도 했지만, 기디언에게 그런 건 아무렇지도 않았다.

"그럼 아이들이 물러터지게 될 거야." 그가 말했다. "용감하고 담력 있게 자라야지."

잔인한 행위를 보고 싶지 않은 것이 물러터진 것인지 나로서는 이해할 수 없었고, 다른 존재의 고통을 보고 싶지 않은 것이 오히려 용감한 일이 아닐까 싶었다.

"우리가 세상을 새로 만들 수는 없잖아. 이미 만들어진 세상인걸." 기디언이 말했다.

그래서 고성이 오가며 내기를 거는 군중과 으르렁거리고

컹컹 짖는 개들, 서로 밀고 팔로 치는 사람들, 구운 감자와 밤, 사과, 스파이스에일과 생강빵을 외치는 남자들, 겁에 질려 혼자 낮게 우는 황소를 바라보는 흰색 덧옷을 입은 아이들, 그 모두가 그 자리에 있었다. 가련한 황소는 분명 캘러드네 골짜기 뒤편의 넓은 블랙베리 목초지를 떠올리고 있을 것이다. 소는 인간도 개도 미워하지 않았고, 이슬 내린 초원으로 돌아가서 천천히 거닐 수만 있다면 그 누구에게도 원한을 품지 않았다. 그 모두가 거기 있었고, 케스터도 있었다. 군중 속에서 그의 모습을 놓친 나는 그가 여기서 무엇을 하려는 걸까 궁금해하며 발을 재게 놀렸다. 그는 이 모든 사람과 다른 종류의 남자라고 생각했던 것이다. 그러면서도 그가 이곳에 왔다면 분명 좋은 목적으로 왔으리라는 확신이 있었다. 난 뭔가에 줄곧 떠밀리듯 군중 속에서 그를 찾아내 그 가까이에 있어야만 했다. 마치 내가 그날 그의 수호천사라도 되는 양. 보잘것없는 천사지만, 천사가 자신의 일을 제대로 수행하기만 하면 신은 천사의 외양은 별로 개의치 않으리라. 스패니얼처럼 귀가 납작한 아주 흉한 잡종인 양치기 개라도 양치기가 바위에서 떨어졌다는 것을 그의 아내에게 알리려고 집으로 달려온다면 당연히 그의 천사일 테니.

양치기 개처럼 맹목적으로, 특별한 이유도 없이 나는 케스터 우즈이브스 근처에 있었다. 그가 나를 볼 수 있을 만큼 가깝지는 않은, 군중에게서 약간 떨어진 자리에 서서, 개를 데리고 투우장 주변에 둘러선 남자들에게 그가 하는 말을 다들을 수 있었다. 우리 마을 사람들이고, 몇몇은 내가 아는 사람이었는데, 아주 얼굴이 험한 사람이 몇 명 있었다. 개들은 흉하고 사나워서, 대부분 큰 턱에 으르렁거리며 침을 흘리고 눈이 빨갰다. 그래도 사람과 개 둘 중에서 하나를 고르라면 난 개를 고를 것이다. 대부분 테리어였지만 괜찮은 불도그도 몇 마리 있었는데, 그 가운데 그림블네 새 불도그는 최악이었다. 씩 웃으면 오싹 소름이 끼쳤다. 마스티프종의 속성을 많이 지닌 개가 한두 마리 있고, 잡종은 아주 많았다.

케스터가 다가가자 다들 고개를 돌려 그를 보았다. 우두머리인 농부 허글릿이 큰 소리로 물었다.

"당신 개는 어디 있어?"

허글릿 씨는 어쩌다가 서로 다른 두세 사람의 몸에서 온 부분들을 대충 끼워 맞춰 만든 인물처럼 아주 크고 거칠어 보였다. 거인에 가까운 몸집에 팔도 어마어마하게 길어 어설프고, 허리는 얼마나 굵은지 옷감을 가져와 옷을 짓는 재봉사들은 언제나 돈을 더 청구했다. 개구리 같은 입에 납작하고 둥근 빨간 코에, 눈은 얼마나 작은지 산더미 같은 얼굴 살에 파묻혀 있었다. 이해를 못 할 때면 늘 껄껄 웃었는데, 아주 섬뜩한 웃음이었다. 게다가 그렇게 웃을 때가 많았다. 그는 그림블 씨와 한통속이었는데, 허글릿이 빨갛고 납작한 코를 허공으로 치켜올리는 반면 그림블은 길고 하얀 코를 아래로 내리고 있었으므로 둘 사이를 빠져나갈 수 있는 것이 별로 없었다. 각각 개를 두 마리씩 가지고 있었다.

"아니, 길쌈꾼 아닌가." 그림블이 말했다. "길쌈꾼 모르나, 허글릿?"

"아니, 모르겠는데. 만난 적이 없네. 직물은 내 동서가 다 짜주니까 말이야. 길쌈꾼, 자네 개는 어디 있나?"

"없습니다."

"없다고? 그럼 저리 비켜서."

하지만 그는 선 자리에서 비켜나지 않았다. 우연하게도 그가 서 있는 곳은 투우장으로 쓰이는 곳인 회색 돌이 깔린 반달 모양 땅의 한가운데였고, 개를 데리고 온 남자들은 서로 양쪽으로 간격을 두고 섰으므로 그는 혼자 있게 되었다. 바람에 살짝 날린 머리칼 몇 가닥을 이마 위로 내려뜨린 채 모자를 겨드랑이에 끼고 녹색 외투를 입은 호리호리한 몸을 꼿꼿이 세우고 선 그의 모습은 그곳의 어떤 것과도 관계가 없는 듯했지만, 외투 색과 어울리는 아름다운 초원의 일부처럼 보였다. 수염도 구레나룻도 기르지 않아서 얼굴의 색과 선과 형태가 다 드러났는데, 내게는 아무리 봐도 진력나지 않는 얼굴이었다. 천국이 그럴까, 진력나지 않는 얼굴을 한참이나 바라봤는데, 그래도 한 번 더 봐야 할 것 같은 그런 걸까, 간혹 그런 생각이 들었다. 그의 표정이 워낙 꿰뚫듯 강렬해서 허글릿의 몸집이 거대하게 솟아 있어도 오히려 그가 허글릿보다 더 거대해 보였다. 그가 주위를 돌아보며 말했다.

"여러분, 난 이 일을 중지해달라는 부탁을 하러 왔습니다."

영문을 알 수 없어 하는 긴 침묵이 이어졌다. 그러다가 허글릿이 웃음을 터뜨렸고, 자기 허벅지를 찰싹찰싹 때리며 더 요란하게 웃었다. 그림블은 자기 장화를 내려다보며 낄낄거렸다.

"아주 재밌는 말이었어!" 허글릿이 소리쳤다. "황소 괴롭히기를 중지하라는 건가, 젊은이?"

"네, 중지했으면 합니다."

"왜 그걸 중지하기를 원하나?" 그림블이 노래하는 듯한 부드러운 목소리로 물었다.

"중지해?" 허글릿이 고함을 질렀다. "저자가 중지시킬 **수는 없어.**"

"이 일이 영국 어디에서나 중지되었으면 합니다."

"포부가 대단하군, 젊은이. 내가 한 수 가르쳐주지. 영국이 **영국이었던** 때부터 황소 괴롭히기가 없었던 적이 없어! 유서 깊은 좋은 경기를 없애버리면 영국이 **영국일 수가** 없지!"

그는 이 말을 다 고함지르듯 했다.

"내가 물었잖아. 왜 중지하기를 원하는데?" 그림블이 부드러운 말투로 끈질기게 재차 물었다.

"잔인하고 참혹한 일이기 때문이지요."

"잔인하지 않아. 개들이 좋아하는걸. 신나게 즐긴다고. 그리고 황소도 그럭저럭 좋아하고."

그림블 씨는 거기 글이 적혀 있기라도 한 듯 내내 짓밟힌 풀을 내려다보며 말했다.

"그것들이 즐기거나 말거나 그게 무슨 상관이야? **내가** 즐기는데!" 허글릿이 말했다. "그러면 된 거잖아. 안 그래?"

주변 남자들이 몰려들었다. 허글릿이 버럭버럭 고함을 지르는 것은 예사로운 일이었지만, 특정한 한 사람에게 오래 그러는 것은 흔한 일이 아니었기 때문이다. 허글릿이 그런 식으로 고함을 지르면, 상대는 언제나 항복하고 조용히 물러나기 마련이었으니까.

"무슨 일이야?" 황소 주인인 캘러드 씨가 물었다. 허글릿 씨가 몸을 돌려 씩씩거리며 말했다.

"이 망할 자식이 괴롭히기를 그만두라잖아. 이걸 보려고 우리 모두 그 먼 길을 왔는데 말이야."

"날이 밝기 한참 전에 일어났지." 그림블 씨가 거들었다.

"뭐가 어째! 황소를 반짝반짝 윤내서 일찌감치 데려오느라 우리 내외가 얼마나 고생을 했는데. 왜 그러는 거야?"

그러면서 오래도록 앓아온 사람을 바라보는 약사의 눈길로 케스터를 바라보았다.

"너무 오래 무릎 꿇는 일이 중지되기를 바라는 사람들에 대해서는 들어봤지." '사과주 머그잔'의 주인이 말했다. "전쟁이나 전쟁 소문이 중지되기를 바라는 사람이 몇 있다는 말도 들어봤는데, 황소 괴롭히기를? 절대 안 될 일이지! 시비 걸기 좋아하는 몇몇 목사를 빼면 그런 걸 바라는 사람이 어디 있어?"

"정신이 좀 회까닥하려는 모양인데." 그림블이 말했다. "괜찮나, 길쌈꾼?"

방앗간 주인이 앞으로 나와 케스터를 한번 쳐다보고는 고개를 절레절레 흔든 뒤 다시 돌아갔다. 그 정도면 그로서는 대단한 일을 한 셈이었다.

"그런데 도대체 **이유**가 뭔데?" 캘러드 씨가 영문을 모르겠다는 듯 물었다.

"이유는 이미 말했습니다. 그건 됐고요. 이봐요, 캘러드 씨. 그 황소 제게 파시겠어요?"

"팔라고?"

"네, 값은 따지지 않을게요."

"그래봐야 나한테는 이득 될 게 없는데. 싸움을 시키면 더 많이 벌 테니까. 이기면 대박 나는 거고, 지더라도 투우장 주인한테 고깃값은 받으니까."

"이기면 얼마를 버나요?"

"20파운드."

"제가 20파운드 드리죠. 그리고 황소도 다시 데려가시고요."

"말도 안 돼!" 캘러드 씨가 말했다. "오, 세상에, 말도 안 돼."

그가 얼빠진 표정으로 케스터를 빤히 바라봤다.

"하겠어요?" 케스터가 물었다.

남편이 말하기 전에는 먼저 말하는 법이 절대 없고, 말을 하더라도 남편의 말만 되풀이하고, 그가 하라는 일 외에 어떤 일도 한 적이 없는 캘러드 부인이 온통 치장을 한 모습으로 황소를 몰고 나타났다.

"저분의 제안을 받아들여요, 여보! 그렇게 해요, 여보!" 숨을 헐떡이며 말했다. "20파운드를 받고도 우리 애를 집으로 데리고 갈 수 있잖아요."

부인이 감히 앞에 나서서 그렇게 말하자 캘러드는 너무 놀라서 '세상에!' 소리만 되풀이했다.

"세상에는 무슨 세상에?" 허글릿이 다시 고함을 질렀다. "그런 짓을 했다간 정말로 세상에 소리가 나오게 해줄 거야, 캘러드. 이런 망할! 20파운드에 우리 놀이를 망치다니! 내가 혼쭐을 내줄 거야! 젊은이, 너도!"

"저 짐승 한 마리에 20파운드를 물고, 게다가 산 걸 도로 준다니 그냥 물렁하고 멍청한 정도가 아니라 아주 제대로 미쳤나본데." 그림블이 말했다. "오, 눈물이 앞을 가리네! 이 주 전 월요일만 해도 멀쩡해서 우리 직물을 아주 근사하게 짜줬는데. 그 이후 머리가 이상해진 모양이야, 정말로! 오, 이런!"

그러면서 얼굴을 훔치는 품이 감정이 북받치는 척을 했다.

케스터가 지갑을 꺼내 캘러드에게 돈을 내밀었다. 내 짐작으로는 삼촌에게 물려받은 돈 거의 전부였다.

이에 캘러드 부인은 아이들을 다 불러 모았다. 아이 다섯에 갓난아기까지 있었다. 부인이 뭐라고 속삭이자 아이들이 난데없이 입을 모아 소리쳤다. "받으세요, 아버지! 받으세요, 아버지! 제발 저희 말을 들어주세요!"

캘러드 씨는 이런 갑작스러운 상황에 꽤 당황했는지 돈을 받으려고 케스터에게 손을 내밀었다. 허글릿 씨가 그 손을 내려쳤다.

"내 놀이를 빼앗길 수는 없어!" 그가 외쳤다. "그 돈 받기만 해봐, 캘러드. 우리는 우리의 놀이를 원한다고!"

개를 데리고 온 남자들이 다들 험악한 표정으로 중얼거렸다.

"그래, 맞는 말이야! 그게 진리지! 우린 우리 놀이를 원해!"

"여러분." 케스터가 간청하듯 말했다. "이렇게 화창한 날 불쌍한 짐승들끼리 물고 뜯도록 하다니 정말 딱한 일이잖아요. 악마나 할 일이에요. 싸움을 원하는 거라면 남자들끼리 권투나 레슬링을 하는 건 어때요? 흥미를 위해 내가 여러분 가운데 여섯 사람과 차례로 레슬링을 하겠어요. 나를 가장 많이 때려눕힌 사람이 내 외투를 갖고, 이등은 내 모자와 조끼를 갖는 걸로 하죠. 자, 해봅시다!"

그 말에 아무도 대꾸하지 않고 다들 바닥에 발을 비비며 좌우를 살폈다. 케스터가 레슬링을 잘한다는 것은 잘 알려진 사실이라 아무도 나서려 하지 않았다. 그림블 씨는 증오심이 솟는지 케스터를 쏘아보았다. 그의 다음 행동으로 보건대 증오심이 솟은 것이 사실이었다. 이제 허글릿을 거드는 일은 안 하기로 마음먹고 이렇게 말한 것이다.

"젊은이 말이 그럴듯하네. 그럼 그 말을 다 받아들이고 오늘의 괴롭히기를 중지하는 데 동의하지. 한 가지 조건만 들어준다면."

"말해보시지요." 케스터가 말했다.

"자네가 나가서 개들과 싸우는 거지."

그림블 씨가 악의적으로 낄낄거렸고 허글릿은 다시 폭소를 터뜨렸다.

"딱 걸렸지, 이 자식!" 그가 외쳤다. 그림블이 말을 이었다. "지갑을 탈탈 털 만큼 말 못 하는 짐승을 사랑하는 모양인데, 아예 피를 바쳐서 사랑해보지 그래!"

"괴롭히기를 계속해!" 허글릿 씨가 명령했다.

"황소 데리고 가서 다시 묶어." 당장이라도 케스터에게 황소를 넘겼다 다시 돌려받고 싶어 옆에 서 있던 부인에게 캘러드 씨가 말했다.

"누구네 개가 맨 처음으로 나갈 텐가?"

허글릿 씨는 이제 케스터를 아예 무시하고 순서를 짜기 시작했다.

"타울러 씨의 개가 첫 번째고 '사과주 머그잔'이 그다음." 투우장 소유주 중 한 명이 말했다.

"앞으로 나가, 타울러."

케스터는 미동도 하지 않은 채 그 자리에 서서 그림블 씨를 쏘아보았다. 결국 그림블 씨는 시선을 돌릴 수밖에 없었는데, 케스터와 시선을 마주치고 싶지 않았던 것이다.

"지금까지 해본 놀이 중 최고의 놀이가 되겠네요, 그림블 씨, 그렇죠?" 케스터가 드디어 입을 열고 그렇게 말했다. "사람을 황소처럼 몰아대는 구경이라니."

"그런 일을 할 바보가 어디 있겠어."

케스터가 주위를 둘러보며 말했다.

"여러분! 만약 제가 그림블 씨의 제안을 받아들여서 아무

장비도 없이 맨손으로 개를 한 마리씩 상대해 죽이지는 않고 개에 목줄을 채운다면, 당신들만큼이나 포악한 개들을 제가 위험을 무릅쓰고 상대한다면, 앞으로 10년 동안 럴링퍼드에서 황소 괴롭히기를 하지 않겠다는 서약서를 제게 써줄 수 있겠습니까? 목줄을 다 매지 못하면 제가 지는 것이니 놀이를 계속하시고."

그 말에 다들 입이 떡 벌어졌다.

"세상에!"

"저럴 수가!"

"말도 안 돼!"

"끝장이다!"

"믿을 수가 없어!"

그렇게들 떠들어댔다.

한두 사람이 그런 일에 동의할 수 없다고 외쳤지만, 대부분은 일이 어떻게 될지 아주 궁금해했다. 괴롭히기 놀이가 마뜩잖은 교구 목사가 영주에게 그 일을 그만두라는 편지를 보냈다는 말이 있었기 때문에 어차피 조만간 중지되리라는 것을 다들 알았으므로 재미나 보자는 생각이었다. 이런 재미를 즐길 기회는 아주 드물고 이 근방에서 그런 일은 본 적이 없었으니까.

입에서 웃음 대신 말을 내뱉을 수 있게 된 허글릿이 사람들에게 앞으로 벌어질 일을 설명했다.

"찬성하는 사람 손들어!" 그가 외쳤다.

여남은 사람을 제외하고 모두 손을 들었다.

"이걸로 끝!" 허글릿 씨가 말했다. "이봐, **너도** 끝이야!"

난 방앗간 아들 팀을 붙잡아서 그림블 씨 개가 새로 얻은 개인데 성질이 몹시 더럽다는 말을 케스터에게 몰래 전하라고 했다. 사실 그래본들, 뭘 한들 별 소용이 없겠다 싶었지만 달리 뭘 어떻게 해야 할지 떠오르지 않았다. 그래도 한 가지 결심한 것은, 그 사람 가까이 있다가 그가 쓰러지면 뛰어 들어가서 그를 끌어내겠다는 것이었다. 그림블 씨가 막아서기라도 하면 각오해야 할걸. 사랑에 빠진 여자만큼 사나운 존재도 없으니. 예수의 어머니가 로마의 대장을 왜 그냥 놔두었는지 난 늘 이해할 수 없었다. 물론 아들이 부탁해서였을 테지만, 나라면 그런 부탁은 잊어버렸을 것이다.

팀이 뛰어 돌아왔고, 아이의 강인한 푸른 눈이 나를 찾다가 잠시 내게 머물렀다. 난 캘러드 부인 뒤로 숨었다.

"이미 알더라고요." 팀이 말했다. "그래도 어쨌든 고맙다고 했어요."

난 간식이 차려진 부스로 가서 고기 저미는 칼을 슬쩍 챙겼다. 하지만 주름 잡힌 치마 아래 칼을 숨기기 직전에 그럴 필요가 없다는 것을 깨달았다. 적어도 당분간은. 내가 지금까지 보아온 어떤 일보다 더 기적 같은 일이 일어날 것이었다. 그렇게 될 것이었다.

"벽 중간의 황소 사슬에 개를 묶는 거야." 허글릿이 말했다. "내 개를 한 마리만 묶어도 내가 1크라운을 주지! 세상에 이런 바보가 있다니 웃음을 참을 수가 없네!"

"타울러 씨의 개!" 투우장 책임자가 소리쳤다. "준비!"

타울러의 테리어, 그곳에서 가장 포악한 야수의 줄을 풀었다.

"덤벼! 물어!" 타울러가 소리쳤고, 난 기절할 것만 같았다. 이제 시작이었다.

케스터가 앞으로 나섰다.

"자, 빙고!" 그가 말했다. "착하지!"

빙고가 멈춰 서더니 뭔가 착오가 있다는 듯 타울러를 바라보았다. 그러더니 아주 신이 나서 케스터에게 달려가 꼬리를 흔들며 애교를 부렸다.

"우리 친구잖아. 그렇지?" 케스터가 말했다.

타울러가 욕을 내뱉었고 허글릿은 표정이 험악해졌다. 하지만 정당하지 않다고 말할 사람은 아무도 없었고, 좋은 사람들 몇몇은 웃으며 말했다. "잘됐구먼!"

'사과주 머그잔'의 개도 마찬가지였고 그다음 개도 마찬가지였다. 목줄이 걸린 자기 개를 데리러 나오는 주인들은 아주 구태의연해 보였고 놀라서 당황한 모습이었다.

케스터가 껄껄 웃었다.

"난 개를 좋아해요." 그가 말했다. "말 못 하는 짐승들이 내가 가장 좋아하는 것이죠. 여러분은 그걸 몰랐겠지만, 사실이 그래요. 여기서 나와 친하지 않은 개는, 새로 온 개 딱 한 마리뿐이죠."

"그래, 토비와 그런 장난은 못 칠 거다." 그림블 씨가 말했다. "사실을 말하자면 네가 목숨이라도 건지면 선방한 거야."

난 혹시 몰라서 여전히 칼을 지니고 있었지만 칼보다 더 나은 방법이 문득 떠올랐다. 약사를 찾아 읍내로 뛰어갈 생각이었다. 동네에 의사는 없으니 혹시 그가 다치면 치료를 부탁할 셈이었다. 어떤 개도 그냥 넘어가지 않을 셈이라 아직 남아 있는 개는 많았다. 서두르면 시간에 닿을 수도 있을 것 같았다. 그래서 난 여전히 치마 속에 칼을 넣은 채 군중 속에서 빠져나와 길로 올라가서 있는 힘을 다해 달렸다. 달리기 전에 사랑하는 그를 한 번 더 바라보았다. 내가 빨리 서두르지 않으면 살아 있는 그를 다시는 보지 못할 수도 있으니까.

그는 웃고 있었고, 허글럿이 자기 개 한 마리를 끌고 나가고 있었다. 케스터가 허글럿네에 가서 직물을 짜지는 않았지만, 장날이면 '사과주 머그잔' 밖에서 그 개들과 어울린 모양이었다. 동물을 얼마나 잘 다루는지, 몇 분만 함께 있으면 다들 영원히 그와 친구가 되었다.

내가 뒤를 돌아보았을 때, 아주 생기 넘치고 환한 그 눈이 나를 바라보며 웃는 것만 같았다. 나로서는 그저 상상이라고 스스로 말했지만. 그의 평화를 위해 자신의 평화를 건네고 그가 가지도록 자신의 영혼을 건네고 그가 누리도록 자신의 육체를 건네는 소중한 동반자를 오래도록 바라보는 남자의 눈처럼 나를 정겹게 바라보며 간청하는 듯했다.

하지만 난 달려가며 혼잣말을 했다.

"아냐, 프루 사른. 넌 그저 저 사람의 천사고, 그것도 볼품없는 천사일 뿐이야."

그렇게 달음질치는 내 시야 속으로 산울타리의 푸른 봄까치꽃이 밀려 들어왔는데, 눈물로 흐려진 그것은 꽃이 아니라 내 머리 위까지 차오를 푸른 슬픔의 물결로 보였다.

그 먼 읍내에 어느 때보다 더 빨리 닿았다고도 할 수 있었다. 혹시 떨어뜨릴까봐 칼은 산울타리 속에 숨겨놓았다. 예상대로 약국은 열려 있었다. 약사가 교구 위원이라 교구 목사의 말을 거스르지 못했기 때문이다. 마치 천국에 흐르는 강물을 담은 듯 녹색과 빨간색의 커다란 병들이 그렇게 아름다워 보인 적이 없었다. 작은 창문 앞에 바르는 약과 먹는 약, 말에게 먹이는 물약, 소에게 먹이는 약풀, 소석고, 각성제, 그리고 잘 보이지도 않는 온갖 약초가 쌓여 있어 어둑한 실내는 아늑했다. 박하와 약초와 비누의 좋은 향내가 풍겼다. 약사가 안경 너머로 나를 상냥하게 바라보며 어디가 안 좋으냐고 물었다.

"살인이에요. 거의 그래요." 내가 말했다. "제발 약국 문을 닫고 저랑 같이 가주세요. 지금껏 이 마을에서 본 적 없고 앞으로도 없을 좋은 사람이 죽게 될 거예요."

착한 약사는 그 말에 장화를 신었다.

"무슨 약을 가져가야 하죠?" 그가 말했다. "나머지는 가면서 듣기로 하고."

난 개에게 물렸을 때 필요한 것과 죽기 직전의 상태에 쓸 것이 필요하다고 말했다. 그는 바로 모자를 썼고 우리는 함께 출발했다.

"브랜디 한잔 마셔요. 너무 진이 빠진 것 같은데." 그가 말했다.

하지만 나는 괜찮다고, 내가 뒤처지면 먼저 투우장으로 가라고 말했다.

칼을 숨겨놓은 지점에 다다르기 전에 난 뒤처졌고, 들판 출입구에서 다시 따라잡았다. 안으로 들어가니 끔찍한 싸움이 벌어지고 있었다. 겨우 시간에 맞춰 도착한 것이다. 그림블의 개만 남은 상황이었다.

우리가 다가갈 때 함성이 터져 나왔다. 그가 그림블의 개를 묶는 데 성공한 것이다. 곧바로 함성이 또 터졌다. 그리고 개에게 목을 물린 그의 모습(오, 내 사랑!)이 내 눈에 들어왔다.

내가 그림블의 어깨를 움켜쥐며 말했다.

"개를 떼어내!"

그림블은 꼼짝도 하지 않았다.

일 초만 더 그러고 있으면 내가 너무나 사랑하는 사람은 목숨이 끊어질 것이었다.

난 앞으로 뛰어나갔다. 지금껏 어떤 생명도 일부러 해한 적이 없는 나였지만, 그리고 그 커다란 짐승이 그 사람의 목에 이빨을 박은 채 뒷발로 일어섰지만, 난 달려가 그 심장 깊숙이 칼을 찔러 넣었다.

피가 뿜어져 나오며 무거운 몸뚱이가 케스터와 함께 바닥에 쿵 떨어졌다.

난 개의 턱을 벌려 그를 떼어냈다. 숨이 붙어 있는 것 같지 않았다.

"물!" 우연찮게 가장 가까이에 있던 허글릿에게 내가 소리쳤다. "물 가져와! 이 살인자! 브랜디요, 캠릿 씨!"

그가 케스터 위로 몸을 숙였다.

"물린 자리를 불로 지져야겠는데." 그가 말했다. "정신을 차리기 전에 하는 게 좋겠어요. 그런데 쇠를 어떻게 달구지?"

내가 자리에서 일어섰다. 아무도 겁나지 않았다. 난 야만인 종족의 왕비보다 더 무시무시했을 것이다.

"여섯 명이 가서 나뭇가지 구해 와!" 내가 외쳤다. "서둘러요! 그리고 그림블, 당신은 부싯돌과 부싯깃을 구해 와."

"나한테 없는데." 그가 중얼거렸다.

"어떻게든 구해 오라고!" 내가 칼을 들이대며 맹수처럼 부르짖었다. "구해 와. 안 그러면……."

말로 설명하는 시간보다 더 빠르게 불이 타올랐다. 생명의 불꽃을 유지하기 위해 케스터의 입속으로 브랜디를 약간 흘려 넣은 뒤 캠릿 씨가 물린 상처를 불로 지졌고, 고통으로 비명을 지르며 케스터가 깨어났다. 까무러친 상태라 마음의 대비가 되어 있지 않았던 것이다.

"자, 자." 내가 말했다. 고통스러운 비명이 내 심장을 관통했다. "자, 다 되었어요! 이제 누구도 당신을 건드리지 않을 거예요."

캠릿 씨가 그의 상처에 붕대를 감았고, 난 찬물로 그의 얼굴을 닦아준 뒤 브랜디를 좀 더 주었다.

"상처가 깊진 않아요." 캠릿 씨가 말했다. "하지만 조금만 늦었으면 큰일 날 뻔했어요."

"늦었을 리가 없어요." 내가 말했다. "오늘 내가 이 사람의 수호천사니까요."

그 말을 하는 순간 푸른 들이 눈앞에서 물결치면서 난 정신을 잃었다. 다시 정신을 차려보니 기디언과 잰시스가 내 곁의 풀밭에 앉아 있었다. 다른 사람들은 다 가고 없었다.

"어디 있어?" 내가 물었다.

"누구? 길쌈꾼?" 잰시스가 물었다. "그 사람은 이제 괜찮아. 럴링퍼드로 데리고 갔고, 캘러드 부인이 그 곁을 지킬 거야."

"황소를 지켜서 엄청 기뻐하거든." 기디언이 말했다.

"네가 그 사람 목숨을 살렸어. 정말이야, 프루. 그런 일은 살면서 본 적이 없어! 우리가 들판 출입문을 막 들어섰는데, 저 멀리 네가 보이는 거야. '말도 안 돼!' 내가 말했지. 그 말과 함께 막 뛰었어. 잰시스도 뛰고. 근데 우리가 닿기 전에 네가 그 개를 끝장내버렸어. 상 받을 만해, 프루!"

"이 상태로는 말 타고 갈 수 없을 텐데, 프루. 내가 뛰어가서 방앗간 주인에게 데려가달라고 부탁할까, 샤른? 그리고 내가 다시 와서 하루 이틀 프루 일을 도와주면 안 될까?"

"방앗간 주인에게 부탁하는 건 괜찮아. 좋은 생각이야. 하지만 다시 오다니. 넌 3년 동안 그림블네에서 일해야 한다는 거 잘 알잖아."

"내가 원한 일이 아니야. 너랑 아버지가 시킨 거지."

"하지만 너도 그 집을 봤잖아. 안 그래? 그 집과 무도회와 은 식기를 위해 일해야지."

"그래, 집은 봤지만, 새집인데도 음침하고 아주 오래된 집 같아. 그리고 노예로 달달 볶이며 사느니 무도회에 평생 안 가는 게 나아."

잰시스는 울고 있었지만 기디언은 눈도 깜짝하지 않았다.

"넌 그림블네 가야 하고, 한참 뒤에는 무도회에도 가게 될 거야. 왜 이렇게 따지는 거야?"

"하지만 왜 그래야 하는데, 사른?"

"왜냐하면 내가 그렇게 마음을 먹었으니까."

그건 마치 '왜냐하면 내가 차꼬를 차고 있으니까'라는 말로 들렸다. 애인이 사랑놀이를 하자고 부르는데 손발이 모두 꽁꽁 묶여 있는 것처럼.

잰시스가 떠난 뒤, '사과주 머그잔'에서 여전히 몸을 덜덜 떨고 있는 내게 차 한 잔을 주었다. 그런 뒤 방앗간 주인이 와서 나를 이륜마차에 태웠고, 늙은 말이 힘겹게 걸음을 옮기기 시작했다. 칠흑같이 어두운 밤에 유료도로에서 문을 열어주려고 사람들이 뛰어나올 때면 갑자기 불빛이 비치며 소란스러워지고 경쾌한 뿔피리 소리가 울리는 일에 익숙한 말이었다. 사실 말 역시 방앗간 안주인의 마음과 비슷한지 집에 돌아가지 못해도 상관없는 모양이었다. 방앗간 안주인은 할 말이 없었고, 방앗간 주인 역시 여느 때처럼 말이 없었으며 폴리는 잠이 들었다. 얼마 뒤 방앗간 안주인과 팀도 잠이 들었다. 우리는 쌀쌀한 저녁 공기를 뚫고 애처롭게 나아갔다. 어스름이 내리는가 싶더니 금세 캄캄해졌다. 벤디고는 나이가 많아도 걸음을 잘 걸었으므로, 기디언이 한참 앞서갔다. 마차 뒤쪽에 묶은 방앗간 조랑말은 타닥타닥 애처로운 소리를 내며 걸었다.

조용하고 울적한 그 분위기가 내 기분과 잘 어울렸다. 나역시 슬프고 조용했으니까. 내가 사랑하는 사람이 다쳤는데도 그에게 갈 수 없었다. 아기처럼 허약하게 자리에 누워 있는데, 돌봐줄 사람은 캘러드 부인뿐이었다. 자식을 여섯이나 둔 캘러드 부인이 무력한 사람 보살피는 일에 일가견이 있다는 사실을 난 잊었다. 사랑에 빠지면 나 말고는 누구도 자신의 연인을 축복하거나 구원할 수 없다고 생각하기 마련이니까. 게다가 약간의 진실도 있었다. 약간보다 더 많을 수도 있었다. 캄캄하지도 어스레하지도 않은 밤에 가파른 길도 평지도 아닌 시골길을 따라 기쁘지도 유감스럽지도 않은 심정으로 우리는 계속 나아갔다. 지옥도 천국도 아닌, 이 세상 너머의 어떤 곳을 향해 나아가는 사람들 같았다. 말까지 포함해서 여섯의 머리가 하나같이 꾸벅였고, 나이 든 말까지 포함해서 다들 잠에 빠진 것이 아닐까 싶었다. 그때 분명 잠에서 깬 목소리로 방앗간 주인이 말했다.

"참을 수가 없네." 아내와 아이들을 향해 고개를 끄덕이며 그가 말했다. "그 사람들이 들고양이여서 다들 방앗간 연못에 빠져 죽었으면 좋겠어. 세상이 다 그렇게 되면 좋겠어."

그러고는 끝이었다. 사도신경을 외울 때처럼 엄숙하면서 뚝뚝 끊어지는 말투였다. 방앗간 주인이 내게 한 말은 그것뿐이었는데, 잠결에 한 말 같았다. 우리는 계속 나아가서 시커먼 방앗간과 부드러운 검은색 상장(喪章) 같은 조용한 물가에 다다랐다. 다들 마차에서 내린 뒤 조랑말을 풀어 방앗간 주인이 나를 사른까지 데려다주었다. 물과 이끼 냄새가 가득한 밤이었다. 이따금 앵초 향내가 스쳐 갔다. 주문을 외워 지은 듯한 길쌈꾼의 집과 직조기가 놓인 부엌에 누운 그의 모습이 떠올랐다. 골풀 촛불로 얼굴에 그림자가 줄무늬처럼 드리운, 고통으로 식은땀이 흘러 머리칼은 온통 헝클어지고 축축해진 모습.

"캘러드 부인이 그를 쌀쌀맞게 대하면 아기를 때려줄 테야." 난 그렇게 혼잣말을 했지만 캘러드 부인이 그럴 사람이 아니라는 것은 나도 알았다. 다른 사람의 생각을 그대로 되울리는 걸 보면 정신은 빈껍데기 같을지 몰라도 착한 사람이었다.

우리 집에 도착하니 걱정이 가득한 어머니가 문간에 나와 있었다. 날 보고 어머니가 한 말은 지금껏 아무도 하지 않은 말이었고, 나도 생각하지 못한 말이었다.

"네가 죽을 수도 있었잖아, 프루."

어머니는 주저앉아 울기 시작했다. 난 그런 어머니를 보고 웃으며, 내가 멀쩡하다는 걸 보여주기 위해 먹을 것을 좀 달라고 했다. 그러자 어머니는 곤히 잠들어 있어야 할 시간인데도 내게 한 상 그득 차려주었다. 보아하니 기디언이 대충 이야기를 한 모양이었지만 더 자세히 알고 싶어 했다. 만족하지 못하고 계속 얘기를 더 해달라고 했다. 커다란 떡갈나무 의자에 앉아 안경을 쓰고 나를 유심히 쳐다보았다. 빤히 바라보는 그 시선에 난 움츠러들었다. 누군가 다가와 몰래 바라보는데도 가지에 앉은 새가 움찔하지도, 눈도 깜짝하지 않고, '내 자리를 지킬 거야'라고 말하듯 예리한 갈색 눈으로 마주 보는 시선이라서. 어머니는 나를 위협하는 내 뒤편의 무언가를 바라보는 듯했다. 어머니가 생각하는 내 운명일 수도 있었다. 어쨌든 내게 해를 입히려는 어떤 것이었을 텐데, 잠시 후 어머니가 도전적인 태도로 몸을 꼿꼿이 세우고 이렇게 말했다.

"길쌈꾼을 불러야겠다."

마치 누가 못 하게 하기라도 한 것처럼.

어머니는 내 이야기를 들은 뒤에도 아무 말이 없었다. 허락도 없이 잘 알지도 못하는 젊은이의 목숨을 구해주다니, 멍청하고 오지랖도 넓다는 그런 말은 전혀 하지 않았다. 그저 거듭 머리를 주억거리며 말했다.

"그래, 이번 여름에 길쌈꾼을 부르는 거야."

그러고는 어머니는 이제 잠을 자야겠다고 했고, 난 내 공책에 글을 적으러 올라갔다.

일요일에도 잰시스가 찾아오지 않아 더 조용해졌을 뿐 우리 생활은 여전했다. 잰시스가 없는 스톤하우스는 몹시 적막했고 비가일디 부인은 예전과는 아주 다른 사람이 되었다. 내게 애착을 보이며, 마치 잰시스가 죽기라도 한 듯 잰시스의 예전 말과 행동을 내게 한없이 들려줬다. 이 모습에 비가일디는 불같이 역정을 냈다. 사실 그 역시 잰시스가 없어서 유감스러웠던 것이다. 젊은 영주가 오지 않아서이기도 하고, 서투르게나마 잰시스가 여러 일을 해왔기 때문이다. "시끄러우니 입 좀 다물어. 걔는 곧 20파운드를 들고 돌아올 거라고. 그러니까 죽은 사람 말하듯 하지 좀 말라고, 멍청아! 놀기 좋아하는 건장한 처자잖아! 자기 의무만 제대로 깨달아 3페니 행성 아래 태어나서 물에 빠져 죽을 놈에게 목매는 일만 그만두면, 우리 주머니에 얼마나 많은 금화를 넣어주겠어. 기분 나쁘라고 한 말이 아니니까 아니꼽게 받아들이지 않았으면 좋겠다, 프루. 둔덕 땅을 꽤나 말끔히 갈았더라, 프루. 네가 원한다면 오늘은 네 음절 단어를 공부해보자."

오, 비가일디는 정말 괴상한 노인이 틀림없었다. 난 그가 좋은 교육을 받았다면 다들 존경하는 위대한 인물이 되었을지도 모른다는 생각을 하곤 했다. 위대한 학자나 음악가나 시인이나 전도사가 되었을 수도 있었다. 자기 정신을 올바르게 사용할 수 있었다면 지금처럼 자신을 파멸로 이끄는 일은 하지 않았을 것이다. 자신만이 아니라 더 많은 사람에게. 그렇지만 우리는 알 수 없는 일이다. 우리는 한갓 신이 만든 꼭두

각시 인형일 뿐이니까. 신께서 우리를 상자에서 꺼내 이리저리 보다가 '이제 춤을 춰봐!'라고 하면, 몸을 숙이거나 손을 흔들거나 현기증이 나서 쓰러지거나 해야 한다. 그렇게 역할이 끝나고 나면 신은 우리를 다시 상자에 집어넣겠지. 무언극일 수도 있고 크리스마스나 부활절 연극일 수도 있고 비극일 수도 있다. 그것도 신의 뜻에 달렸다. 극 자체가 신이 만드는 것이니까. 그래서 선한 인형만이 아니라 악한 인형도 자신에게 맡겨진 역할을 하는 것이니 신의 뜻대로 행동하는 것이다. 악한이 못된 짓을 해야 할 때인데 무릎을 꿇고 기도를 드린다면 어떻게 되겠는가? 형편없는 연극이 될 것이다. 예전에 유다라는 이름의 인형이 있었는데, 만약 그가 겁에 질려 자신에게 맡겨진 역할을 하지 않으려 했다면 아무도 구원받지 못했을 것이다. 그 모두가 무척 기이한 미스터리라 그냥 놔둬야 한다. 또한 같은 이유로 악인이라도 너무 심하게 비난하면 잘못이라고 본다. 분명 누구도 선택하지 않으려는 길인, 저주받은 흉측한 행동을 할 수 밖에 없는 운명은 참혹하니까. "실족하게 하는 일이 없을 수는 없으나." 루시퍼가 싸우려 들지 않았다면 가브리엘 천사가 어떻게 양날의 칼로 싸우는 기술을 보일 수 있었겠는가? "실족하게 하는 그 사람에게는 화가 있도다."● 그래! 그래서 살인이 등장하는 연극이나 착한 처자가 모욕을 당하는 연극에서 그 악행을 맡을 인형이 있어야 한다.

● 〈마태복음〉 18장 7절.

만약 그들에게 선택권이 있다면 누구나 '전 안 하겠습니다!'라고 말할 것이 당연하지만 말이다. 단지 자신들은 모를 뿐이다. 우리는 짐승과 크게 다를 바가 없어서 시키면 마음으로 아무것도 모른 채 치명적인 해를 입히고 피 칠갑을 하고 한밤중에 웅크리고 있다가 악을 쓰며 먹잇감을 향해 달려들면서도 갓난아기처럼 순진하다는 것이 내 생각이다. 우리는 숲을 사납게 흔드는 태풍이나 눈 깜짝할 사이에 수많은 생명을 삼키는 허기진 불길이나 우리 살붙이를 삼켜버리는 거센 물결과 다를 바가 없다. 모두 연극의 상연이니까. 기분 좋고 유쾌한 역을 맡게 되면 우리는 기뻐해야 마땅하다. 신을 찬양하고 우리만큼 운이 좋지 않은 이들을 돕고, 나아가 우리를 파멸시키기 위해 밤낮으로 애쓰는 딱한 인형에게 감사해야 한다. 역이 바뀔 수도 있었으니까.

그래서 상황이 아무리 그러해도 우리 이야기 속 악한인 비가일디가 난 늘 불쌍했다.

그해 여름엔 우리 건초와 곡물의 수확이 다 별로 신통치 않았다. 우리 생활은 달라진 점 없이 그대로 이어졌다. 딱 한 가지, 앞서 말했듯 어머니가 케스터를 부른 일만 빼고.

그해 6월에 어머니는 전에 그런 적 없이 아주 부지런히 실을 자아서 기디언조차 칭찬을 했다. 그러던 어느 날 어머니가 말했다.

"실을 이렇게 많이 자았으니 길쌈꾼을 불러야겠다."

난 그를 보지 않겠다고 작정했으므로, 건초 가을걷이가 끝나갈 무렵 그가 우리 집에 왔을 때 울타리를 세울 갈고리를 들고 아무도 나를 찾지 못할 먼 들판으로 나갔다.

"울타리 작업하러 가요, 어머니." 내가 말했다. "빵과 치즈를 좀 가져갈게요. 해 질 무렵에나 돌아올 테니 어린 칠면조를 살펴보시고, 기디언에게 소젖 짜는 일을 대신 해달라고 전해주세요."

어머니는 그저 손을 비틀며 이렇게 중얼거렸다.

"오, 불쌍한 것, 불쌍한 것, 어쩌다가 저주를 받아서!"

어쨌든 난 집을 나섰고, 집에 돌아와보니 내 다락방에는 그가 떨군 양털이랑 실과 함께 아주 상쾌한 연초 향이 남아 있었다. 그는 일하면서 담배 피우는 걸 좋아했다. 직조기 한 귀퉁이에 파랗고 하얀 손수건이 떨어져 있었다. 난 아주 정직하지 못하게도 흐뭇한 마음으로 그것을 내 사물함에 집어넣고 잤다. 잘됐다 생각하며, 언제든 빨아서 라벤더를 감싸놓았다가 돌려주겠다고 혼잣말을 했다. 하지만 아직은 아니라고.

어머니는 길쌈꾼에 대해 할 말이 아주 많았다. 오, 정말 상냥한 사람이더라. 힘도 세면서 얼마나 사려 깊은지! 나도 이미 아는 이야기였다. 아들처럼 얼마나 싹싹했는지 모른다고, 긴 의자에 앉아 차를 마시는 모습을 네가 봤어야 한다고 말했다. 그 말에 난 속으로 대답했다. 그러면 지금보다 더 사랑에 빠졌겠죠!

"사른 말고 다른 가족이 있냐고 물어보더라." 어머니가 말했다. "그래서 있다고 했지."

"오, 어머니, 뭐라고 하셨는데요?" 내가 물었다.

"세상에서 가장 멋진 처자이자 아주 착한 딸이 있다고 했다. 호리호리 날씬하고 땋아 내린 매끈한 머리가 무릎까지 내려오고 애간장을 녹이는 검은 눈을 가진, 명랑하고 장난 좋아하고 연민도 많은 애라고. 그럼! 그렇게 말했어. 당연히 그래야지! 그리고 네가 대문자, 소문자도 쓸 줄 알고, 비가일디 씨에게 글을 배워서 이제 네 음절 단어도 쓸 수 있다고 했어."

"세상에, 어머니!" 내가 말했다. "왜 그런 이야기를 지어내셨어요."

"지어내다니, 다 사실인데."

"기디언의 편지에 대해서는 아무 말 안 했죠? 그러니까 내가 그 편지를 쓴다고."

"그럼, 안 했지. 사른이 싫어할 텐데. 잰시스나 너도 그렇고."

"그렇죠. 어머닌 역시 생각이 깊으세요."

"다들 그렇게 말했지."

"그러면 길쌈꾼은 우리가 꽤 교육받은 집안이라고 여기고, 당연히 기디언이 직접 편지를 쓴다고 생각하겠네요."

나중에 잠자리에 드는 어머니를 도와드리며 난 용기를 내서 물었다.

"내가 언청이라는 말은 하셨어요?"

"아니, 안 했지! 그런 말을 왜 하겠니?"

"그냥, 어머니의 말만 듣고는 나를 어떤 사람으로 생각할까, 그러다가 나를 직접 보면⋯⋯."

"얘야, 그 사람이 널 만난다면, 그리고 내가 생각한 그런 사람이라면, 분명 널 좋아할 거야." 어머니가 딱 잘라 말했다.

이불을 덮어드리는데 어머니가 내 손을 붙잡았다.

"프루, 만약 그 사람이 다리나 팔이 하나뿐이거나 천연두로 얼굴이 다 얽었다면 그게 싫겠니?"

"싫겠냐고요, 어머니?" 난 생각할 필요도 없이 바로 대답했다. "당연히 싫지 않죠. 오히려 더 사랑할 거예요!"

"그럴 줄 알았다, 얘야." 어머니가 아주 흡족하게 말했다. "그 사람을 사랑하는 줄 알았어. 참 기쁘구나. 그에게서 숨지 마, 프루. 코스틀리 컬러 놀이를 했을 때처럼 용기를 내서 모든 걸 다 걸어."

"아니, 안 돼요! 절대 못 해요. 오, 어머니, 이런 식으로 허를 찌르다니 나빠요!"

"확인하고 싶었을 뿐이야, 프루. 난 이제 늙었고 사는 게 짐스러운 때가 가까워온단다. 최고로 멋진 내 딸에게 좋은 일이 있는지 알고 싶었던 거야."

그러면서 어머니는 달빛이 들어오는 작은 창문 밖 멀리로 시선을 돌렸다. 예전에 빨간 장미 꽃잎을 눌러 붙였던 거무죽죽한 둥근 자국이 창틀에 남아 있고, 어둑한 은빛 하늘에 별은 없었지만 다정해 보였다. 어머니는 뭔가에 귀를 기울이는 듯하더니 이렇게 말했다.

"넌 다 잘될 거야, 프루. 네가 사랑을 주는 만큼 받기도 하겠구나, 그런 느낌이 이슬처럼 가만히, 빨간 장미처럼 향기롭게 내 마음에 찾아드니까. 내가 이곳을 뜬 이후, 그다음의 일이겠지만. 그래도 그런 느낌은 확실하단다."

난 한밤중의 기이한 느낌으로 몸이 오싹했다.

"그게 뭐예요, 어머니?" 내가 물었다. "미래가 보이는 거예요?"

"아니, 보이는 건 아무것도 없어. 하지만 내 안에서 느끼는 거지."

"어디 안 좋으신 건 아니죠, 어머니?" 난 어머니가 내 곁을 떠나 사라질까봐 겁이 나서 물었다. 죽음이란 그런 거니까.

하지만 어머니는 아니라고, 평소의 몸 상태이고 당분간은 죽지 않을 거라고 말했다. 단지 길쌈꾼 얘기를 하다보니 그런 생각이 들었다고 했다. 그가 이런 말도 했다고 했다.

"지금 미혼이고 앞으로도 그럴 거예요. 다만 혹시라도 내가 청혼을 하는 상대가 생긴다면, 아마 상대도 그런 사람이겠죠."

곡물 수확이 끝났을 때 기디언은 내게 잰시스에게 보낼 두 번째 편지를 써달라고 했다.

우리는 버터 만드는 창고의 창문 아래에 놓인 긴 의자에서 저녁을 먹고 있었다. 저녁 식사 뒤 난 잉크를 들고 와서 뭐라고 쓸 건지 물었다. 기디언은 이런 말을 써달라고 했다. 나는 잘 지내니 너도 잘 지내길 바란다. 착하게 일 열심히 하고, 괜히 옷이나 신발 살 마음에 가불해달라고 하지 말고 우리 미래를 생각해라. 올해 수확은 신통치 않고, 네 아버지는 내년에 돈을 두둑하게 지니고 저지대 국가에서 돌아올 젊은 영주에 대한 기대를 접지 않는다. 큰 롱혼 암소가 새끼를 사산했다. 그리고 그림블 씨가 양 몇 마리를 겨울 동안 언덕에서 끌고 내려오면 내가 돌볼 수 있는데 발에 병이 있으면 다시 데려간다고 말씀드려라. 그럼 이만, 사른.

그러더니 이렇게 덧붙였다. "그림블네가 크리스마스 장날에 잰시스를 데려오면 만날 수 있겠다고 적어."

난 잘 써보겠다고 하고는 좀 덧붙여도 되겠냐고 물었다. 남자가 애인에게 보내는 편지치고는 참 별난 내용이라 웃음이 나왔다. 기디언은 사납게 날 노려보며 무슨 말이 더 필요하냐고 물었다. 때로 글이 혼자 막 써질 때가 있다고 난 말했다. 그러자 그는 글을 쓰기 시작하면 자기가 뭘 하는지 깨닫기 쉽지 않겠다고, 자기는 그런 멍청이 짓을 안 해도 되니 다행이라고 하면서, 자기가 원하는 내용이 다 들어가기만 하면 뭐든 더 넣어도 상관없다고 말했다.

그래서 난 이렇게 편지를 썼다.

9월 26일, 사른

사랑하는 잰시스에게

네 편지를 받은 지 참 오래인 것 같아. 네 편지는 정말 사랑스러워서 몇 번이고 입을 맞췄어. 연애편지 쓰는 법을 아주 잘 알던데. 너희 둘이서 편지 쓰는 모습이 보여. 넌 금발이 반짝이는 어여쁜 고개를 숙이고, 길쌈꾼은 재미난 표정으로 살짝 미소를 띠고 있겠지. 그의 눈은 어떤 여자든 꼬여 애인을 향한 마음을 빼앗을 수 있으니 나 말고 다른 남자와 사랑에 빠지지 않도록 조심해. 아마 크리스마스 장날에 널 만날 수도 있을 거야. 어머니가 프루에 대해 하신 말씀은 다 지어낸 거라고 길쌈꾼에게 전해줘. 프루는 어딜 보나 평범한 여자니까. 그림블 씨에게 내가 양 몇 마리는 칠 수 있겠다고 전해주고. 허글릿네 근처에 갈 일이 있으면 총을 지니는 게 좋을 거라고 길쌈꾼에게 전해. 허글릿네에 포악한 개가 생겼으니까. 길쌈꾼과 그림블, 둘 사이가 좋아졌기를 바라. 여자 없이 혼자 사는 길쌈꾼에게 혹시 바느질할 일이 생기면 우리 집에 있는 여자 두 사람이 적당한 가격에 해줄 수 있다고 말해줘. 집에서 만든 적양배추 피클과 자두 설탕 절임도 시장 가격의 반값에 팔 수 있고, 거의 돈을 안 받고 일해줄 수 있다고도 전하고. 올해 수확은 그저 그렇고 롱혼 암소는 죽은 새끼를 낳았어. 젊은 캠퍼다인은 내년에 돌아온대. 양이 병에 걸렸다면 다시 데려갈 거야. 오늘은 그만 쓸게. 건강 잘 챙겨. 기침감기가 시작되려고 하면 레몬과 으깬 벌집을 뜨겁게 데워서 먹어. 넌 내가 언제 어디서나 평생을 함께하고픈 사랑하고 사랑하는 사람이야. 개에 물려 죽든 다른 어떤 방식으로든 널 위해 죽을 수도 있어. 그럼, 잘 자.

너의 사랑, 기디언 사른

"주인님이 오시어." 그것은 멋진 문구다.

가을이 무르익어 추운 밤이 오면 그들이 내 편지를 어떻게 생각할지 종종 궁금했다. 기디언이 장날에 갔다가 그림블 씨가 '사과주 머그잔'에서 우리에 넣어둔 양을 데리고 돌아온 것을 보면 편지는 제대로 받은 모양이었다. 발에 병이 없는 건강한 양들이었다. 잰시스에게서 편지가 온 것은 크리스마스가 가까워진 어느 날이었다. 편지를 기디언에게 읽어주던 그때는 세찬 비가 유리창을 때려대던 험악한 밤이었다고 기억한다. 하지만 집 안은 따뜻했다. 일은 힘들고 어머니 건강이 무척 안 좋았지만, 그래도 내겐 근사한 크리스마스였다. 기디언이 의사를 부르면 쓸데없이 돈이 너무 많이 든다고 해서 멀리 실버턴에서 수련의를 불러야 했다. 어머니가 짐이 된다며 줄곧 투덜거렸고, 어머니는 "사른이 나를 짐스러워하니?"라고 물었다. 나로선 어찌할 바를 몰랐다. 하지만 편지는 맛 좋은 뜨거운 수프 한 그릇처럼 마음을 따뜻하게 했다. 기디언이 편지를 가져갈지 몰라서 내 공책에 옮겨 적었다. 이런 편지였다.

12월 1일 아웃백, 하이팜

내 소중한 사람에게

사른 농장과 내 최고 연인을 생각하며 이 편지를 써. 사른이 친절하게도 제안해준 바느질과 피클과 자두 설탕 절임 모두

고맙다고 우즈이브스 씨가 전해달래. 언제 여동생과 그에 관해 이야기를 하고 싶다고 하네. 우즈이브스 씨가 말하길, 알려준 기침 치료제가 최고였대. 어느 안개 자욱한 밤에 여기서 럴링퍼드로 돌아가 먹어봤는데, 제대로 섞으려면 여자가 있어야겠더라고 하네. 가을걷이와 죽은 송아지는 유감이야. 하지만 허글릿네 개는 걱정할 필요 없어. 개도 그렇고 허글릿도 두렵지 않으니까. 그나저나 황소 괴롭히기 때는 담대한 여성 한 분이 뛰어들어 불쌍한 녀석을 구했으니 망정이지 정말 아슬아슬했지. 자신을 구한 것이 여성이었다고, 사람들 말로는 키가 크고 호리호리한, 검은 눈이 아름다운 여성이라는 말을 우즈이브스 씨가 들었대. 하지만 알다시피 내가 무슨 말을 한 건 아냐, 사른. 다른 사람들에게 들은 얘기지. 길쌈꾼은 혹시 누군가를 사귄다면 그런 여성을 사귀고 싶다고 하더라. 그럼, 잘 자. 메리 크리스마스.

잰시스 비가일디

난 이미 당신에게 푹 빠졌는데, 나뭇가지가 앙상한 계절에도 이러니 잎이 푸르게 자라나는 시절에는 어떻게 되겠어요?

제4장 잰시스가 도망치다

케스터가 황소 괴롭히기를 중지시킨 뒤로 1년 8개월이 지나 다시 크리스마스이브가 되었다. 잰시스에게서 편지가 오지 않은 지 한참 지났지만 기디언은 그런 일로 걱정하는 사람이 아니었다. 그저 날씨 탓이려니, 그림블네 주변 길이 워낙 엉망이라 날씨가 안 좋으면 아무도 갈 수 없어서 그러려니 했다. 그들은 겨울이면 장에 잘 나오지 않아 생필품을 미리 쟁여놓았고, 그림블 씨는 짐마차 열 대 분량의 곡물을 방앗간에서 갈아 온 뒤 집 안에 들어앉았다. 마구간의 말과 근처 목초지의 소 떼와 가까운 사탕무 들판의 양 떼, 그리고 오두막의 일꾼 두 명과 함께 농장 전체가 겨우내 아늑한 실내에 들어앉았다. 항상 그렇지는 않아도 길이 말할 수 없이 나빠서 약사나 의사가 찾아갈 수 없는 곳이라 그런 농장에서는 약초나 치료제도 많이 보관하기 마련이었다.

"우즈이브스 씨가 갈 수도 없고 그렇다고 잰시스가 럴링퍼드로 보낼 수도 없잖아. 날씨가 좀 좋아지면 소식이 올 거야."
기디언이 말했다.

나도 그렇고 잰시스도 참기 힘들어하는 그림블 부인과 함께 집 안에 갇혀 지낼 잰시스가 종종 떠올랐다. 얼음벽처럼 우리 사이를 막고 선 높은 산과 진눈깨비 폭풍, 그리고 소곤소곤 말하듯 가만히 내려 깊이 쌓이는 눈을 생각했다.

"집을 빙빙 돌고 빙빙 돌다가 창문에 흰 장갑을 남겨두지."
사람들은 사른에 내리는 눈을 그렇게 표현했다.

그림블네 분위기를 환하게 할 두 아들이 있기는 했지만, 한 명은 곧 일꾼의 딸과 결혼을 할 예정이고 한 명은 독실한 신도라 흥겨운 놀이나 재미난 일을 멀리했을 뿐 아니라 이야기를 나누고 웃는 일도 별로 없었다. 그러니 있는 사람이라고는 사람을 들들 볶고 꾸짖기만 하는 그림블 부인과 류머티즘 때문에 날씨가 안 좋으면 잘 움직이지 못하는 그림블 씨뿐이었다. 난 잰시스 생각을 많이 했다. 사른은 특히 겨울이면 너무나 고요하고 시간이 멈춰버린 듯 느껴져서 누구에 대해 생각하든 거기 골몰하게 된다.

잰시스 생각이 날 때마다 언젠가 6월에 보았던 장면이 내게 떠올랐다. 날씨가 이상하게 안 좋아서 진눈깨비가 폭풍처럼 자주 쏟아지다가 어느 날인가는 한 시간쯤 눈이 되어 내리곤 했다. 무척 여리고 약한, 찬 것이라고는 아침 이슬밖에 겪어보지 못한 들장미를 보았는데, 연분홍 꽃잎이 전부 눈에 덮인 채 금빛의 깊숙한 안쪽까지 완전히 얼어붙은 듯 보였다.

잰시스는 내게 늘 그런 식으로 다가왔다. 내가 참 좋아했고, 나보다 나이가 많지만 내게는 아이 같았던 인물이었으니까. 예쁜 그 모습을 보면 추한 내 모습이 새삼 떠올랐지만 난 그녀를 좋아했고, 어려움에 처했을 땐 더더욱 그랬다. 난 어딜 보나 화창한 날씨 같은 사람은 사랑할 수가 없었기 때문이다. 그래서 하다못해 단색 아마 천을 감친 손수건일망정 크리스마스 선물로 뭐든 보내고 싶었다. 난 기디언에게 장에 갈 때 케스터네에 들러 잰시스 소식을 물어보라고 했지만, 케스터는 집에 없고 문이 잠겨 있었다고 했다. 그 소식에 난 마음이 불편해졌다. 언젠가 보았던 작은 집 불가에 앉아 있는 그의 모습을 떠올리는 게 좋았기 때문이다. 그러면 더 가까이 있는 듯 느껴졌다. 하지만 그는 대개 겨울이면 오가는 품을 덜기 위해 집을 떠나 이 마을 저 마을에서 한 달씩 머무르며 천을 짰다.

　우리 부엌은 아주 조용했다. 날씨가 험하면 자리보전을 하는 어머니는 침대에 누워 계셨고, 기디언은 크리스마스에 쓸 숯을 구하느라 숲에 있었다. 다른 것에는 다 구두쇠 노릇을 해도 숯만은 모자라지 않았는데, 힘만 들이면 구할 수 있었고 기디언은 그건 아까워하지 않았기 때문이다. 난 문간에 나가서 장작 패는 일이 끝났는지 귀를 대보았다. 도끼를 내리치는 소리가 여전히 들렸고, 호수 건너에서 메아리가 울렸다. 호수는 한중간만 빼고 다 얼었고, 그 위로 눈이 깊이 쌓여 있었다. 호수를 감싸는 설탕처럼 흰 숲이 옛날이야기에 등장하는 마법 걸린 사람처럼 가만히 서 있었다. 깊이 쌓인 눈에 꽁꽁 묶여 미동도 없었다. 여름을 떠올릴 수가 없었다. 수련이 피고 잔잔한 물결이 이는 호수를 떠올릴 수가 없었다. 사위가 너무 고요해서 난 숨을 죽였는데, '묵음! 묵음!'이라는 말과 비슷한 붉은발도요의 애처로운 소리가 호수 반대쪽 교회 옆에서 들려왔다. 그러더니 홍머리오리가 어둑해지는 하늘로 날아올랐고, 어머니의 얕은 기침 소리가 들려와서 난 차를 드려야 한다는 것을 깨달았다. 도끼 소리가 그쳤으니 기디언도 들어올 거라 식사 준비를 시작했다.

빵을 구웠다. 내가 무척 좋아하는 일이었다. 내 일은 대부분 남자의 일이라서 빵 굽기는 유쾌하고 가벼운 일로 느껴졌다. 활활 타오르는 불길 앞에 서서 부풀어 오르는 반죽을 보는 것도 좋고, 불붙은 장작을 오븐에 넣거나 나중에 재를 긁어내고 빵을 줄지어 늘어놓는 일도 좋았다. 구수한 빵 냄새가 가득한 환하고 따뜻한 부엌에서 춥고 외로운 연회색 들판과 숲을 내다보는 일은 즐거웠다. 그러다 커튼을 치고 골풀 양초에 불을 붙인 뒤 상을 차리고 감자 파이를 덥히려 벌건 숯에 얹으면, 내가 아끼는 사람들이 곧 편안한 밤을 보낼 수 있겠구나 싶었다. 닭과 오리는 해가 떨어지자마자 닭장에 넣었고, 암소와 양도 우리에 들어가고 벤디고도 잠자리를 봐주었고, 고양이는 화로 앞에 있고, 어머니 침실에도 불을 조금 피우고 침대 속에 침대 데우는 다리미를 넣어두었다. 이제 기디언도 저녁을 먹으러 돌아오고 있겠지. 오븐이 여전히 뜨거워서 난 민스파이를 넣었다. 기디언도 다른 사람 못지않게 얼마간은 좋은 음식을 먹고 싶어 했기 때문이다. 이러면 다 망한다고, 저택과 은쟁반 따위는 다 어떻게 되겠냐고 으르렁대며 불평할 때도 있었지만 말이다. 1년 내내 그의 뜻대로 빵과 치즈와 감자만으로 상을 차렸지만, 크리스마스 때만은 내 마음대로 했고, 우리도 여느 가족처럼 크리스마스를 즐겼다. 그리고 이후 벌어진 일로 인해, 그날 기디언의 말을 어기고 그런 상을 차린 일이 내겐 그 무엇보다 다행스러웠다. '누리지 못한 것이 아무리 많아도, 어쨌든 **그건** 누렸어.' 이렇게 말할 수 있었으니까.

난 낮게 노래를 흥얼거리며 고양이에게 말을 걸었다. 얼마나 편안한지 가르랑거리지도 않는 고양이는 내가 말을 걸 때만 반쯤 몸을 일으켜 몸을 둥그렇게 말고 입을 열어 야옹 소리를 한 번 내고는 다시 늘어져서 아무 소리도 내지 않았다. 하지만 나를 바라보는 표정은 이렇게 말하는 듯했다. '내가 춥지 않도록 당신이 이렇게 불을 활활 피워놓은 것도 알고 먹을 것을 준비해놓은 것도 알아. 고마워.'

문득 가만히 문을 두드리는 소리가 들렸다. 얼마나 소심하고 약한지, 울새가 부리로 톡톡 치는 것도 같았다. 날씨가 험하면 찾아오는 울새 한 마리가 있었는데, 내가 한참 동안 먹이를 주지 않으면 창문을 톡톡 두드리곤 했다. 난 문으로 다가갔다. 이미 어둑했고, 일요일에 집 앞을 지나가는 사람은 없었으므로, 무서운 귀신이나 요정이나 우렁 각시 따위, 전설에 등장하는 온갖 기묘한 존재가 떠오를 법했다.

난 문을 열었다.

하얗게 얼어붙은 채 황량하게 펼쳐진 호수, 불빛을 받아 더 하얗고 애처로운 호수를 등 뒤에 두고 잰시스가 서 있었다.

내가 안으로 끌어당기자마자 잰시스는 바닥에 털썩 쓰러졌다. 불쌍한 것! 그렇게 처참한 몰골은 이제껏 본 적이 없었다. 옷은 너덜너덜하고 장화도 찢어지고, 찔레 사이를 뚫고 온 듯 손과 얼굴은 온통 긁힌 자국이었는데 알고 보니 정말 그랬다고 했다. 호수에서 끌어낸 듯 옷과 몸은 흠뻑 젖어 있었다. 잰시스는 정신을 잃었고 난 가진 것을 다 동원해 그녀를 깨웠다. 정신을 차린 잰시스가 말하길, 거의 이틀 동안 아무것도 먹지 못한 채 이 날씨를 뚫고 그림블에서 내내 걸어왔다고 했다.

생각해보라! 한마디로 잰시스는 도망친 것이었다. 돈도 없고 변변한 장화도 없는 데다 기회를 보다가 몰래 빠져나왔을 때 하필이면 숄을 걸치고 있지 않았다.

잰시스는 울고 또 울었다.

"오, 견딜 수가 없었어, 프루! 오, 프루, 꾸짖지 마! 누구라도 참을 수 없었을 거야. 크리스마스가 가까워지는데 아무 소식도 못 들었고, 날씨가 안 좋아서 집 안에 틀어박히니 열 배는 더 힘들었어. 오, 견딜 수가 **없었어**. 오두막에 사는 여자 말이 최근에 낙농일 하러 왔던 여자 두 명도 도망쳤대. 넌 왜 안 도망쳐? 그렇게 묻더라고. 내가 불쌍하기도 했고, 자기 애인인 앨프 그림블이 내게 관심을 보여서이기도 했지. 그래서 도망가기 좋은 때를 알려주고, 내 주변에 아무도 없도록 손을 쓰고는 내게 빵과 고기와 우유 한 병을 주었어. 나를 쫓아오지 못하게 거짓말로 둘러대겠다는 약속도 하고.”

젠시스는 잠깐 말을 멈추고 숨을 돌렸다. 그때 밖에서 기디언의 수레가 삐걱대며 눈 위를 굴러오는 소리가 들렸다.

“기디언에게 뭐라고 할 생각이야?” 내가 물었다.

“오, 화내지 않게 해줘, 프루! 제발! 더 이상은 견딜 수가 없어. 내가 겪은 일을 다 듣고 나면 너도 이해할 거야.”

기디언이 커다란 통나무를 끌며 문으로 다가왔다. 크리스마스에 쓸 탄 장작을 사슬로 묶어 끌고 오는 것이었다.

“나 내쫓지 마, 프루! 그가 무슨 말을 하든, 자기가 잡아준 자리를 잃었다고 아무리 화를 내든 오늘 밤은 여기 있게 해줘!”

이런 시간에, 그것도 이렇게 험한 날씨에 누구든 내쫓겠냐고 내가 되물었다. 젠시스를 긴 의자에 눕히고 이불을 덮어준 뒤 지금은 일단 쉬라고, 나중에 차를 마시고 잠자리에 들면 다 괜찮을 거라고 말했다. 그러자 젠시스가 엷게 웃으며 속삭였다.

“사랑해, 프루! 오늘 밤 넌 내게 구세주와 같아.” 그러고는 잠이 들었다.

이따금 이후 벌어진 일이 떠오를 때마다 난 그 미소와 속삭임이 무척 고마웠다.

하지만 기디언은 불같이 화를 냈다!

"아니, 돈을 다 날렸잖아." 첫말이 그랬다. "앞으로 올 1년 4개월의 돈만이 아니라 지금까지 일한 1년 8개월 치 돈까지 다 날렸다고. 기한을 다 채우지 못하면 돈을 하나도 못 받으니까. 그건 너도 잘 알잖아."

다 죽어가는 모습으로 기어 오다시피 한 그녀를 보고 어떻게 돈 생각을 하냐고 내가 물었다.

"넌 하여튼 바보야, 프루." 그가 말했다. "아마 평생 그럴 테고."

난 인내심이 바닥나서 단호하게 말했다.

"오늘 저녁엔 그 입 좀 다물면 고맙겠어, 기디언! 지금은 크리스마스고 잰시스는 거의 죽다가 살아났어. 까딱하면 죽었을 거라고. 이렇게 늦게 다시 길을 잃기라도 했으면 끝장이었을 거야. 내가 잰시스를 집 안으로 들여 침대에 눕히고, 오빠에게 소중한 사람이라 대신 잘 보듬어줬으면 겸허하게 내게 고마움을 표하고, 무엇보다 불쌍한 사람을 구해준 하늘에 계신 분들께 감사해야 마땅하잖아."

"맙소사! 웬 따발총이야!" 그가 그렇게 말하고는 살짝 웃었다. 내가 그렇게 역정을 내는 일이 드물어서 놀란 것이다. 그러고는 쿵쾅거리며 부엌으로 들어갔다.

"할 수 없지!" 그가 큰 소리로 그렇게 말했다. 병약한 사람들에게 익숙하지 않아서 병약하면 귀도 안 들린다고 여기는 모양이었다. 어머니가 아플 때도, 듣는 데는 아무 문제가 없어도 희한하게 말할 때 목청을 높이곤 했다.

"안녕, 사른!" 잰시스가 힘없이 작은 소리로 말했다.

"돌아왔구나."

"응!"

"기한을 채우지도 않고."

잰시스가 울음을 터뜨렸다.

"자, 자, 울지 마!" 좀 마음이 약해지며 그가 말했다. "네가 울면 프루가 또 한바탕할 거야. 오늘 밤엔 아무 말 안 할게. 내일은 얘기를 좀 해야겠지만 오늘은 그냥 놔둘게. 몸은 어때?"

기디언이 부엌 한가운데 서서 그렇게 소리를 지르는 모습에 난 웃음이 나왔다.

"괜찮아. 고마워, 사른." 잰시스가 말했다.

"그림블네 환경이 영 맘에 안 들었구나. 알겠어. 젊은 캠퍼다인은 본 적 있어?"

"아니."

"그쪽에서 친해진 사람은 없고?"

"없어, 사른. 내 애인은 **영원히** 너뿐이야."

"앨프 그림블도 아니고?"

"아니야, 내게 관심을 보이며 귀찮게 하긴 했지. 그래서 도망친 거야."

잰시스가 저렇게 영리한 줄은 예전에는 몰랐다. 하지만 사랑에 빠지면 여자들은 다 영리해지는 게 분명하다. 검은 의자에 앉은 그녀는 참 하얬다.

"내가 원하는 남자는 너뿐이라 도망친 거야, 사른."

"그런 거였구나! 다음번 소 장날에 만나면 머리를 부숴버려야지."

"아냐, 그러지 마. 그러지 마!"

"그러니까 앨프가 싫었고 네 애인은 오로지 나라서 그 먼 길을 도망쳐 왔다는 거지?"

"응."

"키스하자, 예쁜 것!"

그래서 난 버터 만드는 방으로 도망쳤다. 기디언이 집에 있으면 늘 약간 겁에 질려 있는 고양이도 함께 도망쳤다. 난 우유 지방을 걷어내고 또 걷어내면서 누가 더 안 좋은 처지인가 싶어 조금 울었다. 나야말로 젊은 남자가 부엌 한가운데 서서 의자에 앉은 **내게** 소리를 지르다가 "키스하자, 예쁜 것!"이라고 말해주기를 바랐으니까. 어떤 젊은이가 그래주기를 바라느냐고 묻는다면, 5월의 초원 같은 색의 외투를 입고 내 영혼이 들썩일 때까지 힘과 앎이 가득한 눈으로 나를 바라보는 남자라고 대답하겠다.

"난 원하는 걸 가질 수 없어, 냥이야." 내가 말했다. "하지만 넌 그럴 수 있지. 넌 원하는 걸 쉽게 얻을 수 있으니."

그러면서 난 접시에 크림을 듬뿍 담아 고양이에게 주었다. 정말 그랬다! 기디언이 알면 뭐라고 할까? 하지만 기디언의 크림은 부엌에 있지 않나.

"이거 줄게, 냥이야." 내가 말했다. "난 내 크림을 가질 수 없으니. 다른 누구라도 원하는 걸 얻는 걸 보면 마음이 가라

앉아."

고양이는 겁에 질려 나를 쳐다보았다. 너무 좋은 일이라 믿기지 않아 금방이라도 매를 맞으리라 생각하는 모양이었다. 그러다가 혀로 핥아 먹었다.

그때 어머니가 부르는 소리가 들렸다.

"어쨌든 넌 그거 먹었다, 냥이야." 그러고는 어머니에게 물었다. "어머니, 차에 크림 넣어드려요?"

"그래, 얘야. 차에 크림 한 방울 넣어주면 참 좋겠지만, 사른이 뭐라고 하겠니?"

"오빠도 자기 크림 핥아 먹느라 바빠요, 어머니."

"응?"

어머니는 내가 농담을 한다고 생각했다.

"말하자면 그렇다고요. 잰시스가 왔거든요."

"잰시스가?"

"네, 도망쳤대요."

"세상에!"

"여기까지 내내 걸어왔대요."

"근데 왜 집으로 가지 않고?"

난 그 생각은 미처 하지 못했다. 배고픈 울새처럼 우리 집으로 오는 게 당연하다 싶었다.

"비가일디가 무서워서 그랬겠죠, 어머니."

"그래, 가서 비가일디 부인에게는 알려줘야지."

"복싱 데이•에 갈게요. 그래도 잰시스가 크리스마스는 즐거야죠."

"둘이 사랑을 나누고 있어?"

"네, 오빠가 허를 찔려서 자기도 모르는 새에 키스를 했어
요."

우리는 조금 웃었다.

"자, 이제 차 드세요, 어머니. 정말 크리스마스 기분이 날 거
예요. 크림을 잔뜩 먹는 거죠! 그리고 저녁 먹고 나서 호랑가
시나무로 집 안을 장식할 거예요."

"너도 크림을 좀 먹으렴, 얘야."

아래층으로 내려가 두 사람이 아주 구석으로 긴 의자에 붙
어 앉아 있는 부엌으로 들어가다가 난 내게 크림은 무엇일까
궁금했다. 차를 뜨겁게 데우다가 한순간 깨달았다.

"잰시스, 우즈이브스 씨에게 편지를 써서 네가 도망갔다고
알려야지." 내가 말했다. "안 그러면 네 편지를 써주려고 일찌
감치 그곳으로 갈지도 모르잖아."

"그래, 프루. 내가 아니라 네가 쓰는 거니까 난 상관없어. 하
지만 그 사람은 다시는 그곳에 가지 않을 거야."

"안 가? 왜?"

"내일 다 말해줄게. 지금은 너무 피곤해."

"알겠어." 난 그렇게 말했지만 당장 듣고 싶은 마음이 간절
했다.

● 공휴일로 지정한 크리스마스 다음 날.

"오늘 밤엔 내가 도망친 얘기를 해줄게." 잰시스가 말했지만, 난 일단 저녁을 먹자고 했다.

"가까이 와서 좀 먹어. 그다음에 얘기해주고, 그다음에 내가 편지를 쓸게."

잰시스 입장에서는 얘기를 하면 좋겠다 싶었다. 고난의 시간을 겪고 난 뒤에 그 이야기를 하면 고통이 덜해지니까. 잰시스는 장날에 기디언이 자기를 데려가도록 때맞춰 럴링퍼드에 갈 작정이었는데, 눈이 와서 어디나 똑같아 보이는 언덕에서 길을 잘못 들어 길에서 한참 벗어났고, 밤이 찾아와서 양이 새끼를 낳을 때 쓰려고 덤불을 엮어 지은 오두막에서 잠을 잤다. 그러다 문 아래쪽에서 숨소리가 들려 '백버리의 울부짖는 황소'인가 싶어서 삼위일체 기도를 목청껏 세 번 외우니 사라졌다고 했다. 다시 들판을 가로질러 럴링퍼드로 가려고 했지만 길을 찾을 수가 없었다. 말에 쫓기기도 했는데, '백버리의 울부짖는 황소'보다 더 끔찍했고, 그래서 산울타리 아래로 기어 들어갔다. 럴링퍼드에 겨우 도착했지만 일만 끝나면 바로 되돌아가는 기디언은 이미 가고 없었다. 케스터를 찾아갔지만 그 역시 집에 없어서 도움을 구할 수 없었다. 그림블네로 되돌려 보낼까봐 다른 사람에게는 부탁하지 못하고 다시 그곳을 떠났다. 얼마 가지 못해 너무 어지러워서 헛간으로 기어 들어가 아침까지 기다려야 했다. 지름길이 있다고 생각해 숲으로 들어갔다가 다시 길을 잃었다고 했다. 놀랄 일도 아닌 것이 사른 주변의 숲은 여름에도 길을 찾기가 쉽지 않았다.

"맙소사!" 기디언이 말했다. "넌 누가 챙겨줘야만 하는 모양이구나. 그렇게 멍청한 이야기는 살다 살다 처음 들어본다."

"게다가 아버지가 뭐라고 하실까 겁나는 거야." 잰시스가 말을 이었다. "아빠는 어떻게 해볼 수도 없거든. 고집불통이라 누가 반대하면 몹시 신경질적이 되시니까. 어머니가 알면 혹시 방법을 찾아낼 수도 있을 텐데."

"내가 복싱 데이에 아주머니를 찾아갈게." 내가 말했다. "늙은 골칫덩어리를 이길 방법을 고안하지 못하면 일이 우습게 될 거야. 그렇게 불러도 괜찮을지 모르겠네."

"괜찮냐니! 그보다 더 나쁜 이름으로 불러도 지나치다고 생각 안 해. 책을 얼마나 많이 읽었건 정말로 골칫덩어리가 맞아."

"마음 편히 먹어. 네 상태가 나아질 시간을 벌 수 있도록 뭔가를 생각해낼게. 지낼 만한 곳을 찾을 수도 있고, 아니면 혹시 기디언이……."

"혹시 기디언이 결혼하자고 할 수도 있다는 말이라면, 다시 말하지만 때가 되어야지 그 전에는 안 돼. 가을걷이가 잘되어 상황이 좋아지면 가을걷이 잔치에 결혼하겠다고 잰시스에게 말했어. 잰시스도 기꺼이 그러겠다고 했고."

"잘됐네. 사랑을 나누는 일은 일찍 할수록 좋잖아. 좋아하는 여자가 있으면 당연히 집 안에 들여야지. 화롯불과 식탁에서, 집 안팎에서 함께."

난 30킬로미터도 떨어져 있지 않은 작은 집을 생각했다. 우리 집과 아주 다르고, 불쌍한 프루 사른은 물론 어떤 여자도 집 안에 들이려 하지 않는, 아주 고집스러운 총각이 살고 있는 집. 이제 편지를 써야 할 때라는 생각이 들었다.

"편지에 뭐라고 쓸까, 잰시스?"

잰시스는 알아서 쓰라고 했다. 난 잉크와 펜과 종이를 가져와 편지를 쓰기 시작했다.

크리스마스이브에, 사른에서

우즈이브스 씨에게

그림블네를 떠났다는 것을 알리려고 편지를 씁니다. 그림블 부인은 먹을 것에 너무 야박하고 사람을 들볶는 데다 험한 날씨로 그림블 씨의 류머티즘이 심해지고 아들들도 이래저래 불편하게 했기 때문입니다. 어렵사리 사른으로 왔어요. 다음 가을걷이 잔치에 기디언과 결혼할 것 같아요. 저는 정말 기쁘답니다. 누군가를 사랑하면 그와 함께 있고 싶고, 그 사람은 지금 어디 있을까, 문제는 없을까, 긴 양말이 젖으면 갈아 신기는 할까, 외롭지는 않을까, 그런 걱정으로 밤을 편히 지내지 못하기 때문이지요.

전 세상 그 무엇보다 사랑하는 그 사람을 원한답니다.

그 사람은 아주 상냥하고 담대해서 그 앞에 서면 '주인님이 오셨다'라고 말할 수밖에 없죠.

말로 표현할 수 없이 그를 사랑하고 영원히 사랑할 겁니다.

그럼 우즈이브스 씨, 편한 밤과 즐거운 크리스마스 보내시길.

젠시스 비가일디

"아주 깔끔한 편지야, 젠시스." 내가 말했다. "읽어줄까?"

"아니, 됐어! 뭣 하러 읽어줘? 네가 알아서 썼겠지."

'그래, 내가 알아서 잘 썼어. 내가 말을 할 수 없으니 그게 문제지.' 난 속으로 생각했다.

난 편지를 묶은 뒤, 기디언이 다음 장날에 가져가도록 벽난로 위 선반에 놓았다.

크리스마스 내내 집 안에는 낯설고 묘한 기운이 감돌았다. 지금껏 보낸 가장 멋진 크리스마스였고, 수년 만에 처음으로 신나게 웃고 떠들고 노래를 불렀다. 그런데도 어떤 면에서는 서글펐다. 노래가 저 멀리에서, 깊은 물속에서 들려오는 듯한 느낌이었다. 그리고 젠시스가 창가에 앉아 옅은 금발 머리칼과 흰 얼굴에 녹색이 어린 유리창을 투과한 햇살을 받고 있을 때면 마치 그 위로 물이 흘러가는 것처럼 보였다.

녹색 자갈, 녹색 자갈, 풀은 얼마나 녹색인지!
지금까지 보았던 어떤 숙녀보다 아름다운 여성
당신을 우유로 씻겨 실크 옷을 입히고
금색 펜과 잉크로 당신의 이름을 적으리라

아, 잰시스가 멋진 고음으로 부르는 노랫소리가 지금도 내 귀에 들린다. 아주 멀리에서, 아, 아주 멀리에서.

크리스마스 아침에 어머니는 내게 잰시스를 깨우라고 했고, 부엌 벽난로 옆 아늑한 구석에 앉은 채 다 이해하는 듯한 흡족하고 즐거운 표정으로 두 연인을 바라보았다. 살 만큼 살아 사랑을 아는 할머니들의 얼굴에서 종종 찾아볼 수 있는 그런 표정으로. 젊은 연인들을 보며 이런 말을 하는 듯했다.

"기쁘니, 아들? 앞으로 더 기쁠 일이 있을 거야! 무척이나 들떠 있네, 내 딸? 내가 장담하는데, 앞으로 들뜰 일이 더 많을 거란다."

우리 셋이서 〈요셉이 걸어갈 때〉와 〈선한 기독교인이여, 기뻐하라!〉를 부를 때, 어머니 귀에는 캘러드네 아이들처럼 새되고 사랑스러운 아이들이 함께 목청을 높이는 듯한 소리도 들렸다는 것을 난 알 수 있었다. 어둑한 의자에 앉아 있는 어머니 눈에는, 엄숙한 합창이 끝나자마자 미소를 띠고 '할머니!'라고 외치며 자신을 올려다볼, 말갛고 발그레한 다른 얼굴들도 보였을 테고.

어머니는 거듭 잰시스의 어깨를 다독이며 말했다. "예쁘기도 해라! 예뻐!" 그리고 한번은 산토끼를 조심하라고 말씀하시기도 했다.

"산달이 가까워지면 숲이나 목초지에 자주 가지 말거라. 집 근처에 붙어 있으면 마주칠 일이 없을 거야. 그런 불운이 생기면 딱한 일이잖아."

"오, 아주머니!" 얼굴이 약간 붉어진 잰시스가 웃으며 말했다. "너무 앞서나가시네요! 아직 연애도 제대로 못 했는걸요."

"시간은 빨리도 흐른단다, 얘야. 사랑의 길에 이끼가 끼게 하면 안 되지. 안 된다는 말을 너무 자주 하지 마. 그 애는 성가시게 하지만 않으면 좋은 애란다."

"하지만 미루는 건 제가 아니라 사튼인걸요." 잰시스가 말했다.

"어리석기도 하지! 은쟁반이 뭐라고? 하인과 하녀를 잔뜩 거느리는 게 뭐라고? 나 같으면 그런 거 없어도 만족스러울 텐데. 다시 돼지 칠 필요 없이 따뜻한 불에 발을 덥히며 차를 마실 수 있을 텐데."

"사튼은 저를 무도회에 데려가고 싶대요. 미스 도라벨라보다 앞서 들어가야 한대요."

"그건 못된 생각이야. 어차피 다 들어가는 걸 누가 먼저 들어가는지가 왜 중요해? 그리고 특정한 무도회만 고집할 건 뭐야?"

"하지만 저도 미스 도라벨라보다 먼저 들어가면 좋을 것 같아요."

"그렇게 될 거야!" 문간에서 장화의 눈과 진흙을 털어내던 기디언이 소리쳤다.

"그렇게 될 거고, 옷도 귀부인처럼 차려입을 거라고!"

그러고는 커다란 사과나무에 올라가 따 온 겨우살이를 들고 부엌을 가로질러 가서는 겨우살이 아래에서 잰시스에게

쪽 소리 나게 입을 맞췄다.

어머니는 잠에서 깬 장난치는 새끼 고양이를 본 아이처럼 신이 나서 손뼉을 쳤다. 하지만 기뻐서 손뼉을 칠 때도 그 손은 갇힌 두더지가 기도하는 것처럼 보였다.

"가을걷이 잔치보다 늦게는 아니지, 사른?" 어머니가 간청했다. "그보다 더 미루지는 않을 거지? 내가 그때까지는 살 수 있을 거야. 하지만 그 이후는, 겨울이 오면 또 모르잖아? 겨울 전에 너희 둘이 결혼하는 걸 보고 싶구나."

"오, 그럼요, 어머니. 그럴 일은 없어요! 굳이 왜 그러겠어요? 곡물을 팔면 부자가 될 텐데요. '정(情) 마차'를 쓸 테니 돈이 많이 들지도 않을 거예요. 겨울에 삯일을 해서 갚으면 되고요. 그리고 2~3년 지나면 이사를 할 수 있겠죠. 럴링퍼드의 어르신이 오래 못 사실 테니, 그 집이 매물로 나올 즈음 제게 그만한 돈은 있을 거예요."

그래서 다들 신이 났고, 내가 뜨거운 차를 준비했다고 말하자 기디언은 내 어깨를 다정하게 토닥이며 착한 애라고 말했다.

"누구 못지않게 착한 애지. 자, 다들 이리 와요! 탁자로 와! 내 차는 진하게 끓여줘."

하지만 난 그들처럼 신이 나지 않았다. 소외된 기분이었다. 그저 빵을 자르거나 베이컨을 굽거나 차를 따르는 중간중간 벽난로 선반에 놓인 편지, 또렷한 대문자로 "우즈이브스 씨, 위버스하우스, 럴링퍼드"라는 주소가 적힌 편지를 바라다보며 이따금 약간의 위안을 얻을 뿐이었다.

　이제 잰시스가 편지에 쓸 수 없었던 케스터 이야기를 들려주었다. 그림블의 악감정으로 생겨난 일이었다. 그가 황소 괴롭히기를 중지시켰던 날부터 그림블과 허글릿은 그를 미워했을 테고, 미움은 곧 시커먼 증오로 자라났다. 두 사람은 이런저런 말을 지어내 다른 농부들과 그를 이간질했다. 근방에서 최고인 그의 직조 실력을 트집 잡았다. 너무 느리고 값도 비싸다고 했다. 거기서 그치지 않고 곡물법과 의회 의원과 관련된 그의 생각과 종교까지 파고들었다. 영주와 어울리면서 이간질을 했는데, 괴롭히기 사건은 쏙 빼고 곡물법만 입에 올리며 실제보다 더 안 좋은 사람으로 몰아갔다. 온갖 수단을 동원해서 케스터에게 흠집을 내려고 열을 올렸는데, 술을 마시거나 여자를 밝히지도 않고, 별달리 교구 순경에게 일러바칠 일을 하지 않아서 불만이었을 것이다. 향후 10년 동안 황소 괴롭히기를 못한다는 생각만 하면 화가 치밀었으므로 그의 삶을 힘들게 하려고 기를 썼다. 그러던 어느 날 그가 그림블네서 천을 짜고 있을 때였다. 해가 저문 뒤 그림블 씨는 케스터가 그날 작업한 천을 살펴봤지만, 양과 질 모두 흠잡을 데가 없었다. 잰시스 말에 따르면 그는 워낙 일을 잘해서, 그의 천은 실크처럼 부드럽고 뭉치거나 엉킨 곳이라고는 없었기 때문이다. 그림블 씨는 아무 말도 하지 않았고, 저녁 식사 뒤 잰시스가 종이를 가져와 두 사람은 함께 기디언에게 편지를 쓰기 시작했다. 그런데 글을 읽지도 쓰지도 못하는 자신보다 케스터가 잘났다는 생각이 싫어서인지 그림블 씨가 그 광경을 참지 못했다. 마침내 더 이상 담아둘 수 없어 무슨 말이든 튀어나올 지경에 이른 그가 이렇게 말했다.

"젊은 사른은 흠집 있는 물건을 좋아하니 딱 원하는 것을 얻겠구먼. 그러면 길쌈꾼, 당신에게 고맙다고 해야겠지. 당신이 사른의 애인과 그렇게 편하고 다정하게 붙어 있으니 말이야. 배내옷은 끝내주게 만들겠네, 젊은 우즈이브스."

그 말에 케스터는 격분했지만 아무 대꾸 없이 모자와 소지품만 홱 집어 들었다. 하지만 문 앞에서 몸을 돌려 이렇게 말했다.

"지금부터 당신 길쌈은 허글릿의 매제에게 맡기면 되겠군요. 내가 여기서 길쌈할 일은 이제 없을 테니까. 입버릇이 나쁜 두꺼비 같은 당신은 당신 교구의 수치요. 당신 교구가 지옥에 있긴 하지만."

그러고 집을 나간 뒤로는 근처에도 오지 않았다.

난 생각할 거리가 생겨 다락방으로 올라갔다. 케스터가 그렇게 격분했다니 그를 향한 사랑이 더욱 강렬해졌다. 내게는 아니지만, 격분한 모습을 보고 싶었다. 그가 내게 정색을 하며 화를 낸다면 난 죽고 말 테니.

복싱 데이에 난 스톤하우스로 건너갔다. 바람이 거세게 불어 숲길에 쌓인 눈이 마구 휘몰아쳤다. 하지만 하늘은 맑았고 겨우살이개똥지빠귀의 노랫소리도 들렸다. 뻐꾸기 가슴의 구슬 모양 무늬가 산사나무 위에서 밝게 빛났다. 뜻밖에도 비가일디 씨는 집에 없었다. 난 비가일디 부인과 편히 대화를 나눴다.

"저런, 딱한 것." 그녀가 말했다. "아비라는 사람이 고집불통 바보라 이 어미한테도 오지 못하는구나. 망할! 그래서 이제 어떻게 한다던? 그림블네로는 절대 돌아가지 않을 테고. 돈을 다 날렸으니 남편이 화가 나서 펄펄 뛸 텐데. 상황이 좀 나아질 때까지 데리고 있어주렴."

"오, 잰시스가 원한다면 언제까지든 있어도 돼요."

"하늘이 네게 보상을 해주시길!" 그녀는 신심이 깊어 교회를 열심히 다녔다. 헐뜯을 생각은 없지만, 어떤 면에서는 남편 약을 올리려고 그러는 게 아닌가 싶기도 하다. 그저 내 못된 생각일 수도 있지만.

"기디언 말이, 캘러드네서 일하던 애가 겨울 전에 도망갔대요." 내가 말했다. "어린아이 다섯에 갓난아이까지 돌보며 혼자 살다보니 외로웠나봐요. 우리가 그 상황을 이용해서 잘해 보면 그림블네와 같은 임금을 받을 수 있을 거예요. 5월까지는 다들 매인 몸이라 달리 사람을 구할 수 없을 테고, 캘러드네 골짜기는 여자들이 좋아할 만한 장소도 아니니까요. 가서 캘러드 부인을 만나보세요. 전 수업해달라고 아저씨를 붙들어볼게요."

"하지만 수업은 예전에 다 끝났잖니. 비가일디가 아는 건 다 배웠으니까."

"아, 새로 알고 싶은 것이 생겼어요. 책에 있는지는 모르겠지만."

"그게 뭔데?"

"오래된 주문이에요, 아주머니. 컨텐트라는."

"아, 그거! 그건 남편 책에는 없어."

"어떤 책에도 없어요." 내가 말했다. 그러면서도 속으로는 이렇게 말했다. 아는 사람이 한 사람 있으니 제발 내게 가르쳐주기를. 하지만 그는 절대 가르쳐주지 않을 거야.

"그런데 내가 가봐야 소용없을 텐데, 프루." 그녀가 말했다. "개를 풀어놓을 거야, 분명. 캘러드 씨는 아주 독실하잖아. 그래서 우리 집안을 정말 싫어하지. 그리고 그 안주인은 **바깥양반이** 생각하는 그대로 생각하고, **그가** 말하는 그대로 말해. 사른의 메아리처럼. 잰시스 아비가 누군지 알면서 잰시스를 받아들일 리 없어. 하지만 **네가** 가서, 잰시스가 사른과 약혼했다고 넌지시 비치면 혹시 다시 생각해볼지도 모르지. 네 오빠는 부자가 될 사람이라고 동네에서 칭찬이 자자하니까."

그래서 난 그러마고 했다. 곁눈질을 당하고 때로 악담도 들어서 정말 가고 싶지 않았지만, 저녁에 불가에서 '이웃 거지 만들기' 카드놀이를 하며 즐거워하는 기디언과 잰시스를 보니 가지 않을 수 없었다.

"아니, 기디언, 완전히 빠졌네." 내가 말했다. "이젠 나이가 많아 개암나무 열매나 달팽이 집으로 정복 놀이는 못 해도 누군가를 거지로 만들 수는 있구나."

"정복 놀이!" 구석에 있던 어머니가 말했다. "아, 무슨 그런 놀이가 있는지! 늘 그 놀이에 정신이 팔려 있었잖아. 분홍색과 흰색이 섞인 큰 달팽이를 가지고. 로마달팽이라고 하던가, 프루? 불쌍한 사른이 장화를 신은 채 쓰러진 밤에도 그걸 찾아 나갔었지. 불쌍한 영혼!"

어머니는 약간 눈물을 보이고는 몸을 옹송그렸다. 기분이 상하면 늘 그랬다.

"자, 자, 어머니, 화내지 마세요. 아버지는 편히 잠드셨어요."

"아, 불쌍한 영혼! 그래서 사른이 죄를 떠맡았지. 내 아들 사른이. 제 어깨로 제대로 떠멨어. 지금 보니 우리 부엌에 정복놀이 할 아이들이 생길 것 같아. 저녁에 큰 달팽이로 말이야."

어머니가 건너편 긴 의자를 건너다봤다. 기디언이 막 잰시스를 벗겨먹어 아주 신이 나 있었다.

"아, 남녀들이란." 어머니가 말했다. "쟤가 잰시스를 벗겨먹을 게 카드놀이만은 아닐 거야."

손주 생각과 자기 농담이 우스워 어머니는 소리 내서 웃었다. 너무 웃다가 기침을 해대서 내가 침대에 눕혀드려야 했다.

다음 날 난 캘러드네 골짜기로 갔다. 황량한 고지대 목초지, 북향 경사면에 자리해서 몹시 춥고, 바람에 날려 온 눈이 깊이 쌓여 아무도 가려 하지 않는 길이었다. 하지만 좋은 일을 하러 가는 거라 난 아무 소리도 들리지 않는 벌거벗은 목초지에서 노래를 흥얼거렸다.

"하늘처럼 널찍한 문을 열어라……."

그런데 농장 옆, 울타리로 둘러싸인 작은 밭에서 뭔가 내 눈에 띄었다. 케스터가 구해준 흰 황소가 검은 소나무 아래서 풀을 뜯고 있지 않는가? 난 걸음을 멈추고 잠시 바라보았다. 죽지도 않고 절름발이가 되지도 않은 그 소는 잘 관리된 멋진 흰 털을 뽐내며 마치 천국에 있는 듯 만족한 모습이었다. 다 케스터 덕분이었다.

그는 약속대로 돈을 지불한 뒤, 캘러드네 아이들을 위해 황소를 돌려줬던 것이다.

"황소 괴롭히기가 나쁘다는 생각을 하게 되었다면 아이들에게 그렇게 말했으면 합니다." 그가 말했다. "하지만 양심대로 솔직히."

이제 캘러드는 아주 정직한 사람이 되어 그 보답을 해야겠다고 생각했다. 그 문제를 아주 심각하게 받아들였던 것이다. 나중에 젠시스가 말하기로는, 저녁에 아이들을 모두 불 앞으로 불러 그가 한 일이 무척 재밌었다고 한다. 다들 작은 의자에 앉고 아기도 엄마 무릎에 앉은 채로 캘러드가 "황소 괴롭히기는 나쁘다"라고 큰 소리로 말하면, 부인은 침울한 목소리로 사른의 메아리처럼 "나쁘다"라고 따라 했다고 한다.

그러면 아이들이 전부 둥지 안 새처럼 "황소 괴롭히기는 나쁘다"라고 큰 소리로 외쳤다.

갓난아기는 어떤 때는 까르르 소리를 내고 어떤 때는 곰곰 따져보듯 가만히 있었다. 딱 하나 어긋나는 목소리가 있었는데, 할아버지 캘러드였다. 그는 떨리는 새된 목소리로 이렇게 소리쳤다.

"아니, 아니야! 나쁘지 않아. 옛날부터 해온 흥겨운 좋은 놀이라고."

하지만 그는 지력이 떨어지고 있던 터라 아무도 그의 말에 신경 쓰지 않았다. 내가 문을 두드리자 그가 문을 열어주고는 큰 소리로 며느리를 불렀다.

"키 크고 마른 처자가 왔다, 마리아. 마녀 말이야."

"들어오라고 하세요, 아버님."

"들어와." 그가 말했다. "저 애가 악을 쓰고 우는 걸 그만두면 내려올 거야. 나도 저렇게 폐가 강했으면 좋겠어. 난 그저 그렇거든. 그저 그래. 병도 치료하나?"

난 못 한다고 대답했다.

"오! 비가일디가 가르친 줄 알았는데. 그는 아주 악한 인간이야. 붉은 흙을 칠한 양처럼 죄에 흠뻑 젖었지. 천국의 문을 두드리며 '저를 씻어주시면 눈보다 더 하얘질 겁니다'라고 아무리 말해봐야 전혀 소용없지. 하늘의 심판관께서는 설사 그럴 시간이 있다 한들 그의 죄를 씻어줄 수 없을 테니. 그래, 마법사는 사악한 늙은이야. 분명 한밤중에 사람들의 피를 빨아 먹고 살 거야. 그래, 피를 빨아 먹는 거지. 교회 마당에 가서 무덤을 파고 뼈를 훔친다고 하더라고. 갈아서 마법에 쓰려고. 어린아이들을 자루에 담아 가서 요리를 한다나. 오, 본디오 빌라도 이래로 가장 사악한 인물이야, 암!"

이 말에 큰 아이들이 겁에 질려 아우성을 쳤고, 캘러드 부인이 계단 위쪽에서 소리쳤다.

"아버님, 무슨 말씀을 하시는 거예요? 가만히 계세요!"

그때 캘러드 씨가 들어와 차 마실 시간이니 함께 마시자고 했다. 그래서 난 차를 마시면서 잰시스 얘기를 꺼냈다.

"도망쳤다고!" 캘러드 씨가 말했다. "이런 날씨에, 맙소사!"

"맙소사!" 부인이 말했다.

"기한도 못 채우고!" 캘러드 씨가 말했다.

"못 채우고!" 부인이 서글프게 말했다.

"내가 젊었을 땐 기한을 못 채우는 사람은 하나도 없었어." 노인이 끼어들었다. "감히 못 그랬지. 차꼬를 채워버렸을 테니."

"길쌈꾼과 관련이 없다는 건 확실해?"

"길쌈꾼!" 캘러드 부인이 비통하게 말했다.

"길쌈꾼! 길쌈꾼!" 아이들이 그렇게 소리쳤는데, 내 귀에는 그 이름을 찬양하는 듯했다.

"제가 살아 있는 만큼 확실해요." 내가 말했다.

"그래서 오빠랑 약혼했다고?"

"네, 이번 가을걷이 잔치 무렵에 결혼할 거예요."

"그렇다면 아내가 그 애를 한번 시험해보지." 캘러드 씨가 말했다.

"시험!" 캘러드 부인이 맥없이 그 말을 반복했다. 마치 잰시스가 자신의 시험이 될 것처럼.

그들은 6개월 동안 잰시스를 쓰고, 3파운드를 주기로 약속했다. 그들로서는 후한 거였다. 난 신바람이 나서 집으로 돌아갔다. 다음 날 기디언은 벤디고를 타라고 허락했고, 그래서 난 잰시스를 태우고 캘러드네로 갔다. 도중에 비가일디네에 들러서 비가일디에게 그 소식을 전했다.

오, 비가일디는 길길이 뛰었다. 가장 큰 문제는 아무 상관도 없는 기디언에게 온갖 비난을 퍼부었다는 것이다.

"네 오빠라는 놈에게 꼭 갚고 말겠어." 그가 말했다. "그래! 아주 몹쓸 녀석이야. 그 아비도 똑같았어. 내가 무슨 계획이라도 세우거나 무슨 일이라도 시작하면 꼭 와서 다 망쳐버렸지. 근데 아들놈도 똑같아. 젊은 영주 일에서 날 방해한 걸 보라고!"

하지만 비가일디 부인은 기뻐했다.

"건초 가을걷이가 끝나면 웨딩드레스 만들러 집에 오거라, 잰시스." 그녀가 말했다. "결혼식은 성 미카엘 축일●에 하자. 빨간 장미가 두 번째 꽃을 피울 때니 그걸로 꽃다발을 만들면 되겠다."

"내 장담하는데, 내 딸이 사른과 결혼하는 일은 없을 거야." 비가일디가 말했다. "네가 그렇게 전해라, 프루 사른. 내가 그렇게 당하진 않을 테니까. 내가 그를 불과 물로 저주했으니 분명 그 저주를 받을 거다. 반지가 있건 없건 내 딸은 못 데려간다고 전해."

"안녕히 계세요, 비가일디 씨." 가야 할 시간이라 난 그저 인사만 했다.

● 9월 29일.

"프루, 넌 왜 그림블네 개를 칼로 찌르고 길쌈꾼에게 그렇게 했어?" 플래시와 캘러드네 골짜기 사이의 강가 목초지를 지나가는데 잰시스가 물었다.

그녀는 커다랗고 푸른 눈으로 나를 올려다보았고, 난 괜스레 벤디고를 마구 때리며 부산을 떨었다. 불쌍한 말이 고개를 돌려 힐끗 보자 가책이 들었지만, 달리 뭘 어쩌겠는가?

"젊은 여자가 낯선 남자에게 할 만한 일이 도대체 아니라고 다들 그러잖아. 아, 저 멀리 사는 그림블 씨도 네가 그랬다는 걸 알아. 된통 당한 일이라 둘 다 그 일을 입에 올리는 법은 없지만. 하지만 이 근방 사람들은 다들 알아."

나를 빤히 바라보는 시선이 그대로였으므로, 내 양 볼은 시뻘겋게 달아올랐다. 난 계속 벤디고에게 채찍질을 했고, 전에 없이 빠른 걸음으로 우리는 작은 언덕과 습지를 건넜다.

잰시스가 다 안다는 듯 약을 올리며 웃었다.

"불쌍한 벤디고가 무슨 잘못이 있다고."

"빨리 가야 할 거 아냐." 난 멍청하게 그렇게 말했다.

"오, 당연히 가야지." 잰시스는 그렇게 말하고는 여전히 나를 바라보며 잠시 잠자코 있었다.

"길쌈꾼이 알면 어떻게 생각할까 몰라." 잠시 후 그렇게 말했다.

"알 리가 없지." 내가 말했다. "정신을 잃었었는데."

"사람들 이야기를 들을 수도 있지! 프루 사른이 호랑이처럼 싸웠다는 말이 그의 귀에 들어가면 어떻게 생각하려나?"

"생각은 무슨 생각을 해. 내가 고통받는 사람을 불쌍히 여긴다는 건 다들 알잖아."

"하지만 그는 그런 식으로 고통받는 사람은 아니잖아. 우즈이브스 씨는 그런 사람이 아니지. 이 근방에서 씨름도 제일 잘하고 남자다운 남자니까."

"그림블네 토비에게 목을 물렸을 때는 고통받는 사람이었잖아. 안 그래?"

"그래, 하지만 왜 굳이 프루 사른이 구해야 했을까? 그리고 왜 그렇게 다정하게 그의 머리를 끌어안아야 했을까? 매끄럽고 근사한 갈색 머리칼이긴 해도 말이야. 나 대신 편지를 쓸 때면 그게 눈에 띄었어. 펠레나 생각도 그래. 장날마다 그를 얼마나 괴롭혔는지."

"아니, 뻔뻔하게! 무슨 짓을 했는데?"

잰시스의 생각을 다른 곳으로 돌리게 되어 기뻤다.

"오, 버섯 한 바구니나 블루베리 한 사발, 혹시 양치기가 양을 잡은 날이면 양고기 같은 걸 그 사람 집 앞에 놓아뒀어. 그리고 길에서 우연히 만나면 그 초록 눈으로 빤히 바라보면서 가을날 땅콩처럼 향기롭게 미소를 지었지. 어느 날 밤엔 양치기가 술을 먹고 좀 늦은 시간에 집에 돌아가는데, 글쎄, 그 여자가 어둑한 그 집 창문 밖에서 노래를 부르고 있더래."

"무슨 노래를?"

"오, 이런 노래야.

'한 처녀가 달도 없는 어두운 밤에 소울케이크•를 받으러

다니네.

소울케이크! 소울케이크!

오, 친절하게 내게 주세요. 어서 주세요.

소울케이크! 소울케이크!

아주 환한 창문에서 젊은 남자가 내다보네.

이렇게 캄캄한 밤에 처녀가 와서 부르짖다니!

소울케이크를 주면 내게 뭘 주겠소?

내 몸, 내 몸을 줄게요! 그녀가 말했네.'

너무 점잖지 못한 노래 아니야, 프루?"

"**그 사람** 생각은 어땠어?"

"차마 직접 물어보지 못했지. 어쨌든 펠레나는 정말 천방지축이야. 누군가 막지 않으면 그 사람을 꾀고 유혹해서 타락시키고 말 거야. 그런데 네가 왜 자기를 그렇게 필사적으로 구했냐고 길쌈꾼이 혹시 물으면 뭐라고 대답해야 하는지 그걸 알고 싶어."

"아무 말 하지 마."

"그건 대답이 아니잖아."

"그에겐 그게 다야."

"마치 에덴동산 문에 선 천사처럼 큰 칼을 들고 그 사람 위에 우뚝 선 네 모습이라니!"

"네가 상관할 일이 아니잖아."

● 위령의 날에 만드는 둥근 빵.

"상관할 일 맞아."

"어째서?"

"내가 널 사랑하니까, 프루."

"다행이다, 캘러드네 도착했네." 가축우리 안으로 들어서며 내가 말했다. 현관문이 벌컥 열리더니 아이 다섯 명과 할아버지 캘러드, 아기를 안은 캘러드 부인이 짚으로 만든 꿀벌 집에서 꿀벌이 나오듯 쏟아져 나왔다.

내가 다시 그곳을 떠나기 전에 마지막으로 잰시스가 한 말은 이랬다.

"곧 길쌈꾼을 부를 거야."

"왜?"

"사른에게 편지 써달라고 하려고."

"아니, 이제 기디언과 3~4킬로미터 거리에 있는데 편지는 뭐 하러 써?"

"그러든 말든 네가 상관할 일 아냐." 잰시스는 시침을 떼고 그렇게 말하더니 혼자 웃음을 터뜨리며 말했다. "네가 내게 그렇게 말했잖아, 프루 사른."

제5장 잠자리

  잰시스가 캘러드네 골짜기에 간 뒤 봄과 여름이 지나도록 내 공책에 적힌 내용이라고는 어려운 책을 얼마 읽었다든가 다락방에서 어떤 생각이 떠올랐다든가 하는 내 특별한 관심사뿐이었다. 당시 다른 사람들의 삶과 전혀 관계가 없는 내용이라 별로 흥미롭지는 않으니 지루하게 여기 적지는 않겠다. 기디언은 일요일마다 캘러드네 골짜기에 갔고, 다른 날엔 세 사람 몫의 일을 했다. 나도 함께 한없이 밭을 갈고 삽질을 했다. 우리 농장엔 곡물이 가득했다. 근방의 누구네 밭에서든 그렇게 잘 자란 곡물은 그 전이나 이후나 본 적이 없었다. 그해에는 곡물이 잘 여물 만큼 비가 충분하면서도 발아될 정도로 잦지는 않아 곡물 성장에 좋은 날씨가 이어진 덕이었다. 일요일마다 캘러드네로 가는 길에, 농장이 굽어보이는 경사진 목초지 마루의 출입문에서 몸을 내밀고 구두쇠가 쌓인 금을 바라보듯 아래를 내려다보는 기디언이 보이곤 했다. 이따금 나도 함께 갔는데, 누구의 얼굴이든 흡족한 표정이 떠오르는 걸 보면 기분이 좋지만 그것이 기디언의 얼굴이라 훨씬 더 기분 좋았다. 기디언의 얼굴에 이른바 행복한 표정이 떠오르는 일은 드물었으니까. 그가 꽤 높은 소리로 휘파람을 불며 성큼성큼 걸어 사라진 뒤에도 난 어머니에게 돌아가기 전에 잠시 앉아 있었다. 잰시스와 결혼하고 행운이 곡물과 함께 우리 집 문을 두드리면, 그때는 마침내 그가 아주 크게 휘파람을 불 수 있으리라. 난 휘파람이든 노래든 이야기든 내내 혼자서 하면 건강하지 못하다는 생각이라 커다란 휘파람 소리를 들을 날을 무척 고대했다.

"수확철만 오면!" 난 그런 생각으로 요정처럼 아름다워질 날을 꿈꾸기 시작했다.

이와는 별개로 바람에 살랑거리는 너른 호수처럼 펼쳐진 곡물 밭을 바라보는 일도 내게는 큰 기쁨이었다. 때로는 미동도 없이 잔잔하다가 때로 잔물결이 일 때면 저 멀리 울타리 아래 무더기로 핀 달래 꽃이 호수 위에서 가만히 출렁거리는 수련처럼 보이기도 했다. 또 다른 때는 움푹 꺼진 그곳에 갈릴리호의 태풍처럼 사랑의 왕이 잠잠하게 만들 거센 태풍이 불기도 했다. 그래서 난 곡물 밭이 초록색 물결일 때부터 종류에 따라 자주색이나 갈색이나 하얀색으로 변할 때까지 매주 밭을 바라보았다. 밤이면 뒤에서 불을 비추기라도 하듯 반딧불이나 소택지의 은은한 불빛처럼 빛났다. 7월과 8월 밤이면, 심지어 달이 없는 밤에도 곡물은 자신의 달빛을 지닌 듯 어째서 그렇게 빛나는지 그때도 그 이유를 몰랐고 지금도 여전히 모른다. 한여름 깊은 밤에 온 땅이 완전히 숨을 죽이면, 재잘대기를 그치지 않는 은사시나무까지 감히 입을 열지 못하고 신이 오기를 기다리듯 숨을 죽이면 그 광경은 정말 장관이다. 농장에 사는 여자가 주변 대상을 바라보며 이런 생각을 하다니 희한하다고 여길 독자도 있을 것이다. 사실 그런 경우가 흔하진 않으니까. 하지만 사는 집이 마음에 안 드는 사람은 만족스러운 집에서 사는 사람보다 훨씬 자주 창문을 내다본다. 나는 나라는 사람이나 내 삶이 마음에 들지 않아 다른 가능한 곳에서 기쁨을 구했다. 숲 가장자리에서 애인을 기다리는 처자처럼 내가 기다리는 것들이 있었다. 하나는 반짝거리며 물결치는 곡물이었고, 또 다른 하나는 호수 물이 출렁이기 시작할 시기에 잠자리들이 허물을 벗고 나타나는 멋진 광경이다. 사른에는 크고 작은 각양각색의 잠자리가 정말 많았다. 각자 때가 되면 물속 무덤에서 기어 나와 무척 힘들여 고통스럽게 허물을 벗어야 했다. 아이를 낳듯 고통스럽게, 무덤을 찢듯 필사적으로 나와야 했다. 처음 그것을 목격한 이래로 난 신의 힘이 발현된 듯한 이 광경을 한 해도 놓친 적이 없었다.

난 대 빗자루를 엮을 인동덩굴을 구하러 호숫가로 내려갔다. 대 빗자루만 생각하면 미스 도라벨라가 했던 말이 떠올라 서글퍼졌고, 호수 물 전체가 출렁이며 천천히 부글거리는 것이 보여서, 난 늘 잠자리가 무리 지어 있는 장소로 가서 허물 벗는 잠자리를 보며 위안받아야겠다고 생각했다. 아마 우리가 쓰는 용어를 다들 모를 테니 잠자리라는 말을 쓰고 있지만, 사른에서는 잠자리를 '살무사의 사람'이나 '살무사의 홀쩍거림'이라 불렀다. 풀숲에 살무사가 숨어 있으면 그 위쪽에서 경고하듯 '살무사의 사람'이 선회한다고 여겼기 때문이다. 전부 파란색인 잠자리는 '물총새'라고 불렀고 아주 가느다란 잠자리는 '짜깁기 바늘'이라고 불렀다. 어머니는 농땡이를 치거나 다른 못된 짓을 하면 악마가 잠자리를 바늘 삼아 귀를 꿰매버릴 거라고, 그러면 신의 따뜻한 말씀을 들을 수 없어 지옥으로 떨어질 거라고 기디언에게 말하곤 했다. 하지만 난 악마가 잠자리처럼 멋진 존재를 맘대로 부릴 수 있다고는 절대 믿지 않았다.

호수는 그 계절에 최고였다. 고요하고 뜨거운 정오에 잔잔한 연푸른색 호수 물이 얼마나 다정해 보이는지 누구든 그 속에 빠져 죽을 수 있다고 상상할 수 없었다. 한여름 두꺼운 초록 잎을 가득 달고 호수를 빙 둘러 늘어선 키 큰 나무들이 주문에 걸린 듯 꼼짝도 않고, 초록 그림자는 호수에 드리워지고 나무 위쪽은 호수 한중간에서 서로 닿을 듯했다. 나뭇가지마다 아직 노래를 멈추지 않은 작은 새들의 지저귐이 퍼져나와 물 위로 뻗어갔는데, 고작해야 솔새나 울새의 가느다란 노랫소리였지만 사위가 얼마나 고요한지 호수 건너편에서도 들을 수 있었다. 내가 인동덩굴을 뜯던 그 뜨거운 날에도 호수에서는 짜릿하면서 생기 가득한, 시원하고 향긋한 바람이 불어왔다. 살기에 안 좋고 겨울에는 몹시 울적해지는 사른이지만 이 계절에는 슬픔을 던져버리고 여느 숲이나 물처럼 멋진 모습을 드러냈다. 호수 주변에는 통통한 갈색 머리를 단 키 큰 부들이 미스 도라벨라의 긴 코트처럼 서 있었다. 둥글게 선 골풀 안쪽에 둥글게 수련이 자라고, 이 계절의 수련은 사른에서 가장 아름다운 것이자 내가 본 가장 아름다운 것이었다. 환하고 커다란 잎이 물 위에 평온하게 떠 있고, 잎 위로 하얗고 노란 꽃이 그보다 더 평온하게 놓여 있다. 꽃봉오리일 땐 날개 아래 얼굴을 묻고 잠을 자는 금색이 섞인 하얀 새로도 보이고, 반짝이는 돌에 새겨놓은 어떤 모양이나, 앞서 말했듯 하얀 밀랍 방울처럼도 보였다. 하지만 활짝 피었을 때의 꽃은 다른 무엇도 아닌 수련 자체였고 얼마나 아름다운지 눈물이 솟았다. 노란색 꽃은 꽃잎이 대여섯 장이라 더 넓게 꽃잎을 펼치지만 하얀 꽃은 꽃잎이 네 장인데, 그래도 크기가 커서 널찍하다. 꽃잎 안쪽은 예수님과 함께 산마루에 서 있는 사람들의 옷처럼 하얗게 반짝이고, 바깥쪽은 호수 물의 녹색 그림자가 물든 듯 연한 녹색이다. 그렇게 생긴 잠자리도 있는데, 색이 없는 망사 날개가 흔들리는 녹색 물그림자에 스민 듯 보여서 그렇다.

호수는 세 번 주문에 걸린 듯 세 겹의 원으로 둘러싸여 있다. 가장 바깥에서 세상을 막아서는 것은 떡갈나무와 낙엽송과 버드나무와 너도밤나무의 강인하고 엄숙한 원이다. 그다음으로 여린 한숨을 내뱉는 골풀의 원이 있는데, 연약하고 성기지만 가볍게 떨리는 긴 그림자는 호수의 주문을 감싸 안기에는 충분하다.

그 안쪽으로 방금 얘기한 수련의 원이 있다. 예수가 물 위를 걷다가 차가운 손으로 직접 내려놓은 듯 떠 있는 수련. 그런 뒤 예수는 몸을 돌려 군중에게 '수련을 보라!'고 말했지. 그 정도로는 당신의 영혼을 흔들어놓기에 충분치 않다는 듯 흰색이거나 녹색이거나 연한 금색인 각각의 수련 아래로 수호천사처럼 밝은 그림자가 있다. 그리고 평온한 긴 하루 동안 수련과 수련의 천사는 서로를 바라보며 흡족해한다.

크고 작은 잠자리가 많았다. 푸른색 큰 잠자리는 얼마나 힘이 좋은지 누가 놀래기라도 하면 높은 나무 꼭대기 너머로 날아갔고, 잠자리라고 부를 수 없을 만큼 조그만 잠자리도 있었다. 농염한 푸른색의 물총새 잠자리도 있고, 광택 있는 도자기처럼 여러 색으로 반짝거리는 물잠자리도 있었다. 아무런 색이 없거나 연둣빛이 나는 투명한 날개를 가진 잠자리도 많고, 갈댓잎에서 보이는 날개가 부연 잠자리도 두세 종류 있다. 족제비처럼 황갈색인 것도 있고, 녹슨 색이나 구리 주전자 비슷한 색도 있었다. 성경에 열거된 보석이 떠오를 정도였다. 힘겹게 허물을 벗고 나면 윙윙거리는 활발한 날갯짓 소리가 허공에서 요란했다. 화롯불 둘레로 모여 앉은 고양이들처럼 나무 사이의 이끼 낀 작은 공터에 편안히 앉은 모습을 보면 정말 세수를 하며 가르랑거릴 것만 같았다.

둑 근처 기다란 골풀 위에서 막 부화하는 잠자리를 발견한

나는 가까이에서 몸을 숙인 채 숨을 죽이고 그 기적을 지켜보았다. 불타듯 환한 눈 위의 껍질은 이미 유리처럼 얇아져서 색색의 램프처럼 빛나는 눈이 보였다. 곧 허물이 갈라지며 머리가 나왔다. 용을 쓰고 기를 쓰는 발버둥이 이어지며 다리가 먼저 나오고, 그다음으로 몸통과 구겨진 부드러운 날개가 나왔다. 신들린 생물처럼 발작적으로 움직이는가 하면 문득 죽은 듯 뻣뻣해지곤 했다. 마지막 단계에 이르자 전연 새로운 모습으로 세상 밖에 나가도 되는지 고민하듯 한참 가만히 있었다. 그러더니 한번 크게 들썩이며 몸을 비틀어 완전히 빠져나왔다. 종일 장을 돌아다닌 아이처럼 아주 졸리고 피곤한 듯 골풀 위로 조금 기어 올라가더니 날개가 펴지는 사이 잠깐 졸았다. 난 약간의 웃음과 약간의 흐느낌이 섞인 감탄을 내뱉었다. "그래, 해냈구나! 뭔가 희생했지만 자유로워졌어. 즐거운 날을 보내길 바라. 여기가 너의 천국일 거야. 그렇지?"

재빨리 날개를 펼치느라 분주한 잠자리는 물론 아무런 반응도 보이지 않았다. 그래서 난 꽃다발을 가득 안은 채 그 자리에 서 있었고, 잠자리는 자애로운 치료사처럼 사른에 내려앉은 황금색 햇살을 받으며 갈색 골풀에 힘없이 매달려 있었다. 이건 시간을 낭비하는 일이었다. 우리 지역에서 그것은 극악한 죄라 난 몸을 돌렸다. 그런데 몸을 돌리는 순간 부스럭 소리가 낮게 나더니 내 앞에 케스터 우즈이브스가 나타났다.

난 너무 놀라 도망가려 했다. 정말이지 그의 눈에 띄느니 차라리 호수에 뛰어들었을 것이다. 그런데 그가 내 어깨에 손을 얹었다. 무척 다정하면서도 씨름 선수의 손처럼 강한 만류가 느껴졌다.

"뭐야? 도망가는 거예요? 왜 그래요, 프루 사른?" 그가 물었다.

난 고개를 푹 숙였고, 차라리 잠자리가 되었으면 했다. 아무 말도 하지 않고, 필사적으로 몸을 빼려 했지만 소용없었다. 그는 그냥 웃었다.

"목숨을 구해줘서 고맙다고 말하러 온 사람을 대하는 방식치곤 아주 독특한데요, 프루 사른! 호수로 뛰어들 것처럼 도망치려 하다니." 여름을 만들어내는 목소리로 그가 말했다.

그의 손을 통해 전해진 두근거림이 나를 뚫고 지나가 난 서 있기도 힘들었다.

"내가 올 때 뭘 보고 있던 거예요?" 그가 물었다.

"허물 벗고 나오는 물잠자리요."

"한번 나오면 영원히 나오는 거죠." 그가 말했다. "자유로워지려면 많은 걸 감수해야 해요. 하지만 일단 나오면 그 이후로는 날개를 절대 접지 않아요."

"맞아요." 내가 말했다. "그리고 어떤 잠자리는 하도 높이 날아서 곧장 천국으로 날아가는 것처럼 보이기도 해요."

"우리도 각자 천국을 선택할 수만 있다면 다 그러고 싶잖아요. 난 황금 거리를 그리 좋아하지 않지만. 죽기 전에 내 천국을 가졌으면 해요."

"어떤 천국이요?" 내가 물었다. 갑자기 관심이 솟아 내 저주는 까맣게 잊었다.

"아직은 잘 모르겠어요." 그가 말했다. "하지만 1년쯤 지나면 알게 되겠죠."

"당신만의 천국을 고르며 돌아다니기엔 꽤 긴 시간인데요." 내가 놀리듯 말했다.

"그럼 당신은 더 빨리 생각해낼 수 있어요, 프루 사른?"

그의 매력을 아주 도드라지게 하는 녹색 외투를, 그중에서도 내 머리를 기대고 싶은 왼쪽 편 소매와 가슴 사이 한 부분을 골똘히 바라보면서 내가 말했다.

"네, 생각했어요."

"오! 어떤 건데요?"

"생각했다고 했잖아요, 우즈이브스 씨. 내 생각은 나만의 것이에요."

그가 웃으며 말했다.

"당신은 편지를 무지하게 잘 써요, 프루."

"기디언의 편지였어요."

"긴 양말이 젖으면 갈아 신으라는 말을 하다니 사른은 참 다정한 사람인가봐요. 그런 생각을 하는 남자는 흔치 않죠. 사른은 특히 아니고."

그는 내 눈을 똑바로 바라보았고 난 할 말이 없어 고개만 떨구었다.

"게다가 바느질도 그렇고, 자두 설탕 절임이나 피클을 시장 가격의 반값으로 준다니, 그 말에 난 완전히 나자빠졌어요.

사른은 아주 냉정한 사람이라 물건을 깎아주는 법이 없고, 요구하는 것도 주는 것도 없는 인물이라고 들었거든요. 그런데 마실 음료를 알려주기까지! 내가 그 인물을 완전히 오해했구나 싶었죠."

긴 양말은 잰시스가 도망친 후 썼던 편지에서 언급했다는 사실이 문득 떠올랐다. 그래서 난 그건 잰시스가 한 말이라고 했다.

"아, 맞아요. 그랬죠!" 그가 말했다. "그 편지 마음에 들었어요. 참 상냥한 아가씨예요. 그 편지를 누가 썼건 당연히 지어낸 것이니까요!"

그는 다시 나를 보았고, 난 할 말이 없었다.

"'전 세상 그 무엇보다 사랑하는 그 사람을 원한답니다.' 이 정도면 남자에게 아주 소중한 여자죠." 그가 말을 이었다. "'말로 표현할 수 없이 그를 사랑하고 영원히 사랑할 겁니다' 도 그렇고, 특히 이런 문구. '언제 어디서나 평생을 함께하고 프고, 개에 물려 죽든 다른 어떤 방식으로든 널 위해 죽을 수도 있어.' 아주 맘에 들었어요. 그런데 생각해보니 그건 사른이 잰시스 비가일디에게 한 말이잖아요. 참 멋진 애인이구나! 당신도 오빠를 정말 좋아하겠어요, 프루 사른."

"오, 그럼요." 얼굴이 빨개진 내가 말했다. "좋아해요."

"그래요, 그럴 수밖에 없죠. 게다가 성경 구절을 선택하는 안목도 참 좋아요. 잰시스도 그렇고요. '주인님이 오시어'라는 문장은 잰시스가 내게 쓴 편지에도 있고, 사른이 잰시스에게 쓴 편지에도 있으니 말이죠."

"많이들 하는 얘기니까요." 내가 말했다.

"내가 사른의 정 마차에 함께할 건데, 사른을 만나면 바느질과 자두 설탕 절임과 피클에 대해 고마움을 전해야겠어요." 그가 말했다.

"오, 안 돼요!" 분명 기디언이 불같이 화를 낼 것이라 내가 소리쳤다.

"오빠에게 고맙다는 인사를 하겠다는데 그걸 막다니 인색한 동생인걸요." 그가 말했다.

알고 싶은 것을 다 알아낸 듯 그의 얼굴엔 만족스러운 표정이 어렸다.

"괜히 말 빙빙 돌려봐야 이제 소용없어요." 그가 말했다. "그 편지들은 당신이 썼고, 당신이 다 지어낸 거니까. 내가 하고 싶은 말은 그저 그것이 누군가를 생각하며 쓴 편지라면 누가 되었든 그 사람은 행운아라는 겁니다."

"난 사귀는 사람 없어요."

"저런! 그것참 안됐군요. 어쨌든 친구는 생긴 거예요. 집에 돌아가서 케스터 우즈이브스가 영원히 당신의 친구가 될 거라고 공책에 적어요."

난 정말 고맙다고 말했다. 함께 허물 벗는 잠자리를 더 찾아보는 게 어떻겠냐고 그가 물었다. 그래서 우리는 잠자리를 찾으며 이런저런 이야기도 나눴다. 골풀 끝에서 허물을 벗는 잠자리도 보고, 물이 부글거리는 것도 보고, 수호천사를 바라보는 수련도 보았다.

　내가 공책에 글을 쓴다는 걸 어떻게 알았냐고 물을 생각이 든 것은 한참 지나서였다. 그가 곁에 있으면 뭐든 제대로 기억나지 않기 때문이다.

　"글쎄요, 아마 새가 전해줬나보죠. 아니면 작은 새처럼 생긴 노파라든가."

　"하지만 나에 대해 아는 게 그것 말고도 많은 것 같은데, 그걸 다 어떻게 알았어요?"

　"당신을 아는 사람이 두세 명 있어요, 프루. 또 당신을 알지만 사랑하지 않는 사람도 몇 있고요. 그래서 그 사람들 마음속을 내가 좀 뒤져봤죠. 내가 당신에 대해 모르는 게 별로 없을걸요, 프루."

　그 말에 내 마음이 편안해졌다. 게다가 그 목소리에 담긴 영원한 여름날이라니! 난 시간이고 뭐고 다 잊었다. 정말이지 소젖 짜는 시간까지 잊었던 것이다! 하지만 호수 위로 길게 뻗은 저녁 빛이 보였고 저녁나절의 산들바람이 나뭇잎 흔드는 소리도 들렸으므로 난 돌아갈 채비를 했다. 그때 그가 말했다.

　"이거 하나는 물어봐야겠어요."

　그가 내 눈을 똑바로 들여다봤다. 그가 좀 더 크긴 했지만 우린 키가 비슷했다.

　"황소 괴롭히기가 있던 그날 어째서 나를 위해 그런 일을 한 거죠?" 그가 물었다. "왜 나를 구하려고 칼을 들고 내 앞을 막아서며 럴링퍼드에 맞선 거죠?"

깊은 침묵이 이어지면서 여름날 나뭇가지가 흔들리는 소리와 고요한 호수 물이 가만히 찰랑거리는 소리만 들렸다. 어떻게 대답할 수 있을까? 하지만 대답은 해야겠지.

그때 수호천사를 내려다보는 수련이 눈에 들어오면서 그날 내가 나 자신을 케스터의 수호천사라고 불렀던 일이 떠올랐다.

"그날 내가 당신의 수호천사였기 때문이에요." 내가 마침내 그렇게 말했다. "게다가 볼품없는 수호천사였죠."

"혹시 천사의 지위가 필요하면 내게 증명서를 써달라고 해요." 그의 말은 농담 투였지만 눈은 말할 수 없이 진지했다. 그런 뒤 우리는 인사를 하고 헤어졌다. 돌아가는 내 등 뒤로 그가 외쳤다. "별로 볼품없지 않아요!"

숲에서 울리는 그의 웃음소리가 내 귀에 들렸다.

제4권

제1장 가을걷이 잔치

난 평생 그렇게 엄청난 곡물 수확을 본 일이 없었다. 우리는 8월이 되면서 가을걷이를 시작했고, 정 마차 날이 올 때까지 곡물 낟가리를 들판에 세워놓았다. 날씨가 워낙 좋아서 별문제 없었다. 일손이 많지 않은 농장에서 날을 정해 이웃을 불러 함께 수확한 곡물을 옮기는 것이 마을 관행이었다. 날씨가 무척 좋아서 그때까지는 우리끼리만 일했다. 아침 일찍 일어나면 어김없이 잘 익은 곡물에서 풍기는 톡 쏘는 강한 단내가 대기에 가득하고 구름 한 점 없는 광활한 하늘로 백조처럼 당당하게 태양이 솟아오르는 그런 아침이었다. 날씨가 더워지면 류머티즘이 나아져 어머니는 씩씩하고 활기가 넘쳤다. 가을걷이가 끝나면 일이 줄어 편해지리라는 생각도 한몫했다. 어머니는 새벽 5시면 일어나 우리 아침을 준비했고, 우리는 망신스럽지 않을 정도로만 옷을 걸친 채 도수 낮은 맥주를 담은 나무통을 들고 집을 나섰다. 우리는 항상 가을걷이 때를

대비해 술을 담갔다. 그해에는 정 마차에 이웃들이 올 거라
더 많이 담갔다. 돌아보면 당시 내내 어떤 주문이 농장을 덮
고 있었던 것만 같다. 기디언은 내가 여태껏 본 적 없이 만족
한 모습이었다. 그에게 만족을 주는 건 나가떨어질 때까지 일
하는 것과 시작한 일을 끝내는 것, 두 가지였기 때문이다. 바
구미나 곰팡이나 검댕이라고는 없이 튼실하고 잘 익은 낟가
리가 가득한 농장을 바라보는 것이 그가 원하는 삶이었다. 안
전하게 다 쌓아놓고 싶어 조바심이 났지만 날짜가 정해질 때
까지 기다려야 했다. 그날엔 잰시스도 와서 낟가리 묶는 일을
돕기로 했다. 보통 마지막 짐마차 꼭대기에 세우는 인물상 대
신 잰시스가 그 꽃 가운데 올라앉아야 할 것 같았다. 그만큼
분홍색과 금색이 물결치는 가을걷이와 하나로 보였다.

　나로 말하자면 너무 놀라워 어안이 벙벙했다. "주인님이 오
시어"라는 말이 현실이 되다니! 내 모습을 보고도 질겁하지
않다니! 호숫가 색색의 잠자리 사이에서 보낸 그 시간이 전
부 일용할 양식처럼 실제였다니! 그의 말을 다시 떠올리면,
무엇보다 그의 모습을 떠올리면 난 정신이 혼미해졌다. 서리
내린 뒤 이슬이 무직하게 깔리고, 아침 바람에 곡물이 바스락
바스락 흔들리는 이른 새벽마다 내가 얼마나 노래를 흥얼거
렸는지!

　우리가 들에 나갔을 때는 늦게 꽃을 피운 흰 클로버 잎이
꼭 다물려 있고 뚜껑별꽃도 닫혀 있었다. 잠시 쉬면서 난 그
꽃잎이 소심한 마음처럼 가만가만 열리는 모습을 바라보았

다. 그러고 나면 색이 칙칙한 작은 새처럼 검은 옷을 입은 어머니가 점심을 들고 들판을 건너왔다. 이따금 늙고 여린 목소리로 〈보리 다리〉를 부르기도 했는데 여전히 듣기 좋았다. 정오가 지나고 태양이 이글거리는 긴 저녁(우리에게 정오 이후는 통틀어 저녁이었다)이 저물며 이슬이 내리기 시작하면 뚜껑별꽃이 다시 닫히고 흰 클로버 잎도 닫히는 것을 보았다. 우리는 번갈아 집으로 돌아가 소젖을 짰고, 들판에서 차를 마신 뒤 다시 일을 했다. 그러는 내내 난 큰 도시에서 다색 직물을 짜고 있을 케스터를 생각했다. 그가 자신만이 아니라 나를 위해서도 일한다는 생각이 불쑥 떠오를 때마다 직접 그런 말을 한 적도 없는데 그저 이글거리는 그의 표정 때문에 그런 생각이 드는 거라고, 소망에서 생각이 나온 거라고 여기며 바로 눌러버렸다. 하지만 50파운드라는 큰돈을 갖게 될 날을 꿈꾸긴 했다. 너무 앞서가고 싶지는 않았지만 얼른 치료를 받아서 케스터가 일을 끝내고 돌아왔을 때 펠레나만큼 멀쩡한 얼굴로 그 앞에 서겠다는 계획을 세운 것이다.

마침내 정 마차 날이 왔다. 하늘이 짙은 우스터 도자기 색처럼 보이는 몹시도 푸르른 날이었다. 여자까지 해서 총 쉰 명이 오기로 했다. 난 해가 뜨기도 전에 일어나 준비를 했다. 우리 도자기와 빌린 도자기를 모두 과수원의 가대 위에 꺼내 놓고, 남자들이 각자의 술통을 채우도록 마당에 맥주 통을 옮기는 기디언을 돕고, 차를 끓일 물을 우물에서 길어 왔다. 과수원의 가대마다 색색의 머그잔과 접시, 갈색 빵, 백조 무늬가 찍힌 큼지막한 버터, 자른 벌집 케이크와 생강빵, 치즈, 잼이 차려져 있고, 양쪽 끝에 각각 햄과 소고기가 놓인 광경은 정말 볼만했다. 그날엔 기디언도 음식을 아끼지 않았다. 정마차 날에는 모두 배부르게 먹어야 한다는 것은 누구도 어길 수 없는 법칙이었기 때문이다.

이른 시각부터 말이나 소를 맨 짐마차가 쾌활한 소리와 함께 줄지어 양목장으로 들어서기 시작했다. 농부들은 각자 자기 짐마차를 끌고 일꾼을 데리고 왔는데, 때로는 두 대를 끌고 오기도 했다. 마차는 리본과 꽃으로 장식을 하고, "우리 가을걷이 날에 행운이 있기를"이나 "우리 곡물을 보우하시길"이라는 글씨를 건 마차도 몇 있었다. 빗질을 얼마나 했는지 털이 새틴처럼 반짝이는 커다란 말들이 풍성한 갈기를 휘날리며 루시퍼처럼 당당하게 걸어 들어오는 모습도 근사했다. 리본을 꼬아 만드는 데 얼마나 오래 걸렸는지 알기에 더욱 그랬다. 뿔에 화려한 장식을 달고 수염패랭이꽃과 클레마티스와 곡물을 엮어 목에 건 황소 역시 볼만했다. 이륜마차에 늙은 말을 맨 방앗간 주인이 선두에 속해 있었다. 그로선 그것이 최선이었고, 사실 이륜마차라도 맨 위에 양쪽으로 판자를 달면 놀랄 만큼 짐을 많이 실을 수 있어서 많은 일을 해내기도 했다.

내가 나가서 사람들을 맞을 시간이었다. 그래서 고기 패티 반쪽으로 한쪽 볼이 불룩해져 탁자 위에 걸터앉은 방앗간집 팀에게 새나 고양이나 개, 나아가 요정 나라의 도깨비가 커다란 패티에 달려들지 않게 지키라고 시킨 뒤 자리를 떴다. 플래시에서 황소를 몰고 온 농부는 골풀로 뿔을 멋지게 장식했는데, 수키와 몰이 한 마리씩 몰고 왔다. 둘은 되새처럼 천방지축인데 그들 모친은 나중에나 온다고 했다. 그 뒤로 이삭을 주워 담아 갈 짐 바구니를 든 펠레나가 양치기의 조랑말을 타고 왔다. 여름 더위로 발갛게 달아오른 얼굴과 길고 여윈 팔, 그 빨간 입술, 갈색 얼굴에서 보석처럼 빛나는 녹색 눈을 보자 난 차라리 케스터가 오지 않았으면 했다. 비가일디 부인과 잰시스는 왔지만 비가일디 씨는 오지 않았다. 치통이 심하다는 럴링퍼드의 사촌도 부인과 함께 왔다. 캘러드네는 큰 짐 수레에 온 식구가 끼여 앉았는데, 다섯 아이 위로 그물망을 씌워서 마치 시장에 내다 팔 작은 송아지들처럼 보였다. 캘러드네 할아버지는 그 더운 날씨에도 잘 차려입어서 가장 좋은 황갈색 외투를 입고 비버 중절모를 쓰고는 아들 옆에 앉아 있었다. 마차가 삐걱거리며 들어설 때 그가 젊은이처럼 모자에 꽂은 작은 꽃다발을 흔들며 외쳤다.

"갈걷이다! 갈걷이! 이렇게 좋은 날씨는 여태 없었어!"

그는 가을걷이를 늘 갈걷이라고 했는데, 예전에 쓰던 말이었다. 그다음으로 키 크고 거무죽죽한 교회지기가 왔다. 약간 뚱하지만, 같은 연배에서는 쇠스랑 다루는 솜씨가 근방에서 최고였다. 부인은 이삭을 담아 갈 주머니가 여럿 달린 커다란 파란색 체크무늬 앞치마를 둘러서 평소보다 몸이 커 보였다. 그녀가 이삭을 줍는다고 말하면, 명예가 드높은 솔로몬이 앞치마를 두르고 이삭을 줍는 것처럼 신성모독이 될 것 같았다.

티비는 이런 식의 '두'●에 갈 때 젊은 여자들이 그러듯 잔뜩 차려입었다. '두'는 자주 있는 일이 아닌 데다가 있어봐야 교회에서나 있으니, 신도석에 앉으면 보닛밖에 보이지 않는 교회에서 주름 장식이 가득한 드레스나 목선이 깊이 팬 드레스가 잘 보이기나 하겠는가?

티비는 안쪽에 주름 잡힌 모슬린을 넣은 밀짚모자를 쓰고, 깊게 팬 화려한 드레스에 가슴엔 장미를 꽂고 흰 스타킹에 검은색 새 샌들을 신었다. 파란색 포플린 드레스에 챙 넓은 모자를 쓴 잰시스는 비할 바 없이 아름다웠고, 수키와 몰은 빨간 장미 무늬가 자잘하게 들어간 딱 붙는 흰색 면 드레스를 입었다.

캘러드네 아이들은 바구니에서 꺼낸 닭 무리처럼 뛰어다녔고, 방앗간집 팀은 잔치를 감독하는 임무를 떠맡아 우쭐한 마음에 말없이 조용했다. 방앗간 안주인과 폴리는 일찍 왔고 방앗간 일꾼들도 왔다. 교회지기네 새미도 왔다. 그는 뱀장어처럼 길쭉한 몸에 치아는 원하는 것보다 두 배나 많은 이상한 인물로, 구실만 생기면 머릿속 성경 구절을 날려서 여름밤 날벌레처럼 상대를 후려쳤다. 그의 부친이 읽은 성경 구절이 전부 그 커다란 머리에 들어차 있는 것처럼. 그래서 그렇게 머리가 큰 것처럼.

● 다양한 유형의 마을 축제.

"그러므로 추수하는 주인에게 청하여 추수할 일꾼들을 보내주소서 하라 하시니라." 그가 말했는데, '사과주 머그잔' 주인이 곧바로 끼어들었다. 그는 기디언이 앞으로 유망한 고객이 되리라 보고 부인에게 술집을 맡기고 온 참이었다.

"기도를 하려거든 내가 일단 맥주 한 잔 마신 뒤에 하게나. 자네는 교회지기의 아들이니 기도가 응답을 받으면 내가 목이 탈 수도 있거든."

남자들이 맥주 통 주변으로 모여들었고, 오는 족족 맥주를 받았다. 타울러도 왔고, 갈색 피부에 키 크고 뼈가 앙상한 펠레나의 남편인 양치기도 키바를 타고 왔다. 키바는 중간을 잡고 걷는 길이가 180센티미터에 이르는 장대다.

"이봐, 양치기!" 캘러드네 할아버지가 소리쳤다. "부활절 아침에 자네 산에서 태양이 춤추는 걸 아직 못 봤나?"

양치기는 관심을 보이지 않았다. 워낙 말 없는 양들과만 지내다보니 거의 방앗간 주인만큼 말이 없었다. 방앗간 주인에 버금갈 사람은 없었다. 그 대신 몰리와 수키의 아버지가 말했다.

"저이는 못 봤지만, 우리 모두 알다시피 한여름에 달이 춤추는 걸 보는 건 그 아내지."

"악마와 춤출 때!" 수키가 빽 소리를 질렀다.

"악마만도 아니지." 교회지기 부인이 말했다.

펠레나는 개의치 않는 듯했다. 내 옆에 서 있었는데, 자기는 누가 되었건 함께 춤추는 게 좋다고, 교회지기 부인처럼 뻣뻣하기보다는 유연하고 날씬한 게 좋다고 내게 속삭였다.

"바알의 산당에 오르매. 〈민수기〉 22장." 새미가 말했다. 그러고 나자 아무도 더 덧붙일 말이 없는 듯했다.

기디언이 각자 할 일을 알려주려고 왔다. 멋지게 수를 놓은 깔끔한 덧옷을 입고 소매를 걷어 올려 우람한 팔뚝을 드러낸 채 쇠스랑을 어깨에 멘 그는 근사해 보였다.

"이봐, 감독!" 늙은 캘러드가 소리쳤다. "내게 무슨 일을 맡길 건가?"

"내 짐마차 위에 올라갈 겁니다." 교회지기가 말했다. "내가 던지는 속도에 맞춰 받아내겠다고 약속한다면 말이죠."

그 말에 다들 껄껄 웃었다. 교회지기는 근방에서 그 일을 하는 속도가 제일 빠른 사람인 데다 지치지도 않기에 아무도 그걸 받아 쌓는 일을 원하지 않았다.

"오, 어르신은 선두 마차에 올라가 행운의 인물상을 해주시죠. 다들 괜찮지? '이랴', '영차', 이렇게 크게 외치면 누구보다 보기 좋을 거예요."

노인은 이 제안을 대단한 칭찬으로 받아들였고, 바로 마차에 올라가겠다며 아들에게 자기를 도우라고 했다.

"자, 여러분, 오늘 안에 가을걷이를 끝내려면 슬슬 움직이는 게 좋겠습니다." 기디언이 말했다.

"갈걷이! 갈걷이!" 늙은 캘러드가 소리쳤다. "이랴!"

그 말을 따라 맨 앞 말이 앞으로 나아갔고 마차들이 천천히 집 앞을 지나갔다. 어머니는 문간에 서서 미소를 띠고 고개를 끄덕이며 말했다.

"다들 고마워요! 내 아들 사른이 신세를 갚을 거예요."

그렇게 우리는 곡물을 집으로 실어 오기 위해 푸르른 하늘 아래로 나섰다. 캘러드네 할아버지가 신이 나서 '이랴'라고 할 것을 '영차'라고 하는 바람에 말들이 어쩔 줄 몰라 하느라 대단한 혼선이 빚어졌다. 우리는 푸른 벌판 위로 환한 띠를 이루며 그 뒤를 따랐다. 아이들과 개들은 이리저리 뛰어다니고 건초 마당에서는 낟가리를 쌓을 남자들이 통나무를 제자리에 놓으며 준비하고 있었다. 첫 번째 마차가 낟가리를 잔뜩 쌓아 오기 전에 만반의 준비를 마치고 쇠스랑에 기대서서 앞으로 할 일에 대해 이야기를 나누었다. 자기네 가을걷이라도 되는 양 각자 이런저런 계획으로 바쁘고 자기네 곡물을 파는 양 다들 기뻐했다. 과거 '정 마차' 때는 다들 그랬다.

정오 무렵, 난 케스터가 오는 게 보일까 싶어 높은 목초지로 올라갔다. 그는 저 멀리 들길을 따라 목초지를 가로질러 오고 있었는데, 내게는 온 세상이나 다름없는 그를 얼마나 오래 바라보고 있었던지 돌아갔을 땐 이미 일이 다시 시작된 뒤였다. 참 좋은 날씨에 좋은 곳이라 참 보기 좋은 광경이었다. 농장에는 곡물이 산더미처럼 쌓였는데, 어둑한 숲과 초원에 둘러싸인 모습이 금 말뚝 같았다. 그리고 여자들의 밝은 옷 색깔과 남자들의 크림색 덧옷, 두세 명의 다색 셔츠, 반짝반짝 빛나는 말과 짙은 색의 황소, 푸른 그림자를 드리운 노란 낟가리, 마차 위에 산더미처럼 쌓인 노란색 곡물이 어울려 살면서 흔히 볼 수 없는 그림 같은 장면을 이루었다. 적어도 요즘에는 흔히 볼 수 없는.

들리는 소리도 명랑했다. 고요하고 엷은 대기 속에서 기분 좋은 목소리들이 울렸다. 캘러드 할아버지의 '이랴'와 '영차' 소리, 다른 남자들의 외침, 기디언이 던진 말에 잰시스가 사랑스럽게 깔깔 웃는 소리, "어머니, 두 번이나 앞치마 가득 이삭을 주웠어요", "엄마, 이삭 여섯 개를 찾았어요"라며 아이들이 외치는 소리가 들려왔다. 저 멀리 건초 마당에서도 일하는 사람들의 외침이 들려오고, 호수가 유리처럼 펼쳐진 깊은 숲 속에서 구구거리는 비둘기 소리나 야단치는 투의 어치 울음소리, 깔깔거리는 듯한 딱따구리 소리도 이따금 들렸다. 하늘에는 구름 한 점 없고, 대기에는 바람 한 점 없어 잎이 무성한 산울타리도 미동조차 없었다. 그리고 이제 '주인님이 오셨다'는 표현으로밖에 떠올릴 수 없는 그 사람이 두 필지 너머로, 한 필지 너머로 보이더니 이제 우리 들판으로 들어섰다.

나를 보고 저 멀리서 그가 모자를 흔들었다. 내가 그토록 사랑하는 잘생긴 머리가, 쓰다듬고 싶은 검은 머리칼로 덮인 머리가 드러났다.

난 높은 목초지에서 내려와 기디언의 마차 옆에 섰다. 케스터가 그날의 책임자에게 지시를 받을 것이기 때문이었다.

케스터가 워낙 늦게 온 바람에 이 사람 저 사람이 놀려댔다.

"날짜를 잊어버려서 다음 날 오겠잖아?"

"뭣 하러 이렇게 일찍 와. 밭갈이 월요일●에나 오지."

"늦긴 했지만 힘도 세고 젊은 혈기가 왕성해." 캘러드 할아버지가 말했다. 그 집안 사람은 다들 케스터를 향한 험담은 참지 못했다.

"나중 된 자로서 먼저 되고 먼저 된 자로서 나중 되리라. 〈마태복음〉 20장." 새미가 말했다.

"행운의 날이 되기를!" 케스터가 기디언에게 말했다.

"이렇게 와줘서 고마워요." 기디언이 대답했다.

"난 뭘 할까요?"

"곡물 수확해봤나요?"

"그럼요."

"쇠스랑질 할 수 있어요?"

"네."

"그럼 내가 한번 둘러볼 동안 내 일을 해주겠어요? 반대편에는 교회지기가 있는데, 속도가 무지하게 빨라요. 하지만 캘러드나 타울러도 어지간히 속도는 맞출 겁니다."

"짐이 많이 쌓이지 않았을 때 쇠스랑을 너무 깊숙이 박지 않게 조심해." 캘러드 할아버지가 말했다. "예전에 그러다가 위쪽에 있던 녀석에게 쇠스랑을 꽂은 녀석이 있었으니까. 암! 포크에 꽂힌 토스트 같았다니까. 난데없는 비명에 말이 놀라서 그 상태 그대로 달아났지."

하지만 케스터는 일을 잘해서 토스트를 만드는 일은 없었

● 예수 공현축일인 1월 6일 이후 첫 번째 월요일.

다. 이따금 나를 향해 눈웃음을 보내다가 한번은 빈 마차가 아직 도착하지 않았을 때 이삭을 줍는 내 곁에 와서 말했다.

"아직도 내게서 조금씩 멀어지는군요, 프루 사른. 멀어지지 말고 가까이 와야죠."

난 이삭을 이리저리 움직였을 뿐 아무런 대꾸도 하지 못했다.

그러자 그가 웃음기가 묻어나면서도 애정이 가득한 말투로 천천히 이렇게 말했다.

"자, 자, 이제 누구도 당신을 건드리지 않을 거예요."

남자의 강렬한 생명력이 전부 그 눈 속에 담겨 나를 향해 불을 뿜고 있었다. 그러니까 내 말을 들었던 거다! 거의 죽어가면서도 들리는 경우가 간혹 있다고 한다. 사랑으로 마음이 찢어지던 내가 그의 머리를 부둥켜안고 했던 말을 그는 듣고 기억했던 것이다. 내가 무슨 말을 할 수 있었겠는가? 할 수 없었다. 그의 시선이 머물러 있는, 달아오르는 내 얼굴을 감출 곳이 있을까? 아무 데도 없었다.

"이봐, 길쌈꾼!" 사람들이 외쳤다. "마차가 왔는데 자네 때문에 작업을 시작하지 못하잖아!"

"난 어머니의 사랑도, 여형제의 사랑도, 연인의 사랑도 알지 못해요." 그의 말은 아주 상냥하지만 절절한 진심이 담겨 불타오르는 듯했다. "하지만 설사 알았다 하더라도 당신이 그 말을 하는 순간 모두 잊었을 거예요, 프루 사른."

그 말과 함께 그가 휙 몸을 돌려 마차로 돌아갔다.

그날의 색은 어떠했던가! 황금색? 분명 황금색이었을 것이다! 난 이삭을 줍고 또 주웠고, 한가득 주울 때마다 그것이 천상의 귀한 보물인 것만 같았다. 산울타리 그늘 아래서 차를 마실 때쯤 들의 곡물은 거의 다 치워졌다. 그림자가 길어져도 더위는 별로 식지 않았다. 여름이 황금색 곡물을 사랑하는 마음으로 지금껏 모아둔 온기를 아낌없이 쏟아붓는 듯한 9월 중순이었기 때문이다.

해가 기울고 술통의 맥주도 줄어들자 어머니가 저녁 준비를 도우라며 쟁반을 두드려 나를 불렀다. 다들 마지막 마차에 짐을 싣고 있었다. 난 충실하게 고기를 지켜온 팀에게 이제 들로 나가서 다른 아이들과 함께 마차 꼭대기에 앉아 의기양양하게 돌아오라고 했다. 그런 뒤 우리는 음식과 집에서 빚은 술통을 꺼내놓았고, 고기와 빵을 자르기 시작했다.

들에서 사람들의 외침이 들리더니 곧 가장 큰 마차가 왔다. 잰시스네 흰 황소와 플래시의 황소가 끌고 캘러드 할아버지가 모는 그 마차에 아이들이 전부 올라타 있었다. 함께 앉은 잰시스는 잎이 달린 가지와 양귀비 꽃다발을 흔들었고, 덧옷을 입어 평소보다 더 커 보이는 기디언은 그 옆에서 근엄하면서도 흐뭇한 표정으로 걸었다.

이런, 갑자기 눈물이 쏟아진다! 그때 어머니와 내가 기뻐서 흘렸던 눈물과 이후 벌어진 일로 인한 또 다른 눈물이. 황금빛으로 눈부셨던 그날 대낮에 느닷없이 바람이 쏴쏴 불며 낮은 소란이 일다가 먹구름이 하늘을 뒤덮고 사위가 컴컴해지며 천둥벼락이 쳤다 해도, 그때 곧이어 우리를 산산이 부순 태풍만큼 천만뜻밖이거나 끔찍하지 않았을 것이다.

마차와 그 뒤를 따라 노래를 부르고 소리 높여 떠드는 사람들이 곧 건초 마당 출입구에 이르렀다.

목사님이 수확을 축복하려고 그곳에 서 있었고, 어머니와 내가 가까이에 섰다.

"여러분! 일용할 양식에 감사합시다!" 그가 말했다.

그러자 다들 큰 소리로 말했다.

"일용할 양식에 감사드립니다!"

"곡물과 사른의 주인을 주께서 축복하시고 비둘기가 산으로 돌아가듯 그의 선행이 그에게 돌아가기를."

"아멘!" 사람들이 말했다.

"사른 부인의 말씀을 전하자면, 과수원에 음식이 마련되어 있으니 다들 와서 즐기라고 합니다." 목사님이 말했다.

기디언이 앞으로 나섰다.

"곡물을 다 집으로 옮겼으니 여러분께 감사를 표합니다. 오늘 도움을 주신 분은 언제라도 저를 불러주시면 이 빚을 갚을 때까지 일을 거들겠습니다."

석양빛이 길게 비치는 긴 탁자에 다들 앉았다. 그러니까 온 사람들이 그랬다는 거고, 우리는 음식을 나눠주느라 워낙 바빠서 앉을 시간도 없었다.

"길쌈꾼." 사과주 머그잔 주인이 말했다. "자네가 황소 괴롭히기를 중지시켜서 다들 울화통이 터진 모양인데 난 전혀 불만 없네."

"나도 그래. 난 개를 좋아하는 사람이 좋아." 타울러가 말했다.

"나도 마찬가지야." 옆 탁자의 캘러드 씨가 말했다.

"하지만 말릴 수 없는 사람들이 좀 있어." 사과주 머그잔 주인이 말했다. "밤마다 그 사람들 말을 듣지. 오, 난 아무 말도 안 해! 주인이란 귀를 쫑긋할 뿐 아무 말 없는 개와 마찬가지니까. 그럼! 그게 주인이야. 그런데 그자들이 자네를 가만 안 둘 거야. 할 수만 있다면 무슨 수를 쓰든 자네 일을 빼앗고 말거야. 자네를 괴롭힐 수만 있다면 뭐든지 할 거라고. 영주에게도 힘을 쓴 모양이야."

"저도 압니다. 어쨌든 감사드려요." 케스터가 말했다. "오늘 늦은 것도 영주 때문이었어요. 내 오두막을 사고 싶다고 하더군요. 무슨 수를 쓰더라도 살 모양이에요. 그 집만 수중에 넣으면 날 쫓아낼 수 있다는 걸 잘 아는 거죠. 나머지는 다 자기나 자기 친구들 소유니까. 엄청난 액수를 제안했어요."

"그래서 고려해볼 건가?"

"천만에요! 꼭 붙어 있을 겁니다."

내가 듣기에 그 말에는 뭔가 아주 유쾌한 분위기가 있었다. 마치 내 눈앞에서 거대한 도피처를 지은 듯. 그는 잠시 집을 떠나 있기도 했고 길면 1년이나 비우기도 했지만, 그곳에서 평생 살 것이다. 겨우 24킬로미터 떨어진 곳, 날 수 있는 까마귀에겐 더 가까울 그곳에서.

"그리고 **너도** 조심해야 해, 프루 사른." 사과주 머그잔 주인이 말했다. "네가 자기 개를 찔러 죽여서 그림블이 앙심을 품고 있어. 네가 한 일이 잘못이었다는 뜻은 아니야. 자기 가축이 죽임을 당하게 된 농부라면 다들 기뻐할 테고 네가 의사를 불러오고 그런 일을 했던 건 당연하지."

그가 말을 이었다. "내 아내는 프루 사른이 칼을 쑤셔 넣었을 때 보고도 믿지 않았다고 하더라. 헛것을 봤나 싶었대. 누가 살짝 건드리기만 해도 쓰러졌을 거라고. 그러니 그때 상황이 어땠는지 알 수 있지. 그 사람은 통통 튀는 공 같아서 쓰러뜨리기가 여간 어렵지 않거든."

"나도 거기 있었으면 좋았을 텐데." 수키가 말했다. "나도 그 개를 단숨에 칼로 찔렀을 거예요, 우즈이브스 씨. 비가일디의 정 실잣기에서 내가 뭘 줬나요, 우즈이브스 씨?"

"우리랑 나중에 '원 만들며 키스하기' 놀이 해요, 우즈이브스 씨! 당신 키스 잘하는 거 다 알아요!" 몰이 말했다.

펠레나가 좁은 탁자 위로 몸을 숙이며 물었다.

"할래요? 놀이를 하겠어요, 길쌈꾼?"

그때 옆 탁자에서 누군가가 외쳤다.

"조용, 조용! 교회지기가 몇 마디 한답니다."

교회지기가 입을 열었다 하면, 교회의 네 담벼락이 사방에 솟고 곰팡내 나는 축축한 냄새가 진동하고 창문에서 파리가 윙윙거리는 소리도 들린다. '그가 부인을 취하여 아미나답을 낳고'나 '금 그릇이 깨지고'라는 구절을 읽든 가을걷이 잔치에서 말을 하든 그의 말투는 한결같기 때문이다.

"친구 여러분, 오늘 하루를 잘 보냈습니다. 분명 제대로 땀 흘리지 않은 사람은 아무도 없었겠죠. 캘러드 어르신까지 그랬으니까요."

"오, 아무렴! 땀을 제대로 흘렸지!" 흐뭇한 노인이 외쳤다.

"그리고 이제 좋은 음식을 즐기고, 이후에 한두 가지 놀이를……."

"백성이 앉아서 먹고 마시며 일어나서 뛰놀더라. 〈출애굽기〉 32장."

새미였다.

교회지기는 '새미 좀 어떻게 해봐!'라고 말하듯 잔뜩 화난 표정으로 아내를 노려보았고, 그러자 그녀가 말했다.

"조용히 해, 새미! 아버지가 말씀하시잖니. 넌 다른 사람의 말을 외워서 할 뿐이지만 아버지는 그걸 늘 새롭게 바꾼다는 걸 명심하렴."

그러고는 빙글빙글 돌아가는 바퀴를 바라보는 고양이처럼 다시 교회지기를 바라보았다.

"그러니까 우리가 오늘 하루를 잘 보냈고 사른은 풍성한 가을걷이를 했는데, 어째서인지 아십니까? 근면하기 때문입니다, 여러분. 그 누이와 모친까지 근면하기 때문이지요. 근방의 열 군데 교구를 통틀어 더 근면한 가족은 없을 겁니다. 손하나 까딱하지 않고 사악한 옛날 책만 쓰다듬으며 사는 그누구와는 참 다르죠. 그럼요! 이 자리에 얼굴은 보이지 않지만, 믿음으로 구원할 수 있는 사람이 있습니다. 여러분, 우리는 주께서 스스로 돕는 자를 돕는다는 것을 잘 알고, 높이 쌓인 곡물 더미를 보면서 그 말이 사실임을 확신합니다. 만사가 잘되길 바라네, 사른. 그리고 젊은 처자도 근면하길 바라고. 듣기로 다음에 사른에서 있을 잔치는 결혼식이라죠. 그를 통해 더 번영하길 바라네. 물론 결혼할 집안을 아는 우리로서는 뼛속 깊이 박힌 심성이 밖으로 나와……."

다행히 그때 옆 탁자에서 누군가가 소리쳤다.

"출입문에 말 탄 사람 둘이 와 있어요."

젊은 영주와 미스 도라벨라였다. 두 사람이 과수원을 가로질러 오다가, 젊은이가 소리쳤다. "즐거운 저녁 보내세요. 그리고 곡물에도 행운을 빕니다!"

그는 누구를 만나든 반갑게 인사했고, 그래서 다들 좋아했다.

미스 도라벨라는 기디언과 언쟁을 했다는 사실을 잊은 모양인지 그의 탁자 곁으로 다가와 검은 눈동자를 반짝이며 미소 지었다.

"사른, 농장에서 원한 바를 이뤘군요. 정말 대단한 수확이에요. 우리도 당신의 건강을 위해 건배할 수 있을까요?"

강인한 남자인 기디언을 향한 감탄이 느껴졌다. 그는 정말 강인했고, 난 그보다 강한 남자는 본 적이 없었다. 영주가 딸에게 기디언과 화해하라고 시키면서 제대로 하는지 확인하도록 젊은 캠퍼다인을 붙여 보냈다는 것도 알 만했다. 그녀

가 '사과주 머그잔'에서 기디언을 모욕한 것은 동네가 다 아
는 사실이었고, 영주로서는 앞으로 성공하게 될 사람을 잃을
수는 없었기 때문이다. 기디언은 뚱한 표정으로 그녀를 똑바
로 바라보았지만, 그녀는 어떻게 보면 도도하고, 어떻게 보면
애원하는 투로 여전히 미소를 보였다. 곧 맥주가 가득한 잔이
그녀에게 건네졌고, 그녀는 이렇게 말하며 단숨에 마셨다.

"사른의 건강과 번영을 위해!"

그녀는 어떤 남자와도 맥주를 마실 수 있었고, 얼마 전부터
귀부인들이 아침에 맥주만 마시고 있었다. 그녀가 잔을 돌려
주곤 몸을 숙이며 멋진 장갑을 벗은 맨손을 내밀었다.

"악수해요, 사른."

숙녀의 손을 거절할 수는 없으니 그는 다른 도리가 없었다.
그래서 커다란 손으로 상대의 손을 쥐었고, 젊은 캠퍼다인이
그 정도면 충분하다는 듯 고개를 주억거리자 그녀는 다시 장
갑을 꼈다. 그사이 잰시스는 그녀가 두려우면서도 참을 수 없
다는 듯 그쪽을 바라보고 있었다. 하지만 나로서는 냉랭한 미
모의 미스 도라벨라를 보다가 그렇게 부드럽고 보얀 잰시스
를 보면 잰시스가 두려워할 일이 없을 것 같았다. 누군가 캠
퍼다인 씨에게도 맥주를 주었고, 그는 건배를 하며 마신 뒤
이렇게 말했다.

"비가일디가 여기 있을 줄 알았는데 안 보이네."

비가일디 부인이 자리에서 일어나 허리 굽혀 인사를 했다.

"네, 남편은 오지 않았어요. 집에도 없을 테니 찾아가지 마

세요. 하지만 다음 주 같은 날에 오시면……."

그건 비가일디 부인의 영리한 처사로 보였다. 가능한 한 젊은 영주가 찾아오는 일을 늦춰 기디언과 잰시스에게 시간을 벌어주고, 그사이 남편을 어떻게 할지 고민해보려는 것이었다.

"알겠소!" 말을 타고 가며 젊은이가 소리쳤다.

"다음 주 같은 날, 비너스를 대령해야 할 거요!"

그 말에 잰시스가 키득거렸다. 그 실없는 공연 얘기가 나오기만 하면 그랬다. 자기 사촌 동생이 모욕했던 장본인을 그가 애타게 찾는다는 것이, 게다가 그 인물은 내내 그 자리에 있었다는 것이 아주 재미난 모양이었다. 하지만 난 그가 알아볼 수 없도록 의자에서 몸을 작게 웅크렸고, 그에 잰시스는 다시 폭소를 터뜨리며 내가 알을 품는 암탉 같다고 말했다. 우리는 젊은 영주를 놓고 농담을 주고받았다. 비가일디 부인이 아주 근심스러운 표정으로 다가와 무사히 결혼식을 마칠 때까지 비가일디 씨를 어떻게 해야겠냐고 물었다. 그러다 불현듯 무슨 생각이 떠올랐는지 자기 다리를 찰싹찰싹 때리며 얼마나 깔깔 웃어대던지 난 어디가 아픈가 싶었다.

"좋은 생각이 떠올랐어!" 그녀가 말했다. "운 좋게도 럴링퍼드의 사촌이 지금 여기 와 있으니 당장 오늘 밤에 그 남편을 시켜 아이가 아프다는 전갈을 보내라고 부탁해야겠어(어떤 병인지는 고민을 해봐야지. 아주 심각한 병이어야 해!). 일곱 번째 아이의 일곱 번째 아이가 한 번에 구운 빵 일곱 개를 먹어야 나을 수 있는 병인데, 사촌이 돈을 넉넉히 주겠다고 하면 그이가 일곱 번째 아이의 일곱 번째 아이를 찾아 당장 떠날 거야 (돈은 결혼하고 갚으렴. 버터 판 돈도 있고 할 테니). 여간해선 찾지 못할 테니 성 미카엘 축일까지는 아무 일 없겠지."

"오, 어머니! 어머니는 웰링턴 경과 함께 프랑스군을 잡을 덫을 놓는 위대한 장군이 되었어야 해요!"잰시스가 그녀에게 입을 맞추며 말했다.

놀이와 춤이 시작되기 전에 모든 계획을 세웠고, 난 비가일디 씨가 좀 안쓰러웠다. 그러다가 싫다는 자식을 팔아버리려 했으니 얼마나 악한 인간인지 떠올랐다.

이때쯤 사위는 캄캄해졌고 크고 붉은 달이 떠올랐다. 휘파람을 불 사람을 대체로 중년 이상으로 여남은 명 모았다. 건초 마당의 지푸라기를 댄 빗자루로 쓸어낸 뒤, 황금색 곡물 낟가리 사이에서 춤을 췄다. 휘파람을 불 사람으로 캘러드 할아버지가 뽑혔고, 그는 무척 자랑스러워했다. 연장자로서 노래와 박자 등을 알아서 정할 거라 춤판의 흥이 어떤 면에서 자신에게 달려 있다는 기분이었고, 그런 기분은 노인들에게 만족을 주기 때문이다.

"〈보리 다리〉!"그가 말했다.

고요한 대기 속으로 아름다운 선율이 맑게 울려 퍼졌다.

난 곡물 낟가리 아래쪽에 서서 그 모습을 지켜보았다. 신나는 광경이었다. 기디언은 잰시스를 꼭 끌어안고 춤을 추고 있었다. 교회지기 아내도 미끄러져 다니고 요정처럼 여리여리한 펠레나도 그랬다. 어머니까지 살짝살짝 발을 움직이며 즐겄다. 둥지 속 지빠귀처럼 빈 마차에 앉은 열두 사람이 휘파람을 불었다.

"하늘만큼 활짝 대문을 열어라……."

그때 케스터가 나를 발견했다.

"여기 있었군요." 그가 말했다. "춤 안 춰요?"

"안 춰요."

"왜요?"

"전 다른 여자들과는 달라요."

그가 그 말을 잠시 따져보고는 말했다.

"난 가봐야겠어요. 열 달 동안 런던 시내에서 다색 직조법을 배울 거예요. 그러면 집에서 일을 받아 할 수 있을 테니 그림블과 그 무리는 신경 쓰지 않아도 되겠죠. 다색 직조를 하면 돈이 꽤 벌리고, 몇 달마다 짐마차에 실어 보내면 되거든요."

"언제 돌아와요?" 물에 빠진 심정으로 내가 물었다.

"다음 8월 장날에 맞춰 돌아올 거예요. 그때 함께 이야기를 나눕시다, 프루 사른."

"잊을 수도 있겠죠."

"아닐걸요."

"조심하세요."

"당신도요."

그가 자리를 뜨려다가 다시 몸을 돌리며 말했다.

"하지만 춤을 안 춘다니 안 될 말이죠. 사과꽃 요정 같은 몸매를 가진 처자가 말이에요!"

그러면서 짧게 웃고는 가버렸다.

비너스에 대해 알고 있구나! 오, 난 너무 창피하고 기가 막혔다. 잰시스가 말했을 테니 그녀에게도 화가 났다. 그대로 고해바쳤을 리는 없고, 옷을 입고 있어도 내 몸매를 알아볼 수 있지 않겠냐고 키득거리며 말했을 거라 난 너무 창피하고 부아가 났다.

지친 어머니가 잠자리에 들어야겠으니 도와달라고 했다. 난 어머니 방 창문으로 건초 마당을 내려다보았다. 큰 건초 더미 하나만 있던 건초 마당에 검은 형체가 가득했다. 그렇게 창가에 서 있는데 한쪽 모퉁이에서 기디언과 잰시스가 불쑥 나타났다. 둘이 서로를 바라보며 천천히 지나가다가 기디언이 이런 말을 하는 것이 내 귀에 똑똑히 들렸다. "아냐, 잰시스. 내 것을 확실히 해야겠어. 내일 밤 네 아버지가 집을 나선 뒤 내려와서 날 들여보내줘."

그러면서 창문 아래를 지나갔으므로 잰시스의 대답은 듣지 못했다. 남의 말을 엿듣기 싫어서 내가 창가에서 물러난 탓도 있었다. 그런 생각을 하고 있었구나! 겨우 몇 날 밤인데 자신의 소중한 연인을 믿지 못하는구나. 그러다가 어차피 곧 결혼할 사람들이니 무슨 상관이 있나 싶었다. 교회의 규율에 반하든 아니든 기디언이 인간적 감정을 보였으니 그것도 기뻤다. 이따금 그는 얼음장 같았으니까. 다들 돌아간 뒤 이슬을 맞지 않도록 집기를 안으로 들이고 나니 날이 밝고 있었다. 난 내 공책에 글을 적으러 다락방으로 올라갔다. 일단 종이 한 장을 꺼내 또박또박 이렇게 적었다.

"사과꽃 요정 같은 몸매."

"나를 말하는 거야, 불쌍한 프루 사른!"몇 번이고 혼잣말을 했다.

그러자 내 가슴속에서 발간 숯불처럼 따뜻하고 기분 좋은 빛이 밝아왔다. 나의 소중한 친구이자 주인님인 사람의 눈 속에 나에 대한 호의가 담겨 있음을 알아차린 것이니 그에 비길 만한 일이 지상이든 천상이든 또 있을까? 그는 내가 언청이라는 사실을 전혀 의식하지 않는 듯하니 나도 그가 언청이인 나를 어떻게 생각할까 궁금해하는 일은 그만두기로 했다. 잠자리를 지켜보며 그가 죄에 관해 했던 말을 떠올렸다. 생각만 바꾸면 그건 존재하지 않는다고 말했다. 잠자리가 발버둥치며 벗어버린 허물처럼 사라질 거라고 했다. 눈부신 잠자리가 눈앞에 있는데 그 허물을 왜 쫓아다니겠냐고 했다. 어쩌면 나에 대해서도 그렇게 생각하는지 몰랐다. 흉측한 내 입술은 말하자면 내 죄였다. 그 악은 내 잘못은 아니라도 내 죄인데, 나머지는 전부 내 올바름이자 영광이라 그는 그것에 기뻐하는 것이다. 난 기쁨에 겨워 한참을 울었다. 행복감이 솟아 내 혈관 속 피가 전부 새로워진 듯했다. 얼마나 순수하고 강렬한지 내 병까지 고칠 수 있을 것 같았다. 그것이 얼마간 사실인 듯도 했다. 그날 이후 내 입술이 그렇게 흉해 보이지 않았으니까.

상쾌하고 향기로운 아침이 찾아왔다. 떼까마귀들이 께느

른하고 졸린 울음소리와 함께 바람 부는 대기를 가르며 우리 집 그루터기로 날아와 여기저기 흩어졌다. 소젖을 짜러 가다가 난 곡물에게 감사를 표하려고 건초 마당에 잠깐 들렀다. 그런데 어째서 그 순간 '값비싼 독'이라는 말이 떠올랐을까? 하다못해 건초 더미 속 억새 하나라도 모두 뿌린 대로 거두어 지니게 될 거라는 생각이 들었을까? 만사가 즐겁고 따스하기만 한 날, 화단에서 달리아가 가장 화려한 모습을 뽐내는 가을 저녁에 난데없이 서리가 내리듯 불길한 두려움이 서늘하게 내 마음에 찾아든 것은 왜였을까? 검붉은색과 황금색의 꽃잎이 어딜 보나 온전한 모습으로 담장 위로 활짝 피어 있었는데 아침에 보니 전부 얼어서 축 늘어져 있던 것처럼.

제2장 비가일디가 일곱 번째 아이를 찾다

다음 날 잰시스가 들려준 바에 따르면, 그날 밤 비가일디 부인이 가짜 전갈을 남편에게 전해서 비가일디 씨는 일곱 번째 아이를 찾아 빵을 들고 오려고 정 마차 다음 날 물푸레나무 지팡이를 들고 우쭐해서 집을 나섰다. 딱한 양반을 그렇게 속이다니 안됐다고 내가 말하자 잰시스는 이렇게 답했다. "무슨 소리야, 아버지는 신이 나셨는데! 게다가 일곱 번째 아이를 찾으면 우리가 돈도 드릴 텐데 뭘 더 바라겠어?"

잰시스는 보얗고 예뻤다. 그녀는 남아서 설거지를 도왔고, 내가 일하는 동안 부엌에 앉아 웨딩드레스 시접을 꿰맸다. 차를 마시고 잰시스가 돌아갈 때 기디언이 말했다.

"잊지 말고 꼭 기억해!"

그녀는 분홍바늘꽃처럼 얼굴이 새빨개지더니 숲길로 뛰어갔다. 저녁을 먹은 뒤 기디언이 무심히 말했다. "내가 늦거든 기다리지 말고 마구간 문 위에 열쇠를 올려둬."

난 그러겠다고만 했다. 하지만 그가 세심하게 면도를 하고 일요일에 입는 좋은 옷을 챙겨 입는 것을 보고는 목사님이 결혼식 날짜를 언제로 잡든 오늘이 결혼식이라는 것을 알았고, 그래서 외투에 꽂을 장미꽃을 가져왔다. 그걸 보고 기디언은 겸연쩍어했지만, 난 결혼식을 앞둔 남자는 여자를 만나러 갈 때 꽃을 꽂고 가야 한다고 말했다. 그러자 그는 내가 아무 짐작도 못 했겠거니 하고 심상하게 집을 나섰다. 나뭇잎이 붉게 물들고 여기저기서 낮은 한숨 소리가 들리고 대기가 가을 숨을 내뱉고 아이들이 마음껏 정복 놀이를 할 수 있도록 갈색 도토리가 툭툭 떨어지는 숲길로 들어갔다. 멀어져 가는 키 큰 기디언의 뒷모습을 바라보는데, 호수 물이 찰싹거리고 보트가 발판에 부딪히고 부엉이가 우는 그 숲길이 내게 서글프게, 무척 서글프게 느껴졌다. 곧 결혼식 날짜가 잡힐 테고, 장미는 활짝 피고 곡물은 다 쌓아뒀고 내 마음에 주인님도 찾아온 마당에 왜 서글픈 기분이 드는 걸까? 그날 저녁에는 여름날이 다 가버린 그런 분위기가 있었다. 난 집 안팎을 돌며 괜찮은지 살폈다. 어머니는 커다란 침대 위의 작은 갈색 무더기처럼 평화롭게 자고 있었다. 벤디고는 마구간에 편히 있었다. 노쇠하고 겁이 많아서 10월 전에 마구간 안에 넣었다. 아무런 문제도 없어서 대기에서 풍기는 해악의 기미가 무엇인지는 알 수 없었다. 그것이 무엇인지는 곧 알게 될 것이었다. 잠깐 동안은 만사가 예사롭게 흘러가겠지만. 매일 밤 난 마구간에 열쇠를 놓았을 뿐 아무 말도 하지 않았다.

아침이면 기디언의 침대가 마구 엉클어져 있었지만 침대에서 잠을 자지 않았다는 걸 난 알았다. 그는 이제 전처럼 나지막한 휘파람이 아니라 여느 남자처럼 경쾌한 휘파람을 불었다. 그에게는 좋은 일이다 싶었고 난 기쁘게 잰시스를 맞을 준비를 했다. 두 사람은 손님방을 쓸 계획이었는데, 오래도록 비어 있던 방이라 엉망이었다. 그래서 난 버터 판 돈으로 값싼 벽지를 사서 기디언 모르게 벽지를 바르고 있었다. 어머니에게만 슬쩍 알렸더니 어머니가 방에 들어와 두 손을 맞잡고 말했다. "벽지가 예쁘기도 하구나! 아주 잘했네. 장미꽃이라니! 내 생각에 장미는 행운의 꽃이야. 네 이모 도커스의 신혼 방에 장미가 있었는데, 자식들이 죽지도, 아프지도, 울지도 않고 다 잘 자랐잖니. 그래서 농담까지 만들었다니까. '죽지도, 울지도 않아' 이렇게. 사른의 아이도 너무 울지 않았으면 좋겠다. 우는 아이는 못 견디겠거든. 사른이 얼마나 요란하게 울었는지 듣기 괴로웠어. 요람을 두드려댔는데 좀 지독했지. 원하는 건 당장 줘야지, 조금만 늦으면 까먹지도 않고 종일 울어서 결국 갖고야 말았지."

벽지를 다 붙인 뒤 광택을 낸 옥양목을 화장대에 막 두르려는데, 비가일디 부인이 혼비백산해서 뛰어 들어왔다. 화창한 날이라 새로 묶은 건초에 조그만 새들이 앉아 있고 햇사과가 떨어지고 있었다. 비가일디 부인이 온 것은 이른 아침이라 난 우유를 휘젓고 있었다. 기디언은 빵을 싸서 밭을 갈러 나간 뒤라 집에 없었다. 버터 만드는 창고 안으로 비가일디 부인이 뛰어 들어왔다.

"오, 애야! 최악의 일이 벌어졌어."

"어머나, 무슨 일인데요?"

겁이 덜컥 나서 얼굴을 똑바로 바라볼 수도 없었다.

"돌아왔어!"

"누가요? 비가일디 씨는 아니겠죠?"

"아니긴 뭐가 아니겠어. 만사가 잘되고 있었는데. 적어도 이 주일은 집을 비울 줄 알았거든. 둘이 얼마나 행복했는지 모르는데. 기디언이 그렇게 말을 점잖고 유쾌하게 할 줄은 전혀 몰랐어. 잰시스는 5월의 여왕 같았고. '어머니, 전 지금 세상 누구보다 더 행복해요.' 잰시스가 그러더라. 그래, 네 오빠도 그랬을 거고. 젊은 캠퍼다인에 대한 의심과 두려움이 근거가 없다는 걸 확인하자 마음이 편해진 거지. 그 애가 오는 걸 허락하지 않았다면 젊은 캠퍼다인이 우리 집에 있다고 여겼을 거야. 그래서 그 방법밖에 없었지. 뭔가를 간절히 원할 때면, 다른 사람도 같은 걸 원한다고 여기기 마련이니까. 하지만 어딜 보나 떳떳하다는 걸 알게 되자 그 애도 떳떳해졌어. 그 애가 이렇게 말하더라. '장모님, 지금부터 결혼할 때까지 제가 여기서 밤을 보낼 수 있도록 허락해주세요. 결혼식은 금방 올릴 거예요. 안 그러면 이런 부탁을 드리지도 않죠. 잰시스도 원하고요.' 내가 이 세상을 뜰 날이 얼마 안 남았으니 망정이지. 그래서 안방을 내주고 난 잰시스의 접이식 침대를 부엌에 놓고 잤어. 침대에 고급 무명 침대보와 기운 곳 없는 이

불을 놓아주고 바닥에 작은 카펫도 깔아줬지. 그리고 닭을 잡고 브레드 소스도 만들어서, 벽난로 앞에서 둘이 오순도순 먹도록 난 식사가 끝날 때까지 밖에 나와 있었지. 물론 개들은 같이 먹자고 아주 상냥하게 말했지만. 근데 반지를 꼈든 안 꼈든 신혼은 신혼이잖아. 그래서 두 사람이 침실로 들어간 뒤에 난 설거지를 했어. 설거지를 끝내고 벽난로 앞에 앉아서 비가일디와 결혼하던 때를 생각했지. 넌 믿지 않겠지만 그때는 괜찮은 사람이었어. 지금처럼 불만에 찬 못된 늙은이가 아니었지. 그렇게 평온하게 앉아 있다가 이제 문을 잠그고 난롯불을 꺼야겠다는 생각을 하는데, 밖에서 무슨 소리가 들리더니 비가일디가 들어오는 거야. 놀라 자빠질 뻔했어.

'여보, 잰시스는 어디 있지?' 그렇게 물어서 내가 잔다고 대답했지.

'언제부터 그 애에게 침실을 내주고 당신은 접이식 침대에서 자는 거지?'

그렇게 말하면서 방 안으로 뛰어 들어갔겠지. 당연히 난리법석이 벌어졌어. 남편은 지금껏 들어본 적 없고 앞으로도 듣지 못할 그런 저주를 사른에게 퍼부었어.

'네가 이렇게 기어 들어와봐야 내 딸을 정식 아내로 삼지는 못해.'

'막지 못할 거예요.' 사른이 말했어. '세상 어떤 힘으로도 이제 막을 수 없습니다.'

'내가 막을 거야.' 남편이 그렇게 말했어. '내가 너를 불과 물로 저주하지 않았더냐? 넌 3페니 행성 아래에서 태어나 돈을 모으지 못할 거라고 하지 않았더냐? 평생 가난하게 살다가 물로 죽을 거라고 안 했더냐? 응?'

'많이 배우신 분이 그렇게 틀린 생각을 하시다니 참 안됐네요. 이제 수확한 곡물을 다 들여놨으니 난 부자예요.'

'그래봐야 젊은 영주 발끝도 못 따라가지. 그 사람 주머니는 프랑스 돈으로 가득하니까.' 그러면서 소리를 빽 질렀어. '내 딸은 절대 못 가져, 사른.'

'이미 가졌다고 보는데요.' 사른이 아주 차분하게 말했고, 그러자 비가일디가 정신이 홱 돌았어. 여우 잡을 때 쓰려고 창가에 세워둔 나팔 총을 집어 들더니 거꾸로 들고 네 오빠에게 달려들었어."

"세상에, 맙소사!"

"세상에, 맙소사지, 프루 사른. 잰시스도 비명을 질렀고 부엌에 있던 나도 비명을 지르며 뛰어 들어갔어. 사른이 잠옷을 입고 있으니, 번듯한 사람인 데다 가뜩이나 어색한 상황에 나까지 들어가기가 그래서 난 부엌에 있었거든. 그런데 내가 들어서기도 전에 사른이 남편을 바닥에 메다꽂아서 남편이 나무토막처럼 뻗어 있더라고. 지긋지긋한 고집불통에 해가 갈수록 악감정만 심해지니 그렇게 당해도 싸지. 내 생각에 비가일디가 선물이라고 여겼던 1크라운 동전을 네 부친이 돌려달라고 했던 게 문제의 근원 같아. 내 남편이긴 하지만 불만으로 가득 찬 끔찍한 인간이지. 어쨌든 사른이 그를 메다꽂고는

이렇게 말했어. '장모님, 발을 잡으세요. 부엌으로 끌고 가게
요. 살았든 죽었든 오늘 밤엔 더 방해받고 싶지 않아요.' 그래,
그렇게 말했어. 설사 교수형에 처해지더라도 오늘 밤엔 방해
받고 싶지 않다고도 했지. 꽁꽁 언 호수처럼 차갑고 조용하지
만, 잘못 건드리면 큰일 날 사람이지, 네 오빠가. 내가 얼굴에
물을 끼얹고 술을 마시게 했더니 남편은 곧 깨어났어. 물론
그 전에 침대에 묶어뒀지. 마구 발버둥을 쳤지만 튼튼한 끈
으로 묶어서 소용없었고, 내가 계속 술을 마시게 했더니 얼마
안 가 좀 진정해서 조용해지고는 잠이 들었어. 아침이 되어
네 오빠가 간 뒤에 끈을 풀었지. 잠에서 깬 남편에게 왜 바로
돌아왔냐고 물었어. 나쁜 소식은 빨리 퍼진다더니 귀에 들린
말이 있어서 그랬다고 하더라. 겨우 맬러드 삼림 근처에 갔는
데 어떤 남자가 사른이 지금 우리 집에서 밤을 보낸다고 했
다는 거야. 다들 얼마나 오지랖이 넓은지! 남편은 아침을 먹
고 나갔어. 너무 잠잠하기에 조심하라고 알려주러 왔어. 남편
이 화가 나 있으면서 잠잠하면 무슨 짓을 할지 모르거든."

그렇게 연세 많은 분이 무슨 짓을 하겠냐고, 특히 그의 마
법이라는 게 다 실없는 게임인 걸 다 아는데 무슨 일이 있겠
냐고 내가 말했다. 그녀에겐 그런 말이 소용없어서 나쁜 일이
벌어질 거라는 말만 여전히 되풀이하며 결혼식 날이 빨리 왔
으면 좋겠다고 했다. 그러고는 올 때와 마찬가지로 손을 비벼
대며 거센 바람에 머리칼을 휘날리면서 황망히 떠났다. 엄청
난 폭풍이 오려는지 지난 이삼일 사이 바람이 거세져서 건초

마당의 검불과 겉껍질이 공중에서 마구 휘돌며 숨이 막힐 듯 먼지가 일고 있었다. 난 들로 나가 기디언이 들을 때까지 소리를 지르며 다가갔다. 눈이 녹은 뒤 둑을 때리는 물소리처럼 나무 꼭대기가 으르렁거리며 울고 굴뚝은 또 얼마나 울부짖는지 사면에 벽이 있고 지붕이 있어 다행스러웠다. 나는 기디언과 차를 마시면서 곡물 낟가리가 바람에 날아가지 않겠냐고 물었다. 그는 꽉 눌러놓았으니 괜찮다고 했다. 이제 이틀만 지나면 중개인이 가격을 매기러 올 테고, 사흘 뒤면 결혼식이었다. 상황이 그런 데다가 비가일디 씨도 다친 데가 없어 안심이 된 나는 편한 마음으로 바람 소리를 들으며 토스트를 굽다가 케스터 생각을 했다. 사실 만사가 평안하다면 굴뚝을 통해 들리는 거센 바람 소리만큼 편안한 만족감을 주는 것도 없기 때문이다. 난 일찍 잠자리에 들자고 했고, 기디언도 우리가 열심히 일했고 수확도 끝났으니 그러자고 했다. 그래서 우린 8시에 잠자리에 들었고 난 요란한 마른 폭풍 소리를 들으며 곧 잠에 빠졌다.

불현듯 잠에서 깬 나는 심판의 날이 왔다고 생각했다. 대낮같이 밝은 빛과 무시무시한 천둥소리와 함께 컴컴한 밤이 집을 마구 흔들며 울고 있었다. 난 얼떨떨한 상태로 '하느님 아버지'를 부르며 교회에 꾸준히 다니지 않은 것을 후회했다. 창문 아래에서 기디언의 목소리가 들렸다. 다른 목소리들도 들렸는데, 그중 하나는 새미의 목소리였다. 새미는 심판의 날이 닥쳐도 성경 구절을 기억해서 말해줄 수 있겠다 싶어 내 실없는 두려움이 좀 잦아들었다. 여전히 캄캄한 새벽이었다. 나중에 알고 보니 우리가 잠자리에 든 지 채 두 시간도 지나지 않았다. 기디언이 나를 부르며 내 방문 앞을 뛰어가서 난 일어나 옷을 갈아입었다. 그림을 보면 구원받은 자들이 잠옷을 입고 있긴 하지만, 심판의 날이든 아니든 난 옷은 입어야 한다고 보았다. 교회지기네 새미 앞에서 잠옷을 입고도 마음이 편해지기 전까지 천국 가기는 힘들 것 같았다.

아래층으로 달려 내려가 집 밖으로 나가자마자 내 눈에 들어온 광경이란. 세상의 종말도 그보다는 나을 것 같았다. 그때는 가을걷이할 필요도, 힘겹게 돈을 모을 필요도 없이 다 마련되었을 테니까. 그때는 누구에게나 상황이 똑같겠지만, 이것은 우리만의 일이었고 마차 바퀴가 밀 이삭을 짓밟듯 우리를 짓밟는 것이었으니까.

어마어마한 굉음은 불타오르는 곡물에서 나는 소리였다. 거둬들인 곡물이, 수년의 노동으로 거둬들인 전부가, 기디언의 영혼 자체이자 우리의 미래가 활활 타고 있었다. 만물의 종말을 초래할 거대한 혜성이나 별똥별이 하늘을 가르는 것도 아니고, 덜덜 떠는 세상 위로 암흑 같은 밤하늘에서 대천사가 요란하게 나팔을 불어대는 것도 아니었다. 고작 곡물이었다. 다만 우리가 가진 전부였을 뿐! 다만 그것을 가짐으로써 기디언이 밤낮으로 노예처럼 일하고 가족을 노예처럼 부리는 일을 그만두고 보통 사람들처럼 일할 수 있을 그것, 그래서 그를 사랑 넘치는 상냥한 남자로 만들어줄 그것. 다만 어머니에게는 약간의 편안함을, 내게는 약간의 희망을 의미했던 곡물. 다만 잰시스에게 사랑스러운 자식과 벽난로 곁 아내의 자리와 아마 약간의 사랑도 가져다주었을 곡물. 오, 곡물이었다! 난 마당 출입문에 매달렸고 휘몰아치는 뜨거운 바람에 머리칼이 마구 날렸다. 지옥도처럼 붉은빛 속에서 이리저리 뛰는 검은 형체가 보였다. 하지만 그들은 아무것도 아닌 하찮은 존재들이었다. 바람은 여전히 굉음과 함께 휘몰아치며 불까지 몰고 다녔다. 분명 불은 보리에서 시작되었을 것이다. 바람이 불어오는 마당 서쪽에 보리가 있었으니까. 보리는 흔적도 없이 사라졌다. 보리가 있던 자리엔 하얗게 타오르는 거대한 둥근 집의 형체가 두 개 있을 뿐이었다. 모양이나 크기는 낡가리지만 전체가 녹아내리는 불꽃이라 보기만 해도 무시무시했다. 이제는 실체도 없는데 여전히 그대로 서 있는 것이 놀라웠다. 녹아내린 조각이 이따금 소리 없이 안쪽으로 떨어지고, 그러면 잿빛 동굴 속에서 벌겋게 이글거리는 음산한 불길이 보였다. 종말을 맞아 강렬한 열기로 타들어가는 세상이 분명 그러하리라. 여전히 평소처럼 굴러가지만 안개를 거느린 상냥한 존재가 더는 아니고, 둥근 표면에 푸른 바다와 초록 산이 그려진 보기 좋은 다채로운 공도 아닌 것이다. 말벌이 들어가 속이 다 썩은 사과처럼 불로 다 썩어버려 가볍고 텅 빈 아무것도 아닌 존재일 것이다. 무언가 보이지 않게 이리저리 움직이듯 소리도 없이 안쪽에서부터 무너져 내리는 우리의 보리가 그랬다. 와르르 무너지는 것보다 더 끔찍한 광경이었다. 여전히 낟가리의 형체를 유지한 채로, '자, 이제 어쩔래? 이게 너희 보리잖아! 보리빵을 만들어 먹어'라고 놀리는 악마의 장난 같았으니까. 난 둥글고 높게 솟은 우리의 보리 낟가리, 그 악마의 거처를 바라보다가 동틀 녘 보리가 바람에 흔들리던 근사한 소리를 떠올렸다! 희망에 부풀어 밭을 갈고 겨울 밀과 여름 밀 사이에 씨를 뿌렸던 일, 씨앗 자루를 어깨에 지거나 벌판을 한 번 가로지를 만큼의 씨앗을 둥글고 깊은 뚜껑 안에 담아 기디언과 함께 밭을 누볐던 일이. 마치 온 세상을 먹이듯 팔을 힘차게 휘두르며 씨를 뿌리던 그 몸짓을 난 얼마나 사랑했던지. 수확하는 일은 농장의 모든 일이 그렇듯 보기는 좋을지 몰라도 씨뿌리기에 비하면 별로 내키지 않는 것이었다. 수확은 바깥쪽으로 팔을 뻗었다가 내 쪽으로 홱 당기며 아깝다는 듯 가슴으로 끌어와야 한다. 낫으로 수확하는 일은 내 눈에 탐욕스러워 보였다. 그에 비해 자루가 긴 낫은 신의 심판처럼 사랑이나 증오가 없는 거대한 파괴의 움직임이다. 도리깨질 역시 소유하려는 의지나 바람 없이 분노로 가득 차 있다. 수확이 오로지 탐욕이라면 씨뿌리기는 오로지 베푸는 일이다. 아주 세심하게 모아서 쭉정이를 까불러 내버리고 소중하게 모셔두었던 것을 들고 너른 들을 누빈다. 가진 것이라고는 그것뿐이지만 개의치 않고, 쟁여둘 생각이라곤 없이 양손에 가득 담아 모두 뿌려버린다. 앞으로 나아가며 이리저리 뿌리는데, 손이 크면 더 기분이 좋다. 이 지역의 방식을 잘 모르는 사람은 아마 미쳤다고 생각할 것이다. 사실 동네 새들을 전부 먹이는 것처럼 보이기도 한다. 먹여야 돈도 되지 않을 떼가마귀와 찌르레기와 다른 많은 작은 새가 고랑에서 뒤를 따라오기 때문이다.

황금빛 씨앗이 허공으로 솟아 햇빛에 반짝 빛을 내고는 봄의 산들바람을 타고 여기저기 날리는 광경은 참 아름답다. 겨울 밀이라면 그날은 아마 오래된 맥주 같은 은은한 색에 대기에는 향기가 스민 고요한 가을날일 테고. 난 언제라도 씨를 뿌릴 수 있었지만, 기디언은 씨뿌리기를 별로 좋아하지 않아서 씨앗을 아까워하는 것 같았고, 너무 얇게 뿌려서 땅과 노동을 허비하곤 했다. 내게 이 모든 일이 떠올랐다. 맑은 저녁 날 어머니와 함께 나가서 드문드문 환하게 올라오던 어린 보리 싹을 보던 일, 보리가 점점 빽빽해지면서 갈색 땅을 전부 녹색으로 덮으며 뾰족하고 뻣뻣하게 쑥쑥 자라던 일, 키가 더 자라면서 부드러워지면 물살을 가르고 지나가는 보트처럼 그 사이를 가르고 달리는 바람에서 마침내 노랫소리를 듣던 일, 땋은 듯한 초록 이삭이 올라와 점점 익어가다가 드디어 신이 그 순간 그 자리에서 오롯이 순수하고 명료한 황금색 손을 치켜든 양 완벽한 모습으로 우뚝 서 있던 일을 떠올렸다. 대와 잎이 모두 황금색이고 기둥머리도 황금색, 그 머리에 빽빽한 수염도 황금색. 하지만 그 황금은 저주라 불리는 황금이 아니라 순결한 황금이었다. 오, 그렇게 고요한 일요일 아침, 우물로 나갔다가 잠시 양동이를 놓아두고, 평화롭고 광활한 연푸른 하늘 아래 기쁜 마음으로 편히 쉬는 생물처럼 길게 누운 곡물 밭으로 나갔던 그때가 얼마나 생생한지! 조 그만 새들이 지저귀는 행복한 낮은 울음소리와 부드러운 노 랫소리가 주변에서 들리고 바람은 대기를 살랑살랑 흔들고 하늘 높이 떼까마귀가 날고 인동덩굴은 푸른 하늘을 배경으 로 연노란 꽃을 두 번째로 피우고 있었다. 따스한 공기가 주 위를 떠다니다 몸에 부딪히면서 곡물 향이 귀한 선물처럼 풍 겼다. 그와 닮은 향이 달리 무엇이 있을까? 다른 달달한 향과 달리 그 안에는 아주 많은 것이 들어 있다. 여름과 서리와 물 이 있고, 속 빈 줄기 속으로 빨아들인 부싯돌의 심장이 있었 다. 그 안에는 빵이 있었고, 인간과 동물의 생명이 있었다.

뜨거운 바람이 얼굴을 때리는데 너무 얼이 빠져 움직이지 도 못한 채 출입문에 매달린 내 머릿속으로 그런 심란하고 황망한 생각이 밀려들었다. 어떤 불운은 자리에서 벌떡 일어 나 목숨을 지키려 내달리게 하지만, 그런 일조차 무의미해서 아무것도 할 수 없는 불운도 있다. 그런 경우엔 자신을 잡아 먹을 듯 노려보는 담비를 마주쳤는데 할 수 있는 것이 없는 토끼처럼 영혼에 정적이 내려앉는다.

불은 이제 거대한 밀 낟가리 두 개로 옮아갔다. 불길이 덮 쳤으니 밀도 곧 보리처럼 될 것이다. 직사각형으로 가능한 한 높이 쌓아놓은 낟가리였다. 수확량이 워낙 많아서 다 넣으려 면 그래야 했다. 줄기가 길고 흰 곰팡이도 없는 좋은 밀이었 다. 파종과 수확에 가장 오랜 시간이 걸렸고, 가장 큰 마차로 날랐는데도 실어다 쌓는 데 종일 걸렸다. 그런데 이제 그것이다 사라지는 것이다! 검은 낟가리 형체 두 개를 품은 거대한 불더미가 되고, 곧 불길이 옆으로 옮아가고 나면 소리는 다 잦아든 채 허물어지는 통로 속에서 악의적인 흐릿한 빛만 붉게 빛나는, 악마를 위한 잿빛 집 두 채만 남을 테지. 산울타리 옆에도 밀 낟가리가 있었지만, 불길은 귀리로 옮겨붙었다. 귀부인의 탁자 위에 놓인 양치식물처럼 희고 섬세한, 사랑스러운 귀리!

황금빛으로 물든 한여름 잔디처럼 귀리는 아주 섬세하고 아름다웠다. 귀리는 내가 가장 좋아하는 것이었다. 불현듯 귀리를 향한 모성이 솟았다. 밀과 보리는 어쩔 수 없어도 내 귀리만은 안 돼. 난 출입문을 뛰어넘어 작은 형체들이 움직이는 곳으로 뛰어갔다. 기디언의 팔을 붙잡았다.

"귀리를 살려야 해!" 내가 악을 썼다. "오, 저렇게 예쁘고 섬세한 귀리인데 살려야지."

하지만 그는 아무 대꾸가 없었다. 미친 사람처럼 움직이고 있었는데, 귀리와 산울타리 옆 낟가리를 살리려고 기를 쓰고 있다는 걸 깨달았다. 새미와 함께 불타는 낟가리와 그것들 사이에 물을 채울 구덩이를 파고 있었다.

"티비는 어디 있어?" 내가 물었다. 정신이 들면서 구할 수 있는 도움은 다 동원해야겠다는 생각이 들었던 것이다.

"아버지를 찾으러 갔어." 새미가 땀을 뻘뻘 흘리고 끙끙대며 말했다. 불길이 점점 다가오고 있었다.

"벤디고를 타고 가서 도움을 청할까?" 내가 물었다. "아니면 양동이에 물을 길어 올까?"

"그래, 물을 길어 와." 새미가 말했다. "도움을 청하기엔 너무 늦었으니까."

기디언은 한마디도 하지 않았다. 정신이 나가 말도 나오지 않는 상태로 열 사람처럼 일했다. 공포에 질린 채 뜨거운 불길 가까이에서 기를 쓰고 일하느라 땀을 비 오듯 흘렸고 옷은 흠뻑 젖어 있었다. 흠뻑 젖은 몸으로 불 가까이 있으니 몸에서 김이 펄펄 솟았는데, 어떤 저주를 받았거나 이미 지옥에 떨어진 사람처럼 보기에 너무 기이했다.

난 우리 안에 있던 벤디고와 황소와 암소들을 풀어주었다. 모두 공포로 반쯤 혼이 나가 숲으로 정신없이 달려갔다. 난 어머니를 깨워서 옷을 갈아입은 뒤 호수로 가서 물을 떠야 한다고 말했다. 그 물을 우리가 열을 지어 손에서 손으로 옮겨야 했다. 난 집에 있는 양동이와 물통을 다 꺼냈다. 호수에는 저렇게 물이 넘쳐나는데 이 작은 통에 물을 담아 불을 꺼야 하다니 얼마나 딱한지. 그 이후 내게 떠오른 생각 하나는, 누군가 불행하다며 이런저런 불평을 하면, 그건 거대한 호수처럼 선함이 가득한 창조의 잘못이 아니라 각자의 양동이가 작아서라는 것이다.

얼이 빠진 어머니는 할 말을 잃은 채 아이처럼 나와 함께 갔다.

"지금 물을 뜰까, 프루?"

"그러세요. 양동이를 다 채워놓아야 해요." 내가 말했다. "우리가 오면 몇 분 동안은 정신없이 물을 퍼 담아야 해요."

"사른, 이제 땅은 그만 파고 물을 가져와." 새미가 말했다.

믿기 힘들지 몰라도, 그 끔찍한 밤에 대부분의 일은 기디언이 했지만 지시를 내린 것은 새미나 나였다. 기디언은 하나의 일에 미친 듯이 달려들었고 그 일이 소용없어진 뒤에도 계속 들러붙어서 탈곡장의 황소처럼 일했기 때문이다. 새미의 말에 기디언은 삽을 내려놓고 우리와 함께 호수로 갔다. 어머니는 열심히 물을 펐다. 몸이 안 보이게 하려고 마법 약을 먹은 사람처럼 일이 점점 고돼질수록 어머니는 점점 작아지는 것만 같았다. 먼 길을 가는 중에 물을 마시려고 잠깐 내려앉았다가는 다시 아무도 모르는 곳으로 날아가버리는 조그만 갈색 새처럼 작았다.

"저기 아버지가 오시네. 다행이다." 새미가 말했다. 그날 밤 새미는 좋은 사람이었다. 불이 타는 동안 그가 말한 성경 구절은 "불에 섶같이 살라지리니" 단 하나였다. 떠오르는 구절은 수없이 많았겠지만.

정말로 교회지기가 숲에서 튀어나왔고, 곧이어 티비가 그 뒤를 따랐다. 그리고 한참 뒤쪽에서 화난 목소리가 바람에 실려 왔는데, 혼자 뒤떨어진 교회지기 부인의 목소리였다.

"아버지는 건초 마당으로 가서 물을 뿌리고 티비는 아버지가 던진 빈 양동이를 되는대로 빨리 걷어서 사른 아주머니에게 가면 되겠다. 너랑 나랑 프루는 물 양동이를 들고 뛰자. 열을 지어서 양동이를 전달해도 되지만 그러기엔 인원수가 너무 적어, 사른."

기디언이 처음으로 입을 열었다.

"평생 내게 있던 일손이라고는 나 혼자거나 이 두 사람뿐이었어." 창백한 얼굴에 사나운 표정을 보이며 그렇게 말하더니 젊은 시절에 일이 몹시 어그러지면 그랬듯이 팔뚝으로 얼굴을 가리고는 울기 시작했다.

아, 그렇게 강인하고 권위적인 인물이 어린애처럼 우는 건 누구라도 가급적 피하고 싶은 모습이었다.

"자, 자, 사른!" 우리만큼이나 충격에 휩싸인 교회지기가 말했다. "자, 진정해야지. 주께서 주시고 주께서 가져가시는 거야."

그 말에 기디언이 정신을 차렸다.

"주라고? 아니, 주께서 하신 일이 아니야! 비가일디가 했다고. 불이 다 꺼지면 내가 그놈을 잡아다 구워버리겠어."

무시무시한 그 말투는 어떤 말로도 전할 수가 없다. 그렇게 확신한다면 그 사실을 어떻게 알았냐고 묻고 싶었지만, 그럴 시간이 없었다. 우리는 각자 양손에 물동이를 들고 뛰어다녔고, 한두 시간을 그러고 나니 여자는 말할 것도 없고 튼튼한 남자도 나가떨어질 지경이었다. 물지게만 있고 시간도 넉넉하다면 물 나르기는 쉽다. 하지만 당시 상황처럼 살이 타는 듯한 열기 속에서 비틀거리며 뛰어다니면, 게다가 조금이라도 어물거리면 귀리가 다 타버리고, 어물거리지 않아도 그렇게 될지 모른다는 생각이 머릿속에서 떠나질 않는다면 누구든 기운이 빠질 수밖에 없을 것이다. 결국 귀리는 깡그리 타 버렸다. 불길은 구덩이까지 뛰어넘었고 다시 무시무시한 불 길이 솟았다. 그러자 난 낙담했다. 열심히 뛰어다녔지만 희망 은 없었다.

"오, 너무 힘들어." 어머니가 그렇게 말했지만 어머니에게 쉬라고 할 수 없었다.

"지금 불길을 잡지 못하면 앞으로 내내 돼지를 돌봐야 할 거예요." 내가 말했다.

그래서 허리까지 물에 담근 불쌍한 어머니는 류머티즘에도 당신의 노쇠한 등을 다시 숙였다. 헛간을 지키라는 외침이 들 렸다. 헛간에 불이 붙으면 집까지 탈 것이었다. 그 말에 어머 니는 자리를 떴고, 난 티비를 데려와 그 일을 시켜야 했다. 우 리는 직접 가서 빈 양동이를 가져와야 했다. 한번은 저 멀리 로 어머니가 집 안에서 물건을 꺼내는 것이 보였다. 어떤 물 건인가 봤더니 바느질감과 구리 냄비, 어렸을 때 만든 장식 바느질과 검은 종이 위에 오려 붙인 아버지 사진이었다. 그 사진은 외국인 피가 섞인 목사의 처형이 만들어준 것이다. 다 큰 사람이 어린애처럼 종이와 가위를 가지고 놀다니 좀 덜떨 어졌나보다고 하면서도 그것이 근사하다고 인정했고, 외국인 피가 있으니 어쩔 수 없다고들 했다. 어머니는 생전에 아버지 라면 벌벌 떨었으면서도 희한하게 이 사진을 보물단지처럼 간직했다. 그래서 그것이 자두 설탕 절임 여섯 병과 바구니 속 고양이와 그 밖의 다른 것들과 함께 놓여 있었던 것이다.

동틀 무렵 바람이 가라앉으며 비가 조용히 내리기 시작했고, 그제야 불길을 잡을 수 있었다. 적어도 불길이 알아서 스러져 집과 헛간은 겨우 구했다. 하늘을 밝히던 붉은빛과 호수의 불길도 사라졌다. 호수 물이 맹렬히 타오르는 정신으로 변한 듯 밤새도록 함께 훨훨 타올랐던 것이다. 노랗고 붉은 불꽃, 바람에 솟구치는 연기, 하소연하듯 윙윙대며 속이 빈 채 하얗게 타오르는 낟가리, 난리통의 농장과 헛간과 꼭두각시 인형 같던 시커먼 우리의 형체, 모든 것이 뒤죽박죽, 엉망진창이었다.

불이 꺼지고 얼마 되지 않아 교회지기 아내가 왔다. 발을 구르고 힝힝거리며 숲속을 뛰어다니던 벤디고가 '검은 사냥꾼'인 줄 알고 무서워 덜덜 떨었다고 했다. 사른 숲은 아주 오래된 숲이라 속이 빈 나무가 많았기에 빈 나무에 기어 들어가 동이 틀 때까지 가만히 있었다고 했다. 게다가 일단 들어가긴 했는데 나올 수가 없었다고 했다. 살집이 있는 데다 옷도 많이 껴입어서, 들어갈 땐 무섬증에 억지로 들어갔지만 진정이 된 뒤엔 나오기 쉽지 않았다는 것이다. 그래도 일단 나오긴 했으니 아침으로 먹을 것을 가지고 왔다. 밤새 일하기도 했지만 앞으로 감당해야 할 일이 있던 우리에게 정말 필요한 것이었다.

"아니, 티비와 프루가 귀신처럼 창백하네!" 그녀가 말했다. "사른 부인, 당신은 좀 누워야겠어요. 뭐라도 먹은 다음 침대에 누워요. 그리고 사른! 세상에, 자네는 벤디고보다 더 무시무시해. 정말이야! 우리 애들은 어디 있지? 자, 이리들 와. 가까이 와서 뭐라도 먹어요, 다들!"

그 말투는 코스틀리 컬러 게임을 할 테니 자리를 잡아요, 라고 할 때와 똑같았다.

"그런데 교회지기와 새미는 우리 낟가리에 불이 난 걸 어떻게 알았지?" 어머니가 물었다.

"티비와 함께 방앗간에서 느지막하게 돌아오는 길이었는데 비가일디가 아주 조용히 살금살금 이쪽으로 오는 걸 봤어요. 주님을 등한시하는 사악한 늙은이 비가일디를 한동안 주시하던 차라 티비에게 뒤를 밟자고 했죠. '열매로 그들을 알리라.' 게다가 늘 일찍 잠자리에 드는 인물이 그 늦은 시간에 사른에게 가다니 이상했어요. 그래서 멀찍이 거리를 두고 천천히 뒤를 따라갔죠. 우리가 숲 가장자리로 나오는 순간 건초 마당 저쪽 구석에서 엄청난 불길이 솟아오르더니, 곧바로 비가일디가 산길을 뛰어 올라오는 거예요. 그래서 우리는 황급히 몸을 숨겼죠. 그가 지나가자마자 건초 마당으로 뛰어갔더니 구석에 작은 짚단이 있고, 그 옆에 이것이 있었어요."

다들 잘 아는 비가일디의 부싯깃 통 뚜껑을 새미가 들어 올렸다. 글 좀 안다고 우쭐하는 그가 뚜껑 안쪽에 빨간색으로 자기 이름을 써놓았기 때문이다.

"저런 걸 떨어뜨리다니 그런 멍청이가 있나!" 교회지기 아내가 말했다.

"아니, 멍청이여서가 아니네." 교회지기가 말했다. "샘이 볼 수 있도록 주께서 뚜껑을 떼어낸 뒤 거기에 놓은 거야. 아무렴, 그렇게 된 거지."

"여호와의 손에 잔이 있어. 〈시편〉 75장 8절." 새미가 말했다.

"잔은 아니고, 낡은 철제 부싯깃 통 반쪽이지만." 키득거리며 티비가 말했다. 티비는 흥분하면 더 실없어졌다.

"저주 때문이야!" 어머니가 신음하듯 내뱉었다. "내 아들 사른을 불과 물로 저주했고 이번이 그 첫 번째야. 다음번엔 또 뭐가 닥치려고. 네가 죄를 먹어서 그렇다, 사른. 네가 죄를 먹은 이후 이곳에 계속 안 좋은 일이 생겼어. 남편이 장화를 신은 채 죽은 뒤 여기는 살기 힘든 곳이 되었어. 돼지에, 류머티즘에, 끝도 없는 쟁기질에 아주 살기 힘들었는데, 애초부터 없었다는 듯 이젠 다 사라졌구나."

"그래요, 불은 다 삼켜버리니까." 교회지기 아내가 말했다.

"내가 순식간에 그들을 멸하려 하노라. 〈민수기〉 16장. 이 큰불이 우리를 삼킬 것이오. 〈신명기〉 5장. 벤하닷의 궁전이 불타리라. 〈예레미야〉 49장." 새미가 말했다.

"한 번에 세 구절을! 역시 훌륭해. 훌륭해!" 교회지기가 외쳤다.

"다만 멸해야 할 것이 비가일디일 뿐." 교회지기 아내가 말했다.

"게다가 그런 사악함이 집안 내력이라 더 끔찍한 거예요." 티비가 말했다. "아비에게서 자식에게 대물림되는 거죠. 언제 튀어나올지 절대 모른다니까. 그래서 말인데요, 사른. 그 독사 같은 인간의 딸과 결혼할 마음을 먹다니 너무 놀라워요. 비가일디 집안은 도대체 마음이 안 가고 잰시스는 특히 더 그런데."

"아무렴, 쟤 말이 맞아!" 그 어머니가 외쳤고 교회지기는 이렇게 덧붙였다.

"피는 못 속인다."

늙은이처럼 주름진 칙칙한 얼굴로 기디언이 주위를 둘러보았다. 그는 그날 밤 이후 전연 다른 사람이 되었다. 망치로 머리를 맞은 황소가 예전과 똑같으리라 기대할 수는 없는 것이다. 그가 입을 열었는데, 말소리가 잘 나오지 않았다. 그때 바깥에서 타닥타닥 소리와 함께 뭔가 움직이는 소리가 나더니 벤디고가 창문 앞을 지나갔다.

"그래!" 기디언이 그렇게 내뱉고는 문으로 향했다.

그가 뭘 하려는지 알았으므로 난 급히 뒤를 쫓았다. 천만다행으로 숲으로 갔던 암소들이 돌아오고 있었다. 젖 짤 시간이 한참 지나 불평하듯 낮게 울었다. 그래서 난 비가일디는 거론하지 않고 이렇게 말했다. "봐, 소들이 돌아오네. 지금 젖을 짜지 않으면 고약한 냄새가 날 거야."

"그래, 그러면 안 되니까 신경을 써야지." 안쪽에서 교회지기 아내가 훈계하듯 말했다. "내 형부의 사촌이 키우는 소 떼는 얼마나 건강한지 몰라. 체셔 출신인데, 소가 다 건장하고 병에 걸리는 법도 없어서 그 집에는 질 좋은 우유와 버터와 치즈에 돼지에게 줄 더껑이까지 모든 게 넘쳐나지. 그래서 돼지도 아주 통통하고 그 사촌도 통통하고, 그 아내도 통통하고, 통통한 아이들이 열둘이나 있어."

교회지기 아내는 자기가 뚱뚱해서인지 남들도 항상 그 기준으로 판단해서 마른 사람들은 안 태어나니만 못한 것 같았다.

"그랬지." 그녀가 말을 이었다. "다들 통통한 게 버터처럼 기름기가 흘러서 신도석이 비좁아 터질 것 같았는데, 어느 날 젖 짜는 걸 잊어서 우유가 상해버렸어. 아, 그날 운이 나간 거야. 이후로 가세가 기울면서 암소도 수척해지고 돼지도 수척해지고, 집안사람들도 약간 수척해지더니 얼마 안 가 그 통통하던 집안에 꼬챙이 열네 개만 남았더라고."

티비는 웃음이 터져서 낄낄거리고 있었다. 자기 엄마가 무슨 말만 하면 그랬는데, 그래서 종종 매를 맞는데도 그랬다.

"소젖이 먼저지." 기디언이 말했다. "스톤하우스는 그다음."

그렇게 그를 속인 나를 신이 용서하시길. 하지만 난 그가 살인을 저지르는 걸 막고 싶었다. 그가 외양간으로 들어가자마자 난 벤디고를 문간으로 데리고 가서 교회지기를 불렀다. 벤디고는 두 사람을 태우고도 플래시까지 갈 수 있으니까 새미와 말을 타고 어서 럴링퍼드로 가서 기디언이 무슨 일을 저지르기 전에 비가일디를 교구 순경에게 데려가달라고 부탁했다. 그가 감옥에 갇혀 있으면 기디언도 어쩔 수 없을 테고, 법에 따른 처벌만 받을 테니까.

"알겠어." 새미가 말했다. "내가 여호와의 손에 빠지고 사람의 손에 빠지지 아니하기를. 〈사무엘하〉 24장. 가는 게 좋겠어요, 아버지."

"잰시스와 비가일디 부인도 감옥에 가나?" 티비가 물었다.

"당연히 아니지! 그 사람들은 아무 짓도 안 했잖아. 사실 잰시스야 워낙 괜찮은 여자라 정신만 제대로 박혔다면, 유순한 마음을 먹고 얌전해지기만 하면 나라도 색시로 맞아들이지." 새미가 말했다.

두 사람이 떠나자마자 기디언이 외양간에서 달려 나오며 멈추라고 소리쳤다.

"비가일디를 감옥에 가둘 거야." 내가 말했다. "오빠가 살인자의 오명까지 쓰면 안 되잖아. 그게 아니라도 우리 상황은 끔찍하다고."

"내 마음이 편해졌을 거야." 그가 기이한 표정으로 말했다. "내 속에 꽉 들어차서 숨이 막혀 죽을 것 같다고. 죽었으면 편안해졌을 텐데. 그리고 나면 아무렇지도 않을 텐데."

"하지만 아내 될 사람의 아버지를 죽일 수는 없잖아." 내가 말했다.

"아내? 무슨 아내?"

"잰시스 말이지! 다음 주에 결혼할 거잖아."

"뭐라고?" 그가 사납고 험악한 표정으로 으르렁거렸다. "내가 그 악마의 딸과 결혼을 할 것 같아? 잘 들어. 내 목숨이 걸려 있다 한들 절대 안 해. 아니, 다시는 얼굴도 보지 않을 거야. 굳이 내 앞에 나타나지만 않는다면 내가 만나는 일은 절대 없어."

"기디언, 기디언! 그런 말 하지 마! 오, 기디언, 삶에는 돈보다 더 나은 것들이 있어. 잊어버려! 우리는 부자가 될 팔자가 아닌 거야. 마음을 편히 가지고 오빠를 무척 사랑하는 잰시스와 결혼해. 그러다 돈이 생기면 더 좋지만, 돈이 안 생겨도 더 나빠질 일은 없잖아. 하지만 이런 일을 겪고 나서 잰시스를 차버리다니, 그런 일을 해서는 안 돼. 오빠 마음이 그런 돌덩이는 아니잖아."

"돌덩이 맞아. 화강암, 규암, 중정석보다 더 단단해. 걔가 내 근처에서 얼쩡거리면 좀나방을 짓밟듯 그 인생을 짓밟아버릴 거야. 경고했다. 아주 썩어 문드러졌어. 아비나 딸이나 똑같아. 겉으로는 거짓된 미소를 보이면서 금방이라도, 당장이라도 집을 다 태워버릴 인물이지. 간밤에 부싯깃 통과 부싯깃을 가져온 게 걔일지도 몰라. 캠퍼다인이 원한다면 어서 가져가라지. 선물로 줄 테니."

"하지만 기디언, 두 사람은 지난주에 결혼한 부부와 다름없는 사이가 되었잖아. 혹시 아기라도 생겼어 봐, 그땐 어쩌려고?"

"아기? 뭐가 어째? 우리 둘의 아기? 분명히 말해두는데, 혹시라도 그런 일이 생기면 내가 목 졸라 죽일 거야. 잘 들어, 그 집안 피는 시커멓다고. 더럽고 교활하고 버러지 같아. 그런 것들이야. 살 가치가 없는 것들이지. 다행히 이제는 방화로 교수형도 받을 수 있어. 교수형 받는 걸 꼭 볼 거야. 그리고 걔한테는 내 앞에 얼씬하지 말라고 일러. 그러는 게 좋을 거라고."

　난 더는 아무 말도 할 수 없었다. 불쌍한 오빠의 인간적인 정이 불에 다 타 없어졌으니 무슨 말을 할 수 있겠는가? 말라붙은 우물에 계속 바가지를 담그는 건 바보나 할 짓이었다. 시커먼 숲을 등지고 선 그는 훨씬 더 커 보였다. 간밤에 내려 줬다면 불길을 잡을 수 있었을 빗줄기가 이제야 후려치듯 쏟아지고 있었다. 가을 폭풍우가 신음을 내뱉고, 호수가 요동칠 때의 갈대처럼 마른 이파리들이 허공에서 마구 흔들리며 들들 볶이고 있었다. 불로 온통 그을고 시커메진 기디언의 옷이 여전히 몸에 달라붙어 있었다. 얼굴도 땀과 검댕으로 범벅이라 안 보이던 주름살이 선명하게 드러났다. 분명 간밤에 새로 생긴 주름살도 있을 것이다. 비가일다나 그와 관련된 일을 생각할 때면 호수 물처럼 차가운 그의 눈이 증오로 활활 타올랐지만, 그렇지 않을 때는 진이 다 빠져 희망을 잃어버린 사람, 자포자기한 사람처럼 컴컴하고 멍한 표정이었다. 뭔가 남은 것이 있다는 생각을 하면 좀 위안이 되지 않을까 싶어 난 감자를 캐야 하지 않느냐고 물었다. 그는 아무 말 없이 따라와 열심히 일했지만 이따금 하던 일을 멈추고는 냉랭하고 고요한 호수와 잔뜩 찌푸린 하늘과 폭풍우에 시달리는 숲을 낯선 듯 둘러보았다. 그의 정신이 날개 부러진 새 같다는 느낌이 들었다. 정오에 내가 점심 준비를 하러 집에 가서 쟁반을 두드렸는데도 그는 오지 않았다. 잿더미에서 아직도 연기가 피어오르는 건초 마당에서 아무 소리도 듣지 못한 채 꼼짝하

지 않고 죽은 사람처럼 엎어져 있었다. 내 생각에 정말이지
그때 그의 심장은 멎어 있었던 것 같다.

제3장 치명적인 독

그 비통한 밤 이후 우리가 겪은 일을 글로 적자니 몹시 괴롭다. 따뜻한 의미를 담은 좋은 말을 적을 때는 펜이 잘도 움직이지만 슬프고 불행한 일을 적으려면 잘 안 움직이기 때문이다. 그때는 분명 슬프고 불행한 시기였으니 아니라고 해봐야 소용없다. 화재 후 며칠 동안 농장 일은 중지되었다. 누군가가 세상을 떴을 때처럼. 기디언을 사로잡은 생각 하나는 비가일디를 수중에 넣어야겠다는 것, 그것이 안 되면 법이 정한 가장 무거운 벌을 받게 하는 것이었다. 비가일디 부인은 스톤하우스에서 나왔다. 낟가리에 불을 지른 사람이나 그 가족이 자기 집에 세 들어 사는 것을 원치 않았던 집주인이 월세가 늦었다는 구실로 쫓아냈기 때문이다. 비가일디 부인과 잰시스는 세간은 다 팔고 몸에 지닐 수 있는 것만 챙겨 비가일디가 순회재판을 기다리며 갇혀 있는 실버턴으로 떠났다. 가련한 잰시스는 제 몸도 가누지 못했다. 내 부탁으로 어머니가 기디언의 끔찍한 말을 최대한 조심스럽게 전하자 힘없이 쓰러져 손가락 하나, 발가락 하나 움직이지 못하고, 말도 한마디 못 했다. 플래시 농장에서 두 사람을 데려가려고 마차를 몰고 왔을 때, 잰시스는 부러진 꽃처럼 누워 있었다고 했다. 차라리 그 편이 나았을지도 모른다. 만약 조금이라도 기운이 있었다면 잰시스는 기디언을 만나려 했을 테고, 그랬다면 그는 끓어오르는 강렬한 분노로 잰시스를 때려눕혔을 테니. 두 사람의 불운한 처지를 듣고 기디언은 마음이 약간 풀린 듯했다. 그들이 떠나는 날 그는 지나가는 마차가 보일 만한 숲속의 한 지점으로 가서 그 광경을 내려다보았다. 그렇게 끔찍한 일을 저지른 가족과 함께 있는 모습을 보이기 싫어 언짢은 표정으로 농장 일꾼이 마차를 몰고, 갑자기 늙어버린 비가일디 부인이 넋이 나간 듯 앉아 있고 잰시스는 하얀 밀랍 인형처럼 바닥에 깔린 짚 위에 누워 있었다. 그때 마침 숲에 있던 방앗간집 팀이 숨이 턱에 차도록 달려와 내게 전한 바에 따르면 그랬다.

"오, 프루 사른, 내가 숲에서 밤을 따다가 사른이 아주 어둡고 무시무시한 모습으로 혼자 걸어가는 걸 봤어." 그가 말했다. "겁이 나서 나무 사이에 숨었지. 사른이 숲길 가까이 너도 밤나무 가지 아래로 들어가더라. 곧 덜거덕 소리와 함께 플래시에서 오는 마차가 나타났어. 넋이 나간 듯 우는 비가일디 아주머니는 보였는데 잰시스는 안 보이는 거야. 그래서 마차 바닥에 있나 싶어 나무 위로 기어 올라가 봤더니 정말 그렇더라고. 죽은 처자처럼 보였어. 주님을 죽은 처자가 있는 집 안에 데리고 들어가니까 주님이 '일어나라!'라고 했다는, 교회에 걸린 그 그림 속 처자 말이야. 주님이 잰시스에게 그런 말을 하지는 않았지만. 겁이 나서 가만히 나무에서 내려왔는데, 사른이 뚫어지게 마차를 내려다보고 있더라고. 거기 둑처럼 높은 곳이 있잖아. 그 얼굴이 얼마나 무시무시한지 도망치려고 했는데, 그때 그가 몸을 움직이는 바람에 내 쪽으로 올까봐 쥐 죽은 듯 있었지. 그렇게 음산한 표정으로 한참 동안 마차를 내려다보더라. 덜컹거리는 소리가 점점 작아지고 날벌레가 휙 지나가는 소리처럼 들릴까 말까 하더니 열매를 바위에 떨어뜨리는 개똥지빠귀 소리밖에 들리지 않게 될 때까지 내내 그랬어. 그러더니 마차가 지나간 뒤로 두 주먹을 휘두르는데, 오, 프루, 그 얼굴은 아버지 성경 책에서 본, 분노를 쏟아내는 주님의 얼굴 같았어. 그러고는 천천히 땅만 내려다보며 걸어가버렸어. 개똥지빠귀가 돌에 대고 열매를 깨는 소리만 들려서 내가 이리로 뛰어왔지."

우리 마을에서 가장 잘난 남자가 자신이 선택한 여자, 자신을 그토록 사랑했던 수련 같던 여자를 그렇게 떠나보낸 것이다.

난 이렇게 혼잣말을 했다. "독이야. 오, 그 끔찍한 독 때문이야."

하지만 그 이후 기디언은 마음이 좀 편해진 모양이었다. 아마 자기 마음을 믿지 못해서, 잰시스가 찾아왔을 때 자기 마음이 약해질까봐 두려웠던 것 같다. 약해지는 게 아니라 다시 새로 시작하는 것, 자신이 정한 목표로 곧장 나아가는 것이 그의 목적이었으니까.

두 사람이 떠난 다음 날 아침, 그는 쟁기를 끌고 나와 부엌 문간에 서서 나를 불렀다. 난 화재 이후 자리보전을 하고 누워 죽이나 우유 술밖에 넘기지 못하는 어머니에게 드릴 죽을 쑤고 있었다.

"큰 밭부터 먼저 시작하자, 프루." 그가 말했다.

그의 말에 토를 달지 않는 게 좋겠다 싶어 난 알겠다고 했다. 어머니에게 죽을 가져다드리면서 우리가 밭갈이를 다시 시작할 테니 앞으로는 티비에게 가끔 와서 어머니 곁을 지키게 하겠다고 말했다. 그러자 어머니가 말했다.

"오, 그놈의 지겨운 밭갈이! 그래봐야 지난번처럼 곡물을 홀랑 태워먹을 텐데. 결혼식도 없고, 좋은 집도 도자기 그릇도 없고, 봄이 오면 돌봐야 할 돼지만 있을 텐데! 봄이 오는 걸 내가 볼 수 있으려나 모르겠다. 몸이 너무 안 좋아, 프루. 의사를 좀 불러오렴, 프루."

정말로 어머니의 손은 다 말라빠지고 쭈그러들었고, 얼굴은 더 수척하고 칙칙해져서 더욱더 길 잃은 새나 덫에 걸린 동물처럼 보였고, 기디언에 대한 두려움도 더했다.

"내가 좀 나아질 때까지는 기디언이 방에 들어오지 못하게 해줘." 어머니는 그렇게 말하곤 했다. "내 아들 사른이 들어와서 나를 보고는 짐짝으로 여기지 않게 말이야. 그 애는 나를 사랑하지 않아. 내가 차라리 죽어버리길 바라겠지."

내게로 손을 뻗으며 그렇게 애원했다.

난 티비를 불러 어머니 곁을 지키게 하고, 안팎으로 암울한 그 겨울 내내 우리는 밭을 갈았다. 수확해놓고 다 날린 곡물 그루터기를 파냈다. 우리 형편은 더 나빠졌고, 희망을 잃어 상황이 전처럼 나아지지 않았다. 티비가 기디언을 좋아해서 그냥 와줬지만 먹을 음식은 차려줘야 했는데, 티비는 식성이 좋았다. 의사에게도 돈이 많이 들었고, 날씨가 나빠질수록 진료비를 더 원했다. 신년이 시작될 즈음 혹한기가 찾아와서 길이 얼어붙는 바람에 그의 말이 넘어져 다리가 부러졌다. 우리가 그 치료비도 얼마간 보태야 했다. 우리 형편은 점점 더 나빠졌다. 기디언이 내게 너무 많은 밭일을 시켜서 난 어쩔 수 없이 버터 만드는 일과 가축 돌보는 일까지 티비에게 맡겨야 했다. 티비는 워낙 경망스럽고 덜렁대는 인물이라 우리 버터에 대한 불만이 나오기 시작했을 뿐 아니라 닭도 알을 잘 안 낳고 돼지도 볼품없이 말라갔다. 티비는 기디언의 눈에 예쁘게 보일 생각밖에 없었다. 1월이 지나며 날씨는 더 나빠졌고 폭설까지 내렸다. 어느 날 밤, 어머니 상태가 너무 안 좋아져 다시 수련의를 불러야 했다. 물론 부를 수는 없었다. 눈이 많이 쌓여서 부르러 갈 사람이 없었기 때문이다. 젖이 나오는 암소는 한 마리뿐이었고 계란도 별로 없어서 장에 내다 팔 것이 없었으므로 기디언은 렁링퍼드에 가지 않았다. 아무리 기디언이라도 일요일에는 밭일을 쉬었으므로 난 그날 내가 가야겠다고 마음먹었다. 일단 럴링퍼드에 가면 실버턴 삯마차로 수련의에게 전갈을 보낼 수 있으리라 여겼다. 마음먹은 대로 럴링퍼드로 나갔는데, 비어 있는 케스터 우즈이브스의 집 앞을 지나가며, 아마 대도시에 나간 그에게 나쁜 일이 생겼나보다, 아니면 애인이 생겼나보다, 그래서 럴링퍼드에 돌아오지 않으려나보다, 그런 생각이 들어 지치고 처량한 날이 되었다. 하지만 나중에는 그날이 있어 다행이다 싶었다. 사랑하는 사람을 위해 어려움을 견뎌낸 기억이 내 몸이 얼을 유일한 위안이 될 날이 있을 테니까.

며칠이 지나서야 드디어 수련의가 왔는데, 길이 너무 안 좋아 우리 집에서 한동안 묵어야 했다. 그와 그의 말을 먹이는 비용 때문에 기디언은 짜증이 났다. 수련의가 어머니에게 별문제가 없다고 해서 더 언짢아했다. 그렇게 멀리서 온 수련의가 닿기 전에 어머니가 죽음의 문턱에 있으리라 생각한 모양이었다. 폭풍우와 함께 우박이 창문을 때리던, 날씨 험한 어느 날 밤이 떠오른다. 활활 타오르는 화롯불이나마 있어 기뻐하며 불가에 둘러앉아 있던 늦은 밤이었다. 수련의는 혈색 좋고 땅딸막한 유쾌한 인물이었다. 양 볼의 홍조가 광택제를 바른 것처럼 반짝였다. 막 환자를 본 뒤에 무척 기분이 좋은 사람처럼 늘 양손을 비벼댔는데, 그것만으로는 환자가 나아질지 아닐지 판단할 수 없었다. 산 사람만큼이나 죽은 사람 앞에서도 그렇게 손을 비빌 테고, 죽은 사람 앞에서는 더할 거라는 생각이 들기도 했다. 어머니 상태를 두고 이야기하는 동안에도 손을 비벼댔다. 그래도 비가일디 부인 얘기를 할 때만큼은 아니었는데, 그가 전하는 말로는 비가일디 부인이 실버턴으로 간 이후 점점 쇠약해져서 오래 버티지 못할 거라고 했다. 매정하거나 사람들이 잘못되기를 바라서는 아니고, 당연히 의사에게는 가벼운 병보다는 죽을병이 더 흥미로운 법이니까.

"사른 부인은 회복될 겁니다. 다행히 말이죠." 그가 말했다.

"오, 회복될 거라고요?" 기디언이 되물었다.

"그럼요. 아직 한참 사실 거예요. 강단 있는 분이니까! 삐삐 마르고 허약해 보여도 억센 분이죠."

"얼마나 오래?" 기디언이 물었다.

"오! 단정하긴 힘들죠. 의사라면 모를까, 난 고작 수련의니까요. 하지만 10년은 거뜬하실 거예요. 그래요, 10년. 조심하면 말이죠."

"10년이라고요!" 기디언이 묘한 말투로 말했다.

"그렇죠. 하지만 잘 보살펴드려야 해요."

"10년을 이런 상태로?"

"오, 그렇죠! 겨울엔 내내 누워 계셔야 할 테고, 나중에는 1년 내내 그러실 수도 있어요."

"그러니까 아무 소용이 없다는 거죠?"

"소용이요? 무슨 소용이 되겠어요?"

"그리고 당신은 겨울마다 몇 번이고 와야 할 테고?"

"오, 그렇죠. 부르면 와야죠." 의사가 그렇게 말하며 맥주를 들이켠 뒤 치즈 얹은 빵을 한 조각 더 집었고, 그에 기디언은 인상을 팍 썼다.

"상을 언제 치우려는 거야, 프루?" 그가 말했다. "난 한참 전에 배가 다 찼는데."

"오, 사른, 당신은 너무 조금 먹어." 티비가 외쳤다. "그러고도 어떻게 배가 안 고파? 맛있는 요리를 해서 내놓을 아내가 있어야 한다니까. 튀긴 곱창이라든가. 튀긴 곱창과 그냥 곱창은 하늘과 땅 차이거든. 지난주 일요일에 내가 만들었는데, 그걸 먹고는 아버지도 새미도 속이 얼마나 든든해졌는지 하루 종일 입을 열지 않았다니까."

"오, 나야말로 아내가 있으면 좋겠어요. 진짜로요!" 수련의가 말했다.

"당신이 원해도 소용없어요. 난 키 큰 남자가 좋으니까." 티비가 당돌하게 말했다.

기디언은 돼지 곱창만큼이나 그 말에도 들은 척을 안 했다.

"몸집이 아주 크고 피부색이 어두운 남자." 자신만만한 티비가 말했다. "어깨가 떡 벌어지고 팔뚝에는 근육이 불끈 올라오고 근육질 다리와 탄탄하고 큰 발과……."

"아니, 아가씨, 솔로몬의 노래처럼 웬 목록을 줄줄이." 수련의가 말했다.

"그리고 냉정하고 절대 지치는 법이 없고." 티비는 그 말을 무시하고 기디언에게 시선을 고정한 채 말을 이었다. "활기차고 거칠고 좌절하는 법이 없지만 멋진 사냥꾼인. 격렬하면서도 자기가 사랑하는 여자를 휘어잡는 남자. 그런 남자가 바로 내 짝이야! 그럼, 그런 남자에게는 교회지기의 딸인 내가 제격이지. 다른 생각 하지 않고 그의 의지를 따라 그를 부자로 만들기 위해 알뜰살뜰 아끼며 살 수 있는 내가."

"변호사를 했어야 하네." 수련의가 말했다. "당신이 원하는 걸 얻지 못하면 나 같은 사람은 올챙이 술처럼 병에 담길 수도 있겠네요."

하지만 기디언은 티비에게는 눈길도 주지 않고 티비가 잠자리에 들 때까지 눈을 부릅뜬 채 자리를 지키고 있었다. 그러다가 다시 말을 꺼냈다.

"그러니까 앞으로 몇 년을 더 사신다는 거죠. 골골하면서도 계속?"

"맞아요. 다행이지 뭐예요! 삐걱거리는 문이 그렇잖아요. 하지만 맥박을 잘 살펴야 해요. 위험할 수 있거든요. 맥박이 세게 뛰지 않으면 마지막 인사를 할 새도 없이 한순간 숨이 끊어질 수도 있으니까요. 맥박만 잘 유지하면 울새처럼 생기 발랄할 겁니다."

우리는 좀 더 이야기를 나누었고, 기디언은 잠자리에 들기 전에 가축을 좀 둘러봐야겠다고 했다.

"얼룩소가 영 시원찮거든요." 그가 말했다. "내내 열이 있는 것 같고, 언제라도 심장이 터질 것도 같고. 지황을 좀 주면 나아질까요?"

"네, 지황을 먹으면 맥박이 떨어지죠. 하지만 조심해야 해요. 어린 암소인가요?"

"네 살이 되어가요."

"그럼 너무 많이 주지 말아요. 나이 먹고 노쇠해지면 많은 양을 감당하지 못하니까."

수련의가 잠자리에 든 뒤, 가축우리에 나갔던 기디언이 절망적인 표정으로 돌아와 앉았다.

"죽을 것 같아."

"얼룩소 말야?" 내가 물었다.

"응, 늙은 마귀가 내게 저주를 제대로 내렸나봐."

"날씨 때문에 그런 거야. 그리고 티비가 등한시한 데다 나도 밭 가느라 너무 바빴고."

"게다가 예전엔 그나마 도움을 주던 어머니도 이젠 쓸모가 없지. 쓸모없는 정도가 아니라 무거운 짐 덩어리야! 어머니가 저러고 계시면 우리 상황이 나아질 수 없어."

"어머니에게 그런 내색은 하지 마." 내가 말했다.

하지만 바로 그다음 날 내가 식사를 들고 들어갔을 때, 기디언이 방 한가운데 서서 뭐라고 큰 소리로 떠들고 있었고 어머니는 쥐처럼 겁에 질려 있었다.

"몸이 아주 편찮으시다, 그거죠, 어머니?"

"그래, 몸이 아프단다." 어머니가 미소를 보이며 말했다.

"손가락 하나 까딱 못 하다니 참 안됐네요."

"맞아, 사른. 하지만 날만 따뜻해지면 알 품는 닭과 다른 가금을 돌볼 수 있을 거다. 그래, 오리랑 새끼 양도."

"돼지는 못 하고요?"

"글쎄다, 팀이 좀 더 해준다면 좋겠구나. 물가에 내려가면 류머티즘이 심해져서."

"매일 팀에게 간식을 먹이면 돈이 너무 많이 들어요."

"그건 나도 알아. 얼른 기운을 차릴게, 사른."

"그렇게 몸이 편찮으시니 사는 게 별로 즐겁지 않으시겠어요."

"지치고 힘들 때도 있지만 그냥저냥 괜찮다."

"류머티즘과 기침으로 고생하시는 데다 우울하기까지 하시니 더 나은 저세상으로 가고 싶은 마음이 드실 것 같은데."

"주님이 나를 저세상으로 데려가신다면 불만 없이 따르지. 하지만 난 이 세상에 있고 싶구나. 이 세상은 내가 아는 세상이지만 저세상은 내가 모르는 세상이라."

"저세상에는 류머티즘도, 기침도, 우울증도 없다는 거 아시잖아요."

"하지만 난롯가도 없고 따뜻한 차도 즐길 수 없지. 게다가 그곳은 내겐 너무 과분할 것 같구나, 사른." 어머니가 말했다.

그런데도 기디언은 방 한가운데 서서 아주 크게 이렇게 내뱉었다.

"차라리 죽었으면 좋겠다 싶을 텐데요."

그러고는 방을 나갔다. 하지만 매일 저녁 다시 들어와 똑같은 말을 했다. 혹시 어머니의 기운을 북돋기 위해서 그런 말을 했더라도, 그리고 아픈 사람에게는 무슨 말을 해도 상관없다고 여기는 사람도 많지만, 나로서는 아프고 연로한 노파에게 할 말은 아니다 싶어 딱한 마음이 들었다. 결국 3월 말, 습하고 후덥지근해서 류머티즘이 특히 심하던 어느 날 저녁, 기디언이 언제나처럼 "차라리 죽었으면 좋겠다 싶을 텐데요"라고 하자 어머니는 이렇게 말했다.

"그래, 그럴 것 같구나, 사른."

그러자 그는 만족한 모양이었다. 더는 저녁마다 어머니를 찾지 않았다. 당시에 티비가 눈치챌 정도로 어느 때보다 그를 두려워했던 어머니는 마음을 놓았다. 4월이 오자 어머니는 여전히 쇠약해도 전보다 쾌활해져서 상황이 좀 나아진 듯했다. 난 걱정을 덜고 일에 열중했고, 어머니는 티비와 지내는 것이 만족스러워 보였다. 우리는 전보다 더 열심히 일했고, 몸이 말라 옷이 헐렁해졌지만 난 개의치 않았다. 기디언이 밭을 가는 동안 난 너른 밭에 밀 씨앗을 뿌렸다. 축축한 흙에 자주색 그림자가 드리우고 수풀 너머로 태양이 솟아오르면, 사른 호수가 햇빛을 뒤로 받아 담청색 유리처럼 보이는 상쾌한 아침에 밭에 나가 있는 일은 근사했다. 때로는 똑같은 담청색 하늘에서 종달새가 떠나겼다. 때로는 새순이 돋는 나무 꼭대기에 깨끗이 씻어 빗질까지 한 양털 같은 커다란 흰 구름이 걸렸다. 다채로운 색을 보니 다색 직조가 떠오르면서, 지금쯤이면 케스터가 그 기술을 다 익혔으리라는 생각이 들었다. 크리스마스 이후로 그가 잘 있는지 어떤지 아무 소식을 듣지 못했지만 잘 지내고 있으리라는 느낌이 들었다. 크리스마스 때 실버턴의 삯마차가 내 앞으로 오는 소포를 '사과주 머그 잔'에 놓아두었고, 다락방으로 돌아와 열어보니 두 색으로 짜인 천과 편지가 들어 있었다.

런던 타운, 크리스마스

소중한 프루 사른에게

내가 할 수 있는 방식으로 당신의 행운을 빌기 위해 짜보았어요. 무늬를 보면 알겠지만 난 이제 두 색은 할 수 있어요. 이곳 여자들은 전부 창백하고 자그마해서 딱해 보여요. 대부분 하얀 피부라 애간장을 녹이는 검은 눈은 어디에도 없죠. 부시장이 길쌈꾼이라 그 집에서 열리는 잔치에 초청되어 갔는데, 내 옆에 앉은 젊은 처자는 상체를 가릴 옷감은 부족했던 모양이지만 얼굴의 홍조는 전혀 부족함이 없더군요. 컴컴하던 석조 실내와 어둑하게 보이던 젊은 캠퍼다인의 얼굴, 그리고 사랑과 배려심으로 수락했지만 비통한 마음으로 그곳에 서 있던 한 여인이 떠올랐어요. 그럼에도 사과꽃 요정의 모습이라 한 남자에게 불을 피워 올렸고, 그 불을 끄기란 참으로 어렵겠죠. 즐거운 크리스마스와 새해를 보내길.

케스터 우즈이브스

4월쯤엔 그 편지가 쥐가 쏜 듯 너덜너덜해졌다.

나도 이렇게 답장을 보냈다.

사른, 크리스마스

소중한 길쌈꾼에게

리넨 셔츠 한 벌을 보냅니다. 그걸 입으면 천연두 같은 병에 걸리지 않는다고 해요. 내가 아마로 직접 짜서 지은 뒤에 그 안에 오래된 선한 주문을 몇 개 외워 넣었어요. 선하지 않은 주문은 빼고요. 호수 물이 요동치고 수련이 활짝 피었던 날, 우리가 함께 잠자리를 구경했던 날을 종종 떠올려요. 그럼, 이만 줄일게요. 행복하시길.

당신의 프루던스 사른

4월 7일은 아주 청명한 날이었다. 길쌈일이 떠올라 난 밭을 오르내리며 씨앗을 뿌리면서 〈보리 다리〉를 불렀다.

날듯이 재게 발을 놀리면
어스름이 내릴 즈음 집에 도착하리라
하늘처럼 활짝 대문을 열어
왕께서 말을 타고 들어오도록 하라

케스터가 런던 타운에서 사른까지 말을 타고 올지 궁금했다. 호수 물이 요동칠 때, 호숫가를 빙 둘러 활짝 핀 수련이 자신의 천사를 내려다보고 물총새 잠자리와 광택이 있는 환한 물잠자리가 허물을 벗고 나올 때 그가 돌아오겠다고 말했기 때문이다.

그런 생각에 빠져 있다가 고개를 들어보니 티비가 실성한 듯 정신없이 달려오는 모습이 보였다.

"빨리 가봐, 프루!" 그녀가 말했다. "아주머니가 많이 안 좋으셔. 차가 안 맞았나봐. 사른이 진하게 끓여드리라고 했거든. 그래야 어머니에게 좋다고. 그래서 그렇게 했지. 아주머니는 차가 너무 쓰다고 하시면서도 그냥 드셨어. 그런데 얼마 뒤에 조용해지더니 숨 쉬는 소리도 안 들리는 거야. 목에서 콜록콜록 소리를 내면서 작은 목소리로 프루를 불러달라고……."

집에 도착했을 때 난 어머니에게 고작 입맞춤밖에 할 수 없었다. 완전히 쪼그라들어 침대에 누운 어머니는 내게 들릴 듯 말 듯 "차가 아주 써!"라고 말하며 미소를 지었다. 그런 뒤 바로 숨이 끊어졌고, 그렇게 세상을 뜨셨다.

얼마 뒤 난 티비에게 물었다.

"그 차 어디 있어?"

이미 버렸다고 했다.

"기디언, 티비가 어머니께 드린 차에 독이 들었어?" 내가 물었다.

"티비가 드린 걸 내가 어떻게 알아?" 그가 말했다.

"오, 사른, 당신 일부러 그런 거야?" 티비가 외쳤다. "진하게 끓여드리라고 말했잖아."

"입 닥쳐, 거짓말쟁이." 기디언이 버럭 소리를 질렀다. "안 그러면 지난 일요일에 너랑 나랑 다락에서 무슨 짓을 했는지 프루에게 다 말할 테니."

그 말에 티비는 얼굴이 새빨개지면서 입을 닫았다.

난 무슨 상황인지 이해할 수 없었다. 어머니의 사인을 알아 보려고 의사를 불렀다. 의사는 평소에 어머니에게 디기탈리 스를 주었느냐고 물었다. 처음 듣는 단어라서 철자를 알려달 라고 해서 적었다. 난 아니라고, 그건 들어본 적도 없다고 했 다. 그러자 그가 말했다. "지황 말이에요, 지황!"

"지황이요?" 내가 되물었다. "아뇨, 어머니께 그걸 왜 드리 겠어요?"

"그러니까요?" 그가 나를 쏘아보며 물었다.

"어머니가 무엇 때문에 돌아가셨는지 이유를 모르겠어요. 요즘 상태가 나아지는 중이었거든요."

"저도 그 이유를 알고 싶어요." 그가 말했다.

"검시관을 불러야 할까요?" 내가 물었다.

"오, 검시를 하고 싶으신 거예요?"

"네, 그럼요. 그래야 한다면."

"글쎄요, 검시를 하고 싶다고 해도, 그럴 필요는 없어요."

그가 너무 별나게 굴어 뭐가 뭔지 알 수 없었다.

"의심스러운 점은 있지만." 그가 말했다. "하지만 괜찮으시다면…… 아마 연세가 많아서일 거예요. 봄이 되면 노인분들이 그렇게 세상을 뜨곤 하죠. 검시라는 게, 번거롭고 비용도 많이 들고…… 약간의 의심 정도로…… 고인에게 도움이 되는 것도 아니고…… 그러니까 괜찮으시다면 검시는 그만두도록 하죠."

난 무슨 말인지 알아먹을 수가 없었다. 하지만 의사는 교육을 받은 사람이니 이해 못 해도 관두기로 했다. 교육받은 사람, 좋은 교육을 받고 대학까지 나온 사람들에게는 삼위일체만큼이나 아리송한 면이 많으니까. 장례식이다 뭐다 정신없이 바빠서 난 더는 거기에 신경 쓰지 않았다. 다만 어머니가 불쌍해서 가슴이 저렸다. 관 속에 누운 어머니는 겨울 추위에 시달린 얼어붙은 새처럼 보였다.

제4장 그 모든 일이 어느 5월 아침에

　조용하게나마 오가던 어머니가 안 계시니 사른은 더욱 조용했다. 내가 어머니에게 의지했더라도 그럴 수 없게 어머니가 그리웠다. 이런저런 이유로 우리에게 의지했던 사람이 가장 그립게 마련이니까. 그래서 어머니들은 치맛자락에 매달리는 자식들이 있을 때보다 오히려 없을 때 누가 방해라도 하는 듯 일이 더 손에 잡히지 않는 것이다. 그땐 일할 마음이 없으니까. 어머니가 손을 들어 올리는 모습이며, 저녁에 기진맥진해서 돌아온 나를 따뜻하게 맞아주시던 모습을 떠올리며 난 해가 길어지는 4월 내내 문득문득 주저앉아 울었다. 이따금 찾는 티비를 빼면, 이제는 기디언과 나 둘뿐이었다. 어디에나 슬픔이 가득했지만 일은 예전처럼 이어졌다. 기디언은 낟가리 마당에 가기만 하면 비가일디 욕을 했다. 비가일디는 아직 형이 확정되지 않은 채 감옥에 있었다. 잰시스와 비가일디 부인의 소식은 한참 동안 듣지 못했고 케스터의 편지도 더는 오지 않았다. 장날이 다시 시작되었다. 그러니까 우리가 팔 것을 가지고 장에 나가기 시작했다는 말이다. 한 사람이 장에 가고 나머지 한 사람은 농장을 돌봤다. 기디언이 갈 때마다 미스 도라벨라가 와서 뭔가를 사 간다는 말을 들었다. 그녀가 기디언을 좋아한다는 말이 이미 돌기 시작했고, 나로서는 그 말이 영주의 귀에 들어가지 않기를 바랄 뿐이었다. 그녀가 기개와 강단이 있는 힘 좋은 남자인 데다 잘생기기까지 한 기디언에게 마음을 주는 것이 놀랍지는 않았다. 게다가 런던으로 떠난 사람이며 전쟁에 나갔다 돌아오지 못한 사람도 있어 당시 럴링퍼드에는 젊은 남자가 많지 않았다. 그 일을 입에 올리는 일은 전혀 없었지만, 기디언이 그녀의 애정 공세에 우쭐해하는 걸 알 수 있었다. 한번은 우리 집 문간에 와서 우유 한잔을 청한 그녀에게 우유를 건네주는 그의 손이 떨렸던 것도 같다. 하지만 기디언의 머릿속에 그녀가 있더라도 잰시스에게 가졌던 것과 같은 사랑에서가 아니라 시각적 욕망이나 젊음, 혹은 계속 살아가려는 바람 때문이었을 것이다. 앞선 사랑 이후 누구에게든 사랑을 느끼지 못했다고 난 믿으니까. 다른 모든 것과 마찬가지로 그 사랑에도 독이 스며들어간 것이다. 하지만 미스 도라벨라와 친하게 어울린 것은 사실이고, 미스 도라벨라가 아니면 티비였다. 티비에게는 일말의 관심도 없었지만 주는 건 넙죽넙죽 다 받았다. 젊은 남자들이 대개 그렇고, 사랑하는 애인을 잃어 삶이 결딴난 남자는 특히 더 그러하니까. 일을 쉴 때면 기디언은 마음이 들썩이는지 티비와 어울리고 싶어 했고, 어머니 이야기만 나오면 견디질 못했다. 생전에 어머니에게 별 관심을 보이지 않던 사람이라 나로서는 희한하다 싶었다. 상중이라도 물건은 팔아야 해서 오월제 장날에 집을 나서다가, 나는 문간에 서서 우리를 배웅하던 어머니가 생각난다고 말했다. 그 말에 기디언은 약간 놀라면서 마치 어머니가 살아 돌아오기라도 한 듯 불안한 표정으로 내가 가리킨 자리를 바라보았다. 불안하고 침울한 모습으로 어머니 의자를 건너다보던 모습도 몇 번 내 눈에 띄었다. 그럴 때면 평소와는 너무 달라서 난 심란해졌다. 그 밖에 다른 면에서는 여전했고, 농장도 여전했고, 호수와 봄도 여전했다. 따뜻하고 화창한 5월이 와서 여느 해와 마찬가지로 새순과 꽃봉오리가 돋고 꽃잎이 열리고 활짝 벌어지고 향기로운 바람이 불어오거나 폭풍우가 와서 뜨뜻한 비를 퍼부었다. 지빠귀는 종일 노래하고 뻐꾸기는 새벽 너덧 시에 울어댔다. 검둥오리도 새끼를 데리고 호수에서 돌아다니고 물까마귀는 지붕을 제대로 올려 집을 짓고 할미새도 물가에서 뛰놀았다. 백로는 언제쯤 자기 그림자가 첨탑만큼 길어질까 궁금해하듯 유리 같은 호수 물 위로 드리운 그림자를 바라보며 서 있었다. 아직 꽃이 피기엔 일러서 환한 초록색 수련 이파리만 보트처럼 물 위에 떠 있었다. 숲에선 나무마다 어린 이파리의 길이와 폭이 점점 늘어났고, 풀도 비죽이 솟아 바람에 넘실대기 시작했으며, 곡식은 어느새 환한 싹을 내밀었다. 초원의 수선화는 시들고, 블루벨이 숲속 경사진 곳에서 연기처럼 부풀어 올랐다. 만물이 생동하고 자연의 색이 더 밝아질수록 난 케스터와 그의 길쌈이 더욱 생각났고, 그럴수록 불쌍한 어머니는 갓 만든 무덤 속에 누워 있는데 이렇게 봄을 만끽하다니 못된 마음이다 싶었다. 이렇게 화사한 5월 날씨가 이어지던 어느 날이었다. 호숫가를 따라 자라는 산사나무에 꽃이 잔뜩 달려서 그 아래 호수 물 위로 단단한 흰 벽이 솟은 듯했다. 한낮이었지만, 5월에는 새들이 지치지를 않아서 노랫소리가 동틀 무렵처럼 요란했다. 감자 캐기를 끝마치기로 한 날이었고, 우리는 부엌에서 점심을 먹고 있었다. 당시 종종 그랬듯이 티비가 돕고 있었는데, 기디언에게 고맙다는 말도 못 들으면서도 그랬다. 기디언은 내내 침울하게 생각에 잠겨 있거나 인상을 썼고, 간혹 무슨 목소리라도 들은 듯 깜짝 놀랐다.

아직 봄이라서 밖은 뜨거워도 부엌은 시원했다. 돌바닥 군데군데 햇볕이 내려앉고, 한창때를 막 지나서 더 향기로운 진한 라일락 향이 열린 창문으로 흘러 들어왔다.

창문 앞으로 뭔가 지나가는가 싶더니 가볍게 문을 두드리는 소리가 들렸다. 농장에서 도망친 잰시스가 눈길을 뚫고 우리 집으로 왔던 날을 떠올리게 하는 소리였다. 내가 가서 문을 열었더니, 유령처럼 핏기 없는 잰시스가 서 있었다. 숄을 두르고 문설주에 기대서 있었는데, 숄 안쪽으로 인형만 한 크기의 아기가 설핏 보였다.

"아니, 잰시스! 여길 어떻게 왔어?"

하지만 전설 속 인어처럼 창백하고 괴기한 잰시스는 나는 본체만체하고 숙명적인 자신의 남자를 찾았다.

내게는 눈길도 주지 않았고 말도 건네지 않았다. 티비에게도 그랬다. 그동안 잰시스에게 우리는 없는 것이나 마찬가지였다. 겨울 산에서 내려온 안개나 여름날 나무에서 날아온 꽃잎이나 호수에서 올라온 흰 여자처럼 슬며시 들어왔다. 잔치 때는 흰 드레스 차림이었는데, 다 찢어지고 구겨졌지만 깨끗했고, 파란 드레스를 입었을 때만큼 돋보이지는 않았지만 흰색 숄까지 두르고 부엌을 가로질러 가는 모습은 공중을 떠다니는 정령처럼 보였다. 식탁 앞 커다란 1인용 의자에 앉은 기디언에게 다가가 그 앞에 털썩 쓰러지더니 바닥에 아기를 놓았다. 음식이 차려져 있는 식탁 상석에 그가 앉아 있고 잰시스는 바닥에 엎어져 있는 그 광경을 보니, 만찬 자리에 앉은 예수님에게 어떤 가난한 사람이 다가와 뭘 좀 달라고 했다가 꾸중만 듣자 자리에서 일어나 말하길 개였어도 빵 부스러기는 주겠다고 했다던 성경 이야기가 떠올랐다. 마치 우리의 떡갈나무 식탁 위에 삶의 풍요로움이 다리가 부러지도록 가득 차려져 있는 것만 같았다. 사랑의 결실이 있었고, 일용할 양식이 있었고, 목마름을 달랠 음료수가 있었고, 음식 맛을 좋게 할 소금이 있었고, 삶을 달콤하고 멋진 것으로 만들어줄 다른 소소한 즐거움이 있었다. 그리고 기디언이 그것을 나눠주고 있었다. 사른 호수의 사른이 그 만찬의 주인이었고, 그는 마음만 있다면 '자, 네 그릇에 음식을 잔뜩 쌓아주고 네 잔도 가득 채워주마!'라고 말할 수도 있었다. 전혀 안 내놓을 수도 있었지만.

잰시스는 바닥을 비추는 한 조각 환한 햇빛 속에 무릎을 꿇고 있었는데, 기온이 영상으로 올라갈 때의 눈송이처럼 금방이라도 녹아 사라질 것 같았다. 기디언이 당장 그 자리에서 청혼해주길 바랐던 날, 버터 창고를 찾아왔던 그날이 떠올랐다. 비가일디가 일곱 번째 아이를 찾으러 떠났을 때 내가 그녀에게 행운을 빌었던 그날 밤과 오래전에 죽은 전설 속 귀부인처럼 흰 황소 사이에서 나를 향해 다가오던 때가 떠올랐다. 집에서 도망쳤던 크리스마스 날 〈녹색 자갈〉을 불렀던 일과 창문으로 들어온 빛이 그 얼굴에서 녹색으로 빛나던 일과 "오, 난 '녹색 자갈, 녹색 자갈' 놀이 하고 싶었는데!"라고 외치던 모습이 떠올랐다.

금발을 어깨 위로 풀어 헤치고 무릎을 꿇은 그 모습에 그녀가 말하고 행했던 모든 것이 둘둘 말려 있는 듯했다. 흰색과 금색뿐인 그녀는 아주 창백한 반면 시커멓게 옷을 입은 기디언은 아주 시커메서 더욱 그녀가 딴 세상에서 왔다는 인상을 주었다. 포대기가 살짝 내려온 틈으로 나타난, 자그마한 머리가 연노란 솜털로 덮인, 역시 하얗기만 한 아기도 그렇고. 기디언을 닮은 구석은 없었다. 진짜 아기가 아니라 한여름 밤에 수련 꽃잎에서 태어난 바꿔친 아기 같았다. 오, 내가 지금껏 본 가장 기이한 아이였다! 문간에 기대선 내 눈에서 눈물이 줄줄 흘렀다. 울음소리가 터져 나오지 않도록 애쓰면서 이

상황이 끝나자마자 잰시스에게 암회색 암탉이 방금 낳은 달 걀과 함께 최고의 식사를 차려주어야겠다고 마음먹었다. 상을 탄 암탉이라 달걀값이 꽤 나갔다. 다른 달걀이 더 크고 꽤 좋은데, 잰시스에게 그 달걀을 먹인다는 생각에 왜 더 기쁜 마음이 들었는지 나도 모른다. 재 속에서 뒹군 것처럼 보이는 아기도 공들여 깨끗이 목욕시키겠다고 마음먹었다. 오, 그리고 우유를 잔뜩 먹여야지! 그리고 오래된 골풀 요람을 다시 꾸며 침대보를 깐 뒤에 햇볕 아래에 놓고 배불리 먹은 아기를 눕혀 재워야지! 그러면 알 건 다 아는데 다 마음에 들지 않는다는 식의 그 끔찍한 늙은이 표정이 곧 사라질 거야. 황금색 소똥꽃의 꽃 뭉치로 노는 모습을 보고 싶었다. 그사이 기디언 옆자리의 티비는 놀라서 입을 떡 벌린 채 귀신이라도 본 양 겁에 질린 모습이었다.

기디언은 돌로 된 인간 같았다. 연민이든 분노든 그 얼굴에 아무런 감정이 드러나지 않았다. 완전히 과거지사인 듯했다. 다 잊힌 오래전 이야기고, 잰시스는 그 이야기 속 여주인공인 것처럼. 기억에서 다 사라져 그녀가 누군지, 무슨 일을 했는지 떠올릴 수 없는 것처럼. 혹시 크리스마스 때 왔다면 그는 솟구치는 분노로 잰시스를 마구 때렸을 것이다. 하지만 그런 뒤에는 키스를 했을 것이다. 지금은 때리지도, 키스를 하지도 않았다.

그녀를 향한 그의 감정은 9월 그날 밤 불길 속에서 다 죽어버렸고, 아버지의 죄가 불쌍한 딸에게 들씌워졌다. 그녀가 눈에 들어올 때마다 그의 눈에는 활활 타는 낟가리가 보였고, 거센 폭풍우가 물러갈 무렵 맑은 날 아침에 볼 수 있는 붉은 불의 잔영이 그녀의 푸른 눈 속에 비쳤다. 이제 그에게 잰시스의 의미는 오로지 그것이었다. 비가일디에 대한 증오는 여전히 이글거렸지만 그녀에게는 아무런 감정이 없었다. 증오도, 욕망도. 사랑은 말할 것도 없고 욕정조차도. 미스 도라벨라가 그의 정신을 사로잡았고 티비는 육체적으로 그를 만족시켰다. 잰시스의 자리는 없었다. 그는 아주 조용하지만 수군거리는 소리가 가득한 우리의 낡은 부엌에 앉아 있었다. 핏속에 벼락이 들어간 팀부터 벌컥 화를 내다가 숨을 거칠게 몰아쉬며 세상을 뜬 아버지까지 이곳에 살았던 모든 사른의 기억이 가득 들어찬 곳. 난 작은 쏙독새처럼 윙윙 소리를 내며 매일 실을 잣던 어머니가 떠올랐다. 나를 비롯해 그들의 독으로 인해 노예처럼 일하던 사른의 모든 여자를 생각했다. 독은 끈끈이대나물이랄까, 그런 식물 같았다. 만찬이 차려진 연회장으로 생물을 유인해서 들어오자마자 꽉 붙잡아 묶고, 도망가지 못하게 발을 꽁꽁 묶는 것이다. 호숫가의 수련에서 얼마나 짙은 향기가 풍기는지 난 사형실이 떠올랐다. 어떤 결과가 나오건 잰시스가 무슨 말이든 해서 이 상황을 끝냈으면 했다. 그래야 내가 아기를 데리고 나갈 수 있을 텐데. 하지만 그 입에선 아무 말도 나오지 않은 채 시간만 흘러갔다. 밖에는 녹색 보석으로 세공한 틀에 끼워진 거울 같은 사른 호수가 버티고 있었다. 멀고 가까운 곳에서 애달픈 곡조로 우는 새소리와 어쩌다 부엌에 들어와 헤매는 벌의 윙윙 소리뿐 방 안은 고요했다. 벌은 부엌이 마음에 들지 않았는지 다시 나가버렸다.

그때 잰시스가 고개를 들고 기디언을 보며 이름을 불렀다. 다시 '사른'이라고 불렀다.

그녀가 그 말을 입에 낸 순간, 이 상황에서 어떤 결과가 나올지 듣고 싶어 허공에서 수많은 존재가 내려와 흰 모란 꽃잎처럼 다닥다닥 붙어 귀를 기울이는 듯한 느낌이 들었다.

그녀는 두 손을 깍지 낀 채 푸른 눈으로 기디언을 올려다보았다. 아기는 나중에 직접 나설 기회가 있을 것처럼 잠시 뒷전으로 미뤄놓았다.

"호숫가에서 커다란 분홍색, 하얀색 달팽이 집으로 '정복' 놀이 했던 거 기억나, 사른? 거의 항상 네가 이기고 난 지기만 했잖아. 난 '녹색 자갈' 놀이를 하고 싶었는데 말이야."

여린 목소리가 잠시 멈췄고 그때 희한한 일이 벌어졌다. 내가 그녀를 바라보는 사이 우리 근방의 노래꾼들이 하듯이 저 멀리서 수많은 목소리가 파트를 나누어 그 오랜 노래를 부르는 듯했던 것이다. 다들 무척 좋아하는 노래였고 영혼에 깊이 배어 있었으므로, 아무나 노래를 시작하면 누구나 파트를 나눠 부를 수 있었다. 그렇게 고음의 꾸밈음과 울림이 큰 베이스와 알토와 테너가 각자 노래 가사를 나눠 부르며 풍부한 노랫가락을 이루어 잰시스를 대변하는 것처럼 들렸다. 아주 멀고 낮은 소리였지만 여러 목소리가 섞인 풍요로운 노래로.

녹색 자갈, 녹색 자갈, 풀은 얼마나 녹색인지!

지금까지 보았던 어떤 숙녀보다 아름다운 여성

당신을 우유로 씻겨 실크 옷을 입히고

금색 펜과 잉크로 당신의 이름을 적으리라

내 귀에 들린 그것이 무엇이었는지 난 알 수 없다. 목사님은 옛일에 정신이 팔린 내 상상력의 산물이라고 했다. 나도 모르겠다. 다만 내 상상이었든 실제였든 난 분명히 들었다. 아주 멀리서 들렸다 뿐이지, 각 파트가 또렷하게 서로 어울리는, 선율이 아름답고 듣기 좋은 합창곡을.

"네가 양 떼를 몰고 럴링퍼드에서 돌아오던 길에 장밋빛 불빛 아래 있던 나를 보았던 저녁 기억해, 사른? 작은 숲에서 오목눈이 둥지를 발견했던 날 기억해? 둥지 안에 새끼가 열네 마리가 있었고, 새끼 한 마리마다 한 번씩 내게 키스했잖아."

기디언은 여전히 미동도 없었고 아무 말도 없었다.

"그리고 내가 도망쳐서 프루가 날 집 안에 들였을 때, 넌 바로 이 부엌 중간에 서서 '이리 와서 입 맞춰'라고 말했지. 그리고 또 한번은 버터 창고에서 내가 꽃가지와 우유로 이루어진 것 같다고도 했지. 캘러드 씨가 아이들에게 '황소 괴롭히기는 나쁘다'는 말을 따라 하라고 했던 그날 저녁, 아기를 안고 있는 나를 보고 캘러드 할아버지가 난데없이 '저 아이 품에 아기가 둘이 있어. 저 애의 아기는 곧 나오겠네!'라고 말했던 것 기억나? 그리고 다들 멋지게 휘파람을 불고 우리 둘이 춤을 췄던 가을걷이 잔치는?"

가을걷이라는 말에 기디언의 얼굴이 파르르 떨렸다. 난 잰시스가 왜 굳이 그 일을 언급했는지 의아했는데, 나중에 알고 보니 그녀는 기디언과 사이가 멀어진 이유를 잊은 것이었다. 그녀가 아는 것이라고는 그가 자신을 사랑하지 않는데 그 원인은 이도 저도 아니라는 것이었다.

"그리고 아버지가 일곱 번째 아이를 찾으러 떠나신 뒤 네가 우리 집에 와서 함께 사랑을 나눴던 건? 아버지가 돌아오신 그날 아침에도 그랬잖아. 네가 '닷새 후에 와, 내 사랑!'이라고 해서 내가 그동안 잘 지내라고 했잖아. 그런데 그때부터 너를 한 번도 보지 못했어, 사른."

기디언이 여전히 아무 반응을 보이지 않자 그녀가 그의 팔에 손을 얹으며 말했다.

"그거 기억해, 사른?"

"그래!" 사른이 무심하게 말했다. "기억은 하지만 다 오래전 일이야. 까마득한 옛날 일이라고."

"하지만 아기는 아니잖아. 여기 아기가 있어, 사른! 너와 나의 아기야."

그녀는 기디언의 무릎에 올려놓으려는 듯 아기를 들어 올렸지만 기디언은 손사래를 쳤다.

"아들이야!" 잰시스가 말했다. "네게 짐이 될 딸이 아니야. 금방 돼지를 돌보고 몇 년만 지나면 밭도 갈 수 있는 아들이야. 그래, 이 아기는 네게 좋은 아이로 자라 함께 일하면서 자기 할아버지가 날려버린 돈의 두 배를 벌어들일 거야."

가련한 아기는 그 말이 부담스러운 양 버둥거렸다.

기디언은 자기 삶의 목표를 들먹이는 말에 지금까지 보이지 않던 아기가 비로소 보이는 듯 그쪽을 바라보았다. 그러더니 냉혹하고 짧은 웃음을 내뱉었다.

"저게?" 그가 말했다. "저게 나를 도울 수 있다고? 고맙네! 과연 살기나 할지 모르겠지만, 산다 해도 소용은커녕 집 안에서 애지중지하며 무른 음식이나 먹여야 하게 생긴 것이."

자신이 시험을 통과하지 못했음을 알기라도 한 듯 어린것이 울음을 터뜨렸다. 이에 기디언이 식탁을 밀며 일어섰다. 텃밭으로 나가는 가장 가까운 길인 뒷문 쪽으로 가더니 문 앞에서 잠깐 멈췄다.

"네가 살던 곳으로 돌아가는 게 좋을 거야." 그가 말했다. "여기선 반기지 않아. 너든 아기든."

그 말과 함께 문을 쾅 닫고 나가버렸다.

잰시스는 놀라고 기가 막힌 듯 그 자리에 그대로 있었다. 바람에 날리는 창백한 깃털이나 물 위를 떠가는 수련 꽃잎인들 그때 그녀만큼 무력하고 절망적이지는 않을 것이다. 난 그쪽으로 달려가 그녀와 아기를 안아 올려 긴 의자에 눕혔다. 너무 가벼웠고, 그래서 딱했다.

"자, 자." 내가 말했다. "아무 말 하지 말고 일단 뭐라도 먹자. 불에 주전자 좀 올려줘, 티비. 난 아기에게 줄 우유를 데울게."

잰시스는 아무 말도 하지 않았는데, 금세 눈물이 두 뺨 위로 흐르기 시작했다. 그녀가 차를 조금 마신 뒤 난 어떻게 왔느냐고 물었다.

"걸어왔어." 그녀가 말했다. "아기가 엄청 무거웠어. 겉으로 봐서는 그렇게 무거워 보이지 않겠지만." 아기의 몸무게는 어지간한 닭의 무게였고, 그 정도로 그렇게 무거워했으니 잰시스가 얼마나 지쳐 있는지 알 수 있었다.

"어머니는 어쩌자고 걸어가라고 하셨을까?"

"어머닌 돌아가셨어."

"세상에! 정말 안됐네. 좋은 분이었는데."

"고마워." 잰시스가 건성으로 말했다.

비가일디 부인은 코스틀리 컬러 놀이를 할 때 코스틀리 카드가 있으면 가진 걸 다 걸었다가 잃고 마는 그런 사람이었다. 이제 잃을 것도, 딸 것도 없이 놀이에서 영영 빠져버렸다. 비가일디 씨는 언급하기 싫었는데, 잰시스도 아무 얘기가 없었다.

"이제 여기가 집이야. 잰시스, 너도 알지?" 내가 말했다.

"사른이 날 사랑하지 않으면 여기가 내 집일 수 없어, 프루."

"어쨌든 집이야!" 내가 소리쳤다. "내가 조수처럼, 아내처럼, 개처럼 기디언에게 순종하겠다고 성경 책을 두고 맹세했지만 지금은 그의 말을 따르지 않을 거야. 오늘 밤은 내 침대에서 자. 지금부터 아기와 함께 이 집에서 자는 거야."

잰시스는 '과연 그럴까!'라고 말하듯 서글픈 미소를 보이고는 아기를 안고 누웠다. 그런데 불만스러운 표정이 점점 심해지던 티비가 불쑥 내뱉었다.

"여기서 잘 거라고, 프루 사른? 그건 안 되지! 내가 곧 사른과 결혼할 몸이라는 걸 모르는 모양인데. 그럼! 나를 위해서나 그 자신을 위해서나 사른은 나와 결혼할 거라고."

잰시스가 눈을 떴다. 언젠가 본 적 있는, 상대의 생각을 읽는다는 주술사처럼 티비를 바라보았다.

"결혼만 해준다면야 물론 네게 좋은 일이겠지, 티비." 난 티비를 몹시 싫어하는 터라 비웃듯이 아주 퉁명스럽게 말했다. 그래도 진심으로 한 말이었다. "게다가 네가 교회지기 딸이라는 걸 생각하면 너무 시간을 끌지 않는 게 좋겠지! 하지만 문제는 기디언이 정말 결혼을 하겠냐는 거야. 내 생각으론 절대 안 할걸. 이런 말 해서 안됐지만, 네가 먼저 꺼내지만 않았다면 나도 잰시스 앞에서 이런 말 안 했을 거야."

티비는 얼굴이 새빨갛게 달아올랐지만 움츠러들지 않았다.

"나만이 아니라 그에게도 좋을 거라고 말했어."

"도대체 **어떤 면에서** 너랑 결혼하는 게 기디언에게 좋을지 난 모르겠는데." 난 어쩔 수 없이 날 선 말투로 쏘아붙였다.

"오, 곧 보여줄게."

"기디언은 잰시스를 사랑했어, 티비. 반지만 주고받지 않았을 뿐 그의 아내나 마찬가지야."

티비는 내 말을 무시한 채 하던 말을 이어갔다.

"사른이 왜 나와 결혼하는 게 좋을지 말해주지. 지황 차! 바로 그거야."

"지황 차라니! 정신 나갔어, 티비?"

"내가 약초에 대해서 아무것도 모르는 줄 알지. 사른이 암소에게 지황 잎을 준 건 모르는 사람이 없어. 네 어머니가 지황을 먹은 것 같다고 의사가 말했던 건 너도 알고 나도 알지."

티비는 손으로 탁자를 짚고 몸을 앞으로 숙이며 점점 느리게 말했다.

"네 오빠가 사른 아주머니를 짐스러워했다는 건 다들 알아, 프루 사른. 성공하기를 원했다는 걸 말이야. 그가 자기 어머니에게 끓여주라고, 그것도 진하게 끓여주라고 했던 차에 뭐가 들었는지 **나는** 알아. 그리고 그가 나와 빨리 결혼해주지 않으면 다들 알게 될걸."

"뭐가 들었는데?" 난 가슴이 쿵 내려앉았다.

"지황이지!"

그녀는 물어뜯듯 그 말을 내뱉었다. 난 그 말이 사실임을 알았다.

"증명할 수도 있어." 티비가 말을 이었다. "왜냐하면 어머니가 아주머니의 잠옷을 꿰매서 그날 가지고 왔었거든. 아주머니에게 차를 드리고 내려오던 참이라 조금 남아 있던 차를 어머니에게도 드렸는데, 어머니가 지황 차라고 하셨어. 그래, 어머니도 아주머니가 어떻게 돌아가셨는지 잘 알지만, 사른이 나와 결혼만 해주면 입도 벙긋하지 않을 거야."

"믿을 수가 없어!" 내가 소리쳤다. 하지만 티비가 말했다.

"믿게 될 거야. 이미 믿고 있잖아."

사실 그랬다. 잰시스도 마찬가지였다. 그녀가 낮은 신음을 내며 속삭였다.

"불길한 예감이 들었어, 프루! 그럴 수밖에 없었던 거야. 여기도 내 집이 아니야, 프루. 세상천지에 내 집이 없네. 아기도 나도 갈 곳이 없어. 우린 어떻게 해야 하니, 아가?"

막 우유를 마시고 기분이 좋아진 아기는 엄마가 말을 건네자 젖빛 미소를 지었다. 잰시스는 이제 누가 뭐라 하든 신경 쓰지 않을 것처럼 눈을 감았다.

하지만 티비가 다가가 말했다.

"네가 오늘 밤 여기서 묵으면 내가 그 일을 다 알릴 거야, 잰시스 비가일드!"

유감스럽게도 난 그 순간 화가 치밀어서 그녀에게 달려가 귀싸대기를 날렸다.

"나가!" 내가 외쳤다. "내가 끌어내기 전에 당장 나가, 이 잔인한 것. 지금까지 네가 밉진 않았는데 지금은 너무 미워. 이 불쌍한 아이에게 어떻게 그럴 수가 있어? 기디언하고 둘이 뭘 하든지 알아서 해도 좋은데, 네가 여기 다시 발을 들이는 순간 내가 나갈 거야. 그리고 지금은 일단 네가 나가!"

유순하기만 한 프루 사른이 노발대발하는 모습에 너무 놀랐는지 티비는 곧바로 집을 나갔다.

"이제 누워서 쉬어." 내가 말했다. "난 기디언에게 가볼게."

"아냐, 사른은 그냥 놔둬, 프루." 그녀가 말했다. "쉬긴 할게.

아기나 나나 좀 쉬어야 하니까. 푹 쉴게, 프루. 따뜻하게 맞아
줘서 고마워."

난 밖으로 나갔다. 기디언은 정신없이 일하고 있었다. 난
그가 마음이 약해지지 않으려고 일부러 잰시스에게 매정한
말을 던진 거라고 믿었다. 그때 그 자리에서도 일말의 사랑은
있었고, 티비만 아니었다면 바로 싹을 틔워 꽃을 피웠으리라
믿었다. 난 실없이 말을 돌려 하는 사람이 전혀 아니라서 곧
장 기디언에게 가서 물었다.

"티비 말이 어머니에게 독을 먹였다는데, 사실이야?"

"젠장, 아주 매를 벌지!" 그가 말했다. "억지로 결혼하게 만
들면 그땐 선물로 매를 잔뜩 받고야 말걸."

"그러니까 지황 차를 어머니에게 드린 게 맞는 거네?"

"어머니 스스로 차라리 죽는 게 낫겠다고 하셨잖아. 짐만
되었고."

그는 돌려 말하지도, 부정하지도 않았다. 원래 그런 식이었
으니까.

"그럼, 오빠는 살인자고 이제 난 오빠와는 끝이야." 내가 말
했다.

"내가 시키는 대로 하겠다고 맹세했잖아."

"살인을 했으니 맹세도 끝이야." 내가 대답했다.

"티비가 여기 있는 건 싫어. 아무런 쓸모가 없어."

"선택의 여지가 없는 것 같은데." 내가 말했다. "내 생각으
로는 티비 아니면 교수형이니까. 나도 할 수만 있다면 구해주

고 싶어. 어쨌든 내 오빠고 좋아하니까. 밭을 갈든 삽질을 하든 같이 일하는 사람은 미워하지 않는 다음에야 좋아할 수밖에 없으니까. 그리고 난 오빠를 미워할 수는 없어. 방금까지도 미워하려고 했는데 안 되더라고. 기디언! 어째서 그런 끔찍한 짓을 한 거야? 다른 생각은 다 버리고 뼈저리게 뉘우치지 않으면 악마가 오빠에게 낙인을 찍고 말 거야. 그러면 살면서 이룰 수 있는 일이 없고 죽어서는 가장 지독한 지옥에 떨어지게 된다고. 어떻게 오빠를 낳아주신 어머니를!"

"사느니 차라리 죽는 게 낫겠다고 하셨어. 짐만 되었다고." 여전히 그 말뿐이었다.

"좋아. 난 떠나겠어. 난 경고했어." 내가 격하게 부르짖었다.

"건초와 곡물을 수확할 때까지는 있어줬으면 좋겠는데." 그가 잘못한 것이 없다는 듯 태연하게 말했다. 자기 생각으로는 잘못이 없는 것이 분명했다.

"싫어. 티비와 어떻게 해봐." 내가 말했다.

"티비는 추수에 전혀 쓸모가 없어. 얼마나 게을러빠졌는데."

"티비가 집으로 들어올 때까지만 있을게." 내가 말했다. "티비가 되는대로 빨리 결혼하려고 하니까 들어주는 거야. 하나부터 열까지 다 실망이야, 기디언."

"네가 실망할 게 뭐가 있어? 내가 뭘 어쨌다고? 늙은이 소망대로 영원히 잠들게 해준 거? 티비는 그쪽에서 애걸하다시피 했고."

차분했다고 할까? 오, 그는 두껍게 얼어붙은 호수처럼 차분했다.

"잰시스는?" 내가 버럭 외쳤다. "네가 이 세상에 내놓은 저 불쌍한 아기는? 두 사람은 늙지도 않았고 먼저 달려들지도 않았잖아."

대답 대신 그는 시커멓게 그은 건초 마당 바닥을 가리키며 말했다.

"걔가 누구 자식인지 알잖아."

그러더니 나와 함께 있는 걸 잊은 듯 나지막이 중얼거렸다.

"한때는 정말 사랑했지."

난 생각에 빠진 그를 놔두고 집으로 뛰어갔다. 뒷문을 열고 들어가며 소리쳤다.

"이거 봐, 잰시스. 우유와 섞어서 네게 주려고 암회색 닭의 알을 가져왔어."

하지만 대답이 없었다. 부엌으로 들어가니 의자는 비어 있었다.

난 달려 나가 가축우리에 가보고 거름 더미를 넘어 출입문을 통과해 그 옛날 로마인이 닦은 너른 길까지 나아갔다. 옛날이라고 해봐야 호수에게는 짧은 시간이겠지. 목사님 말씀처럼, 호수는 이후로 이천 번 요동쳤지만 그 이전에 이미 수천 번 요동쳤고, 세상이 잠자리 허물처럼 쭈그러들 때까지 앞으로도 계속 요동칠 테니까. 난 이글거리는 열기를 뚫고 길을 따라 뛰어갔다. 모래 깔린 길이 빛을 받아 반짝이고 그림자는 아주 짙고 짧았다. 난 곧 첫 번째 굽이를 돌았다. 잰시스가 빨리 걸었을 수도 있으니 그다음, 그다음 굽이까지 달려갔다. 하지만 어디에도 금색과 하얀색 아기를 안은 금색과 하얀색 엄마는 보이지 않았다. 금색과 하얀색은 둑 위에 무더기로 핀 들국화뿐이었고, 그 강한 향기가 달리는 내 가슴을 휘어잡았다. 아기를 씻기러 내 방으로 올라갔을지도 모른다는 생각이 들었다. 그래서 난 이름을 외쳐 부르고 여기저기 눈으로 훑으며 다시 집으로 달려갔다. 하지만 집 안에는 고양이밖에 없었다. 고양이는 슬픈 표정으로 나를 보더니 나보다 앞서 방마다 뛰어 들어갔다. 난 헛간과 고미다락과 외양간까지 샅샅이 뒤졌다. 왜 그런 곳에 있으리라 생각했는지 나도 모른다. 그저 찾아야겠다는 절박한 마음만 더해갔다. 혹시 숲길을 걷고 싶어졌을까 싶어 숲길로 뛰어갔다. 기디언이 잰시스를 배웅하며 자주 다니던 길이었으니까. 난 이름을 외쳐 부르며 계속 뛰었다. 산비둘기만 요란스럽게 날았을 뿐 대답이 없었다. 사위에 숲이 고요히 서 있을 뿐이었다. 호수 가장자리로 윤이 나는 동의나물만 노랗게 피어 있을 뿐. 꽃 무더기마다 맑은 물 표면에 자기 짝이 있고, 하얀 꽃이 핀 초록 산사나무가 벽처럼 서 있었다. 망연자실한 외로움이 서서히 찾아들었다. 난 집 뒤편 텃밭에 있는 기디언을 찾아갔다.

"잰시스를 못 찾겠어." 내가 말했다.

"내가 집으로 돌아가라고 했잖아." 앞서 그랬듯이 짐짓 아무렇지도 않은 투로 그가 대답했다.

"돌아갈 수가 없잖아." 내가 말했다. "돈도 없고, 어머니는 돌아가셨고, 아버지가 어떻게 될지는 법정이 결정할 일이지 잰시스는 모르니까. 실버턴에서 여기까지 걸어왔어, 기디언. 마차 삯이 없어서. 오빠를 만나러 그 험하고 먼 길을 걸어왔다고. 그런 잰시스를 오빠는 어떻게 대했어?"

그는 아무 대꾸 없이 하던 일을 계속했다.

"직접 찾아봐야 할 것 아냐." 내가 말했다. "지금 당장 찾아보라고. 갈 만한 곳을 생각해낼 수 있잖아. 빨리 생각해봐, 기디언! 나는 떠오르는 곳이 없어. 달리 갈 곳이 없으면, 이제 딱 하나……."

난 몸을 부르르 떨면서 호수 쪽을 가리켰다.

"뭐 하자는 거야!" 그가 벌컥 화를 내며 말했다. "겁주는 거야?"

그는 마치 땅속에 적이 숨어 있기라도 한 듯 삽을 땅에 확 꽂고는 나와 함께 집 주변을 돌아다녔다. 그러더니 지나가는 마차를 잡아탔을지도 모른다며 길로 나갔다. 그 말에 난 그가 정신이 좀 이상해졌나 걱정스러웠다. 그 길을 다니는 존재는 우리 아니면 밤마다 딜그럭거리며 돌아다닌다는 고대의 유령 전차(戰車)뿐이었으니까. 그는 잰시스를 찾지 못하고 곧 돌아왔다.

"호수 바닥을 훑어야 해." 내가 말했다. "멀리 나가지 않아도 될 거야. 워낙 왜소해서 금방 물속에 잠겼을 테니. 멀리 걸어갈 시간도 없었을 테니 분명 여기 방죽길을 따라 들어갔을 거야."

앞서 말했듯이 로마인이 돌로 놓은 넓은 방죽길이 우리 집 바로 앞에서 시작해 저녁마다 여전히 종을 울린다는 호수 밑 바닥 마을까지 이어져 있었다.

곧 내 추측이 옳았다는 사실이 드러났다. 방죽길이 호수 물 아래로 잠기는 그 지점에 아기 신발 한 짝이 놓여 있었던 것이다. 아까 보니 신발 끈이 풀려서 신발이 벗겨지려 했는데, 아기들이 잘하듯 웃으며 힘껏 발버둥을 쳤다면 쉽게 벗겨졌을 것이다. 하지만 잰시스의 아기는 창백하고 힘없는 아기였으니, 살아 있을 때는 버둥거리지도 못하다 차가운 물속에 들어가서야 죽기 싫어 버둥거리다가 벗겨졌을 테지.

두 사람은 수련 잎 사이에 떠 있었다. 우리는 말없이 두 사람을 거둬 집 안으로 옮겼다. 내가 몸을 씻기고 흰옷을 입힌 뒤 어머니 침대에 눕혔다. 흰 라일락과 산사나무 꽃가지, 황금색 원추리와 구륜앵초 등을 그 위에 쌓았다. 아기가 자라서 꽃 뭉치를 만들었어야 할 그 꽃들로.

기디언은 내내 입을 열지 않았다. 그쪽으로는 눈길도 거의 안 주면서 할 일을 했다.

사흘 뒤 열릴 장례식에 앞서 가깝고 먼 이웃들이 찾아왔다. 특별한 일 없이 조용한 우리 근방에서 잰시스가 아기를 안고 돌아왔다가 물에 빠져 죽은 일은, 심지어 캘러드 할아버지가 기억하던 시절에도 없던 대단한 이야깃거리가 되었기 때문이다.

다들 와서 잰시스를 보았고, 살아 있을 때는 부싯돌처럼 매정했던 여자들이 눈물을 흘렸다. 젊은 남자들은 아무 말 없이 잠시 선 채로 마치 욕망하듯 잰시스를 내려다보았다.

　"부친의 죄." 두 사람을 두고 교회지기가 일장 연설을 했다. "부친의 죄만도 아니죠, 여러분. 괜히 쉬쉬해봐야 소용없는데, 애석한 일이지만 결국 딸도 마찬가지였으니까. 혼외 자식을 낳았잖아요. 그래요, 정식 결혼을 하지 않았으니 혼전에 생긴 아기도 아닌 거죠. 아비가 누구인지도 모릅니다." 자기도 다 안다는 듯, 기디언이 티비와 결혼하지 않으면 다 알리겠다는 듯이 기디언을 똑바로 보면서 그가 말을 이었다. "그건 모르지만, 우리가 분명히 아는 것은 **고인의 집안이 어떤 집안이었던가,** 그것입니다. 그 아비가 누군지 우리는 알잖습니까, 여러분. 악마의 하수인을 아비로 두었죠. 그자가 몰래 했던 알려지지 않은 일에 비하면 낟가리를 태운 것은 정말 아무것도 아닙니다. 지금 벌어진 일은 우리가 예상했던 일일 뿐입니다. 핏속에 타고난 건 결국 나오게 되어 있으니까요."

　"그들의 열매로 그들을 알리라. 〈마태복음〉 7장." 새미가 덧붙였다.

　교회지기는 평생 다시 못 볼 희귀종 새를 보듯 두 금발을 한참 내려다보고는 혼잣말처럼 나지막이 이렇게 말했는데, 그 말은 가까이 있던 나에게만 들렸다.

　"생전에 사랑스럽고 아름다운 자이러니 죽을 때에도 서로 떠나지 아니하였도다."•

그러더니 몇 장 몇 절인지 잊은 듯 숨을 골랐다.

캘러드네 아이들이 짝을 지어 고인을 보러 나왔다. 침대 발치에 서서 엄마 품에 안긴 아기를 보고는, 황소 괴롭히기 때처럼 난데없이 입을 맞춰 외쳤다. "오, 정말 예쁘다! 작은 아가야!"

방앗간 주인은 제자리를 찾은 두 상반신 초상화를 보듯 고개를 세 번 주억거렸다.

캘러드네 할아버지가 일어서서 말했다.

"한 달에 두 번의 장례식이라니! 그 옛날 전염병이 창궐해 산 사람들이 죽은 사람을 묻다가 지쳐 쓰러졌던 때가 떠오르는구먼. 근데 이상한 게 뭔지 아나, 친구들. 여기 누운 두 사람 나이를 합쳐봐야 서른도 안 돼. 그런데 아흔한 살이나 먹은 나는 그 끔찍하던 세월 온 세상을 휩쓸던 전염병에 걸리지 않은 게 내내 야속하다네."

기디언은 여전히 말이 없었다. 두 사람을 묻기 전날 밤, 난 그가 부스럭거리며 움직이는 소리를 들었다. 평소에는 조용하고 차분하지만 이따금 격한 감정에 휩쓸리는 사람이라 갑자기 공포에 질려 무슨 짓을 할지도 모른다는 생각에 뒤를 따라갔다.

그는 침대 옆에 서 있었다. 내가 방으로 들어섰을 때 그는 손을 뻗어 커다란 갈색 손가락 사이로 평생 잰시스의 자랑

● 〈사무엘하〉 1장 23절.

거리였던 가늘고 숱이 많은 금발을 들어 올리고 있었다. 내가 들어오는 소리에 몸을 돌린 그는 무슨 나쁜 짓을 하다가 들킨 아이처럼 고개를 푹 숙이고는 자신의 행동을 해명하듯 "한때는 정말 사랑했는데"라고 중얼거렸다. 정말 해명은 된 셈이었다.

제5장 마지막 정복 놀이

　전부 다 알면 다정한 마음이 생길 수 있지만 일부만 알면 아예 모르는 것보다 더 나쁜 마음이 생길 수 있으니 글을 쓰려면 빠짐없이 다 적으라던 목사님 말씀만 아니었다면, 그것만 아니었다면 난 잰시스가 죽고 호수 물이 요동치던 날까지 세 달 사이에 사른에서 벌어진 일을 적지 않았을 것이다. 위대한 학자라도 기록하기 너무 버거운 것들이 있으니, 대문자 소문자를 쓸 수는 있어도 학자와는 거리가 먼 나는 더욱 그런 일을 표현할 말을 찾기 힘들었기 때문이다. 우리에게 가장 중요한 일을 표현할 말은 인간의 언어에 없는 게 아닐까 하는 생각이 간혹 든다. 그래서 그런 일이 닥치면 우리는 말문이 막히고, 그저 느끼는 일밖에, 우리 가슴이 댐처럼 터질 때까지 가득 느끼는 일밖에 달리 할 수 있는 일이 없는 것이다. 현세의 끄트머리에 선 내 눈에 이제 설핏 들어오기 시작한 내세의 삶에서는 어쩌면 적절한 표현을 찾을 수 있을지도 모르겠다. 하지만 지금은 아직 아니다. 그래서 시작한 일을 제대로 끝낼 수 없게 되었는데, 나로선 불가항력이니 독자 여러분이 나의 처지를 이해하고 각자 상상력을 발휘해서 내 글의 빈 곳을 채우기를 바란다.

그 시간에 가장 기괴했던 면모는 고요함이었다. 기디언은 원래 말이 많지도 않았지만 이제 방앗간 주인처럼 입을 닫았다. 다니기는 이리저리 다녀도 한마디 나오는 말이 없었다. 이따금 일을 하다가 무엇에 된통 맞은 듯 동작을 멈췄다. 어떤 생각 때문이었을 것이다. 그러다가 떡 벌어진 어깨를 펴고 다시 일을 시작했다. 난 시간이 해결해주리라 보았고, 그와 티비의 관계는 여전히 진척이 없었으므로 불쌍한 기디언을 혼자 두기보다 한동안 지켜보자 마음먹었다. 티비는 이도저도 못 하는 상황이었다. 기디언을 가지겠다고 결심했지만 으스스한 분위기를 몹시 무서워했다. 엄마와 아기가 함께 죽은 곳이 가장 으스스한 곳이니 티비는 우리 집이 있는 호수 쪽으로는 발도 들이지 못했다. 그래서 물이 얼기 시작할 때나 우유가 발효할 때처럼 점점 응고되어가는 꾸덕꾸덕하고 되직한 침묵 속에 우리 두 사람만 남았다. 우리에게는 관심 없이 자기들끼리 잘 지내는 새의 노랫소리 외에 사른에서 들리는 목소리는 없었다. 새들도 잠이 든 저녁이면 사위가 얼마나 적막한지 방죽길 초입에 매어둔 기디언의 보트가 뭔가를 일깨우듯 탁탁 부딪히는 작은 소리까지 들렸다. 기디언이 어린 곡물 밭에서 호미질을 하거나 건초 일을 하느라 늦게까지 밭에 나가 있는 늦은 밤이면 난 간혹 그저 고양이의 야옹 소리를 들으려고 맛있는 음식을 내밀곤 했다. 야옹 하고 울면 "그래, 야옹 했구나! 착하기도 하지!" 그렇게 말했다.

집에 들어오면 기디언은 머리를 된통 맞은 사람처럼 말이 없었다. 그러다 한번은 달이 휘영청 밝은 날 밤에 건초 일을 마치고 늦은 저녁을 먹는데 그가 갑자기 몸을 앞으로 숙이며 말했다.

"봤어?"

"뭘?"

"아니, 누가 흰 드레스를 입고 창문 앞을 지나갔잖아."

하지만 그런 이상한 행동이 본격적으로 시작된 것은 폭풍우가 잦은 뜨겁고 음울한 7월부터였다. 난 저녁이면 호수 쪽에서 불어오는 바람이라도 쐬어보려고 문간에 앉아 있었다. 검은 옷자락에 하얀 양모를 놓고 빗질을 하다보니 내가 까치 같다는 생각을 했다. 라일락 이파리도 뜨거운 열기에 축 늘어지고, 호수는 쇠로 찍어낸 우람한 나무를 주변에 거느린 뜨거운 납처럼 보였다. 호수 가장자리에 가득 떠 있는 수련에는 하얗고 조그만 꽃봉오리들이 반짝이고 있었다. 얼마나 뜨거운지 새들도 그늘에 숨어 새소리도 들리지 않았고, 물새들조차 갈대 사이에서 가만히 있었다. 이제 승객이 올 날짜가 정해졌으니 그때까지는 할 일이 없다는 듯 보트가 층계에 탁탁 부딪히는 일도 없었다. 그때 난데없이 기디언이 땀을 뻘뻘 흘리며 모퉁이를 돌아 뛰어왔다. 건초와 곡물 수확 사이에는 산울타리 일로 바빴기 때문에 한 손에는 작은 낫을 들고 가지 치기용 장갑도 낀 채였다. 날 보고는 우뚝 멈춰 서더니 두 손으로 머리를 감싸며 벌컥 화를 냈다.

"거기 왜 그러고 앉아 있는 거야? 어머니 흉내라도 내는 거야?"

"무슨 어머니 흉내를 냈다고 그래. 왜 그러는 거야?"

"어머니가 그렇게 앉아서 양모 빗질을 했잖아. 그래서 어머니인 줄 알았지."

"그거야 어쩔 수 없지." 내가 말했다. "그런데 왜 그렇게 헐레벌떡 뛰어오는데?"

"큰 산사나무 울타리를 엮고 있는데 온통 하얗게 차려입고 그 위로 올라왔어."

"누가 그 위로 올라와?" 내가 짜증스럽게 물었다.

"잰시스." 그가 침착하게 말했다. 해괴한 일이 아니라 그저 티비나 폴리를 본 것처럼 아무렇지도 않게. 그러고는 더는 아무 말 않고 다시 일을 하러 갔다. 산울타리 일은 더 하지 않았지만. 자신이 봤다는 그것에 대해 따지지 않고 그저 봤다고 말하면 끝이었다. 그 다음번은 커다란 밀밭에서 호미질을 할 때였다. 호미를 든 채로 급히 집 안으로 뛰어 들어오더니 잰시스가 보리밭에서 흰 소 두 마리를 몰고 쟁기질을 하는데 황소 한 마리에는 아이가 타고 있다고 했다.

"내 말 잘 들어, 기디언." 내가 말했다. "잰시스 생각을 당장 그만두지 않으면 귀신에 홀리겠어. 귀신에 홀리면 미치는 건 시간문제야. 그저 하던 대로 살고, 예전처럼 열심히 돈 모을 생각만 해. 마음이 가라앉을 때까지는 잰시스도 어머니도 생각하지 말라고."

"잰시스 생각 안 해. 그냥 나타나는 거야."

"그럼 다른 생각을 해. 그러면 안 나타날 거야."

"무슨 생각?"

"부자가 되거나 집을 사거나 그런 거 말이야."

"뭣 하러?"

"처음 시작했을 때와 같은 이유지. 그걸 원하잖아."

"이젠 원하지 않아."

"왜? 그렇게 원해서 어머니까지 독살한 거잖아. 그렇게 원해서 잰시스도 받아들이지 않았잖아. 지금까지 했던 다른 수많은 일까지 더하면, 예전처럼 절실히 원할 텐데."

"어쨌든 원하지 않아."

"왜?"

"호숫가에서 두 사람을 본 순간 내 안에서 뭔가가 빠져나갔어."

"그러면 티비를 생각해. 티비도 무도회에 가고 싶을 거야."

"티비와 어울리고 싶지 않아. 차라리 교수형을 당하지."

"그럼 미스 도라벨라는 어때? 오빠를 좋아하잖아. 그이가 돈을 써서라도 오빠를 티비에게서 구해줄 텐데."

"도라벨라는 피부가 갈색이잖아. 난 피부가 흰 여자가 좋아. 자그마하고. 푸른 눈에. 우유 같은 여자."

"그럼 내 생각을 하는가. 가끔 나랑 시간을 보내자."

"하지만 넌 떠날 거잖아."

"오빠가 마음을 잡아야 떠나지. 괜히 지나간 일을 떠올리지 않고 기운을 좀 차리겠다고 약속하면 내가 좀 더 있을게."

하지만 소용없었다. 일주일도 지나지 않아 다시 허겁지겁 들어와 말했다.

"또 하고 있어."

"뭘? 쟁기질?"

"응, 그리고 보리밭이 민둥산 같아."

"씨앗이 안 좋구나." 내가 말했다. "그런 거야, 기디언. 우리 씨앗이 없으니 씨앗을 사서 뿌려서 그래."

그러면서도 마음이 무거웠다. 이 끝이 어디일지 알 수 없었다. 티비가 오기를 바라기까지 했다.

"오늘 숲에 또 나타났어"라든가 "저기 봐! 방죽길 쪽으로 들어가잖아. 저기! 이제 물을 뚝뚝 떨어뜨리며 방죽길 위로 올라왔다. 저기! 아, 사라졌네." 이런 말을 그에게서 듣는 일이 일상이 되었다.

한번은 보트 위에서 자기에게 오라고 손짓을 하더라고 했다. 그런데 잰시스가 나타나는 것은 언제나 집 밖이었으므로 집은 그에게 일종의 피신처가 되었다. 그런 기이한 공포에 사로잡힐 때마다 집 안으로 들어왔고, 그러면 제정신을 차렸다. 집 안에서 헛것을 보지 않아 나로선 다행이었다. 환청을 듣는 일도 없어 그것도 다행이었다. 물속의 그 모습에 지독히 시달리면서 **보이는** 것을 스스로 선택할 힘은 상실했지만, 그래도 들리는 것은 아직 선택할 수 있는 듯했다. 그런데 곡식이 익어가는 8월 초에 그는 집에 들어와서 잰시스가 물 위에서 〈녹색 자갈〉을 불렀다고 했다.

"그 소리가 여기까지 들려." 그가 불안하게 말했다. 그래서 난 창문을 닫았다.

"솜으로 귀를 막는 게 좋겠어." 내가 말했다. 기디언 같은 인물이 산울타리에서 희끗희끗 비치는 빛이나 호수에서 울리는 메아리에 덜덜 떠는 모습은 참 측은했다. 그는 귀를 솜으로 막았고, 우리는 그렇게 8월 초반을 잘 넘겼다. 그러다가 사른 호수에 장날이 서기 전날 저녁이었다. 벌써 많은 매대가 놓여 있었다. 비가일디 소식을 담은 미스 도라벨라의 편지를 인편으로 받은 터라 우리는 일찍 저녁 식탁에 앉았다. 내가 편지를 뜯어 읽었고, 기디언은 귀마개를 빼고 들었다. 그 내용인즉슨 딸로 인해 화가 날 만한 상황이었음을 참작해 그에게 가벼운 형이 내려졌다는 것이었다.

"망할!" 기디언이 말했다. 가벼운 형을 받았다는 말에 증오가 이글거리며 다시 불타올랐고, 나로서는 이제 헛것을 보는 증상이 없어지겠다는 생각까지 들었다. 하지만 기디언은 곧 다시 침울해지더니 돼지들이 있는 떡갈나무 숲에서 어머니를 봤다고 말했다.

"그건 방앗간 폴리였을 거야." 내가 말했다. "폴리는 나이에 비해 몸집이 커졌고, 어머니는 왜소했잖아."

"아니야, 어머니였어." 그가 말했다. "그 사람들이 나를 괴롭혀, 프루."

"자, 자!" 내가 아이에게 하듯 그를 다독이며 말했다. 사실 헛것을 봤다는 말을 할 때면 그는 캄캄한 곳에 있는 아이처럼 겁을 잔뜩 먹은 유약한 모습이었다.

"다 괜찮을 거야." 내가 말했다. "마음을 굳게 먹고 그런 건 신경 쓰지 마. '정복' 놀이 좋아했었잖아. 머릿속으로 '정복' 놀이를 한다고 생각해."

하지만 그는 내 말을 못 알아들은 표정으로 나를 보며 말했다.

"무엇보다 내가 아기에 대해 매정하게 말해서 화가 났어. 엄마란 자기 아기에 대해 예민하잖아."

우리는 잠시 말없이 앉아 있었는데, 그가 불쑥 이렇게 내뱉었다.

"들리지! 〈녹색 자갈〉을 부르고 있잖아."

그러면서 한참 동안 그 노래를 듣는 듯했지만, 내겐 아무 소리도 들리지 않았다.

그가 몸을 앞으로 내밀며 그녀가 방죽길에서 나와 집 쪽으로 오고 있다고 말했다. 목숨이 위태로운 상황처럼 얼굴에 식은땀이 솟았다. 물론 누구라도 땀이 흐를 뜨겁고 습한 날씨였고, 움푹 꺼진 지형에다 호수가 가까워 늘 습한 사른에서는 특히 안 좋은 날씨였다. 그런 날 저녁이면 습기 찬 벽에서 물이 흘러내릴 정도라 수많은 달팽이가 지나간 자국처럼 회칠

한 벽이 반짝였다. 호수 위로는 양털처럼 흰 안개가 길게 꼬리를 잇거나 조각조각 떠다녔고, 가운데로 갈수록 서로 엉겨 덩어리를 이루었다. 스카프를 두른 듯 고리 모양이 될 때도 있고 여자 모습으로 우뚝 서서 바람에 흔들거리는 때도 있었다. 기디언이 본 것도 그런 귀신 모양의 안개였을 것이다. 호수 위 공기의 움직임에 따라 그런 안개가 늘 방죽길 주변에서 솟아올랐다가는 가라앉았기 때문이다. 8월이면 사른에는 밤낮을 가리지 않고 늘 짙은 안개가 꼈는데, 흔한 악천후 탓이었다. 전날 밤 폭우가 내리고 그 직후 종일 뜨거운 날씨가 이어졌던 것이다. 악천후라고 부른 것은 난 안개가 질색이어서였다. 짙은 안개가 얼마나 자주 내려앉는지 때로는 호수 전체가 우유로 변해 점점 차오르듯 농장과 숲과 교회를 완전히 삼켜버렸다.

"들어봐! 〈녹색 자갈〉 들려?" 기디언이 말했다.

그가 워낙 강인한 정신으로 지금까지 내 정신을 휘어잡아왔던 인물이라 난 정말로 울부짖는 노랫소리가 들린다고 착각할 뻔했다. 그런데 홀린 사람처럼(정말 홀렸을 거라고 생각한다) 뭔가를 갈망하는 표정으로 커다란 소파에 앉은 기디언의 입에서 난데없이 그 노래가 흘러나오기 시작했다. 축복을 내리는 목사처럼 오른손을 근엄하게 들어 올린 채 그는 문 너머로 호수와 방죽길, 천천히 엉겨 흐르는 흰 안개를 건너다보았다. 어떤 힘이 조종하듯 노래를 불렀다. 내키지 않지만 어쩔 수 없이 부르는 것이 보였다. 그의 목소리는 울림이 좋은 저음이었다. 시작은 나지막한 소리였지만 점점 커지더니 곧 노랫소리가 온 집 안에 쩌렁쩌렁 울렸다. 게다가 그 단순한 동요가 무슨 대단한 음악이라도 된다는 듯한 그 태도는! 잰시스에게 품었던 사랑 전부, 멋진 것은 다 안겨주고 귀부인처럼 무도회에 보내주고 싶었던 마음, 그리고 그녀의 죽음에서 비롯한 두려움과 연민까지 모든 것이 그 안에 담겨 있는 듯했다. 그렇게 굴복하고 화해에 이르러 마음이 좀 편안해진 듯했다. 여전히 문간에 시선을 둔 채로 그는 이렇게 말했다.

"잰시스가 왔네. 호수에서 나와 흠뻑 젖은 채로."

난 아무것도 보이지 않는다고 말했다.

"아니, 옷에서 물이 뚝뚝 떨어지잖아!"그가 말했다.

"저기 봐, 저기로 가잖아! 아주 흠뻑 젖었어!"

그가 바닥을 손으로 가리켰고, 정말로 호수 물이 여기까지 흘러와 바닥을 적신 것처럼 돌바닥의 작은 홈마다 물이 들어차 있었다. 그래서 난 바닥 홈에 물이 있긴 있다고 말했다.

"장화 속 진흙이 쩍쩍 소리를 내잖아! 호수가 진흙탕이니까. 봐, 아주 천천히 오잖아. 커다란 물레로 실을 자을 때처럼 천천히 걸어오잖아. 젖은 옷이 무거워서 천천히 걷는 거야. 오르막을 올라온 데다 혼자 아기를 안고 오는 게 잰시스에겐 버거우니까."

그러더니 걱정스러운 투로 이렇게 덧붙였다.

"아기를 조롱하지 말았어야 했는데."

시간이 한참 흘렀다. 집 안은 아버지가 돌아가셨던 날 저녁

보다 더 적막했다. 마치 사른 농장이, 우리 둘과 가축, 새들이 가득한 나무들, 생물을 가득 품은 숲까지 살아 있는 사른 전부가 옛날 마을이 있는 호수 바닥으로 가라앉은 것만 같았다. 난 기디언의 말을 믿기 시작했다. 결국 우리가 들어온 수많은 무서운 이야기와 크게 다르지 않았으니까.

"저기 봐!" 그가 중얼거렸다. "이제 버터 창고로 가잖아. 봐, 사라졌어! 그림블네로 가기 전날 내가 버터 창고에서 그 애를 비난했잖아. 다시 돌아왔어. 금발 머리칼이 얼마나 반짝거리는지 럴링퍼드의 저택에 떠다니던 불빛이 떠오르네."

그는 몸을 숙이며 버터 창고로 이어지는 어둑한 통로를 응시했다.

"봐, 바닥이 젖었잖아!" 그가 말했다. "마치 호수를 끌고 온 것 같아. 집 안까지 들어오리라고는 생각하지 못했는데. 들어오려는 사람이 없을 때야 성을 지키기가 쉽지만, 지금은……."

그는 젖은 돌바닥을 한참 내려다보다가 말했다.

"아니, 가버렸네! 바람을 타고 날아가며 노래를 부르는 황금색 벌처럼. 예쁘기도 하지!"

그는 한참을 생각에 잠겨 있었다. 그러더니 벌떡 일어나 이미 시간이 늦었으므로 가축을 살피러 가야겠다고 말했다. 평소와 다름없는 말투여서 난 공포심이 사라졌나보다 했다. 그런데 문간에서 몸을 돌리더니 비가일디가 일곱 번째 아이를 찾으러 떠나던 날 밤에 그랬던 것처럼 이렇게 말했다.

"내가 늦거든 열쇠를 마구간 문간에 놓아둬."

난 반 시간이 지나도 돌아오지 않으면 나가서 찾아봐야겠다고 생각했다. 정말 그러려고 했다. 뭔가 내게 그래야 한다고 말했다. 하지만 겨우 가축을 살피러 나간 사람 뒤를 쫓아가다니 좀 우스꽝스러웠다. 그래서 난 그대로 자리에 앉은 채, 귀신에 홀렸을 때 벗어나는 방법이 있나 찾을 겸 비가일디네 물건을 팔 때 샀던 비가일디의 책을 들여다보고 성경도 들춰보았다. 그 시간이 길어봐야 반 시간도 안 되었을 것이라, 자욱한 안개와 적막감 때문에 더 늦은 시간으로 느껴지긴 했어도 이제 9시쯤 되었으려니 했다. 그때 별안간 문을 두드리는 소리와 함께 방앗간네 팀과 폴리가 뛰어 들어왔다.

"오, 프루, 프루! 우리가 돼지를 몰고 갔잖아. 흑돼지가 골풀에서 안 나오려고 해서 늦어졌는데, 사른이 늦었다고 화낼까봐 조용히 돼지를 집어넣었어. 그러고는 과수원 산울타리 아래서 반딧불을 찾고 있는데 사른이 나오는 거야. 그래서 몸을 숨겼지. 산울타리 아래 숨어서 보니까 사른이 병에 걸린 말처럼 고개를 구부정하게 앞으로 내밀고 호숫가에 서 있더라고. 캘러드 할아버지에게 들은 말을 폴리에게 해주었지. '사른? 오, 사른은 호수에서 나온 무서운 귀신을 봐버려서 이제 절대 예전 같지 못할 거야.' 그랬단 말이야. 내가 폴리에게 그렇게 소곤거리는데 사른이 고개를 들어 주변 것들을 하나하나 바라보듯 둘러보는 거야. 안개에 잠겨 보이는 것도 없는데. 그러더니 몽유병 걸린 사람처럼 방죽길을 향해 걸어가서 거기 매여 있던 보트를 풀더니 보트 안에 들어가 노를 들어

힘차게 저었어. 방죽길이 이어지는 호수 한가운데로 곧장 나아가더라고. 그래서 어디 있나 보려고 그쪽으로 뛰어갔는데 안개 속으로 들어가버렸어. 노 젓는 소리는 한동안 들려서 나도 보트 타고 싶다는 마음이 들더라고. 곧바로 맨땅에 서 있어서 다행이다 싶었지만. 그러다 노 젓는 소리가 뚝 그쳤어."

"맞아. 갑자기 뚝 그쳤어." 폴리가 말했다.

"다시 들릴까 해서 숨죽이고 기다렸는데 안 들리는 거야! 지난 일요일에 목사님이 읽어주신 성경 구절처럼. '온 땅에 어둠이 임하여 제구시까지 계속하며.' 오, 얼마나 엄숙하던지."

"나를 찾아왔어야지." 내가 말했다. "빨리 가자! 또 다른 건?"

"다른 건 없어." 팀이 말했다. "엄청난 첨벙 소리가 들린 것 말고는. 그렇게 큰 첨벙 소리는 처음 들었어. 얼룩무늬 송아지가 빠졌을 때도 그 정도는 아니었다니까."

"맞아. 정말 엄청난 첨벙 소리였어." 폴리가 말했다.

"그러더니 소리가 점점 잦아들었어. 숨을 죽이고 귀를 기울여도 더는 아무 소리도 안 들렸어. 큰 소리로 사른을 불러도 대답이 없었어. 나도 그렇고 폴리도 그렇고 너무 무서워서 이리로 달려온 거야."

보트! 보트를 찾아야 했다. 난 치마를 벗어젖히며 방죽길로 뛰어 내려갔는데, 헤엄칠 필요가 없었다. 보트가 돌아오고 있었던 것이다. 바람이 호수 반대편에서 불어와 우리 쪽으로 물결이 일었고, 그 물결은 호수가 요동치는 시기에 더 강했다.

빈 보트가 천천히, 천천히 다가오는 광경은 섬뜩했다. 난 보트를 붙들어 타고는 기디언이 빼지 않고 껴둔 노를 쥐었다. 이런 때에도 기디언은 부주의했던 것이다. 난 아이들한테 가장 가까이에 사는 교회지기에게 뛰어가라고 소리친 뒤 노를 저었다. 두 사람은 기꺼이 자리를 떴다. 난 노로 물속을 휘젓고 이리저리 살피고 기디언의 이름을 부르며 가운데로 나아갔다. 하지만 이미 늦었다는 것을 알았다. 그래도 계속 노를 저으며 이름을 부르는데, 호숫가에서 교회지기가 외치는 소리가 들렸다.

"나와 샘이 찾을 테니 넌 좀 쉬어." 그가 말했다. "하지만 사른을 찾지는 못할 거야. 거기는 너무 깊어서 바닥을 훑을 수가 없어. 거기서 빠진 건 찾은 적이 없어."

두 사람이 노를 저어 나갔고, 호수 한가운데에 이르렀을 때 그들의 노랫소리가 들렸다. 오래전 아버지가 돌아가셨을 때처럼.

여보게, 그대의 선행과 악행 모두
주님을 만나기 전에

기디언의 무덤은 물속이었기에 '머리와 발의 뗏장'이란 말은 뺐다. 그래, 기디언처럼 강인한 사람의 무덤으로는 저렇게 너른 물도 과하지 않지. 그 위로 1.5킬로미터나 펼쳐진 안개도 수의로 과하지 않지. 그는 그릇된 생각을 품었고 악행을 저지르고 자기 힘을 행사해 사람들에게 해를 입혔지만, 비열하지는 않았고 일을 소홀히 하거나 거짓말을 하지도 않았으니까. 자신의 냉정함을 지칭해 '화강암, 규암, 중정석'이라고 했지. 정말 그랬다. 화강암이 사암처럼 부서질 수 없듯이 그도 굽힐 수는 없었다. 이제 그는 마지막 '정복' 놀이를 했고, 그것은 분홍색과 흰색의 커다란 달팽이 집이 아니라 자기 목숨을 건 놀이였다.

누구든 정복할 꿈도 꾸지 못하는 존재가 그 상대였으므로 그의 목숨은 곧바로 산산조각 나버렸고, 그렇게 기디언은 마지막 놀이에서 지고 말았다.

제6장 요동치는 호수

평생 살면서 겪은 어떤 일도 슬프고 두렵던 그날 밤을 내 기억에서 지워버리지 못했다. 호수를 뒤지던 교회지기와 새미가 소득 없이 돌아온 뒤, 난 자욱한 안개에 잠기고 귀신의 발소리가 가득한 그 집에 혼자 있었다. 죽어가는 사람들을 위한 기도문을 외웠다. 그런 뒤에는 감당하기 힘든 슬픔이나 충격에서 생겨나는 침침한 무기력함에 빠져 불가에 몇 시간이고 앉아 있었다. 가장 기이한 밤샘이었고, 살면서 가장 슬프고 고통스러운 밤이었다. 내 병을 고치기 위해 옛날 사람들이 그랬듯 호수 물속으로 걸어 들어가겠다는 나를 기디언이 만류했던 일을 떠올렸다. 그리고 황금빛 잰시스와 아기와 비가 일디 부인, 그리고 아버지와 불쌍한 어머니를 떠올렸다. 이젠 모두 이 세상에 없었다. 그러니 죽음이 우리 사이를 참으로 분주히 돌아다녔던 것이다. 내가 아끼는 사람들이 다들 잘되기를 바랐기에 마음이 비통했다. 1년 전 잰시스가 '의자 들어

올리기'라는 놀이에 뽑혔다. 그 놀이에는 늘 가장 예쁜 여자가 뽑혔다. 파란 드레스를 입고 여름 꽃으로 만든 화관을 머리에 얹고 손에 꽃다발을 든 잰시스가 건장한 두 남자가 짊어진 의자에 앉아 있던 모습이 기억에 생생하다. 다른 남자들은 잰시스에게 뽑히길 고대하며 하나씩 그 앞을 지나갔다. 여자 한 명을 두고 젊은 남자들이 모두 나섰으니 누가 뽑힐까 다들 마음을 졸였을 것이다.

그녀는 꽃다발을 들고 있었고, 한 남자가 물 담긴 대야를 들었다. 마음을 정하면 여자가 꽃다발을 물에 적셔서 그것으로 남자의 얼굴을 후려쳤다. 그러면 다들 깔깔대고 웃었다.

당연히 잰시스는 기디언을 선택했는데, 기디언은 다른 남자들이 퇴짜 맞는 걸 보는 게 재미나서 맨 마지막까지 기다렸다. 잰시스가 기디언의 얼굴을 꽃다발로 후려치고는 방울 소리 같은 웃음을 터뜨렸고, 기디언은 놀이의 규칙대로 잰시스를 안아서 내린 뒤 놀이 규칙엔 없었지만 그녀에게 키스했다. 지금 생각하면 그녀가 그의 얼굴에 물을 뿌린 것이 호수에서 세례를 주며 그를 죽음으로 이끈 듯 불길했고 다시 돌아온 장날이 마지막 지푸라기였던 것도 그랬다. 그래서 난 한숨을 쉬며 '우리 모두 주님의 인형이고 주님이 우리를 움직이니'라는 말을 떠올렸다.

기디언이 휘파람 경기에서 우승해 상금을 탔던 일도 떠올랐다. 기디언은 휘파람을 무척 잘 불었고, 참가자들을 웃기려고 어릿광대가 아무리 앞에서 우스갯짓을 해도 표정에 변화가 없었다. 돈이 걸린 일이라면 대단히 진심인 기디언은 세상 어떤 일에도 미소조차 보이지 않았다. 비가일디도 휘파람은 곧잘 불었지만 상을 탈 가능성이 높은 것은 하품 시합이었는데, 그 시합에서는 캘러드네 할아버지가 선두를 다퉜다. 비가일디는 종종 장날 행사에 나타나서 교회지기의 화를 돋우었다. 장날은 교회의 잔치라 마법사가 올 곳이 아니라는 것이 그의 주장이었고, 자기가 주최자인 양 매사 참견하느라 바빴다.

그 모든 일이 떠올라 내 가슴이 찢어질 듯했다. 과거의 즐거운 일들을 떠올리는 일만큼 통탄할 일이 또 어디 있겠는가? '그래, 이런저런 사람들이 그때 있었지'라고 중얼거리면서, 얼마나 기쁜 나날을 보냈는지, 근엄하고 중대한 일도 농담조로 얼마나 재미있게 떠들었는지 떠올리는 것이다. "거위가 내 무덤 위로 걸어가!" 그런 누군가의 말에 다들 크게 웃었던 일을 떠올리다가 그 말을 했던 사람이 이제 땅속에 묻혀 있음을 깨닫는다. 그래서 난 물에 빠져 죽은 기디언이 아니라 작년의 장날을 떠올릴 때마다 눈물이 쏟아졌다. 정말이지 그의 죽음은 보통 기괴한 죽음이 아니었다. 대부분 사람처럼 침대에 누워서 죽거나 폭력적인 사고로 죽은 게 아니라 자기 의지로 안개 속으로 들어가 사라졌으니 말이다. 시신도 찾지 못했으니, 유쾌하고 자유분방한 행동이나 생활 방식과는 점점 멀어졌던 그의 삶에 아주 적합한 종말로 여겨졌다. 가장 가까운 혈육을 모른 체했으니 그는 누구와도 관계 맺지 않은 셈이었다. 그가 주로 관계를 맺었던 존재는 흙과 물이었고, 그것을 가지고 자신이 상상하는 삶을 지었다. 바위와 요동치는 물과 묵직한 흙, 폭풍우에 신음하면서도 꺾이지 않는 나무, 이 모두와 가장 가까웠다. 비록 사랑하지는 않았더라도. 그것들을 휘어잡고 을러서 자기 것으로 만들었다. 그러다가 말하자면 도둑 떼를 만났고, 그들이 그를 붙잡아 노예로 삼았던 것이다. 남들이 죽는 식으로 죽거나, 죽어서 15센티미터 깊이 땅속에 눕히고 뗏장을 덮고 비석을 세우는 일, 그에게 그런 일은 없을 것 같았다. 그런 속박이라고는 없는 너른 공간을 차지하고, 자기 농장과 자기 숲에 둘러싸인 호수의 요동치는 물결 속에서 마음대로 유영하는 게 맞는 것 같았다. 그런 존재 때문에 운다니 말이 되나? 번개나 폭우에 울고불고할 수 있나? 아니지. 내가 그를 위해 눈물을 흘린 것은 불가에 앉아 팔로 얼굴을 가리고 흐느꼈던 때처럼 그가 허물어졌던 몇 번의 경우가 떠올랐을 때였다.

그날 밤이 새도록 난 기디언을 생각했다. 어둠 속엔 냉랭한 두려움이 가득하고, 세상과 동떨어진 듯 너무나 고적한 집 주위로 공포감이 모여들었다. 난 더는 이 집에서 밤을 지낼 수 없음을 깨달았다. 이곳에서 벌어진 여러 일로 아무도 발을 들이지 않을 테니 가축을 어떻게 해야 할까 고민이 되기 시작했다. 아무도 없을 수밖에! 교회지기는 딱 잘라 거절했고, 그가 아니라면 다른 누구도 올 리 없었다. 이곳을 사려는 사람도 없을 테고. 우리가 땀 흘려 일궜던 밭이야 황야와 수풀로 돌아가도 그만이지만 가축은 어떻게든 돌봐야 했다. 그래도 난 더는 이곳에 살 수 없으니 광야의 도시들●에서 도망치듯 이곳을 떠나기로 마음먹었다. 이곳이 무슨 문제가 있어서가 아니라 기디언이 그렇게 만들었기 때문에. 내일 바로 떠날 작정이었지만 여전히 가축을 어떻게 해야 할지 몰랐다. 마실 물만 채워달라고 부탁해도 누구나 '싫어요, 싫어. 거기 귀신이 나타나잖아'라고 할 테니까.

다행히도 마침내 동이 텄다. 반짝이는 거대한 구름처럼 안개가 짙게 깔려 있었지만 따뜻한 태양이 굴하지 않고 힘차게 솟아오르자 안개가 전체적으로 느슨해지면서 천천히 걷히더니 호수 위쪽으로 공간이 생겨났다. 그 속에서 검둥오리들이 두 판지 사이를 돌아다니는 벌처럼 헤엄을 쳤다. 나무둥치 아랫부분이 서서히 드러나 숲은 위쪽에 눈을 얹고 서 있는 모양이 되었다. 안개는 점점 걷혀 하늘로 올라가 여명의 구름 속으로 섞여 들었다. 곧 구름도 사라지면서 새의 눈처럼 파란 창공만이 펼쳐졌다. 안개가 걷히자마자 밤사이 호수가 요동을 쳤다는 걸 알 수 있었다. 걸쭉해진 호수 물은 출렁이며 여기저기서 부글거렸고, 뿌리를 박고 선 수련도 마구 흔들리고 있었다. 환한 햇빛이 비치자 내게 좋은 방법이 떠올랐다. 그날은 장날이었다. 사람들이 모이겠지. 가축을 몰고 장으로 가서 우리를 만들어 넣어놓고 누구에게든 팔아달라고 부탁하면 되지 않을까? 싸게 파는 거야. 그래, 그러면 되겠다! 그래

● 〈창세기〉에 등장하는, 소돔과 고모라를 비롯한 다섯 개 도시.

서 난 소에게 먹이를 주고 젖을 짠 뒤 우리에 넣었다. 집을 청소하고 커튼을 내린 뒤 교회지기네로 갔다. 내가 우리를 만든 뒤 암소를 데려가 넣어두면, 그릇 장사를 시켜 그릇 팔듯 암소를 경매로 팔아줄 수 있을지 물어볼 셈이었다. 교회지기는 별로 내키지 않는 듯했지만, 그에게 권한이 없고 장은 우리 숲에서 열리는 거라 승낙하는 수밖에 없었다. 티비는 독을 품은 표정으로 나를 노려보았다. 기디언을 좋아했고 사른의 안주인이 되기를 그렇게 원했는데, 내 탓으로 일을 그르쳤다고 생각해서였다. 하지만 이미 마차가 들어오고 있었으므로 난 허비할 시간이 없었다. 사람들을 끌어모으기 위해 각 마을을 대표하는 마차에 꽃과 나뭇가지로 장식하는 관습이 그때만 해도 남아 있었다. 때로 젊은이들은 걸어왔는데, 남녀가 따로 무리를 이루어 노래를 부르며 왔다. 하지만 돌아갈 때는 남녀가 짝을 지어 갔다. 내가 도착하니 다들 매대를 차리고 있었다. 향료를 넣은 맥주와 몰이 좋아하는 생강빵 아기들과 박하 케이크, 그리고 머리 위로 높이 솟은 빗과 조약돌 브로치가 놓였다. 한 여자는 '뜨거운 푸딩 빨리 먹기' 대회를 위해 커다란 그릇에 담아 내놓을 푸딩을 준비하느라 불을 피우고 있었다. 마차들은 우리 가을걷이 때와 똑같은 소리를 내며 산길을 따라 내려왔다. 어치 떼처럼 재잘거리던 사람들은 장터에 들어선 다음에야 기디언의 소식을 들었다. 그 소식을 듣는 마차마다 정적이 내려앉았다. 그러다가 아마도, 그래, 근처에 성스러운 장소인 교회가 있고, 저주가 내린 장소는 호수 반대쪽이잖아, 그러면서 마음을 놓았는지 다시 수다를 떨기 시작했다. 허글릿 씨와 그림블 씨가 사이좋게 붙어 서 있다가 내가 그 앞을 지나가자 인상을 쓰고 날 노려봤다.

산길을 따라 잠자리가 줄지어 날아다녔고, 진홍색 꽃 무더기를 이룬 야생 제라늄인 '용의 피' 위로 광택이 나는 실잠자리가 날아다니는 광경도 아주 멋졌다. 나뭇가지 사이로 바람이 불고 수련도 활짝 피고 잠자리도 허물을 벗고 나왔는데, 케스터는 나를 잊었나봐. 그런 생각이 들었다. 지금쯤이면 돌아왔어야 했기 때문이다. 저주를 받아 언청이가 된 여자, 마녀라는 죄를 뒤집어쓸 만한 여자를 뭣 하러 기억하겠어? 그래, 나를 다시 떠올리지도 않았을 거야. 얼굴의 홍조는 부족함이 없다던 그 젊은 여자를 사귀었을 거야.

난 집에 돌아와 양과 돼지, 암소, 황소를 다 모은 뒤, 벤디고를 타고 가축을 몰아 장으로 갔다. 다행히 가축은 날 좋아해서 내가 모는 대로 잘 갔다. 다시 집으로 돌아가서 이번엔 닭과 오리, 거위, 칠면조를 상자와 바구니에 담은 뒤 수레에 실어 밀고 갔다. 가금은 잡기 쉽도록 미리 우리에 가둬놓았더랬다. 그 모든 가축을 앞세우고 숲길을 가는 나를 사람들이 빤히 쳐다보았다. 가축은 숲을 싫어해서 음매, 매, 꿀꿀, 난리도 아니었기 때문이다. 게다가 호수가 흐릿한 그림자에 덮여 요동치고 있어서, 지난번 아버지를 땅에 묻으러 갈 때 호수에 비쳤던 우리의 모습이 떠올랐다. 들과 외양간과 우리가 모두 텅텅 비었고, 난 고양이를 바구니에 넣고 문을 잠갔다. 이제

이 집은 귀신들 차지겠네. 그래, 벼락이 몸속에 들어갔다는 그 옛날 팀부터 시작해서 모든 귀신. 내가 기디언에게 했던 맹세는 이제 무효가 되었다. 여기서 더 할 일이 없었다. 내 일손을 원하는 사람이 아무도 없을 텐데 여기 머물러봐야 무슨 의미가 있겠나? 난 길 위로 나서야 했다. 어떤 길일지는 나도 모르지만 어떤 길이건 외롭겠지. 럴링퍼드로 실어달라고 방앗간 주인에게 부탁할 몇 가지 짐을 쌌을 뿐, 입은 옷 그대로 낡은 성경과 내 공책만 챙겼다. 그렇게 까마득한 옛날부터 사른 집안이 존재했던 농장을 떠났다. 그렇게 오랫동안 공을 들였던 들을 영영 떠난다니 발이 떨어지지 않았지만 머물면 더 힘들 것이었다. 오늘 밤 교회 첨탑이 호수를 가로질러 기디언이 누워 있을 가장 컴컴하고 깊은 바닥을 가리킬 것을 생각하자 몸서리가 났다.

돈을 넣을 백랍 맥주잔을 들고 다시 장에 갔을 땐 다들 물건을 팔고 있었다. 흥겨운 분위기에 끼고 싶지 않아서 난 교회 담벼락에 앉은 채 모든 일이 다 끝나 이곳을 뜰 수 있기만을 기다렸다. 불운한 곳에서 기르던 가축이라도 동물에게는 저주가 옮지 않는다고 여겨지는지 경매는 빠르게 진행되었다. 교회지기가 벤디고를 샀고, 몰의 부친이 자기 주인을 대신해 황소를 샀다. 캘러드네가 암소 몇 마리를 가져가고 나머지도 곧 팔려나갔다. 난 고양이를 펠레나에게 주었다. 펠레나는 점잖은 사람은 아니지만 명랑한 사람이라고 보았기 때문이다. 점잖지 않아서 명랑한 것일지도 모르지만.

"길쌈꾼 소식은 들었어, 프루?" 그녀가 물었다.

"아니요, 소식 못 들은 지 한참 되었어요."

"그 사람도 다를 바가 없구나. 아! 그이는 우리와는 다른 사람으로 보였는데. 먼 곳에서 온 사람처럼 말이야. 그의 영혼을 두고 너랑 나랑 '코스틀리' 놀이 했던 것 기억나? 그런데 지금쯤 도시의 멋진 여자가 그의 영혼을 붙잡았나보네."

그렇게 대화를 나누는 내내, 그리고 내가 교회 담벼락에 홀로 앉아 있는 내내 난 내게 쏟아지는 시커먼 시선을 의식했다. 곁눈질을 하고, 입술을 삐죽 내밀고, 어깨를 으쓱하고, 심지어 내가 지나가면 멀찍이 물러나는 사람도 있었다. 무슨 까닭인지 의아했다. 나와 관련된 오래된 이야기들이 외딴 농장들에서 점점 자라났다는 건 나도 알고, 불운을 죄의 심판으로 여겨 불운에 처한 사람에게 등을 돌리는 일도 충분히 있을 수 있지만, 나를 향한 시선에는 증오가 담겨 있었기에 그것만으로는 설명되지 않았다. 난 마을 사람들을 사랑했고, 앞서 언급했듯이 나는 세상이 내 앞을 달려 지나갈 때 세상에게 줄 꽃다발을 들고 길가에 서 있는 사람이라 그런 시선을 받자 가슴이 찢어질 듯했다. 세상은 내 앞을 지나가는 대신 나를 깔아뭉개고 지나간 것이다. 그래! 8월 중순 그날, 호수가 요동치던 그때 세상은 나를 깔아뭉갰다.

누구든 브램턴까지 날 태워줄 사람을 기다리면서 뭘 어째야 하나 고민하던 중이었다. 브램턴에 가면 실버턴까지 반은 가는 셈이었다. 지금 떠나면 마차를 얻어 탈 수 없을 테고, 게

다가 돈을 다 정산해서 그릇 장사에게 돈을 지불할 때까지는 내 몫의 돈을 확보할 수도 없을 터였다. 그래서 기다리는 수밖에 없었다.

　방앗간 안주인이 조용히 다가와서는, 장 설 때부터 있다보니 나에 대해 쑥덕거리는 소리를 들었다고 했다. 그림블과 허글릿이 쑥덕거리기 시작했는데, 그것이 여기저기로 퍼지고 이런저런 말로 커지면서 고개를 끄덕이거나 눈을 찡긋하고, 나아가 "딱하게 되었네. 단정한 처자인데!"라든지 "무슨 수를 써야 하지 않나. 목사님이 처리하셔야지" 이런 말과 함께 고개를 절레절레 흔들기도 했다고 한다. 기디언의 기이한 죽음을 놓고 떠들다 시들해지자 곧 나를 두고 찧고 빻더니 이젠 내 얘기만 한다는 것이다. 젊은 축은 내가 밤마다 토끼의 몸으로 근방을 돌아다니고 바로 이 교회 담벼락 아래 수호신을 두고 있다는 말을 한다고 했다. '사과주 머그잔'에서 미스 도라벨라가 했던 말이 사람들의 뇌리에 남아 있고, 화재가 나자 저주에 대한 생각이 굳어졌다는 것이다. 불은 비가일디가 냈지만, 정의로운 농장에 그런 일이 벌어지는 것을 신께서 용납했을 리 없다고 했다. 잰시스가 물에 빠져 죽자 상황은 수십 배 더 사악해졌고 기디언의 죽음으로 완성을 보았다. 그런데 여기에는 사람들이 이해할 수 없는 점이 있었다. 그들 생각에 불운의 원인은 오로지 신의 저주였다. 그러면 배 안에 요나●

● 히브리의 예언자로, 불행을 가져오는 존재를 대표한다.

가 있어야 하지 않나. 그런데 어머니는 다들 늘 좋아했고, 기디언도 성공을 위해 노력하는 인물로 평판이 좋았으니 결국 저주를 초래한 것은 나일 수밖에 없었다. 시골 사람들이 대체로 그렇듯이 그런 결론에 이르는 과정은 더뎠지만 일단 결론에 도달하면 단단히 고착되므로 그 생각을 돌리기란 보통 힘든 일이 아니다. 그러니까 혐오스럽다는 표정으로 나를 바라보고 고개를 돌리고 쑥덕거린 것이 다 그래서였다. 내가 사른의 마녀였다. 내가 신의 저주를 받아 언청이로 태어난 여자였다. 끼리끼리 논다더니 악마의 하수인인 사악한 노인네 비가일디와 친하게 지낸 여자였다. 게다가 홀로 떨어져 있기까지 했으니 극악한 죄를 범한 것이었다. 다른 지방에서는 어떤지 몰라도 우리 지역에서는 혼자 떨어져 있는 사람을 미심쩍게 여겼다. 긴 겨울 내내 집 구석구석마다 늑대 울음처럼 바람이 울부짖는, 아무도 찾지 않는 산골의 외딴 농장이나 물에 잠긴 호수 주변의 습지에서는, 집을 코앞에 두고 죽은 사람이나 원래 자기 집이었던 곳의 바깥을 맴돌며 유리 창문을 흔들어대는 불행한 귀신들, 죽음의 무리의 무시무시한 음악, 나뭇잎과 함께 돌풍을 타고 다닌다는 나 같은 마녀의 울부짖음, 오래전 교차로에 묻힌 노상강도의 위협 같은 오래전의 무서운 일들을 서로 전하는 그런 곳에서는 다들 웬만하면 혼자 있으려 하지 않았고, 정당한 이유가 있지 않은 다음에야 누구도 혼자 있게 내버려두지 않았기 때문일 것이다. 그러니까 혼자 있다면 그건 저주받은 것과 다름없었다.

이 이야기를 들으며 내 가슴이 얼마나 내려앉았는지는 차마 설명할 수 없다. 겉으로 표현하지 않아도 주변의 사랑과 미움을 느낄 수 있고 영혼의 온기 속에서만 제대로 살아갈 수 있는 사람에게는 누군가 약간만 미워해도 꽃대를 꺾어버리는 일과 매한가지이기 때문이다.

"그게 어떤 건지 나도 조금은 알아." 방앗간 안주인이 말했다. "내 남편도 저주를 받았다고들 하니까. 그이야 그럴 만한데, 너는 아니잖아. 그래서 그림블을 조심하라고 한 거야. 요사스러운 인간이야. 허글릿은 떠들기는 요란하게 떠드는데, 그래서 무슨 속셈인지 알잖아. 근데 그림블은 알 수가 없어. 엉겅퀴 씨앗을 뿌리듯 여기저기 한두 마디 던지고 다녀서 그게 뭔지 잘 안 보이고 별생각도 안 드는데 나중에 보면 여기저기에 엉겅퀴가 수북이 자라 있는 거야! 이제 다 자라 막 꽃을 피우지 않나 싶어."

방앗간 안주인이 그렇게 말을 하는 사이, 티비가 내 쪽으로 달려왔다. 기디언과 약혼한 사이였다고 공개한 터라 상복을 입고 있었다.

"내 따귀를 갈겼겠다, 프루 사른! 잘 봐!"

그러면서 담장 위로 뛰어 올라가서 외쳤다.

"여러분, 이 얘기를 딱 이번 한 번만 하겠습니다. 전 부당한 일을 당했어요. 다섯 달 전에 사른이 약속하기를 오늘 저와 결혼하겠다고 했고 다섯 달이 지난 지금 내가 사른의 안주인이 되어야 합니다. 사른은 저를 사랑했으니까요. 그런데 이 여자가 막았어요. 프루 사른이 막았다고요. 내게 얼마나 겁을 췄는지 농장 근처에도 가지 못했어요. 나를 때리기까지 했죠. 전 마녀인 그녀가 무서웠어요. 자기가 사른의 안주인이 되려고 했던 거예요. 누구든 끼어드는 걸 못 견딘 거죠. 그래서 지금 무슨 일이 벌어지는지 보세요! 농장을 전부 수중에 넣더니 불쌍한 사른이 죽은 바로 다음 날 다 팔아버리잖아요. 오, 찔러도 피 한 방울 안 나올 인간! 아무리 사악한 짓도 마다하지 않아요. 저 여자만 아니면 내가 사른의 아내가 되었을 거예요. 저 여자는 마녀라 너무 힘이 세요!"

그렇게 울분에 차서 부르짖는 티비를 보며 난 아연했다. 그때 그녀가 혼외 자식을 낳을 예정이고, 교회지기의 딸이니 더욱 망측한 상황이라는 사실이 떠올랐다. 교회지기가 그 사실을 알면 무슨 일을 할지 상상만으로도 끔찍하므로 다른 누군가에게 책임을 떠넘기기로 한 것이다. 그런데 티비가 말을 마치자마자 그림블이 일어섰다. 하고 싶은 말이 한둘이 아닌데 그중에서 어떤 것을 콕 집을까 고민하듯 긴 코끝을 아래로 내리꽂고 있었다.

"여러분, 오늘은 침통한 날입니다." 그가 입을 열었다. "여기 물 아래에 훌륭한 농부가 잠들어 있습니다. 그래요! 사른이라는 이름을 후세에 남길 수 있었을 인물이지요. 그가 갈아놓은 밭을 보세요! 마땅히 부자가 되어야 했어요. 단정한 처자와 약혼도 했는데, 캘러드 어르신 시절부터 지금까지 그 오빠만큼 성경 구절에 정통한 사람이 없으니 그 처자도 신심이 깊은 사람이지요."

"그래, 신심이 깊긴 하지!" 언급된 노인이 마차에 앉은 채로 외쳤다. "하지만 옛날 캠퍼다인도 그에 육박했어. 비가일디가 병 속에 넣은 캠퍼다인 말이야. 그럼! 술에 취하면 성경 구절이 줄줄 나왔어. 끊이지도 않고 얼마나 줄줄 나오는지 언제까지 나오나 자로 재보고 싶었다니까. 하지만 술기운 없이 멀쩡한 정신으로는 한마디도 못 했어. 아주 음탕하기만 했지. 그런데 술만 마시면 어떻게 그렇게 달라지는지, 정말 기적에 가까웠지!"

"방금 말했듯이." 그림블 씨가 차분하게 말을 이었다. "그 오빠는 성경 구절을 읊을 수 있고 그 부친은 교회지기이고 모친은 교회지기의 부인이니 당연히 그 처자도 좋은 여성이라 하겠죠. 그런데 지금 하는 말 들으셨죠. 그 말은 사실입니다. 자, 제 말을 들어보세요. 프루던스 사른은 태어날 때부터 신의 벌을 받은 인물입니다. 사탄의 수중에 있으니 무슨 일에서건 본인도 어쩔 수 없었겠죠. 그래서 들을 헤매 다닌 것 아닙니까. 끼리끼리 알아본다고, 그래서 비가일디와 친해져 그의 사악함을 모두 배운 것 아닙니까. 그래서 이런저런 것에 눈길만 주어도, 그게 아이든 짐승이든 곡물 밭이든 상관없이 다 변변찮아지고 시들시들해지는 겁니다. 아니면 바로 죽여버리겠죠. 내가 그렇게 아끼던 개를 어떻게 했나요? 그래요! 그보다 더 사악한 일도 했죠. 점점 더 사악해졌어요. 그 모친이 어떻게 돌아가셨나요? 여러분, 지황으로 돌아가셨어요. 독살당한 거죠. 교회지기 부인이 증인입니다. 그 모친을 누가 간호했나요? 그 딸이죠. 자, 여러분, 어떻게 생각하십니까?"

군중 사이에서 웅성거림이 일었고, 아연해서 말문이 막힌 채 앉아 있는 나를 보려고 서로 밀치며 다가왔다. 하지만 입을 여는 사람은 아직 없었다. 시골 사람들은 단숨에 남을 단죄하지 않는다. 잘 마른 장작이지만, 어쨌든 부싯돌로 불을 붙여야 했다.

"더 사악한 일이 있습니다." 그림블이 말했다. "하지만 우선 교회지기 부인과 그 딸 티비리어는 자리에서 일어나 이 모두가 사실인지 말해주기 바랍니다. 사실인가요, 아닌가요?"

"사실입니다!" 두 사람이 동시에 말했다.

"자, 잰시스 비가일디와 그 아기, 무력한 그 두 존재는 왜 물속에서 죽음을 맞았습니까? 그 일이 일어났을 때 집에 혼자 있던 사람이 누굽니까? 프루던스 사른이죠! 그 마녀는 잰시스가 왜 거슬렸을까요? 잰시스는 알았기 때문입니다. 자기 아버지와 저 마녀가 함께 짠 악마의 장난을 알았기 때문이죠. 가진 돈이 없던 잰시스는 프루던스 사른에게 가서 돈을 주지 않으면 다 폭로하겠다고 협박했습니다. 프루던스 사른은 그럴 마음이 없었죠. 그래서 아기 때문에 꼼짝 못 하는 연약한 잰시스 비가일디가 프루 사른과 단둘이 집에 남았을 때 물에 빠져 목숨을 잃게 된 겁니다. 프루 사른은 남자처럼 힘이 좋으니까요."

다시 웅성거림이 일었지만, 평판이 별로 좋지 않은 마법사

딸의 죽음 정도로는 그들이 들고일어나기엔 충분치 않았다.

"거기서 끝이 아닙니다." 그림블이 말했다. "사른이 티비리어와 사귀자 그 여동생은 그것이 마음에 들지 않았습니다. 그 집의 여주인 노릇을 계속하고 싶었으니까요. 다른 여자가 들어오는 게 싫었던 거죠. 모친도 그래서 없앤 거잖아요. 그래요! 결혼한 오빠보다는 차라리 오빠고 친구고 아무도 없는 게 낫겠다 싶었던 거죠."

군중 사이에서 탄식이 터져 나왔다. 대규모 장이라 모두 삼백 명은 될 것이었다. "어떻게 했을까요?" 그림블이 말을 이었다. 나를 향한 그 시선에 담긴 증오는 무시무시할 정도였다. "어스름이 깔리고 안개가 짙어지던 저녁, 사른이 가축에게 물을 먹이고 있을 때 물속으로 밀어버린 겁니다. 그러고는 교회지기를 속이려고 보트를 타고 나갔죠. 교회지기의 아이들에게 얼마나 겁을 줬는지 사실을 말하지 못하더군요."

다들 충분히 이해할 시간을 주느라 좀 기다린 뒤 그가 말했다.

"언청이! 마녀! 세 명을 죽인 살인마!"

곧바로 허글릿이 부르짖었다.

"마녀를 살려두지 말자!"

드디어 불이 붙었다. 고함이 높아지며 이런 외침이 들렸다.

"밟아 죽여!"

"돌로 때려 죽여!"

"물에 빠뜨려 죽여!"

앞으로 나서서 나를 옹호할 사람은 아무도 없었다. 말해야 들리지도 않을 목소리뿐. 교회지기는 이미 집으로 돌아가고 없었다. 그는 마음이 곧은 사람이라 있었다면 내 편을 들었을 것이다. 그곳에 있던 사람은 대부분 모르는 사람이었다. 딱히 입장이 없는 사람도 있었다.

펠레나가 내 편을 들라며 남편을 밀었지만, 사람들이 이렇게 외쳤다.

"자네도 나쁜 일을 당할지 몰라, 양치기! 집세는 어떻게 내려고 그래?"

겨울에 불어난 물이 한꺼번에 밀려오듯 사람들이 내게 달려들었다. 교회에 가서 물고문 의자를 가져오라고 누군가를 보냈다. 허글릿의 목소리가 여전히 쩌렁쩌렁 울렸다.

"마녀를 살려두지 말자!"

그다음 일은 기억에 없으니 난 공포에 사로잡혀 정신을 잃었을 것이다. 그러다 차가운 물에 정신이 들었고 숨을 헐떡이며 물 밖으로 끌려 나왔고, 나를 의자에 묶은 노끈이 느껴졌고 무시무시한 악마의 외침 같은 허글릿의 울부짖음이 들렸다.

제7장 "대문을 하늘처럼 활짝 열고 왕이 말을 타고 들어오게 하라"

정신이 든 나는 요란한 발소리에 눈을 떴다. 벤디고의 고삐가 풀렸나 싶었다. 벤디고를 교회지기가 데려갔다는 것을 기억해낸 나는 옆을 돌아보았다. 마차를 끄는 말은 그날 전부 플래시 농장으로 몰고 가고 없었다. 내가 위를 올려다보고 바로 떠올린 생각은 내가 분명 죽었고 지금 천국에 있다는 것이었다.

말 위에서 나를 내려다보는 사람은 다름 아닌 케스터 우즈이브스였다. 눈길이 얼마나 생생하게 타오르던지 다른 이유가 떠오르지 않았다면 그가 나를 사랑한다고 믿었을 것이다. 약간 나이가 더 들어 보이고, 영혼이 열심히 끌질을 한 듯 얼굴은 예전보다 더 말쑥했다. 눈으로 말하자면 아담의 유쾌한 분위기는 물론 천국의 빛이 모두 담겨 있었다. 그 눈으로 나를 머리부터 발끝까지 품었고, 난 마음이 놓였다. 물고문 의자에 묶인 처지, 자존감 있는 여자라면 자기가 사랑하는 남자는 물론이고 어떤 남자에게도 보이고 싶지 않은 가련한 상태지만, 그래도 마음이 편해졌다. 이제는 아무래도 상관없었다. 아무 걱정도 없었다. 케스터가 있으니까. 케스터가 상황을 정리했을 테니까. 그 무엇이 나를 괴롭힐 수 있겠나? 내 믿음은 그 정도였다. 설사 삼백 명이 전부 공격하고 나를 지켜줄 사람이 케스터 단 한 사람이라도 난 안전하리라는 것을 알았다. 물고문 의자가 푹신한 침대라도 되는 양 난 모로 누워 잠이 들 수 있었다. 그렇게 마음이 편안했다.

"이런, 아주 형편없는 꼴이 되었네, 프루!" 그가 마침내 입을 열었다.

그러고는 '하지만 금방 달라질 거야!'라고 말하듯 빙그레 웃었다.

"꼴이 형편없어요." 대답하는 내 목소리가 기쁨으로 떨렸다.

그가 주변을 둘러보고는 펠레나를 손짓으로 불렀다. 그녀가 마치 노예처럼 달려왔다.

"저걸 풀어줄래요?" 그가 노끈을 가리키며 말했다.

펠레나가 끈을 풀면서 속삭였다.

"사람들이 나를 어떻게 해도 상관 안 해. 저 사람이 하라는 대로 할 거야. 목숨을 걸 수도 있을 남자잖아!"

"이 중에 내 말을 잠깐 붙들어줄 만한 친구가 있을까요?" 그가 물었다.

캘러드가 소리쳤다.

"내가 할게요. 잘 왔어요."

말에서 내리기에 앞서 케스터가 주위를 둘러보며 말했다.

"아주 신나게들 즐기셨네요! 지난번엔 흰 황소더니 이번엔 백합처럼 흰 숙녀를 가지고 말이죠. 누가 부추겼는지는 말 안 해도 알겠어요."

일부는 고개를 떨구었지만, 대부분은 재미를 망쳐서 화가 나 있었다.

케스터가 그림블에게 다가갔다.

"우리가 전에도 한번 붙은 적이 있죠, 그림블." 그가 말했다. "당신은 인간으로 대하기엔 너무 비열하고 심사가 비틀린 사람이에요. 오늘 일이 마음에 들지 않으면 언제라도 나와 다시 싸워도 돼요. 하지만 당신은 비웃음거리밖에 안 될걸. 코는 너무 길군요, 그림블. 그러니 사람들 사이를 그렇게 휘젓고 다니지."

그러면서 그림블의 코를 있는 힘껏 후려쳤다. 진짜 겁쟁이인 그는 울부짖었고 사람들은 깔깔 웃었다.

그다음으로 허글릿에게 가서 말했다.

"그래도 당신은 정정당당하긴 해. 숨어서 무슨 일을 꾸미진 않지. 당신 고함이 플래시까지 들리더라니까요. 나랑 씨름할 래요?"

허글릿은 몸집은 아주 크지만 씨름을 하고 싶지는 않았다. 케스터가 씨름을 잘한다는 것을 알았기에 우물쭈물했다. 하지만 케스터에 대해 모르는 사람이 많았고, 사실 알았더라도 개의치 않았을 것이다. 그들이 원하는 것은 단지 재미난 구경거리였으니까. 케스터는 그 점을 노린 것이다.

"씨름 경기!" 다시 유쾌한 기분이 된 사람들이 외쳤다. 무엇을 원하는 건지는 아무도 몰랐지만.

"와우!" 흥분해서 정신이 나갈 지경인 늙은 캘러드가 외쳤다. 케스터를 보자 전에 배웠던 것이 기억난 아이들이 두 손을 앞쪽으로 가지런히 모으고 입을 모아 외쳤다.

"황소 괴롭히기는 나쁘다!" 케스터에 대한 불안한 마음만 없었다면 난 그 모습에 웃음이 터졌을 것이다.

"씨름판! 씨름판을 만들어!

"아, 여러분, 저쪽 잔디가 매끈하네요." 케스터가 물가와 가까운 한 지점을 가리키며 말했다. 사람들이 그곳에 씨름판을 만들었다. 케스터는 외투와 조끼를 벗었고, 허글릿도 마지못해 옷을 벗었다. 사람들이 급히 내기를 걸었다. 씨름이 시작되었다. 난 케스터가 뼈도 못 추리게 당할 줄 알았는데, 아니었다! 케스터는 탄탄한 데다 단련된 씨름꾼이라, 허글릿이 제대로 붙잡았다 싶으면 어느새 빠져나와 처음부터 다시 시작해야 했다. 허글릿이 케스터를 내리눌러서 어깨 한쪽이 거의 땅에 닿을 뻔한 적이 두세 번 있었지만, 그럴 때마다 케스터가 어느새 재빨리 빠져나왔기 때문에 무효가 되어 점수 계산이 되지 않았다. 허글릿이 그 좋은 힘으로 케스터의 허리를 부러뜨릴까봐 난 잔뜩 겁에 질렸다. 진심으로 허리를 부러뜨리고 싶어 기를 쓰는 게 보였는데, 두 번이나 자기 재미를 망친 자에 대한 증오 외에 모든 걸 잊었던 것이다. 어째서 케스터가 속이는 동작으로 상대를 쓰러뜨리지 않을까 의아했는데, 펠레나가 이렇게 소곤거렸다.

"뭔가 생각하는 게 있어. 길쌈꾼은 말이야. 뭔가를 기다리는 거야."

케스터는 조금씩 물가로 다가갔는데, 그곳은 진흙으로 매우 미끄러워서 왜 그러는지 이유를 알 수 없었다.

그런데 한순간에 상황이 끝나버렸다. 정확히 어떻게 된 일인지는 지금도 알 수 없다. 도시에서 새로 배운 기술이라고 케스터는 말했다. 어쨌든 눈 깜짝할 사이에 허글릿이 나가떨어졌는데, 땅이 아니라 아예 물속으로 풍덩 빠져버렸다. 힘을 다 소진한 데다 진흙이 미끄러워서 안간힘을 쓰며 겨우 기어나왔다. 그 모습에 다들 얼마나 박장대소를 했는지 그는 움찔 놀랐다. 정말 우스꽝스러운 꼴이었다. 옆에 서 있던 방앗간 주인은 처음으로 빙그레 웃었는데, '물속에 잠긴 또 하나의 반신 초상화군'이라고 말하는 듯했다.

케스터는 거친 호흡을 몰아쉬며 잠시 서서 숨을 골랐다. 그런 뒤 캘러드에게서 고삐를 건네받아 등자에 발을 얹고 말에 올라탔다.

"당신 앞에 앉고 싶어요, 길쌈꾼." 펠레나가 나지막이 말했다.

그 녹색 눈에 그런 우러르는 표정이 담긴 적은 지금까지 없었다.

하지만 그는 모르는 척했다.

"프루!" 그가 날 불렀다.

난 자리에서 일어섰다.

"사른의 가을걷이 때 내가 말하기를 그리로 향해 간다고 했나요, 거기서 멀어진다고 했나요?"

"향해 간다고 했어요."

내 목소리는 들릴 듯 말 듯 했다.

"그럼 이리 와요, 프루 우즈이브스!"

그가 몸을 숙여 내 허리를 팔로 감아 번쩍 올려 안장에 앉혔다. 마치 꿈을 꾸는 것 같았다. 역시 꿈인 듯 펠레나가 간청하듯 올려다보았고, 그는 모르는 척했으며, 시끄러운 사람들 소리와 웃음소리가, 허글릿과 그림블이 욕하는 소리와 캘러드네 아이들의 박수 소리, 거의 1세기 전의 씨름 경기에 대해 떠드는 캘러드네 할아버지 목소리가 모두 멀어져갔다. 모두 잦아들며 고요한 대기 속으로 사라졌다. 애인의 긴 머리칼을 만지작거리는 남자의 손길처럼 저녁 바람이 나뭇가지를 흔들 뿐이었다.

"어서 가자, 얘야!" 케스터가 말에게 말했고, 우리는 푸른색과 자주색으로 물든 산을 향해 타닥타닥 나아갔다.

"아니에요!" 내가 말했다. "거기서 멀어지는 게 맞아요, 케스터. 당신은 백합 같은 여자와 결혼해야 해요. 봐요, 난 언청이라고요!"

하지만 그는 들은 척도 안 했다. 따지지도 않았다. 한참 뒤에 내가 다시 사정했을 때에야 말을 세우고 내 눈을 들여다보며 말했다.

"슬픈 얘기는 이제 그만! 난 나만의 천국을 골랐을 뿐이에요. 그건 당신 가슴속이고요!"

그는 그 말과 함께 잘생긴 머리를 숙여 내 입에 입을 맞췄다.

프루던스 사른의 이야기는 이렇게 끝났다.

해설

안개에 덮인 것, 안개가 집어삼키는 것

메리 웨브는 영국의 중부 지역인 슈롭셔에서 태어나 생애 대부분을 그곳에서 살았다. 아버지의 독려로 어린 시절부터 시와 단편소설을 습작했는데, 《값비싼 독》의 '머리말'에서 웨브는 아버지의 정신에 "책에서 얻을 수 없는 옛날이야기와 전설이 쌓여 있고 숲과 가을걷이 들판의 아름다움을 향한 한없는 사랑이 가득"했다고 적고 있다. 서른 살이 넘은 1916년에야 첫 소설을 출간하고, 마흔여섯이라는 젊은 나이에 세상을 뜨기까지 여섯 권의 소설을 썼다. 그의 작품을 좋아하는 동료 작가들과 독자들이 있었고, 1924년에 출간한 《값비싼 독》으로 1926년 페미나상(1904년 《행복한 삶》이라는 프랑스 잡지에서 시작한 문학상으로, 영국에서도 1920년부터 1939년까지 이어졌다. '아직 널리 인정받지 못하는 작가가 쓴 작품이지만 뛰어난 상상력으로 영국의 삶을 묘사하는 작품'에 수여하는데, E. M. 포스터의 《인도로 가는 길》과 버지니아 울프의 《등대로》 등이 수상작이다)을 받기도 했지만, 슈롭셔 방언을 많이 쓴 탓인지, 로맨스라는 장르 탓인지 생전에는 별다른 주목을 받지 못했다. 세상을 뜬 직후 영국 수상인 스탠리 볼드윈이 '주목받지 못한 천재'라며 그를 언급한 것을 계기로 관심이 살아나서 곧바로 작품집이 출간되었고, 1940~1950년대에 영향력 있는 영화 제작자였던 마이클 파월과 에머릭 프레스버거는 당대 유명 배우인 제니퍼 존스와 데이비드 패러를 주인공으로 그의 두 번째 소설인 《귀향》(1917)을 영화화하기도 했다.

메리 웨브의 작품은 슈롭셔의 자연을 시적인 언어로 아름답게 묘사하는 특성이 두드러진다. 《값비싼 독》에도 책장마다 섬세하고 생생한 자연묘사가 가득한데, 호수 물이 찰랑거리고 높은 나무에 둘러싸여 무척이나 고요한 사른 집안의 숲과 농장을 첫 장부터 만나볼 수 있다.

첨탑처럼 뾰족한 낙엽송은 어느새 푸르러졌고 소똥꽃의 황금색이 가슴속으로 파고드는 듯해서 사른 호수조차 노란 안개 같은 자작나무에 둘러싸인 푸른 안개에 불과했다. 게다가 얼마나 꿈속 같은지 땅벌은 말할 것도 없고 야생벌만 다가와도 고함을 들은 듯 깜짝 놀랐다.

농장에서 일하며 주변 자연환경에 애정 어린 관심을 보이는 주인공 프루를 통해 이후로도 계절마다 달라지는 자연의 모습과 온갖 생물을 만나게 되겠지만, 특히 안개는 사른의 전반적인 분위기를 전주곡처럼 들려줄 뿐 아니라 이후 비극적으로 종결되는 드라마에서 중요한 역할을 하기도 한다.

사른 집안의 마지막 세대라 할 한 남매의 삶을 그리는 《값비싼 독》은 나폴레옹 전쟁이 끝나고 '곡물법'이 도입되기 직전인 19세기 초의 농촌 마을을 배경으로 한다. '사른'은 오래전부터 그 지역에서 살아온 그 집안의 성이자 지역을 지칭하는 이름이기도 하다. 읍내인 럴링포드까지 포함해 사른과 그 주변 지역사회는 오래전부터 지속된 과거의 모습을 여전히 유지하는 '전통적' 사회다. 그래서 "외국에서 벌어지는 전쟁과 술렁거리는 국내 상황에 대한 소문"만 들릴 뿐 그곳에서는 아무 일도 일어나지 않는다고 프루는 말하지만, 사실 곡물법이 도입된다는 소식에 큰돈을 벌기 위해 농장 전체에 곡물을 심는 기디언이나 그 목표를 위해 '노예처럼' 일하다가 결국 자의 반 타의 반으로 사른 집안이 대대로 살던 장소를 떠나는 프루는 '전통적' 사회가 내적으로 균열되는 과정의 한가운데에 선 인물이다.

이 마을의 전근대성은 '죄식자'를 비롯한 고릿적 관습을 여전히 지키고 '휘파람 부는 일곱 유령'이나 '백버리의 울부짖는 황소' 따위의 미신과 초자연적인 존재를 믿는 것에서 잘 나타난다. 어머니가 프루를 가졌을 때 토끼(hare)가 자기 앞을 지나가서 프루가 언청이(harelip)로 태어났다고 여기는 것도 마찬가지다. 그런데 언청이에 대한 마을 사람들의 태도는 단지 미신적인 믿음에 그치지 않아서 프루를 마녀 취급 하며 온갖 허무맹랑한 소문을 퍼뜨린다. 이렇게 겉모습이든 태도나 사고방식이든 이른바 '정상성'에서 벗어나는 인물이 기존 체제에 균열을 내지 못하도록 마녀나 마법사라는 딱지를 붙이는 일은 역사적으로 비일비재했는데, 딱히 전근대적 사회에 해당하는 현상만도 아니어서 딱지의 이름만 달라졌을 뿐 지금도 여전히 벌어지고 있다.

프루는 자신이 태어난 전통적 농촌 사회에서는 아주 도드라지는 독특한 인물로, 어떤 면에서는 소위 언청이라는 신체적 장애가 그런 독특함의 상징이기도 하다. 프루 자신이 동경하고 시샘하는 금발 머리와 하얀 피부를 지닌 잰시스가 아름다운 여성의 전형이라, 키도 크고 힘도 세서 남자들이 하는 밭일까지 해내는 프루는 일단 신체적으로 이상적인 여성상과 거리가 멀다. 성격과 태도에서도 가족에게는 물론 대체로 누구에게나 유순하지만, 도망쳐 온 잰시스를 집에 들일 때처럼 독립적인 판단과 자기주장이 도드라지는 면도 있다.

또 다른 독특성은 글을 배웠다는 사실인데, 이 점은 과거에 마녀 취급을 받는 원인이 되기도 한다. '머리말'에서 적고 있듯이 당시는 귀족 여성조차도 간단한 글 외에는 쓸 줄 모르던 시기였기에 평민 여자가 글을 안다면 더욱 의심의 눈초리를 받을 수밖에 없었기 때문이다. 프루에게 글을 가르친 마법사 비가일디는 사른 집안을 파멸시킨 장본인이지만 그 자신도 마을에서 배척당하는 외부인이기에, 신체적 장애가 있으면 지력에도 문제가 있으리라 여기는 마을 사람 대부분과 달리 프루의 지적 능력을 알아보고 여자라도 상관없이 글을 가르쳤을 것이다.

프루가 이렇게 과거의 전형적인 여성상과는 무척 다른 인물이지만, 그럼에도 구태의연하게 느껴진다면 그것은 아마 케스터를 향한 사랑과 프루가 꿈꾸는 관계 탓이 아닐까 싶다. 이 작품의 한 축인 기디언과 잰시스의 관계가 비극적 파멸의 이야기라면 다른 한 축인 프루와 케스터의 관계는 전형적인 로맨스 소설의 특성을 보여주기 때문이다. 케스터를 마음속으로 '주인님'이라고 부른다거나 저녁 식사를 차려놓고 창가에서 주인님을 기다리고 아기를 낳아 기르는 삶을 꿈꾸는 것도 그렇고, 특히 마녀로 몰려 죽기 직전의 프루를 케스터가 구하는 장면은 말 그대로 '백마 탄 왕자님'의 등장과 다를 바 없다. 만약 21세기에 이런 인물을 그린다면 당연히 시대착오적인 태도겠지만, 20세기 초에 19세기 초를 배경으로 쓴 소설에서 결혼해 가정을 꾸리는 일이 아닌 다른 삶의 방식을 여성 인물이 제시하기를 기대한다면 그것 역시 시대착오적이긴 마찬가지다.

프루와 케스터의 관계가 로맨스의 틀을 취하고 있지만 사실 그 틀에서 벗어나 로맨스의 전형성을 전복하는 듯한 특성은 여러 면에서 찾아볼 수 있다. 케스터가 프루를 보고 사랑에 빠진 것이 아니라 그 반대였다는 점이나, 비너스 역할을 하는 자신의 알몸을 보고 케스터의 욕망이 타오르는 모습에 기뻐하는 '여성답지 못한' 특성도 그렇고, 무엇보다 '백마 탄 왕자님'에게 구출되기 전에 프루가 자기 손으로 개의 몸에 칼을 찔러 넣어 케스터의 목숨을 구해준 것이 먼저였다는 사실도 기억할 필요가 있다. 결국 프루가 꿈꾸고 또 실제로 이룬 케스터와의 삶은 어머니의 모습에서 보아온 억압적인 가부장적 남녀 관계에서 벗어난 삶, 사른 남자들의 "독으로 인해 노예처럼 일하던 사른의 모든 여자"와 다른 삶이었던 것이다.

가부장제의 해체가 의미하는 것이 가족의 해체가 아닌 다음에야 프루와 케스터의 사랑과 결혼은 여전히 그 의미가 있을 텐데, 잠자리가 허물 벗는 모습을 보다가 두 사람이 처음으로 만나게 된 것에서 잘 나타나듯 프루와 케스터가 공유하는 중요한 특성이 자연을 바라보는 시각이라 더욱 그렇다. 프루의 표현에 따르면 그런 면에서 같은 영혼을 가진 두 사람은 '값비싼 독'을 마신 기디언과 다르고 지역사회의 주민들과도 다른 가치를 대변한다. '값비싼 독'은 존 밀턴의 《실낙원》에 나오는 것으로, 값비싼 재물을 탐하면 그것이 독이 되어 지옥에 떨어지는 값비싼 대가를 치르게 된다는 의미다. 오로지 큰돈을 벌어 사른을 떠나려는 목적으로 농장에서 죽어라 일하는 기디언에게 땅은 삶의 기반이지만 땅을 대하는 태도는 프루와는 전연 다르다.

> 바위와 요동치는 물과 묵직한 흙, 폭풍우에 신음하면서도 꺾이지 않는 나무, 이 모두와 [사른은] 가장 가까웠다. 비록 사랑하지는 않았더라도. 그것들을 휘어잡고 올러서 자기 것으

로 만들었다.

어떻게 보면 농업 자체가 자연을 휘어잡고 을러서 자기 것으로 만드는 특성이 없지 않고, 기디언이 시대를 앞서 보여주듯 최대한의 산출량과 최대한의 이익을 뽑아내려는 자본주의적 욕망이 지배하게 되면서 그런 특성은 더욱 극단화되었다. 곡물법이 도입된다는 소식에 땅 전체에 곡물을 심기는 하지만 프루만 데리고 혼자 일하는 기디언을 본격적인 자본주의 농업가로 여기기는 어렵다 해도, 21세기의 시각으로 봤을 때 오히려 그에게서 자본주의적 특성의 맹아가 드러난다는 점도 흥미롭다.

우선 기디언의 욕망은 자본주의의 농부나 영주처럼 단지 재물을 탐하는 마음만도 아니다. 땅이나 돈을 사랑해서가 아니라 인간이든 자연이든 상대를 이기고 싶은 '정복' 놀이를 하는 기디언을 보며 그의 어머니는 소식을 전하기 위해 말을 달리고 또 달리던 사람이 애초의 목적을 이룬 뒤에도 계속 달린다는 이야기를 떠올리고, 프루는 그렇게 '마음먹었다'는 기디언의 말이 '차꼬를 차고 있다'는 말로 들린다. 그렇게 기디언은 자본가를 비롯한 모든 사람을 지배하는 자본의 욕망에 사로잡힌 듯이 보이고, 호화로운 저택에서 영위할 사치스러운 삶을 위해 현재의 기쁨을 전부 포기하는 모습에서는 '과시적 소비'라는 소비 자본주의의 특성도 찾아볼 수 있다.

기디언이 자신을 비롯해 가장 가까운 소중한 존재까지 모두 죽음으로 몰아넣게 된 원인은 어머니 말처럼 '죄식자'를 떠맡아서일 수도 있고 비가일디의 주장처럼 타고난 운명일 수도 있을 테지만, 무엇보다 그것은 프루의 말처럼 자연을 을러서 소유하려는 그의 욕망이 '값비싼 독'이 되었기 때문이다.

그와 달리 프루는 자연 만물에 관심과 애정을 보이고, 그것은 작품 속에 진주처럼 박힌 시적 묘사에서 잘 드러난다. 떡갈나무와 낙엽송과 버드나무 따위 나무들, 까마귀와 물떼새 따위 새들, 제비꽃과 수선화와 사과나무 꽃 따위 꽃들이 등장하는 쟁기질할 때의 풍경, 허물 벗는 잠자리를 보러 나간 여름날의 호숫가, '오로지 베푸는 일'인 씨뿌리기를 하면서 곡식이 자라나는 모습을 상상하는 장면 등 계절과 날씨에 따라 각양각색으로 바뀌는 산과 들의 모습이 눈앞에 펼쳐지듯 생생하게 그려진다. 자연 만물을 향한 애정은 더 나아가 거대한 자연이 인간의 앎의 범위를 넘어서는 거대하고 심오한 존재, 비밀 글자로 적힌 책이라는 생각에 이른다.

> 사실 모든 나무와 관목과 작은 꽃과 이끼가, 단맛이건 쓴맛이건 모든 약초가, 하늘을 가르며 지나가는 새와 땅속을 가르며 지나가는 벌레가, 삶을 열심히 살아가는 모든 짐승이 우리에게는 답을 알 수 없는 수수께끼이기 때문이다.

이런 프루와 달리 기디언은 같은 풍경을 보면서도 곡물을 기를 수 있는 땅을 놀리고 있다는 생각밖에 하지 못한다. 그렇게 자연을 인간의 욕망을 실현할 한갓 대상으로 치부하던 기디언은 잰시스와 아기를 잃은 뒤 그 환영에 시달리고 결국 어느 날 밤 호수 위로 "천천히 엉겨 흐르는 흰 안개"를 내다 보다가 그 안개 속으로 사라진다.

마을에 자욱이 내려앉아 매일 보아온 풍경을 한순간에 낯설게 만드는 안개는 어쩌면 수수께끼 같은 자연을 상징하는지도 모른다. 마을 사람들이 믿는 전설이나 미신도 한편으로는 알 수 없는 자연의 면모를 해석하는 방식일 텐데, 근대과학으로 대표되는 합리적 이성은 그런 것들을 근거 없는 전근대적 사고방식으로 치부하며 인간이 종국에는 자연 만물을 다 파악하고 지배할 수 있으리라 믿었다. 아니, 여전히 그렇게 믿고 있기에 21세기의 우리가 기후 재앙이라는 안개 속을 헤매고 있는지도 모르겠다.

정소영

휴머니스트 세계문학 035

값비싼 독

1판 1쇄 발행일 2024년 4월 22일

지은이 메리 웨브
옮긴이 정소영

발행인 김학원
발행처 (주)휴머니스트출판그룹
출판등록 제313-2007-000007호(2007년 1월 5일)
주소 (03991) 서울시 마포구 동교로23길 76(연남동)
전화 02-335-4422 **팩스** 02-334-3427
저자·독자 서비스 humanist@humanistbooks.com
홈페이지 www.humanistbooks.com
유튜브 youtube.com/user/humanistma **포스트** post.naver.com/hmcv
페이스북 facebook.com/hmcv2001 **인스타그램** @boooook.h

편집주간 황서현 **편집** 이성근 김대일 김선경 **디자인** 김태형 차민지
조판 아틀리에 **용지** 화인페이퍼 **인쇄·제본** 정민문화사

ISBN 979-11-7087-136-1 04840
 979-11-6080-785-1 (세트)